★MAGIC EYE

응답하라
1994

이우정 극본 · 오승희 소설

21세기북스

프롤로그

〉〉2013년 9월, 서울특별시 마포구 상암동

　화려한 네온사인이 거리를 감싼다. 밤새도록 꺼질 줄 모르는 상점의 불빛과 명멸하는 전광판 사이에서 도시의 채도는 낮아지기 시작한다. 환한 가로등, 어둠을 씻어낸 빌딩들, 대교 위를 꽉 메운 자동차, 그리고 그 빛을 따라 일사분란하게 움직이는 사람들까지. 어둠이 내려앉으면 이 모든 것이 부표처럼 도시 위로 일렁인다. 크레파스로 새까맣게 칠한 도화지를 콕콕 긁어내면, 그제야 그 밑에 숨어 있던 알록달록함이 드러나는 것처럼.

　이곳은, 서울특별시의 밤. 어딘가에선 새로운 하루가 펼쳐지고, 특별한 사랑이 맺어지고, 색다른 시간을 맞이하는 곳. 어느새 서울 생활 19년 차인 나정에겐 더 이상 낯설 것도, 새로울 것도 없는 풍경이다. 나정은 아까부터 큼지막한 베이지색 박스 몇 개를 쌓아놓고, 그 속에서 뭔가를 열심히 찾고 있었다. 창밖으로 펼쳐지는 익숙한 풍경을 뒤로 한 채.

"니 뭐 찾냐?"

나정에게 물으면서, 윤진은 책장을 훑는다. 오늘 이사 온 집 맞냐? 오매, 먼지 하나 없네, 먼지 하나 없어. 성나정이 징그럽게 깔끔 떠는 건 여전하제. 윤진은 책장 위를 스윽 만져보고는, 혀를 내두른다.

"아야 니 이게 여적 있나?"

윤진이 책장 끝에서 집어든 것은 연세대학교 농구팀 영상집이었다. 반가움에 활짝 웃던 윤진이 영상집을 후루룩 넘긴다. 세상에. 선수들 좀 보소. 젊다 젊어, 꽃띠다 꽃띠!

"침 묻히지 말고 곱게 봐라. 우리 집 신주단지다, 그거."

대답하다 말고, 박스 안을 뒤적이던 나정의 손길이 멈췄다.

"찾았다!"

나정의 큰 목소리에 윤진이 뒤를 돌아본다. 저게 뭐대? 나정이 박스에서 꺼낸 VHS테이프를 바라보는데, 열고 닫히는 방문소리가 들린다. 잠깐 나갔다 올게, 하고 쑥쑥이가 거실을 가로질러 현관으로 후다닥 뛰어나간다.

"아따. 쑥쑥이 많이 컸네. 저 놈 때문에 놀란 게 엊그제 같은디. 공부는 잘하냐?"

윤진이 교복차림으로 순식간에 사라진 쑥쑥이를 눈으로 좇는다. 윤진의 질문에,

"못해. 컸다고 말도 안 듣고, 위 아래로 수염도 나고 징그러."

나정의 대답은 단호했다. 절레절레 머리를 흔들던 나정은 어느새 벽면 TV 앞에 앉아 있다.

"야, 필름 말린 검정색 비디오 오랜만이다. 근디 비디오는 왜? 설마 니 그거 결혼식 테이프냐?"

그렇다고, 나정이 귀엽게 씩 웃으면서 대답했다.

"아따, 니는 여지껏 신혼이냐? 그것을 아직도 보게?"

"무슨. 잃어버린 줄 알았는데 그저께 이삿짐 싸다가 발견했다는 거 아니냐. 남세스러워서 그땐 차마 못 봤지. 오늘이 첫 개봉이다야."

나정이 VHS 데크에 테이프를 넣는다. 분주함과 소란스러움이 공존하는 일상에서 생각지도 못한 물건을 마주친 건 정말이지 반가운 일이었다. 그것도 일생일대의 가장 중요한 순간이 담긴 결혼식 테이프라니. 복잡한 감정으로 두근대며 나정은 부지런히 VHS 데크에 쌓인 먼지를 닦았다.

"그걸 꼭 집들이 때 봐야 쓴대?"

"뭐 어때. 요 멤버들 고대로 옛날 모습도 보고 좋지 뭐."

"니가 제일 험할 걸"

순간, 나정은 플레이 버튼을 누르려다가 멈칫하고, 윤진을 바라보았다. 새빨간 립스틱이 유난히 도드라지는 촌스러운 신부 화장, 어딘지 어색한 미소, 계속되는 촬영에 파르르 떨리던 입술. 윤진이라고 그날의 나정이를 잊을 리가 없다.

"성나정이 그때 박주미 웨딩드레스 입는다고 머리에 왕관도 썼자네."

'보지 마까?'

나정과 윤진이 같은 생각으로 눈을 마주치는 사이, 나정의 휴대폰이 울린다.

윤진은 이 시간에 어디가 막히는지, 또 어디로 와야 빠른지 조목조목 설명하는 나정을 끔벅 바라본다. 억센 경상도 억양이 모두 사라졌다. 무엇보다, 표준어가 청산유수다. 블루베리 요거트에 아몬드는 빼고 에스프레소 두 스푼 올려달라고? 커피 좀 사오라는 부탁마저 어딘지 '서울'스럽다.
"아따 우리 나정이 서울 사람 다 돼 부렀네. 서울 길도 빠삭하고 커피도 이리 야물딱지게 시켜 불고 마산촌년이 출세했다야."
윤진의 말에 전화기를 내려놓던 나정이 한숨을 푹 쉬었다.
"친구야. 올해로 내가 서울생활 19년째거든. 인생의 반을 서울서 살았는데, 이만하면 서울 사람인 거 아니야?"
나정이 일부러 어색하게 끝 음을 올리면서 이야기하자,
"하긴. 저때에 비하면 완전 서울 사람이제."
윤진이 TV 화면을 턱짓으로 가리키며 고개를 끄덕였다. 거기에는 윤진이 재생시킨 나정의 결혼식 영상이 이제 막 시작되고 있었다.

2002년 6월 22일 토요일. 윤진의 손에서 흔들거리던 영상이 안정되면서, 신부 나정의 모습이 드러났다. 전날 밤 도무지 잠을 못 잔 듯 휑한 표정을 거두지 못하는 나정의 얼굴 위로 윤진의 전라도 사투리가 겹쳐졌다.
"나정아, 마지막 기회다. 도망가부러. 이 문만 박차고 나서믄 니는 다시 자유당께."
"그게 지금 신부한테 할 소리냐. 넌 결혼해 잘 살면서 나는 평생 독거녀로 늙어가라고?"
신부 대기실 밖을 향해 어색한 미소로 인사하면서, 나정은 이를 꽉 물고 중얼거렸다.
"니 인자 결혼하믄 이상민 오빠 보러 전주도 못 내려가야."
"신랑한테 허락 받았거든~ 휴일경기는 보러 가도 된다고 했거든."

"결혼 전에야 먼 약속을 못한대. 그걸 믿냐?"

"어. 믿는다. 정 못 믿겠거든 니 뒤에 우리 신랑한테 물어 보든지."

나정의 시선이 어느새 윤진의 어깨 너머에 머물러 있었다. 금세 밝아진 나정의 얼굴 위로 수줍음이 번졌다. 나정의 진심을 신랑도 느꼈던 걸까. 두근거림을 머금고 있는 나정의 웃음이 그 어느 때보다 눈부셨다. 말은 그렇게 했어도 윤진은 알 수 있었다. 지금 이 순간, 나정이 얼마나 행복한지를.

나정의 결혼식. 이미 10년도 더 지났지만 윤진의 기억 속에선 여전히 바삭하고, 따끈했다. 그리고 그 기억은 시간을 더 거슬러 그들이 처음 만났던 때로 흘러갔다. 통통 튀어 오르던 사건사고가 계속되던, 용감하게 발랄하고 무식하게 쌩쌩했던 그 시절. 먼 시간이 흐른 뒤에야 윤진은 그때를 이렇게 회상할 수 있었다. 서툰 상처와 명랑한 사랑, 그 모든 것이 결국은 추억을 향해가는 다양한 변주라고. 속수무책으로 견뎌야만 했던, 그 홍역 같은 시간의 시작.

1994년. 그때 우리는 스무 살이었다.

프롤로그 • 5

#1 서울 사람 • 13

#2 우린 모두 조금 낯선 사람들 • 29

#3 신인류의 사랑 • 45

#4 거짓말 • 61

#5 차마 하기 힘든 말 • 78

#6 선물학개론 • 95

#7 그해 여름 • 112

#8 순간의 선택이 평생을 좌우합니다 • 128

#9 그러니까, 내가 하고 싶은 말은… • 145

#10 어쩌면 마지막일지도 모를 • 162

잃을 게 없어 두려움도 없던 그때
우리는 스무 살이었다!

#11 짝사랑을 끝내는 단 한 가지 방법 • 179

#12 우리에게 일어날 기적 • 197

#13 1만 시간의 법칙 • 214

#14 나를 변화시킨 사람들 Ⅰ • 231

#15 나를 변화시킨 사람들 Ⅱ • 250

#16 사랑, 두려움 • 268

#17 다시 사랑한다 말할까 • 291

#18 운명을 믿으세요? • 309

#19 끝의 시작 • 328

#20 90년대에게 • 344

#1
서울 사람

〉〉 1994년 2월, 서울특별시 서대문구 창천동

'우리 상민오빠만의 다슬이가 되게 해주세요.'

램프의 지니가 소원을 말해보라고 한다면, 나정의 대답은 바로 이 한 가지뿐이었다. 그 시절 상민오빠가 땀에 젖은 이마를 팔뚝으로 털어내기만 해도 현기증이 일던 나정이었다. 단단하고도 섬세한 몸으로 연세대학교 유니폼을 입고 농구코트를 누비는 상민오빠를 볼 때면, 나정은 귓가가 멍멍해지는 두근거림으로 어느새 가슴 위로 두 손을 모았다.

드라마 〈마지막 승부〉를 보면서, 나정은 상민오빠가 출연하기로 한 다큐멘터리 프로그램을 기다리고 있었다. TV화면 가득 철준 역의 장동건을 애틋하게 바라보는 다슬이가 클로즈업되고 있었다. 그리고 이미 나정의 머릿속에 철준과 다슬이는 상민오빠와 자신으로 바뀌어 있었다.

'내가 저 농구공이면 얼마나 좋겠노, 선수들에게 뺏고, 뺏앗기다가 마지막에는 부드럽고도 강렬한 상민오빠의 품에 폭 안긴다면 고마 아찔할 낀데.'

나정이 혼자만의 상상에 잠겨 있는 사이, 소파에 나란히 마주 앉은 동일과 쓰레기는 드라마 이야기로 한창 열을 올리고 있었다. '청결', '깔끔함'이라는 단어와는 거리가 먼 쓰레기였다. 입가에 묻은 과자 부스러기를, 쓰레기는 말을 멈출 때마다 5일째 입고 있는 면 티로 스윽 닦았다. 하지만 그것도 잠시,

"다슬이로 변해라."

나정을 향한 쓰레기의 장난이 시작되었다. 무릎이 헐겁게 튀어나온 트레이닝 바지를 입고 다리를 달달 떨던 쓰레기가 나정이의 양 볼을 쭉 잡아당긴 것이다. 다람쥐처럼 볼이 빵빵해진 나정이 양팔을 허우적거리는 것을 보면서 쓰레기는 낄낄거렸다.

"야! 죽을래!"

나정이가 눈을 치켜뜨고 웅얼거리자,

"니는 다슬이다. 다슬이."

쓰레기가 다시 나정이의 볼을 가운데로 밀어 입술을 불룩하게 했다.

가만히 있을 나정이 아니었다. 열기가 확 뻗친 손길로 나정이 사정없이 쓰레기의 허벅지를 꼬집었다. 악! 소파에서 화들짝 튕겨 오른 쓰레기가 손바닥으로 허벅지를 문질렀다.

그때였다. TV화면에서 나의 상민오빠가 나온 것은. 나정은 한달음에 TV 앞에 바싹 붙고 흥분한 목소리로 그저 감탄사만 연발하고 있었다.

"근디 선수가 시즌 중에 테레비에 저리 나와도 된대?"

동일이 걸쭉한 전라도 사투리로 물었다.

"어차피 우승은 기아가 안 하겠습니꺼."

동일의 물음에 쓰레기가 화끈거리는 허벅지를 만지면서 대답했다.

"아니거든."

순간, 나정이 인상을 구기며 쓰레기의 대답을 뭉갰다.

"맞거든."

작정하고 약 올리려는 듯한 쓰레기의 표정에 나정이 결국 발끈했다.

"아니다!"

"맞다!"

"아니라니까!"

"맞다니까!"

나정이 쓰레기를 확 째려보았다.

"니 연대가 우승하모 우짤래?"

쓰레기가 나정의 말투를 흉내 내며 밉살스럽게 맞받아쳤다.

"니 기아가 우승하모 우짤래?"

옥신각신하던 중에 결국 쓰레기와 나정은 내기를 하기로 했다. 내 꺼 중에 니 갖고 싶은 거 아무거나 가져가라, 하고 쓰레기가 먼저 조건을 내걸었다. 그때, 나정의 머리에서 스윽, 하고 물건 하나가 떠올랐다.

"맞다. 오빠 니, 서태지 테이프 걸어라."

"가시나 미쳤나. 달라고 할 걸 달라 캐라."

정색하는 쓰레기의 반응에도 아랑곳하지 않고,

"니 어차피 노래도 안 듣는다 아이가. 내 평생 니 귓구멍에 뭐 꼽는 꼴을 못 봤다."

나정은 대수롭지 않게 쓰레기의 말을 받아넘겼다.

"듣는다, 가시나야. 서태지 2집. 〈하여가〉 아이가."

"3집이거든, 빙신아."

"안다. 3집."

"2집이다, 빙신아."

뭐, 빙신? 쓰레기가 순식간에 나정의 볼을 확 잡아당겼다.

"가시나 오빠한테 빙신이 뭐꼬! 주디를 고마 쌔리 꼬매뻘라!"

윽박지른다고 쉽게 질 리 없는 나정이었다. 나정은 쓰레기의 머리채를 잡았다가, 허벅지를 꼬집기를 반복하면서 거침없이 들이받았다. '니가 먼저 손 떼라고!' 죽일 듯이 싸우고 꼬집고 악다구니를 쓰면서도, 둘 중 누구 하나 먼저 손을 뗄 줄 몰랐다. 그러거나 말거나, 부엌에서 나온 일화와 동일은 여전히 드라마에 집중하고 있었다. 서울시 창천동, 신촌하숙. 이곳에서 매일같이 벌어지는 풍경이었다.

"제가 하숙집 차린 건 처음이라도, 내 새끼 맹키로 잘 델고 있을 테니까 걱정 마이소. 고마 아들래미 서울 친척집에 맡긴다고 생각하면 됩니다. 아이고, 삼천포라 그런지 우리랑 말이 똑같네예."

다음 날 아침. 머리에 분홍색 헤어롤을 잔뜩 말고, 일화는 거실을 서성이며 누군가와 통화 중이었다. 마산에서 서울로 상경한 지 이제 한 달째. 남편 동일이 '서울쌍둥이'의 코치가 되고 딸 나정이 서울로 대학을 오게 되면서 선택한 길이었지만, 일화라고 해서 낯선 동네에서 또다시 적응해야 할 생활에 대한 두려움이 없었을 리 없었다. 하물며 아들을 먼 객지로 떠나보내야만 하는 어머니의 불안과 걱정은 오죽할까. 수화기를 들고 있는 일화의 마음 깊숙이 어느새 따뜻한 정이 불어나고 있었다.

"예, 누구요? 장국영? 아들래미가 장국영이를 닮았다고요? 그 쪼꼬렛 선전하는 홍콩 사람 말입니까? 옴마야, 그라모 억~수로 잘 생겼겠네~ 우리 사위 삼아도 되겠네요."

일화는 웃으며 아들을 잘 데리고 있겠다고, 학생의 어머니를 다시 한 번 안심시켰다. 수화기를 내려놓자마자 또다시 전화가 울렸다. 때마침, 서울역에 도착했다는 삼천포 학생의 연락이었다.

"안 그래도 방금 느그 엄마 전화 왔더라. 우리 삼천포 장국영이 서울 입성을 축하한데이."

"서울 입성은요 무신. 서울, 두 번쨉니다."

힘주어 말하긴 했지만 삼천포는 어쩐지 불안했다. 공중전화박스에 서서 뒤를 돌아보았다. 교과서 사진으로만 보던 서울역이 바로 거기에 있었다. 장국영은 역사 중앙에 떡하니 새겨져 있는 서울역이라는 글자와 그 밑으로 붙어 있는 시계를 보면서 한손으로는 수화기를 다른 한 손으로는 아식스 가방끈을 꾹 쥐었다.

"니 근데 혼자 찾아올 수 있겠나? 전철 탈 줄 아나?"

"저 기차 타고 왔습니더. 기차도 탔는데 전철 못 타겠습니꺼. 설명만 좀 해주이소."

일화의 질문에 어른스럽게 대답하던 삼천포가 바지 주머니에서 메모지와 펜을 꺼내들었다.

"그라모 서울역서 신촌 가는 전철 타믄 된다. 신촌 가는 전철 타고 신촌에 내리가 그레이스백화점 앞으로 나온나. 그 백화점 끼고…."

거기에서 불현듯 일화의 설명이 그쳤다.

"…니 백화점은 알제?"

메모지에 주소를 받아 적던 삼천포가 일화의 말에 우뚝 손길을 멈췄다.

"아지매 장난합니꺼?"

"오이야. 미안하다. 그 그레이스백화점 끼고 올라와가 공원하나 지나면 사거리 보이거든. 거서 보면 형제갈비라고 큰 고깃집 있고, 거기 지나서 쭉 올라오모 독수리 다방이라고 있다. 그 사잇길로 오다 보면 신촌하숙이라고 간판 보일 끼다. 아니다, 아니다. 그레이스백화점 앞에서 택시 타라. 택시 타고 기본요금밖에 안 나온다. 삼천포 니, 찾아 오겠제?"

"얼라도 아니고 그거 못 찾아가믄 되겠습니꺼. 걱정 안 해도 됩니다. 어무이 그람 난중에 뵙겠습니더."

공중전화박스 문을 열고 나온 삼천포가 주위를 둘러보았다. 드디어 내가 서울에 왔구나. 어딘가로 빠르게 스쳐 지나가는 사람들과 위풍당당한 빌딩들, 쭉쭉 솟은 빌딩들을 보면서 삼천포는 새삼스러움과 뿌듯함을 만끽했다.

모든 것이 낯설었지만 새로웠다. 일화 앞에서 자신만만했던 삼천포는 그 새로움 앞에서 머지않아 얼어붙고 말았다. 얼마나 오랫동안 1호선 서울역 플랫폼에 앉아 있었을까. 전철 들어오는 소리가 또다시 울리자 삼천포는 또다시 가슴이 덜컹, 앞으로 맨 가방에 푹 꺼질 듯이 기대고 있던 몸을 얼른 일으켜 세웠다. 불쑥 힘이 풀려 묽은 설사가 나오기라도 하는 것처럼 온몸에서 식은땀이 흘러내렸다.

"지금 청량리, 청량리행 열차가 들어오고 있습니다. 승객 여러분께서는 한 걸음 물러나 주시기 바랍니다."

'의정부북부행 열차 세 번, 청량리행 열차 두 번, 의정부행 열차가 세 번

지나갔다. 와 이라노. 신촌행 열차가 댕기기는 하는 건가.'
 다시 들어오는 열차마저 신촌행이 아니라는 사실에 삼천포는 좌절해서 고개를 푹 꺾었다. 삼천포가 신문을 보고 있던 중년 남자에게 '난 착한 사람이에요' 하는, 최대한 해맑은 표정으로 신촌행 열차에 대해 물은 것은 청량리행 열차가 지나가고 난 뒤였다.

 램프의 지니가 없다고 해도 상민오빠만의 신부, 다슬이가 되는 것이 터무니없는 꿈만은 아니었다. 적어도 나정에게는 그랬다. 타의 추종을 불허하는 상민오빠를 향한 고도의 집중력. 대학을 가면 연대 농구부 이상민 오빠랑 연애할 거라는 맹렬한 목표의식이 서울, 그것도 상민오빠와 같은 학교에 입학하게 만드는 기적을 일궈냈으니까.
 가수 혹은 탤런트라면 몰라도 상민오빠라면 가능성이 있었다. 숙소 가면 한 번씩 얼굴도 보여주고, 이야기도 하고, 운 좋으면 전화 통화도 할 수 있다. 나만 더 노력하면 결혼까지는 몰라도 졸업 전에 연애 정도는 한 번 할 수 있을 것도 같은데, 하고 나정은 연세대 체육관 앞 계단을 내려오면서 생각했다.
 체육관 문이 열리고, 연습을 마친 농구부 선수들이 계단을 내려왔다. 롱코트 유니폼으로도 가려지지 않는 선수들의 다부진 체격이 역광에 그대로 드러났다. 회색 베스타 앞에 우르르 몰려 있던 여학생들이 환호성을 질렀다.
 나정은 선수들 사이에서 상민오빠를 단박에 찾아냈다. 서서히 상민오빠와의 거리가 좁혀지고 있었다. 이제 나정의 숨이 가빠오고 있었다. 100미터에서 50미터, 50미터에서 10미터, 그리고 문득 정신을 차렸을 때 나정은 상민오빠의 손에 와락 손수건을 쥐어주었다. 상민오빠의 말쑥한 얼굴이 햇

살을 받아 찬란하게 빛나고 있었다. 시간이 멈춘 것만 같은 영원 속에서,

"오빠. 땀 닦으세요, 땀."

언제 악을 쓰면서 응원을 했냐는 듯 나정은 한없이 조신하고 다정했다. 저예요, 신촌 다슬이. 상민오빠의 손바닥에 놓여 있는 수건을 다시 한 번 꼭 쥐어주면서, 나정은 눈으로 그렇게 말하고 있었다.

나정이 상민오빠를 쫓아 숙소로 달려가는 사이, 삼천포는 시청역에서 콩 포대자루 풀어지듯 출구를 빠져나오는 사람들 틈에 섞여 있었다. 영혼 없이 사람들에게 떠밀려 걷고는 있지만, 폭풍 같은 배탈이 지나가고도 하루 종일 변기에 앉아 있는 기분이었다. 사람이 파도가 되어 이루는 물결에 삼천포는 이미 압도적인 피로를 느끼고 있었다.

1호선 빨간색 시청역 1번 출구로 뛰어나오자, 지척에 2호선 초록색 시청역 3번 출구가 보였다. 2호선 매표소 앞에서 숨을 고를 틈도 없이 삼천포는 중얼중얼 혼잣말을 하기 시작했다. 사투리가 티 날까 봐 걱정이었다.

"신촌 한 사람이요. 신촌 표 주이소. 1구간 신촌요."

삼천포는 고개를 절레절레 저었다. 아무리 연습해도 사투리를 숨길 수는 없었다.

"신촌. 1구간. 한 명."

매표구에 비장하게 서서 삼천포가 택한 방법은 짧게 치고 빠지는 것. 스스로 완벽하게 서울 사람처럼 위장했다고 생각했으나,

"…"

순간의 정적

"시골에서 오셨나 봐요."

덤덤한 매표소 직원의 목소리와 함께 개찰구 앞에 1회용 초록색 티켓이 툭 건네졌다.

해가 기울 때쯤에야 삼천포는 녹초가 되어서 신촌역에 도착했다. 비척비척 출구를 빠져나와 고개를 드는데, 높은 건물들이 많아서 좀처럼 뭐가 뭔지 가늠할 수 없었다. 지하철 앞에서 유인물을 나눠주고 있는 대학생에게 삼천포는 바로 앞에 있는 직사각형의 큰 건물을 가리키며 물었다.
"이게 그레이스백화점입니까?"
"저건 그랜드백화점인데요."
그레이스백화점은 저쪽이요, 하고 대학생은 건너편을 가리켰다.
"저리로 갈라 카면 우째 해야 됩니까?"
이리로 가세요, 하고 대학생은 무심히 삼천포가 올라온 출구를 손가락으로 가리켰다. 삼천포는 유유히 멀어지는 대학생의 등에 대고 미간을 잔뜩 찡그리며 눈을 부라렸다.

신촌 오거리. 그곳은 삼천포에게 입구만 있는 미로나 다름없었다. 녹색극장, 서강대 방면. 출구 번호를 바꿔서 밖으로 나갈 때마다 삼천포 앞에는 다른 지도가 펼쳐져 있었다. 마지막으로 이를 악물고 출구 계단을 올라오는데, 이번에는 제법 높은 빌딩이 보였다. 드디어 제대로 찾아 왔구나! 반색하면서 다시 길거리를 보는데, 아까 유인물을 나눠주었던 청년이 보였다. 설마, 제발, 혹시나 하는 마음으로 삼천포가 고개를 돌렸을 때 그랜드백화점 광고물이 바람결에 휘날리고 있었다. 순간 한숨이 새어나오고,
'고마 집에 갈까…'
삼천포는 완전히 지쳐서 자리에 주저앉고 싶었다. 이 거대하고 복잡한

도시의 모든 것이 삼천포에게는 가늠할 수 없는 암호처럼 느껴졌다. 발걸음을 떼는 곳마다 별천지였다. 이제는 거리와 건물들을 보는 것만으로도 울렁거려서, 삼천포는 질끈 눈을 감았다. 하늘이 핑 돌았다.

다시, 신촌하숙.
"곧 안 들어오겠습니꺼. 쫌만 더 기다려 보이소. 올라면 벌써 왔었어야 지예. 다 큰 애가 뭐 별일이야 있겠으예. 그라고 보내주신 이불은 잘 받아가 방에 넣어놨습니다. 들어오면 바로 전화하라 할께예."
부엌에 서서 삼천포의 어머니와 통화를 마친 일화가 고개를 갸웃거렸다. 일마 이거 바보 아이가? 저녁 밥 다 될 때까지 아직도 안 오고 뭐하노?
국 간을 맞춰놓고 거실로 나온 일화가 '서울의 달'을 보고 있는 동일과 쓰레기 옆에 나란히 앉았다. 불현듯 초인종이 울렸다. 왔는갑다 왔는갑서, 하며 반가운 맘에 일화가 자리를 털고 현관문으로 향했다. 얼마 지나지 않아 혼자 거실로 돌아온 일화는 리모컨을 들어 신경질적으로 TV를 껐다. TV에 고정되어 있던 동일의 시선이 벙벙한 채로 일화에게 향했다.
"아따 뭐시단가 시방!"
"옆집이다! 아가 고3이라고 테레비 소리 좀 줄이란다."
"인심도 각박하다, 각박해. 서울사람 깍쟁이라고 하더니만 이 정도일 줄은 몰랐다."
면전에서는 죄송하다고 머리를 꾸벅 숙이고 돌아섰지만, 일화는 시끄럽다고 쪼르르 쫓아오는 옆집 여자가 내심 서운했다.
오늘 오후, 일화가 장을 보고 귀가했을 때였다. 노래방 기계를 틀어놓고 노래를 부르던 동일과 쓰레기 때문에 옆집 여자는 노래 한 곡이 채 끝나기도 전에 찾아와 초인종을 눌렀다. 조심하겠습니다, 하고 연신 사과하면서도 일화는 쾅 닫히는 문 앞에서 속상한 마음이 끓어올랐다.

그러니까 오늘만 해도 벌써 두 번째 있는 일이었다.

"아따, 저 아줌씨는 소머즈 귓구멍이여? 어찌 이 소리가 저짝까지 들린대?"

동일이 옆집 벽에 대고 삿대질을 했다. 이제 와 낯선 동네에서 적응해야만 하는 삶이 쉽지 않을 거라고는 어느 정도 각오를 했었다. 여기에서 살려면 되바라져야 된다는 걸 아는데,

"이래 가꼬 어데 서울서 살겠나…."

고향에서는 네 집 내 집 할 것 없이 이웃과 살뜰하게 살아왔던 일화였다. 아무리 마산과 서울이 다르다고 해도 그렇지, 이렇게 옆집 문지방 드나드는 일이 다를 수가 있나, 하고 일화는 서글픈 마음이 들었다.

"그란디 삼천포도 그라고, 나정이년도 그라고. 여태 안 들어오고 뭐한데."

해가 진 창가를 돌아보고 동일이 중얼거렸다. 일화도 TV 위에 걸려 있는 시계를 바라보았다. 어느덧 저녁 일곱시가 지나고 있었.

"삼천포 글마는 나이 스무 살입니다, 아부지. 그 나이 처묵고 집도 못 찾으면 죽어야지예. 그리고 모리면 택시 타면 된다 아닙니꺼. 주소도 적어줬다면서요."

유통기한이 7일이나 지난 것도 모르고 맛있게 우유를 마시고 있던 쓰레기가 동일의 말을 거들었다.

"이리로 가주세요."

택시기사에게 신촌하숙의 주소가 적힌 메모지를 건네주고, 삼천포는 또다시 불쑥 긴장하고 있었다.

"신촌하숙이라…."

주소를 훑어보던 택시기사가 룸미러로 뒷좌석에 앉은 삼천포를 바라보면서 말을 보탰다.

"골목까진 못 들어가고 독수리 다방까지만 가면 되죠?"

"예! 거기까지만 부탁드립니다."

주행버튼을 누르고 택시가 출발했다. 이제 살았다. 삼천포는 그제야 밝은 표정으로 의자에 폭 몸을 기댔다. 하지만 얼마나 지났을까. 번화가를 빠져나온 택시가 점점 속도를 내기 시작했다. 덜컹덜컹하는 소리와 함께 한강 철교를 달리더니, 63빌딩이 보이고, 급기야 삼천포가 처음 서울 입성을 했던 서울역이 창밖으로 보였다. 순간 삼천포의 머릿속이 새하얘지고 그제야 뭔가 잘못됐다 싶었던 삼천포가 운전석을 바라보자,

"서울 참… 넓죠?"

룸미러로 삼천포를 지그시 바라보던 택시기사가 먼저 운을 뗐다. 이미 지칠 대로 지친 삼천포는 뭐라고 대꾸할 만한 용기도 없었다.

택시 차창 위로 울 것 같은 삼천포의 얼굴이 선명하게 겹쳐졌다. 눈부신 서울의 밤. 그 밤의 바깥에서 삼천포는 먼 우주를 떠도는 별처럼 서성이고 있었다. 가까이 다가가면 다가갈수록 멀어지는 이곳에서, 삼천포의 몸과 마음 모두 무겁게 가라앉았다. 도저히 끝날 것 같지 않은 하루였다.

현관문을 열고 나정이가 거실로 들어왔을 때 일화는 삼천포 어머니의 전화를 받고 있었다.

"아가 온 줄 알았는데 아니네예. 우리 딸이네예. 좀만 기다리 보이소. 찾으러 나가야 되겠습니다."

걱정 말라며 수화기를 내려놓았지만, 내심 불안하기는 일화도 마찬가지였다. 일마 이거 와 이리 안 오노. 일화가 거실을 서성였다. 안방에서 점퍼를 걸치고 나오는 동일에게 일화는 신신당부했다.

"저~기 그레이스백화점 앞 꺼지는 갔다 온나."

"중간에 엇갈리믄 삐삐 치소. 열렬히 사모(11235)."

동일이 알겠다고, TV 옆에 놓인 호출기를 들어보였다. 때마침 초인종 소리가 울렸다. 진짜로 왔는갑다, 하고 일화가 후다닥 현관으로 향했다. 일화를 따라 현관문을 바라보던 동일의 표정이 순식간에 굳어졌다.

"염병~ 저 아줌씨 또 왔네!"

"누군데?"

동일을 따라 현관으로 빠끔 고개를 내민 나정이 물었다. 옆집 여자였다.

"오매~ 서울사람 유별나네. 우리 집 시끄럽다고 낮부터 대문 닳도록 드나들드만."

"맞나?"

"아따 근디 생각하면 할수록 열받네. 이래 가꼬 숨 막혀서 서울서 살겄냐? 시방 나 오늘 눈 감고 성질 한번 부려 봐!"

문이 닫혔다. 거실로 돌아온 일화가 담담한 표정으로 소파에 털썩 앉았다.

"이번엔 또 뭐라 그르든가? 왜? 저 세탁기 소리도 들린다 그르든가? 시방 내 귀에는 안 들리는디! 저 여편네가 뭐라고 그르드냐니께? 한 번만 더 시끄러우면 고소라도 한다 그래?"

동일의 언성이 불쑥 높아졌다. 일화는 화가 난 동일을 그저 바라보기만 할 뿐 아무런 말도 하지 않았다. 답답해진 동일이 일화를 채근했다.

"어이? 뭐라 그르드냐니께?"

"…빨래 걷으란다."

한순간 정적이 넓어지고, 일화는 동일 너머의 창가를 바라보았다.

"밖에 비 온다꼬. 퍼뜩 빨래 걷으란다."

창가 위로 후드득 빗방울이 떨어졌다. 예상 밖의 말에 동일과 나정의 시선도 어느새 창가로 향해 있었다. 금세 깊게 울리는 빗소리. 일화는 버썩 말라 있던 마음이 시원하게 젖어가는 것만 같다고 느꼈다. 서울에 오고 난 뒤부터 내내 긴장하고 있던 날들이었다. 베일 듯 날카로웠던 마음의 한 귀퉁이가 조금은 허물어져서,

"나정아. 나가서 퍼뜩 빨래 걷어라."

일화는 한층 편안한 목소리로 자리에서 일어났다.

"뭐 찾는대?"

우뚝 서 있던 동일이 갑작스레 부엌 서랍장을 뒤적거리는 일화에게 물었다.

"찹쌀모찌 찾는다."

"야밤에 뭐할라고?"

작은 소쿠리를 꺼내든 일화가 보드랍게 웃으며 대답했다.

"옆집 갖다 주그로."

그날 밤, 삼천포는 동일과 함께 귀가했다.

방에 들어가자마자 가방을 내려놓고, 양말만 벗은 채 삼천포는 어머니

가 보내준 두툼한 이불 속으로 들어갔다. 아들의 추위를 걱정하던 어머니의 정성과 눈물로 만든, 순백처럼 하얀 이불이었다. 아까 전, 잘 도착했다는 연락에 수화기 건너로 들려오던 어머니의 목소리가 좀처럼 사라지지 않았다.

"우리 착한 아들. 엄마가 오늘 우찌 자겠노. 우리 아들 서울에 떼놓고, 엄마가 우찌 잠을 자겠노…."

독수리 다방 앞 공중전화박스 안에서였다. 가늘게 떨려오던 어머니의 목소리에 울먹거림이 섞여 있었다. 애써 씩씩한 척을 했지만,

"우리 아들. 엄마가… 사랑한다."

그 한마디 앞에선 그렁그렁한 눈물을 말없이 훔쳐야만 했던 삼천포였다.

서울의 첫 번째 밤. 울음을 꾹 참았던 탓에 목울대가 아파왔다. 포근하면서도 서걱거리던 이불의 감촉과 뜨거우면서도 서늘했던 공기. 삼천포는 좀처럼 잠들 수 없었다. 1994년의 서울은 딱 그랬다. 분주하지만 외롭고, 치열하지만 고단하며, 뜨겁지만 차가운 도시. 그리하여 속을 알 수 없는 도시. 수렁 같은 잠 속에 서서히 빠져들면서, 삼천포는 생각했다.

당당히 서울 시민이 되었지만, 아직, 서울 사람은 될 수 없었다고.

#2
우린 모두 조금
낯선 사람들

>> 1994년 3월, 서울특별시 서대문구 창천동

신촌하숙의 아침.

서울로 올라온 지 이제 열흘. 대형밥솥에서 밥을 푸면서, 삼천포는 부엌 식탁에 빙 둘러앉은 신촌하숙 사람들을 둘러보았다. 낯선 도시에서 낯선 사람들과 함께 사는 낯선 집. 스물 평생 단 한 번도 만난 적 없던 사람들과 함께 밥을 먹고, 같은 화장실을 쓰면서, 난생 처음 만난 녀석과 살 부대며 잠을 잔다는 사실이 삼천포는 새삼 믿기지 않았다.

"어이, 룸메이트. 나도 밥 좀 더 줘야."

의자에 앉으려는 삼천포에게 해태가 밥그릇을 쑥 내밀었다. 아무렇지도 않게 자신의 각 잡힌 생활을 침범하는, 해태의 그 모난 데 없음이 삼천포에게는 바퀴가 달라 절뚝거리며 굴러가는 수레와 같았다. 삼천포가 퍽 무시하고 자리에 앉자, 해태가 스윽 눈을 흘기고는 삼천포의 옷에 반찬 국물을 묻혔다.

"정아, 오빠 케첩."

시선은 만화책에 그대로 꽂힌 채, 쓰레기가 나정이 있는 방향으로 허공에 손을 턱 올렸다. 나정이 케첩을 멀리 들고 한심하다는 듯 쓰레기를 바라보았다.

"알았다, 알았다. 밥 묵고 볼게."

나정을 의식한 쓰레기가 허공에 젓던 손을 거두고 책을 덮었다. 부릅뜬 나정이의 눈. 여전히 째려보는 나정의 시선이 따가워서,

"또 뭐! 내 또 뭐 잘못했는데!"

쓰레기는 젓가락을 픽 내려놓고 나정에게 따져 물었다.

"오빠."

"왜, 도대체 왜 그라는데?"

"니 오늘 실습 간다 안 했나? 여덟시까지 가야 한다메?"

순간, 불에 덴 듯 자리에서 일어난 쓰레기가 화닥닥 거실로 달려 나갔다. 쓰레기가 안경과 가방을 찾는 소리가 하도 요란해서, 잘 먹었습니다, 하고 작게 일어나는 윤진의 목소리가 하마터면 묻힐 뻔했다. 가운데로 가르마를 탄 단발머리 때문에 정대만이라는 별명을 가지고 있던 윤진이었다. 조용하면서도 날카로운 윤진에 대해 모두가 알고 있는 두 가지 사실은 여수 출신이라는 것. 그리고 광적으로 서태지를 좋아한다는 것이었다.

"왜, 좀 더 묵지? 가시나 저거 또 콩알만큼 묵었네."

밥그릇을 빤히 살피는 일화의 말을 뒤로 한 채 윤진이 스르륵 부엌을 빠져나갔다.

"근디 친구, 니 허리 안 좋냐? 제대로 앉아 있지를 못하그만."

해태가 좀처럼 가만히 앉아 있지를 못하는 나정에게 묻는데,

"니 또 도졌나?"

일화가 걱정스러운 눈으로 거들었다.

"요새 좀 뛰어댕깄더만 쪼매 아프네."

아빠다리로 앉아 허리를 툭툭 두드리던 나정이 움찔, 표정을 찡그렸다. 그런 나정이 동일은 여간 불만스러운 게 아니었다.

"연~설하고 자빠졌네! 아부지 야구 보러는 한 번을 안 오는 것이 만날 천날 딱딱한 농구장 의자에 앉아 있는디 허리가 남아나겄는가? 너 오늘 또 농구장에 갔다만 봐봐! 확 머리카락을 밀어버릴라니께."

눈을 부라리던 동일이 결국 나정을 향해 숟가락을 확 치켜들었다.

설령 머리를 밀어버린다고 해도, 농구장에 안 갈 나정이 아니었다. 게다가 오늘은 93-94 농구대잔치 남자부 결승 3차전이 있는 날! 팬들의 함성 소리, 팬들의 플랜카드, 격렬한 경기 소리로 가득한 체육관 전광판에 '연세대 VS 상무, 0:0'이 뜨고, 경기가 시작됐다!

"서장훈! 골대 밑에 니가 들어가라고! 우리 오빠 다친다고!"

발악을 하며 상민오빠를 부르던 나정이가 상무 팀을 향해 삿대질을 했다. 전광판 점수, 20대10을 가리키고, 엎치락뒤치락하던 전광판 점수가 순식간에 42대42를 가리켰다.

"아니다! 아니다! 심판 이 동태눈아! 똑똑히 봐라, 좀!"

상민오빠의 반칙이 세 개가 되었을 때, 바락바락 소리를 지르던 나정이 허리를 잡고 자리에 주저앉았다. 찌릿한 통증이 순식간에 폐부를 훅 찌르

는 것만 같았다. 저절로 숨이 가빠졌다. 계속되는 상무의 역공, 상무 팬들의 환호성. 급기야 전광판 점수가 71대71에서 상민오빠가 5반칙 퇴장을 당하자, 나정은 벌떡 일어서다가, 졸지에 눈앞이 아득해지는 것을 느꼈다.

"상무는 연세대를 92대82로 꺾었습니다. 93-94 농구대잔치 남자부 챔피언 결정 4차전은 내일 오후 두시 반, 잠실 학생체육관에서….”
기자의 말이 채 끝나기 전에 쓰레기는 텔레비전을 껐다. 죽은 듯이 누워있는 나정의 얼굴 위로 휘휘 손을 젓다 말고 일어나려는데,
"아직 안 잔다.”
나정이 계속 눈을 감고, 나지막이 중얼거렸다.
"가시나, 허리도 아픈데 뭐 한다꼬 거기까지 가는데. 니 디스크 터지면 수술해야 된다. 나이 스물에 지팡이 짚고 댕기고 싶나.”
다시 앉으며, 쓰레기가 나정의 머리를 건성으로 쓰다듬었다.
"평생에 한 번 뿐인데 우짜노.”
"니 허리도 한 개 뿐이거든. 그리고 베개 좀 낮게 베라, 가시나야. 목 디스크까지 걸리고 싶나. 하여튼 못된 버릇은 다 갖고 있다.”
나정이 반으로 접어 높이 올린 베개를 쓰레기가 투덜거리며 내렸다.
"오빠, 커튼 좀 쳐도.”
"지랄. 고마 디비 자라.”
"커튼을 쳐야 잠들지.”
거칠게 나정의 눈을 손으로 확 가리는 쓰레기의 손짓.
"됐제? 이제 불 한 개도 안 들어오제?”
"오빠, 우유. 우유 좀 데워 온나. 그거 묵으면 잠 올 것 같다.”

"내가 니 하인이가? 잠이 안 오면 고마 누워서 텔레비전이나 보든가, 가시나야. 늙은 오빠 그만 부리 묵고!"

 말은 그렇게 했지만 툴툴거리면서도 자리에서 일어나는 쓰레기였다. 멀어지는 쓰레기의 발소리를 들으면서, 나정은 눈을 감은 그대로 미소를 지었다.

 다음 날 아침, 동일과 일화만이 먼저 앉아 있는 밥상에서 나정의 이야기가 빠질 리 없었다.

"근데 가시나 저저 허리 때문에 걱정은 걱정이다. 저래가 어디 시집이나 갈 수 있겠나?"

 일화는 내심 속이 타서 나정이 누워 있는 안방을 훑었다. 동일이 고개를 끄덕였다. 윽박지르기는 했지만 나정이 걱정되기는 동일도 마찬가지였다.

"요 앞에 샬롬하숙이라고 안 있나?"

 일화가 동일의 팔을 넌지시 잡으며 말소리를 낮췄다.

"알제."

"그 집에 딸이 셋 있었는데, 싹 다 하숙하던 법대생이랑 결혼시킸단다. 첫째는 판사, 둘째는 검사, 막내는 변호사라 카더라."

 동일의 솔깃한 표정을 읽은 일화가 때를 놓치지 않고,

"우리 나정이도 안 야무지나. 우리도 하숙하는 애들 중에서 사윗감 좀 찾아보까?"

 하고 눈을 반짝이며 물었다. 입이 쩍 벌어진 동일에게도 그럴싸한 이야기였다. 순천 최대 버스회사 사장의 장남, 해태. 삼천포 최대 안강망 어선 선주의 막내아들, 삼천포. 단 한 번도 수석을 놓쳐 본 적 없는 천재 의대생, 쓰레기. 그러고 보면 저마다 촌티는 줄줄 흘러도 지방에선 알아주는 집안에, 나름 크게 될 재목들이었다. 동일 입장에서는 일화 말대로 장기투자를 해볼 만했다.

동일과 일화가 슬며시 공모의 웃음을 주고받는 사이, 해태와 삼천포 그리고 윤진이가 차례차례 부엌으로 들어왔다.

"느그 오늘 뭔 일 있나? 재킷을 다 걸치고? 어데 가나?"

일화가 오늘 유난히 옷과 머리에 힘을 준 해태와 삼천포를 번갈아 보면서 묻자,

"오늘 우리 과 단체미팅 잡혔어요."

해태가 어깨를 으쓱하며 대답했다.

"억수로 재밌겠는데. 어데랑 하는데?"

"숙대 무용과요."

삼천포 역시 은근히 자랑스러웠는지 목소리 끝에는 잔뜩 힘이 들어갔다. 서울에 와서 하는 첫 미팅이 여대, 그것도 무용과였다. 이것은 엄연한 출세. 해태와 삼천포는 어느새 의기양양함으로 연대의식을 쌓아 빳빳이 고개를 쳐들었다. 이제 막 바람이 들어가는 풍선 기구처럼 해태와 삼천포의 얼굴은 고결한 기대로 부풀어 가고 있었고 불쑥, 기대는 설렘으로, 설렘은 흥분으로 커져갔다.

"숙명여대 무용학과?"

삼천포가 테이블 사이로 마주 앉은 여대생을 빤히 쳐다보며 말꼬리를 올렸다.

"내가?"

삼천포와 짝이 된 이순자는 도리어 당황스럽다는 듯 퉁퉁한 손으로 자신을 가리키며 물었다.

빵! 하고 사그라진 기대와 설렘과 흥분이 부스러기가 되어 하늘로 나풀나풀 올라가고 있었다. 삼천포는 그 부스러기라도 잡고 싶어서, 안간힘을 주어 되물었다.

"무용?"

"무용? 아니, 무역!"

무용과와는 거리가 있는 몸매에 떴는지 안 떴는지 한참은 들여다봐야 할 눈매, 입술보다 두껍게 바른 립스틱자국. 이순자는 코믹만화에서 갓 튀어나온 것만 같은 표정으로 씰룩 웃었다.

빵! 뚫려버린 삼천포의 마음에서 줄줄 허무함이 새어나왔다. 잘못 들었겠지. 설마 싶어서, 도무지 믿고 싶지 않아서 삼천포는 또다시 간절하게 물었다. 제발!

"무용!"

"무역!"

이순자가 고개를 주억거리면서 대답했다.

"어머, 어떡해. 무용학과인 줄 알았나 보다."

상황 종결. 사태파악을 한 해태의 짝 하희라가 풋, 터져 나오는 웃음을 손으로 가렸다.

통성명을 마친 끝에 하희라가 삼천포를 향해 먼저 운을 뗐다.

"집이 삼천포면 생선 많이 먹었겠다."

"그럼 너희 집에 배도 있어?"

이순자가 장난 반 농담 반으로 끼어들었던 게 지나쳤다고 생각했는지,

"미안. 장난이니까 대답 안 해도 돼. 신경 쓰지 마."

하희라가 슬그머니 이순자를 막으며 사과를 했다.

"뭣이 미안하대. 얘네 집에 배가 3척이나 있는디. 것도 안강망으로다 60톤짜리에 30톤짜리도 두 대나 있어야."

해태가 두 서울 여자에게 삼천포 대신 설명을 덧붙였다. 하희라가 깜짝 놀라 삼천포를 쳐다보았다.

"진짜 집에 배가 있어? 완전 부자다! 삼천포 제일 갑부 아니야?"

"부자면 뭐하냐. 서울서는 상등신인디."

끝까지 눈치 없는 해태였다. 부끄러워하면서도 우쭐해하던 삼천포가 서릿바람에 찬 물을 맞은 듯 빠지직 얼어붙었다.

"야 있자네. 하숙집 처음으로 올라오는 날, 몇 시간 걸린 줄 아냐? 10시간 걸렸어, 10시간!"

"진짜? 왜?"

"하숙집 아줌씨가 서울역서 전철 타고 신촌서 내리라 했는디 신촌행 전철 기다린다고 한 시간."

듣고 있던 이순자와 하희라가 동시에 눈을 크게 떴다.

"중간 시청역서 환승하라 했는디, 나가서 다시 표 끊고 탄다고 한 시간."

다른 세계에나 있을 법한 이야기에, 두 서울 여자는 금세 흥미진진한 표정으로 바짝 당겨 앉았다.

"글고 전철서 나올 때 남의 정액권 뽑아 들고 가다가 뒤지게 맞을 뻔했당께."

입술에 잔뜩 힘을 주고 딴 데를 보면서 웃음을 참던 두 여자는,

"독수리 다방 앞에서 택시 탔는디, 기본요금만 나와 불 것을 서울 뺑뺑

돌아 요금을 이만 원하고도 백 원을 더 냈다는 것 아니냐.”

급기야 봇물 터지듯 숨넘어가도록 소리 내어 웃기 시작했다. 발을 동동 구르며,

"야, 진짜야? 지어낸 거 아니지? 너무 귀엽다!"

눈물까지 연신 콕콕 찍어내며 웃고 있는 둘 앞에서 해태와 삼천포는 말문이 막혔다.

'뭐지, 이 훈훈한 분위기는?'

길을 걷다 난데없이 뒤통수를 얻어맞은 기분이었다. 확 뒤를 돌아봤을 땐 이미 아무도 없고, 아릿한 긴장감과 찝찝함만 남은. 삼천포와 해태에겐 웃기기보다 사실, 슬픈 이야기였다. 알싸한 불쾌함이 삽시간에 퍼져 감각을 잃은 표정으로 삼천포와 해태는 그저 서로를 바라볼 뿐이었다.

나정이 잠에서 깨어났을 때 집에는 아무도 없었다. 날이 선 고통이 온몸 깊숙이 스며들어서, 나정은 스르르 기어서 거실로 나와야만 했다. 도착한 자장면을 한 그릇 다 비우고, 나정은 텔레비전 앞에 인어공주처럼 자리를 잡았다. 직접 체육관을 갈 수는 없더라도, 연세대와 상무의 4차전 경기를 놓칠 수는 없었다. 텔레비전을 틀자마자 캐스터의 다급한 중계 목소리가 팍! 거실 위로 튀어 올랐다.

"이상민의 빠른 드리블!"

고개를 쭉 뺀 나정이 연달아 감탄사를 뱉으며 가슴을 쳤다. 좀처럼 소화가 되질 않아서, 트림을 하는데도 뱃속에서는 요란하게 천둥번개가 치고 있었다.

"바스켓 굿! 이상민 추가 자유투를 얻어 냅니다. 연세대와 상무, 77대

76."

나정이 환호성과 함께 주먹을 불끈 쥐어 올렸다. 순간, 나정의 뱃속에서 거대한 성이 우르르 무너지는 소리가 들려왔다. 이제는 참을 수 없을 만큼 배가 아파왔다.

"아, 이상민의 반칙 4개째!"

캐스터의 목소리를 뒤로 하고 나정은 팔을 지렛대 삼아 화장실로 기어갔다. 서서히 심장박동이 빨라졌다. 백 미터 달리기를 전력질주하고 있는데 막상 골인지점이 없는 것처럼, 나정의 몸과 마음은 따로 놀고 있었다. 한계였다. 방바닥에 척 붙어 있는 나정의 손바닥에서 진땀이 흘렀다. 등 뒤에서 들려오는 TV 속 휘슬소리.

"상무, 정재근 5반칙! 아주 거칠어요. 오늘 경기, 정말 일촉즉발입니다."

나정은 욕실 앞에서 몸을 옆으로 돌려, 천천히, 허리를 잡으며 일어섰다. 욕실 문간을 잡고 후들후들 떨리는 다리로 겨우 왼쪽 욕실 슬리퍼를 신었다. 나정은 저절로 한숨이 나왔다. 오른쪽 슬리퍼는 지금 서 있는 자리에서 적어도 세 걸음은 떨어진 곳에 놓여 있었던 것이다. 나정은 쪼그려 앉아 슬리퍼를 향해 손을 내밀다 말고, 우지끈, 허리가 끊어지는 통증에 '악!' 비명을 질렀다. 마지막 방법. 느리게 일어서서 나정은 슬리퍼를 향해 발끝을 내밀었다. 닿을 듯 말 듯, 아슬아슬, 위태위태하게 거의 닿으려는데,

"놓치지 않고 바짝 따라오는 상무. 연세 위험합니다. 위험해요!"

거친 휘슬소리와 함께 허공에서 나정의 발이 붕 떴다. 반대쪽 다리도 허우적거리는가 싶더니, 순식간에, 나정은 그대로 미끄러져 욕실에 큰 대자로 뻗고 말았다.

일그러진 얼굴로 나정은 한참 동안 끙끙대고 있었다. 눈을 떠 보니 이미 병원이었다. 움직일 수도 말할 수도 없어서, 아니, 어떻게 해야 이 통증이 가실 줄을 몰라서 나정은 병실 침대에 누워 그저 소리 죽여 앓아야만 했다. 나정의 눈가엔 툭, 쏟아진 눈물이 고여 있었다.

병실 문이 열리는 소리에 나정이 간신히 고개를 돌렸다. 흰 가운을 입은 쓰레기가 조용히 병실 안으로 들어섰다. 볼을 타고 흘러내리는 눈물을 차마 닦지 못하고, 나정은 테이블 위에 쓰레기가 내려놓는 것들을 가만히 바라보기만 할 뿐이었다. 머그잔 가득 김이 피어오르는 우유, 연세대 농구부가 우승하면 주기로 약속했던 서태지 2집 테이프를….

쓰레기가 나정의 머리에 베개 하나를 더 받쳐주며 나지막하게 물었다.

"많이 아프나."

그렇다는, 나정이의 고갯짓.

"잠은? 잠 오겠나?"

깊은 눈으로 나정이를 바라보던 쓰레기가 나정의 눈가에 고인 눈물을 닦아주었다. 쓰레기의 손이 잠시 나정이의 볼에 머물렀다. 그런 쓰레기를 물끄러미 올려다보는, 물기어린 나정의 눈길. 쓰레기가 나정이의 링거 양을 조절하고, 창가 쪽으로 가 커튼을 쳤다.

나정이 안쓰러워 시선을 겨우 거둔 쓰레기였다. 은근한 스탠드 불빛만 남은 자리. 쓰레기는 등 뒤에서 들려오는 나정의 풀 죽은 울음소리에 마음 깊숙이 묶여 있던 단추 하나가 애잔하게 떨어지는 것을 느꼈다. 대신 아파줄 수도, 낫게 해줄 수도 없었다. 세차게 번져오는 애틋함과 미안함이 그림자가 되어 쓰레기의 몸과 마음 위로 드리워졌다. 지금 이 순간, 쓰레기가 나정에게 해줄 수 있는 것은 단 하나였다. 미미한 어둠 속에서 쓰레기는 가운을 벗었다.

나정의 옆에 누운 쓰레기가 한 팔로는 팔베개를, 한 팔로는 나정의 머리를 쓰다듬었다. 오래도록 머무는, 순한 쓰레기의 손길. 그 손길이 이제는 정말 괜찮다고, 함께 있어 주겠다고 말해주는 것만 같았다. 이른 아침의 생기를 모아 토닥토닥 감싸주는 것만 같았다. 나정은 쓰레기의 품에 폭 안겨서, 가만히 눈을 감았다.

나정에게는 오빠가 하나 있었다. 어릴 적 나정의 꿈은 오빠와 결혼하는 것이었다. 삶의 어느 때나 나정은 오빠가 있었기 때문에 웃을 수 있었고, 즐거웠고, 든든했다. 오빠의 무릎을 베고 잠들었을 때의 그 바람, 햇살, 온기, 동네의 냄새. 나정은 어느 것 하나 잊을 수도, 지울 수도 없었다.

나정에게는 오빠가 하나 있었다. 그리고 나정의 오빠에게는 소꿉친구가 하나 있었다. 동네를 누비고, 장난을 치고, 해사한 웃음을 나누던 그 시간 속에서 세 사람은 언제나 함께였다. 셋은 언제까지나 영원히 함께일 줄 알았다. 하지만 어느 봄날, 마치 거짓말처럼 나정의 오빠가 멀리, 아주 멀리 떠나버렸다.

그날 이후, 쓰레기는 나정이의 오빠가 되었다. 사람의 마음은 어디에서 어떻게 깊어지는 것일까. 나정이 스르륵 눈을 떴다. 까무룩 먼저 잠든 쓰레기의 얼굴을 나정은 처음 마주하듯 눈으로 찬찬히 살폈다. 큼지막하지만 유연하고 보드라운 손, 조금은 낮고 뭉툭한 코, 곧게 뻗은 목선, 짧은 눈썹 사이에 깊게 자리 잡고 있는 흉터, 짙은 페퍼민트 향기. 쌔근거리는 쓰레기의 숨소리가 나정이의 볼 위로 포근하게 내려앉았다. 솜털이 부스스 일어났다. 나정이는 훅 끼친 간지러움이 어딘가 모르게 부끄러워서, 쓰레기의 품으로 고개를 폭 묻었다. 심장소리가 어렵게 자리자리한 느낌. 나정은 콩콩 튀어 오르는 심장소리를 들으면서, 쓰레기를 더욱 더 꽉 껴안았다.

쓰레기의 모든 것이 분명 그대로였는데, 그날 밤, 나정이는 쓰레기가 낯설어졌다.

새로운, 신촌하숙의 아침.

티격태격하는 장국영과 해태, 유령 같은 윤진, 빠트린 물건을 챙겨 실습 가기 바쁜 쓰레기까지. 나정이 퇴원을 하고 돌아온 뒤에도 신촌하숙의 아침 풍경은 크게 달라지지 않았다. 그래도 오늘 아침, 평소와 한 가지 달라진 점이 있다면, 독방에 새로운 사람이 들어왔다는 것.

"빙그레야. 아침 묵자! 부엌으로 내려와서 식구들한테 인사 좀 해라!"

일화가 2층을 향해 빙그레를 부르자,

"이름이 빙그레라고 그라든가?"

동일이 흘깃 일화를 보며 물었다.

"고향이 충청도라 캐서, 내 당신 기준으로 빙그레라고 이름 붙였다 아이가. 충남에서 제일 큰 양계장을 운영하는 집이란다."

처음 뵙겠습니다, 하고 빙그레가 환하게 웃으며 부엌으로 들어왔다. 티 없이 맑고 순진한 인상이 단박에 일화와 동일의 마음에 들었다. 독방에 들어왔었던 얄궂은 서울 학생들 때문에 일화는 일부러 군말 없이 지방 학생을 뽑은 터였다.

"어제 짐 정리가 늦어져서, 사촌이 같이 잤거든요. 아침밥 같이 먹어도 되죠?"

"그려. 빨리 오라 그래."

동일이 빈자리를 턱짓으로 가리켰다. 안 그래도 여기, 하며 빙그레는 뒤를 돌아보았다. 야구 모자를 벗고 꾸벅, 인사를 하던 빙그레의 사촌은 한눈에 보기에도 키가 훤칠했다. 동일이 화들짝 놀라 들고 있던 숟가락을 떨어뜨리고는,

"오매 이게 누구대? 니 휘문고 칠봉이 아니냐?"

단박에 현 대학야구 최고 우완 투수를 알아보았다. 칠봉이. 93년 봉황대기 고교야구대회에서 일곱 경기 모두 완봉해서 붙여진 이름이었다.

"안녕하세요, 코치님."

칠봉이가 서글서글하게 웃으며 동일에게 인사를 건넸다.

"그래. 몸 잘~ 간수해서, 꼭 서울쌍둥이로 와라이? 오비로 가는 날엔 니랑 나랑은 좆이여, 알겠는가?"

"네. 알겠습니다."

씩씩하고 서글서글한 칠봉이를 동일은 흐뭇하게 바라보았다. 모두가 식탁에 빙 둘러앉아 다시 밥을 먹기 시작했을 때, 동일이 식탁 밑으로 일화의 발을 살짝 쳤다. 찡긋, 하는 동일의 눈웃음에 일화도 무슨 뜻인지 알겠다는 듯 넉넉한 웃음을 지었다.

그러니까 오늘 아침, 나정이의 새로운 신랑감 후보가 두 명이나 더 나타난 것이다.

〉〉 2013년 9월, 서울특별시 마포구 상암동

욕실에서 나오던 나정이 초인종 소리에 현관 앞으로 다가선다. 인터폰 화면을 누르자, 화면 안으로 다섯 남자가 가득 들어온다.

"어떻게 다 같이 왔지?"

쓰레기, 칠봉이, 해태, 장국영, 빙그레의 얼굴이 인터폰 화면 위로 옹기

종이 모여 있다. 하나같이 말끔하고 깨끗한 정장 차림의 다섯 남자는 인터폰 화면을 거울삼아 얼굴을 보다가, 나정의 목소리에 반갑게 손을 흔든다.

"커피는?"

대답 대신 저마다 커피를 들어 보이며 싱긋 웃는 다섯 남자들. 나정이 덩달아 작게 웃고, 아파트 입구 잠금 해제 버튼을 누른다. 하나 둘 인터폰 화면 밖으로 사라지면서, 나정은 곧 집 안으로 들어올 다섯 남자를 기다린다.

이 다섯 남자 중에, 나정의 남편이, 있다.

#3
신인류의 사랑

〉〉 1994년 3월, 서울특별시 서대문구 창천동

베개에 겨우 걸친 머리, 수염이 까칠한 얼굴, 숨소리를 따라 작게 들썩이는 몸. 나정은 의자에 앉아 잠든 쓰레기를 오랫동안 바라보았다. 활짝 젖혀진 커튼 사이로 들이치는 희디 흰 햇빛이 쓰레기의 맨 등을 가볍게 물들였다. 어깨에서 팔로 이어지는 곡선이 물결처럼 원만해서, 허리에 곧게 새겨진 근육이 두드러져서 나정은 불쑥 묘한 감정에 사로잡히고 있었다. 열린 문틈으로 미온한 바람이 불어왔다. 훅 끼치는 페퍼민트 향에 나정은 아주 잠깐 숨을 멈추고 마음을 가다듬어야만 했다.

"오빠야, 오빠!"

살가운 나정의 목소리. 쓰레기는 반응이 없었다.

"어이, 오빠야."

의자에서 일어난 나정이 다시 쓰레기를 불렀다. 꿈쩍도 하지 않는 쓰레기에게 스리슬쩍 짜증이 올라왔다. 나정은 두 옥타브쯤은 높은 목소리로 버럭, 쓰레기를 흔들어 깨웠다.

"어이, 쓰레기! 엄마가 밥 먹으란다. 일어나라, 쫌!"

"내 밥 안 묵는다. 밥 안 묵어도 된다. 밥 안 묵을 끼다."

이불을 푹 뒤집어쓰고, 돌아누운 쓰레기가 잠결에 중얼거렸다.

"야, 문딩아! 첫 과 엠티다. 니도 오늘 엠티 간다메. 퍼뜩 일어나라!"

나정이 발로 쓰레기의 몸을 찌르다 말고,

"안 일어나나, 이래도 안 일어나나!"

침대 위로 올라가 쓰레기를 간지럼 피기 시작했다. 허공에 손만 휘젓던 쓰레기가 나정이를 와락 안아 눕혀, 꽉 껴안았다. 더 자자고 장난치는 쓰레기의 품에서,

"아 쫌, 또 왜이라는데. 하지 마라."

나정은 빠져나오려 아등바등 거리고 있었다. 쓰레기가 얄밉게 나정의 볼에 까끌까끌한 턱수염을 문질렀다. 뿔이 난 나정을 아는지 모르는지, 그만 하라는 나정의 선전 포고에도 쓰레기의 장난은 계속됐다.

"죽이 뻔다, 니!"

나정이 순식간에 쓰레기의 팔을 있는 힘껏 깨물었다. 숨 막힐 듯 나정을 꽉 끌어안으며 놓아주지 않던 쓰레기가 이불을 제치고 숨넘어갈 듯 데굴데굴 침대 위를 굴렀다.

'내가 미쳤지, 미쳤어. 저거한테….'

머리가 산발인 채로 쓰레기의 방을 빠져나오면서, 나정이 멍하니 고개

를 흔들었다. 때마침 거실에 놓인 전화기가 요란하게 울리고 있었다.
"누군데?"
침대에 앉아 삐삐를 만지작거리던 쓰레기가 나정을 향해 뒤를 돌아보았다.
"니 여자친구."
나정이 무선전화기를 들고, 쓰레기의 방문 앞에 삐딱하게 기대섰다. 아침부터 자기소개도 없이, 새침한 서울말로, 대뜸 쓰레기를 바꿔 달라니? 나정은 전화기에 대고 거친 육두문자라도 날릴 기세였다. 애써 심드렁한 척 하고는 있지만, 나정은 사실 모든 게 궁금하고 알고 싶어서 미칠 노릇이었다.
전화기를 확 낚아 챈 쓰레기가 얼른 나가, 하고 입모양으로 나정을 밀어냈다. 입을 삐죽, 휙 돌아선 나정이 한 걸음 성큼 떼는데,
"어, 자기야. 오늘 엠티 가면 술 많이 안 먹지. 내일 아침 일찍 만나러 갈게."
뒷목이 덜컥 뻣뻣한 느낌. 나정이는 쓰레기의 자상한 서울말에 그대로 멈춰 섰다. 몇 번을 주저하던 쓰레기가 이내 결심한 듯 전화기에 대고 뽀뽀를 했다.
"자기야, 사랑해~"
쓰레기의 애정표현에 부질없이 설렜다가, 화가 끓어올랐다가, 슬픔이 타올랐다가, 이 모든 게 결국 야릇한 소용돌이가 되어 어느새 나정을 휘몰아치고 있었다. 아뜩하게 서 있다 말고, 나정은 전화기를 내려놓는 쓰레기에게 매달려서 금방이라도 머리를 쥐어뜯고 싶었다. 한판 크게 대거리를 해서 나정은 어떻게든 득달같이 달려든 분을 풀고 싶었다. 그러나 현실은

삐삐 사용 설명서를 보던 쓰레기가 획 뒤돌며 나정이를 불렀다. 바로 뒤에 서서 저주라도 퍼붓는 표정으로 서 있는 나정을 보고 식겁, 자지러진 것은 도리어 쓰레기였다.

"뭐꼬, 가시나야. 니 안 나갔나."

"자기야, 뭐를 해?"

나정이 입을 삐죽거리며 배배 꼬았다.

"뭐! 연애하면 그럴 수도 있지. 얼라들은 몰라도 된다."

쓰레기가 부끄러워 오히려 큰 소리로 나정이를 나무라다가,

"내 삐삐 인사말 녹음 좀 해도."

손에 들고 있는 삐삐와 사용 설명서를 들어올렸다. 나정이 표독하게 돌 변했던 표정을 슥 지우고, 쓰레기 옆에 앉아 삐삐를 뺏어들었다. 아무리 그 래도 나정이 고분고분 해줄 리 없었다.

"빨리도 샀다. 이제 삐삐 사는 사람, 오빠밖에 없을 끼다. 요새 같은 세상, 빨리 안 따라가모 확 뒤쳐진다. 요 삐삐 없이 어찌 우리가 엑스세대라 할 수 있겠노."

"엑스세대고 나발이고, 내는 고마 전화기가 좋다. 눈만 뜨면 획획 바뀌어서 요즘 아들, 통 못 따라가겠다."

나정이 삐삐를 쓰레기에게 흔들어 보이며 강조했다.

"이런 최첨단에 얼른 적응을 해야 살아남는다. 첨엔 좀 복잡해도, 쓰다 보면 쉽다. 근데 니 인사말, 노래로 힐래? 말로 할래?"

노래로 하겠다고 했지만, 쓰레기의 노래 선곡은 최악이었다. 스틸하트의 〈쉬즈 곤(She's Gone)〉. 전화하는 여자들에 대한 배려가 눈곱만큼도 없는 쓰레기에게 나정이 한심하다는 듯 혀를 내둘렀다.

"그냥 〈신인류의 사랑〉으로 해라."
"그게 뭔데?"
"공일오비의 신인류의 사랑! 〈가요톱텐〉 5주 연속 1위, 골든 컵! 그것도 모르나!"

 나정이 답답해 소리쳤다. 좋다고 실실 웃는 쓰레기를 뒤로 하고 나정은 더블 데크 카세트에 공일오비 테이프를 넣었다. 3번, 부가서비스. 이어서 2번, 인사말 녹음. 나정이 전화기를 귀에 대고, 음성 서비스에 따라 순서대로 번호를 눌렀다. 쓰레기가 나정의 신호를 기다리며 재생 버튼 앞에 손가락을 갖다 댔다. 이건 여러모로, 손발이 착착 맞아야 하는 일이었다.
 '삐 소리가 나면 인사말을 남겨주세요.'
 수화기 건너편에서 들려오는 목소리에 나정이 긴장의 눈빛으로 쓰레기를 바라보았다. 같은 눈빛으로 응수한 쓰레기가 고개를 끄덕였다. 일촉즉발의 진지한 상황. 두 사람이 서로 마주 보는 가운데,
 '삐―'
 안내음이 울렸다. 나정의 눈짓이 떨어지기 무섭게 쓰레기가 얼른 재생 버튼을 눌렀다. 전화기를 스피커에 갖다 대는 나정의 손길이 날렵했다. 카세트에서 〈신인류의 사랑〉 전주가 나오고, 모든 게 완벽하게 이루어졌다고 나정이 생각하는 순간,
 "아, 이 노래! 내 이 노래 안다."
 반색하는 쓰레기의 목소리가 쑤욱 끼어들었다. 열 받아서 카세트 정지 버튼을 누르는 나정을 쓰레기가 영문을 몰라 해맑게 바라보았다. 나정이 쓰레기의 등을 맵게 후려쳤다.
 "거기서 말을 하면 우짜는데! 니 목소리까지 다 들어간다."

"몰랐다. 내 몰랐다. 이번엔 조용히 할게."

"이번에는 아무 소리도 내지 마라. 이거 보통 어려븐 일이 아니란 말이다."

되감기 버튼을 누르며 나정이 쓰레기를 단단히 단속시켰다. 쓰레기가 입을 꾹 다물었다. 나정이 되감기 버튼과 재생 버튼을 번갈아 누르며 노래 시작점을 맞췄다. 긴장이 줄줄 흐르고, 쓰레기와 나정이 비장의 눈짓을 주고받는데,

'삐―'

또다시 안내음이 울렸다. 이번에는 죽이 맞아 둘 다 초긴장 상태로 '신인류의 사랑' 전주에 집중하고 있었다. 그때였다.

"우~ 샤랄랄라, 우~ 샤랄랄라."

삼천포가 간드러지는 허밍을 하며 쓰레기의 방으로 들어온 것은.

"식사하시라는데요, 행님."

놀라서 뒤를 돌아보는 쓰레기와 나정에게 삼천포가 눈을 씽긋, 박자를 맞췄다.

"우~ 대형잡채. 우~ 제육볶음."

그렇게 삼천포는 멀어지고, 쓰레기와 나정은 넋 나간 표정으로 전화기를 내려놓았다. 수화기 건너편에서 녹음이 완성되었다는 목소리가 툭 튀어나왔다.

모두가 강촌으로 엠티를 떠나고, 일화는 오랜만에 꽃단장이 한창이었다. 하숙집 운영 이래 저녁밥 짓기에서 해방된 건 처음이었다. 외식하자는 동일의 말에 일화는 모처럼 들떠 있었다. 일화가 외투를 걸치고 방에서 나왔

을 때 거실 소파에는 동일과 칠봉이 그리고 빙그레가 쪼르르 앉아 있었다.

"칠봉이, 니 아직도 집에 안 갔나. 니도 여기서 하숙하지 그라노."

일화의 말에 넉살 좋게 웃던 칠봉이 옷매무새를 다듬으며 일어섰다.

"갈라고? 더 있다 가라. 어차피 우리도 나갈 끼다. 집에서 텔레비전 보고 있어라."

"아니에요. 저희도 약속이 있어서 나가봐요 돼요."

빙그레가 재킷을 입고 자리에서 일어나면서 칠봉이 대신 대답했다. 동일과 일화가 가려는 갈빗집은 잠실야구장 앞, 칠봉이와 빙그레의 약속도 잠실 방향이었다. 나란히 차에 오른 넷은 저마다 다른 방향을 보며 올림픽대로를 건넜다. 룸미러로 빙그레를 보다 말고, 일화는 무언가 퍼뜩 떠올라서 고개를 돌렸다.

"근데 빙그레, 니 오늘 엠티 안 갔나? 빠지면 안 되는 총 엠티라 우리 쓰레기도 가던데."

"전 엠티 취미 없어요. 가면 술만 먹고, 오늘 중요한 약속도 있고."

우물쭈물하는 빙그레를 보다 말고, 일화가 다급하게 동일을 쳤다. 일화의 잔소리와 함께 이수교차로를 무사히 빠져나온 것도 잠시, 동일의 얼굴에 초조한 기색이 역력했다. 차만 타면 으레 나타나는 동일의 징크스. 화장실이 급해서 핸들을 뽑을 듯 잡고 있는 동일의 엉덩이가 의자에서 들썩이고 있었다. 늘 막히는 구간에 다다랐다. 목적지는 둘째 치고, 일단 어디론가 빠져서 급한 불을 꺼야 했다.

"느그 시간 괜찮겠나? 좀 늦어도 되나?"

창밖과 동일을 번갈아 보며 묻는 일화에게 그럼요, 하고 칠봉이가 여유 있게 웃어 보였다.

"맞나. 근데 느그 오늘 누구 결혼식 가나? 둘 다 멋들어진 재킷을 입고."
"예. 그냥 가족 모임이 있어서."

그렇게 대답하면서, 빙그레가 칠봉이의 눈치를 슬쩍 살폈다. 결혼식 가는 거 맞는데, 하고 칠봉이가 방금 전과 같은 표정으로 빙그레의 말을 거들었다.

"진짜로? 누구 결혼하는데?"
"저희 엄마요."
"맞나, 엄마 결혼하시나?"

하다가 일화가 깜짝 놀라서 몸을 뒤로 돌렸다. 어느새 웃음기가 쏙 빠진 얼굴로 일화는 뚫어져라 칠봉이를 바라보고 있었다.

"우리 엄마, 오늘 잠실에서 재혼하세요."

담담히, 그러나 살짝 웃으며 칠봉이가 먼 데를 바라보던 시선을 거두었다.

모두가 잠든 밤. 시끌벅적한 엠티 촌 중심가로 나와 나정은 주위를 둘러보았다. 이곳 어딘가, 쓰레기 또한 엠티를 왔을 터였다. 아침부터 잡채를 막무가내로 먹은 탓인지 나정은 하루 종일 좀처럼 소화가 되지 않았다. 몸보다 큰 돌덩이가 턱, 하고 뱃속에 걸려 있는 것만 같았다. 눈으로는 계속 집들을 쫓으면서, 나정은 슈퍼 옆, 공중전화박스에 동전을 넣었다. 쓰레기의 삐삐 번호를 누르고, 안내 음성을 따라 어리광 섞인 말을 틔웠다.

"오빠. 나정인데, 오빠 지금 어디 있는데?"

게임을 하고 술을 먹고, 동기들과 이 밤이 떠나가라 왁자하게 놀았지만 그럴수록 나정의 정신은 또렷해지고 있었다. 숨을 쉬기 힘들 정도로 배가 꽉 막혀서 나정은 계속해서 한 손으로 가슴을 쳤다.

"몸에 열도 좀 있는 것 같고, 아직도 소화가 잘 안 된다. 오빠야, 음성 들으면 내한테 바로 삐삐 치라. 알긋제?"

숙소로 돌아온 뒤 나정은 내내 쓰레기의 연락을 기다렸다. 수돗가에 쪼그려 앉아 양치를 하고, 세수를 하고, 몸이 구겨질 것처럼 한데 뒤엉켜서 자고 있는 동기들 사이에 자리를 잡았을 때에도 나정은 삐삐가 울리기를 바랐다. 하지만 그날 밤, 아무리 기다려도 쓰레기에게서 아무런 연락이 없었다.

한편, 동일은 아까부터 잠깐 빠질 구간을 기다리고 있었다. 사십칠 년 평생을 살면서, 동일은 방광이 폭탄이 될 수도 있다는 것을 처음으로, 그것도 뼈저리게 느끼고 있었다. 불이 붙어버린 도화선이 내장을 따라 자꾸만 밑으로, 밑으로 타들어가고 있었다. 대치동 토박이, 서울 지리에 훤한 칠봉이가 앞을 보며,

"저기 반포대교 전에, 옆으로 빠지시면 고속버스터미널이 있어요. 거기, 화장실이 있거든요. 저기, 저기, 저기서 빠지면 돼요."

지하도 옆으로 빠지는 오른쪽 길을 다급하게 손으로 가리켰다.

"여기? 여기?"

숨을 참으면서 저도 모르게 가속 페달을 밟아버린 동일과

"지하도로 들어가기 전에, 그 전에 옆으로 빠져야 돼요. 지금! 옆으로!"

칠봉이의 시선이 험하게 엇갈렸다. 방광 폭탄이 터지기 3분 전. 동일은 이대로 온몸에 힘을 풀고 자유를 느끼고 싶었다. 묵직하다 못해 간지럽기까지 한 배의 통증 때문에 동일은 사지가 마비된 것처럼 움직일 수가 없었다. 방광 폭탄이 터지기 2분 전. 동일의 몸이 이성을 놓고 찌르르 떨려왔

다. 지하도로로 내려가 버린 동일이 망연자실해서 긴장을 늦춘 사이, 슬쩍 뜨뜻한 물이 동일의 팬티 사이로 스며들었다.

고요하고도 어슴푸레한 새벽, 잠들지 못한 나정이 홀로 엠티 촌 도로를 산책했다. 차도, 사람도 없는 적막한 길. 나정은 진동하는 풀 냄새를 깊게 들이마시며, 간간히 가슴을 치고, 작게 꺽꺽거렸다. 나정의 묵묵한 발걸음이 엠티 촌 초입까지 다다랐다. 어느새 팔뚝 위로 오소소 소름이 돋았다.
"가시나, 간도 크다. 이 새벽에 누가 잡아가면 우짤라고."
단박에 나정의 뒷모습을 알아 본 쓰레기가 운전을 하다 말고, 창밖으로 고개를 내밀었다. 나정의 걸음속도에 맞춰, 쓰레기는 아주 느리게 차를 몰았다. 마치 나정을 경호하듯 쓰레기는 일정한 간격을 두고 나정을 뒤따르고 있었다. 승용차가 옆에 딱 붙었을 때에야 나정은 화들짝 놀라서 고개를 들었다.
"타라. 오빠가 태아줄게."
됐다, 하고 나정이 투정 섞인 대답 끝에 픽, 걸음을 내딛었다.
"오빠가 우리 정이한테 또 뭐 잘못했나. 뭔데, 말해봐라."
"왜 내 삐삐 답 안 하는데."
"삐삐? 니 삐삐했나? 가시나야, 오빠 밤새 술 묵고 삐삐 어데 있는지도 모른다."
살살 달래주는 쓰레기의 착한 눈길. 토라졌던 나정의 마음이 서서히 누그러들었다.
"근데 오빠, 새벽부터 어디 가는데."
"오늘 화이트데이라고 여자친구랑 놀러가기로 했다."

표정이 굳은 채로 나정이 차 안을 들여다봤을 때 쓰레기의 옆 좌석에 놓여 있는 큼지막한 사탕 바구니가 보였다.

"내 오늘 집에 못 들어간다. 이따 어무이한테 말씀 잘 드려라. 알긋제?"

나정은 그저 앞만 보고 걸었다.

"정아, 알긋제. 니만 믿는다."

나정의 속에 묵직하게 박혀 있던 거대한 돌덩이가 갑자기 곤두박질을 쳤다. 그 소리가 요란하게 마음을 들쑤시며 굴러가는 바람에 나정은 다그치는 쓰레기에게 아무런 말도 할 수 없었다.

"오빠, 그라모 간다. 추운데 그만 숙소 들어가라."

쓰레기가 속도를 올려 나정을 앞서 갔다. 나정이 점점 걸음을 멈췄다.

백미러로 멀어져 가는 나정을 지켜보던 쓰레기가 갸우뚱, 고개를 기울였다.

'가시나, 어디 아픈가?'

알 듯 말 듯한 나정의 표정. 반사적인 걱정 앞에서 자꾸만 뒤를 내다보다가, 쓰레기는 그제야 얇은 면 티 차림으로 서 있는 나정의 모습이 한눈에 들어왔다. 아직은 푸른 미명만 번진, 손끝이 서늘한 시간이었다. 승용차를 멈추고, 차에서 내린 쓰레기가 나정을 향해 달려갔다.

"정아, 춥다. 감기 든다."

나정의 몸이 흔들, 쓰레기가 벗어서 입혀주는 점퍼에 맡겨졌다. 옷을 벗어주자마자 반팔 차림으로 뛰어가는 쓰레기의 뒷모습이 곧 승용차 안으로 사라졌다. 쓰레기가 탄 승용차가 사라진 뒤에야 나정은 제자리에 풀썩 주저앉았다.

방광 폭탄이 터지기 1분 전. 이미 동일의 방광은 이성으로 제어할 수 없는 영역에 있었다. 완전히 질려버린 동일의 얼굴이 계란 흰자처럼 동동 떠 있었다. 눈 한번 껌벅이지 않고, 동일은 까딱하면 자동차를 한강으로 급 발진할 뻔했다. 아무데나 차를 세운 동일이 바지춤을 붙잡고 엉거주춤한 자세로 우왕좌왕 사라지자, 일화는 안 되겠다, 하고 지갑을 뒤져 칠봉이에게 공중전화카드를 내밀었다.

"니 얼른 가서 엄마한테 삐삐라도 치라. 결혼식에 늦어서 못 가 미안하다고 음성이라도 남기라. 느그 엄마가 얼마나 서운하겠노."

"우리 엄마는 그러실 분이 아니에요. 아마 저 안 온 것도 모르실 걸요. 엄마랑 저랑 별로 애틋한 사이도 아닌데요, 뭘."

칠봉이는 재혼하는 것도 한 달 전에야 얘기해준 엄마를 떠올렸다. 강한 부모님 밑에서 바르고 독립적으로 자란 칠봉이라고 해도 이 순간, 조금쯤 쓸쓸한 것은 어쩔 수 없었다.

"이래 아들들은 무심하다. 느그 엄마 지금 니만 찾고 있을 끼다. 얼른 삐삐치고 온나."

"엄마랑 저랑, 한 번도 서로 삐삐해본 적 없어요."

일화가 편안하게 대답하는 칠봉이를 물끄러미 바라보다가, 다시 전화카드를 건넸다.

"그래도 엄마는 엄마다. 까불지 말고, 삐삐 치라."

칠봉이 공중전화의 숫자 버튼을 꾹꾹 눌렀다. 칠봉이 엄마로서가 아니라, 교수님으로서 살아 온 세월이 더 긴 엄마였다. 한 번도 좁혀진 적이 없던 엄마와의 거리가 오늘따라 쓸쓸하고 아득해서, 칠봉이는 한숨이 절로

신인류의 사랑

나왔다. 바로 음성 녹음 버튼을 누르려다가,

"안녕하세요, 준이 엄마예요."

칠봉이는 이 한마디 앞에서 가슴 한쪽이 먹먹하게 차오르는 것을 느껴야만 했다.

'제가 새로운 사람을 만나 새로운 인생을 출발합니다. 이렇게 또 한 번의 결혼을 결심하기까지 많은 분들의 도움이 있었습니다. 이 인사말을 통해 그분들에게 감사하고 고맙다는 말씀을 전하고 싶습니다. 그리고 아마 안 듣겠지만, 세상에서 가장 소중한 나의 아들, 준아. 엄마가 많이 미안하고, 사랑한다.'

미안하고, 사랑한다는 말의 울림이 얼마나 큰지. 칠봉은 코끝이 찡해서 수화기를 가슴에 댄 채 얼핏 하늘을 올려다보았다. 칠봉이야말로 엄마에게 미안한 맘이 들었다. 모든 것을 다 안다고 생각했지만, 정작 알려고 하지 않았던 엄마의 진심 앞에서 칠봉은 애써 장난스럽게 목소리를 가다듬었다.

"엄마, 아들. 결혼식 못 갔어. 진짜 일부러 안 간 거 아니야. 내가 본의 아니게 엄마 결혼식 두 번 다 못 갔는데, 세 번째는 무슨 일이 있어도 꼭 갈게."

칠봉이는 며칠 전, 딴 사람한테 뺏기는 건가 싶은 불안함 때문에 엄마에게 잔뜩 골을 냈던 일을 떠올렸다. 서서히 칠봉이의 얼굴에서 웃음기가 가셨다. 때때로 외로움 앞에서 오해했던 사랑이었다. 알고 보면 엄마도 똑같이 외롭고, 쓸쓸했을 거라는 생각에 칠봉은 부드러운 목소리로 다시 엄마를 불렀다.

"아들이 잘 생각해보니까… 엄마를 많이 사랑하는 것 같아요."

다음 말을 잇지 못하고 울컥, 칠봉은 애꿎은 땅만 발로 구르고 있었다.

"아저씨랑 싸우지 말고 사이좋게 신혼여행 잘 다녀오시고. 뭐, 솔직히 백 프로 진심은 아니지만, 결혼… 축하해요."

집으로 돌아온 뒤에도 쓰레기가 덮어준 점퍼를 입고, 나정은 멍하니 책상 앞에 앉아 있었다. 도무지 체기가 가시질 않았다. 옷에 깊숙이 밴 쓰레기의 냄새를 맡으면서 주먹으로 툭툭 가슴을 두드리는데,
"다녀왔습니다."
불현듯 쓰레기의 목소리가 들려왔다. 나정이 점퍼를 확 벗고, 거실을 향해 귀를 쫑긋 세웠다.
"니 오늘 안 들어온다고 안 했나?"
"아이 뭐, 그기 그렇게 됐습니더."
일화의 물음에 쓰레기가 어물쩍 대답했다. 벌컥 문 열고 나온 나정이 부엌에서 밥을 먹고 있는 쓰레기의 곁을 맴돌았다. 안 들어온대메, 하고 애써 좋아하는 마음을 감추고 툴툴대면서,
"그렇게 됐다. 그라고 그거 니 무라."
쓰레기가 턱짓으로 나정의 발아래를 가리켰다. 아까 쓰레기가 탄 승용차에 있던, 여자친구에게 준다던 사탕 바구니였다. 나정이 사탕바구니를 들고 방으로 총총 들어왔다.
'헤어졌다. 헤어졌어!'
나정이 소리 없는 오도방정을 떨면서 쓰레기의 삐삐 음성사서함을 확인했다. 거기에는 한 개의 메시지, 이제는 전 여자친구가 되어버린 여자의 날카로운 목소리가 남겨져 있었다. 나정은 한 손으로 입을 가리며 끔뻑 웃었다.

인류 역사상 최첨단의 문명을 소비하는 신인류, 엑스세대. PC통신으로 사랑을 찾고, 삐삐로 마음을 전하며, 음성메시지로 이별을 통보하던 젊은 인류 속에서 나정은 어엿한 엑스세대의 일원이었다. 하지만 나정이 진심으로 설레고 가슴 뛸 수 있었던 데에는 물질이나 유행과는 다른 두 가지 이유가 있었다. 그것은 바로 날것 그대로의 젊음과 계산 없는 사랑.

나정이 전화기를 들고 침대에 풀썩 뛰어올랐다. 얼굴을 파묻은 이불 속에서 도리질을 하며 한참 동안 웃었다. 아무리 생각해도 좋아서, 나정은 결국 떼굴떼굴 구르다 말고 소리 내어 웃고 말았다. 갑자기 트림이 끄억, 올라왔다.

1994년, 스물. 나정은 지금, 서툴고 촌스러운 첫사랑을 시작하고 있었다.

#4
거짓말

》 1994년 3월의 마지막 날, 신촌하숙

"나정이, 니 내일 한 시간 일찍 일어나야 되는데 괜찮겠나."

오랜 정적 끝에 콩나물을 다듬고 있던 일화가 툭, 말문을 열었다.

"괜찮다. 냉장고서 음식만 꺼내 놓으면 안 되나. 엄마, 내일 몇 시에 나가는데?"

동일, 일화, 쓰레기가 빙 둘러앉은 식탁에 등을 보인 채 설거지를 하고 있던 나정이 그대로 서서 말을 이었다.

"첫차 탈라모 여기서 다섯시에는 나가야지."

"우리 엄마 아빠, 마산 너무 오랜만에 가, 길 잃어 묵는 거 아니가?"

"가시나. 까 묵을 게 따로 있다. 거기서 몇 년을 살았는데…."

일화가 서느렇게 말끝을 흐렸다. 소쿠리에서 콩나물을 한 움큼 집어 드는 일화의 손이 급작스럽고 어수선해서, 동일은 일화와 일화 앞에 놓인 접시를 넌지시 번갈아 보았다.

"이 사람아, 지금 뭐하는가?"

멈칫, 접시에 한가득 쌓여 있는 콩나물 머리를 맥없이 바라보는 일화의 눈길.

"왜 멀쩡한 콩나물 대가리를 다 떼어내고 그래."

맞나, 하고 대꾸하던 일화의 눈이 깊게 흔들리고 있었다. 금세 붉어지는 눈시울을 감추려는 듯 일화는 애써 웃으며 나정에게 당부했다.

"국은 밤에 한 번 팔팔 끓여놓고 갈 테니까 아침에 데우기만 해. 그래도 밥은 새 밥 해 먹여야 되니까, 엄마가 쌀 담가놓고 갈게. 나정이, 니 자고 일어나면 쌀부터 안치라."

다음 날, 이른 새벽. 나정이 부엌에서 비척비척 일화가 불려놓은 쌀을 찾고 있을 때 전기밥솥에서 '취익~' 하는 소리가 피어올랐다. 불이 켜져 있는 취사버튼. 나정은 혹시나 하는 맘에 쓰레기의 방문을 열었다.

"뭐꼬. 니 벌써 일어났나?"

책상에 앉아 공부 중이던 쓰레기가 잠이 덜 깬 나정을 돌아보며 물었다.

"쌀, 오빠가 안쳤나?"

"어. 놀면 뭐하노."

쓰레기가 다시 책으로 시선을 돌렸다. 조용히 부엌으로 들어온 나정이 싱크대 앞에 섰다. 수세미에 세제를 풀고 설거지를 하려는데, 힘주는 손이 자꾸 물을 틀려는 손잡이에서 미끄러졌다. 순간, 뒤에서 다가온 쓰레기의 손이 나정이의 손, 또 돌아가는 손잡이 위로 동시에 겹쳐졌다. 그리고 그 끝에 등 뒤에서 꽉 껴안는 쓰레기 때문에 나정은 하마터면 손에 들고 있던 컵을 놓칠 뻔했다. 얼음. 놀란 나정의 어깨에 쓰레기가 살짝 고개를 묻었다.

"우리 정이 착하네. 이렇게 착한 애를 오빠가 와 구박했을꼬."

포옹을 푼 쓰레기가 나정의 몸을 돌려세웠다.

"니 커서 오빠한테 시집올래? 오빠가 잘해 줄게. 응?"

나정은 발끝에 가만가만 힘을 주고만 있었다. 백 번이면 백 번 다 복잡한 마음. 한 걸음 더 나아가면 장난으로 받아들이지 않을 것 같고, 한 걸음 더 물러나면 부산스럽게 일어나는 생각을 들킬 것 같았다. 나정은 냉장고 앞으로 가는 쓰레기를 그냥 말없이 바라보았다.

"가시나, 이제 오빠가 하는 말에 대답도 안한다."

"…그나저나 터미널에 잘 도착했는지 모르겠다. 엄마한테 삐삐 좀 치고 올게."

나정이 앞치마에 손을 털고 급히 부엌을 빠져나가려는데,

"잘 도착하셨다. 내가 새벽에 모시다 드렸다."

등 뒤에서 들려오는 쓰레기의 목소리가 나정의 마음 위로 아릿하게 내려앉았다.

쓰레기와 나정이 함께 차려놓은 아침 식탁에 해태, 삼천포, 빙그레, 칠봉이 앉았다.

"형님, 잘 먹겠습니다!"

"야. 밥은 내가 주는데 왜 오빠한테 고맙다 하는데. 내 서운하다."

국을 칠봉이 앞으로 내려놓던 나정이 샐쭉, 뚱하게 칠봉의 말허리를 잘랐다.

"코치님하고 아주머니 안 계시면 형님이 제일 큰 어른이시잖아. 만날 공짜 밥 얻어먹는데 인사는 드려야지. 안 그래요, 형님?"

"하모, 맞다. 근데 니 혹시 우리를 친남매로 알고 있는 거 아이가?"

칠봉이 깜짝 놀라서 쓰레기를 바라보았다.

"아니에요?"

"긍께. 나도 그런 줄 알았당께."

해태의 말에도 사태파악이 안된 칠봉이와 빙그레가 멀뚱한 눈빛을 주고받았다. 쓰레기는 이때다 싶어 나정의 얼굴을 휙 끌어다 자신의 얼굴 옆으로 갖다 댔다.

"친남매 맞다! 딱 보면 모르나? 쌍둥이 안 같나? 똑같이 생겼제?"

칠봉과 빙그레가 순진하게 고개를 끄덕거렸다. 볼이 씰룩쌜룩 일그러진 얼굴로 쓰레기의 손에 잡혀 있던 나정이 쓰레기의 머리를 힘껏 들이박았다.

"거짓말도 정도껏 해라. 그걸 누가 믿겠노!"

꽥 비명을 지른 쓰레기가 얼얼한 머리를 감싸 쥐었다. 칠봉이의 머리 위로도 이제 와서야 이상하다는 듯 빨간 불이 켜졌다.

"그럼 형님은 왜 나정이 엄마한테 어머니라고 하세요? 친엄마도 아니신데?"

"아래 동네에선 우리 엄마도 엄마고, 친구 엄마도 엄마여. 밑에서는 다 그렇게 불러야."

나물을 한가득 넣고 밥을 비벼먹던 해태가 교통정리를 했다. 노란색 불이 스쳐 지나가고,

"친구 엄마한테도 엄마라고 부르는 거, 그거 진짜… 좋다."

다시, 칠봉의 머리 위로 초록색 불이 켜졌다. 때마침 거실에서 전화기

가 울렸다. 자리에서 일어나 거실로 나간 삼천포가 아, 어무이입니까? 하고 반색을 했다.

"야, 해태! 전화 받아라! 어무이 전화 오셨다!"

해태가 '봤지?' 하는 얼굴로 감동이 가시지 않은 칠봉이에게 고갯짓을 했다.

"아야, 니 괜찮냐?"

해태가 대중없는 엄마의 질문에 잠깐 수화기를 뗐다가, 무슨 일인지를 물었다. 종로에서 불이 크게 났다는 소식. 행여나 서울에 있는 아들에게 무슨 일이 있는가 싶어 다급한 목소리로 전화한 것이다. 해태가 넓디넓은 서울 지리를 설명하고는 손사래를 쳤다.

"우리 엄마 걱정도 팔자네. 별일 없으니께 걱정 마소."

그렇게 말하고 전화를 끊은 지 얼마 안 돼서 전화기가 울렸다. 또 해태의 어머니였다. 이번에는 서울의 한 대학교에서 동아리 모임 중 선배가 권한 술을 먹다가 숨진 여대생 때문이었다.

"아따, 엄마! 나 아직 동아리도 안 들었네."

해태는 동아리는커녕 매일같이 사람이 많아서 들어가지 못하는 락카페에서 술 한 방울 제대로 먹어보는 것이 소원이었다.

"나 수업 늦었어야. 알겠으니께 제발 뉴스 좀 고만 보고 드라마 보소, 드라마!"

퉁명스럽게 전화를 끊은 다음 해태는 부리나케 학교로 뛰어갔다.

늦은 오후. 나정은 테라스에 수십 켤레의 운동화를 빨아서 널어놓았다.

허리의 통증을 느끼면서도 쭈그려 앉아 화장실 청소를 하고, 방 구석구석 청소기를 돌리고, 걸레질을 했다. 거실 가득 밀물처럼 차오르는 햇살. 엄마와 아빠는 어디쯤 도착했을까. 잠깐 생각하다가, 나정은 손에 꾹꾹 힘을 주어 다시 걸레질을 했다. 2층에서 큼지막한 야구 가방을 메고 칠봉이 내려왔다.

"갈라고? 와 점심 묵고 가지?"

"그럴까?"

퍼뜩 라면 물 올려라, 하고 나정이 태연하게 부엌을 향해 턱짓했다. 잠깐 당황하던 기색을 보이던 칠봉은 흔쾌히 손을 걷어붙였다. 칠봉이 제법 긴장한 표정으로 식탁 가운데에 이제 막 끓인 라면을 내려놓았다. 후루룩 한입 먹던 나정이 엄지를 치켜들었다.

"잘 끓였다는 거지?"

"어. 내가 최근에 묵어 본 라면 중에 제일 잘 끓였다."

"라면만 10년째 끓였거든."

"맞나."

문득, 나정을 보던 칠봉이 물끄러미 말을 이었다.

"훈련할 땐 선배들한테, 합숙 가서는 후배들한테. 국민학교 3학년 때부터 끓였어."

"맞나."

웅얼웅얼, 나정의 똑같은 대답에 칠봉이 슬쩍 웃으며 라면을 먹었다.

"근데 오늘 저녁도 네가 하는 거야? 보니까 하루 종일 일만 하는 것 같던데."

"맞나."

풋, 하고 터져 나온 칠봉의 웃음소리가 커졌다. 당황한 나정이 라면을 한 사발 들이부은, 빠방한 얼굴로 칠봉을 바라보았다.

"야. 뭐가 자꾸 말끝마다 맞나야? 맞는 것도 있고, 안 맞는 것도 있고. 아무튼 다 맞지는 않아!"

"맞나?"

눈을 끔벅하고는, 나정은 저도 모르게 중얼거렸다. 의식할 새도 없이 튀어나오는 맞장구였다. 칠봉이 그런 나정을 보고 어느새 젓가락을 내려놓은 채 한참을 웃었다.

해가 기우는, 고요한 저녁. 나정이 보글보글 끓는 김치찌개의 가스불을 줄였다. 거실에 틀어놓은 텔레비전에서 전남 순천시의 한 아파트에서 도시가스가 폭발했다는 긴급 보도가 흘러나오고 있었다. 순천, 해태, 해태의 어머니. 연쇄적으로 떠오른 걱정에 나정은 거실에 놓여 있는 전화기를 들어 해태에게 삐삐 메시지를 남겼다.

나정이 습관적으로 거실 테이블을 슥 닦았다. 부드럽게 이어지던 나정이 손길을 거둔 것은 텔레비전 앞에서였다. 불쑥 눈물이 차올라서 나정은 우두커니, 텔레비전 옆에 놓여 있는 액자를 바라보고만 있었다. 물개인형을 든 나정이 동일의 품에, 나정의 오빠가 일화의 품에 안겨 있다. 그 작은 사진 속에 똑같은 옷을 입은 네 사람이 있었다. 가슴이 미어지도록 환한 웃음으로.

살아 있었다면, 좋을 나이였다. 새로운 사랑에 온 세상을 마음에 품어도 보고, 맛있는 음식도 먹고, 아름다운 곳으로 여행도 갈 수 있는. 퉁퉁 부은 눈으로 택시 창에 머리를 기대고 있던 일화는 창밖으로 멀어지는 남학생들을 눈으로 쫓고 있었다.

"우리 훈이도 살았으면 저만할 낀데. 이 좋은 세상, 뭐가 그리 바쁘다고 일찍 갔는고…."

키는 훌쩍 컸지만 아직은 순수함이 묻은 얼굴들. 그 얼굴들이 하나같이 아파서, 일화는 끝내 눈을 감았다. 견뎌낸 세월이 무색할 만큼, 일화의 감은 두 눈 속에선 어릴 때의 태훈이 그때 모습 그대로 선명해지고 있었다.

"오늘이 우리 훈이 생일이면 얼마나 좋겠노."

울먹거리던 일화의 목소리가,

"마산 사는 아들래미, 생일상 차려주고 올라오는 길이면 얼마나 좋겠노. 제삿날이 뭐꼬? 인자 스물넷뿐이 안 된 아들래미 제삿날이 뭐냐고…."

끝내 울음으로 번졌다. 훈이를 생각하면 가엾고 애달픈 그리움을 가눌 길이 없었다. 삶을 통째로 쥐고 흔드는, 뿌리 깊은 부재 앞에서 일화는 두 손을 얼굴에 묻은 채 속절없이 울었다. 피멍으로 짓찧긴 마음 위로 매울 수도, 채울 수도 없는 모진 슬픔이 맺히고 있었다. 애써 눈물을 삼키고 있던 동일이 일화의 어깨에 손을 얹었다. 일화가 천천히, 고개를 들어 창밖을 바라보았다.

"내는 세월 지나가모, 좀 둔해질 줄 알았다."

삶의 한 순간이 멀어졌어도 영원히 돌아나지 않을 새살이었다.

"나이를 먹을수록… 보고 싶어 죽겠다."

일화가 다시, 작게 흐느꼈다. 칼로 쑥 찌르고 매번 새롭게 도려내야만 하는, 한 겹 두꺼워지는 슬픔의 무늬를 고통스럽게 견뎌내야만 하는 오늘이었다.

나정이 차려놓은 저녁 식탁에 빙그레, 칠봉, 윤진이 앉았다. 야구 모자를 쓴 나정이도 마저 식탁에 앉자 칠봉이 부엌 벽 한편에 걸려 있는 시계를 올려다보았다.

"그런데 코치님, 오늘 들어오셔? 아주머니도 같이 마산엔 무슨 일로 가셨대?"

침묵. 나정은 그저 묵묵히 젓가락으로 밥알만 세고 있었다. 억지로 한 숟갈 먹은 게 신물이 되어 올라오고 있었다. 달뜬 표정의 삼천포와 해태가 부엌으로 들어왔다.

"일찍 들어왔네? 밥은? 밥 묵었나?"

자리에서 일어난 나정이 부러 밝게 해태와 삼천포를 챙겼다. 오늘은 일찍부터 락카페에 가서 줄 서 있는다더니, 생각보다 일찍 귀가한 둘을 보고 빙그레가 물었다.

"오늘은 들어들 간겨?"

"오매~ 알고 보니까 그동안 뺀지였드만."

그동안 락카페의 직원 말 그대로, 자리가 없어서 못 들어간 것이라고 생각했다. 저녁 여덟시 반, 소위 킹카로 유명한 해태네 과대표가 시원하게 락카페로 들어가는 모습을 해태가 두 눈으로 똑똑히 보기 전까지는. 나이를 십오 년쯤 절여먹은 듯한 삼천포의 패션이 문제였다. 그동안 속은 게 억울했는지 해태가 식탁에 앉으면서 인상을 썼다. 해태 앞에 밥을 내려놓던 나정이 퍼뜩, 해태의 말허리를 잘랐다.

"아, 맞다! 니 근데 엄마랑 통화했나? 별일 없다 하제?"

무슨 말이냐는 듯 올려다보고만 있는 해태를 향해 나정이 고개를 갸웃거렸다.

"오늘 순천에서 도시가스 폭발했다고 뉴스 크게 났다. 그래서 니한테 바로 삐삐 쳤는데…."

순식간에 굳은 얼굴로 벌떡 일어난 해태가 부엌을 빠져나갔다.

무선전화기를 버튼을 누르는 해태의 손길이 초조했다. 통화 중임을 알리는 소리. 방 안을 서성거리는 해태의 입술이 바싹 타들어갔다. 계속해서 버튼을 누른 끝에, 딸깍하며, 전화를 받는 엄마의 목소리가 들려왔다.

"여적까지 전화 안 받고 뭐했당가! 아따, 사람 환장해부는 줄 알았네!"

해태는 안도감에 버럭, 소리부터 질렀다.

"옆집 예지 엄마랑 통화했제. 왜 뭔 일인디 그라능가?"

울상이 된 해태의 목소리를 듣던 어머니가 허허 웃었다.

"아야, 순천도 겁나 커야. 순천은 뭐 코딱지만 한가. 걱정 마야. 그나저나 밥은 묵었냐?"

어, 하고 해태가 한풀 죽은 목소리로 대답했다.

"다음 주에 니 좋아하는 갓김치랑 무화과 잼 보낼 테니까 잘 챙겨 묵어. 먼젓번에 보내준 잼은 다 묵었제?"

그렇다고는 했지만, 말을 흐리고야마는 해태의 마음은 알알하게 찔리는 것처럼 따가웠다.

오늘 오후, 삐삐에 남겨진 메시지 때문에 엄마에게 전화를 걸었을 때였다. 서울에서 나는 사고라는 사고는 다 걱정하는 엄마에게 해태는 더 이상 짜증을 숨길 수가 없었다.

"알겠으니께 성내지 마야. 미안하다 미안해. 참, 엄마가 해준 무화과 잼은 다 먹었냐니께?"

맛은 있었는지, 너무 달지는 않았는지 좋아서 묻는 엄마에게 해태는 결국 귀찮아서 건성으로 대답하고 전화를 끊었다. 수업 도중에 나와 락카페로 뛰어가는 길이었다.

"안 그래도 다 먹었을 줄 알고 어제 이모 집 뒷산에 가서 무화과를 몇 포대 따왔어야."

해태가 고개를 푹 숙였다. 수화기 너머로, 마음을 헤쳐 놓는 엄마의 목소리가 지나갔다.

"근디 이번 무화과는 전 것보다는 좀 별로더라. 확실히 저번 것이 맛있었제? 무화과는 새벽에 따야 되니까 엄마가 고놈 딴다고 새벽같이 안 갔겄냐. 느그 아버지는 한 개도 안 주고, 니한테 싹 다 올렸어야."

말끝에 들려오는 엄마의 살가운 웃음소리가 해태의 귓가에 먹먹하게 머물렀다.

"아들? 듣고 있어야?"

"응. 듣고 있대."

전화를 끊은 뒤 해태는 우두커니 서서 책장을 바라보았다. 책이 아무렇게나 쌓여 있는 한 구석, 바로 그곳에 엄마가 보내준 무화과 쨈이 담겨 있는 병이 놓여 있었다. 얼마나 좋아하는 음식이었는지, 해태는 잊고 있었다. 그 음식 속에 아들이 먹는 모습을 생각하면서 행복해했을 엄마의 마음과 정성과 사랑이 담겨 있다는 것 또한. 처음으로 해태가 병뚜껑을 열었다. 입구를 꽁꽁 쌓아놓은 무화과 쨈 위로 곰팡이가 옅게 피어 있었다. 쓰라린 미안함이 차올라 해태의 눈가가 왈칵 붉게 번졌다. 휘휘 곰팡이를 걷어내고 손가락으로 크게 쨈을 떠먹은 해태가 한참 동안 창 너머를 올려다보았다.

깊게 눌러 쓴 모자. 한시도 가만히 있지를 못하는 나정의 잰 몸짓. 가방을 식탁의자에 내려놓으면서, 쓰레기는 다짜고짜 가스레인지 앞에 있는 나정을 마주 섰다. 슬프면 표정을 지워버리는 아이였다. 쓰레기는 더 슬퍼질까 봐, 더 견딜 수 없을까 봐 슬퍼도 슬퍼하지 못하는 나정을 누구보다 잘 알고 있었다. 모자를 벗긴 나정의 이마에 쓰레기가 손을 올렸다. 나정의 양볼을 두 손으로 감싸 쥔 쓰레기의 손에 열기가 닿았다.

"니 아픈데."

쓰레기의 갑작스런 손길에 놀란 나정이도 눈을 깜박, 감았다가 떴다.

"아프다고."

양팔을 껴안듯 뻗어 나정의 앞치마를 대신 벗겨준 쓰레기가 강조했다.

"뭐하노?"

쓰레기가 나정을 불렀다. 방으로 가라는 쓰레기의 손짓에 나정이 등을 돌렸다. 나정은 비로소 하루 종일 꾸역꾸역 참고 있던 감정이 목을 치고 올라오는 것을 느꼈다.

방바닥에 누워 있는 나정의 눈에 그렁그렁 눈물이 맺히고 있었다. 울면 울수록 마음이 에어서 나정은 소리죽여 어깨를 들썩거렸다. 나정의 마음속에는 숨은 집이 있었다. 아무에게도 보이지 않으려 억센 숲 속에 숨겨놓고, '없다'라며 둘러댈 수밖에 없는 집이…. 삶에서 만난 첫 번째 균열이 간힌 그 집에 좀처럼 들어갈 수가 없어서, 나정은 늘 문 밖을 맴돌았다. 가끔 오늘처럼 이렇게 그 집을 마주할 때면 스르르 무너지고야 말았다. 방 안으로 들어온 쓰레기가 나정의 머리맡에 베개를 배어주고 조용히 문을 닫았다.

그날 밤, 집으로 돌아온 일화가 나정을 품에 안았다. 일화의 품에 오래

도록 안겨 있던 나정이 넌지시,

"오빠야는 잘 있더나?"

"응. 꽃이 예쁘게 펴서… 느그 오빠야 꽃구경 실컷 하겠더라."

차분하게, 그러나 금방이라도 울 것만 같은 목소리로 일화가 대답했다.

"근데, 엄마. 내 물개인형 못 봤나?"

오빠와 오빠의 친구 그리고 물개인형과 함께였던 어린 시절을 나정은 오늘에서야 떠올렸다. 유일하게 좋아했던 인형이라 나정의 품을 떠난 적 없던 물건이었다. 그렇게 소중했던 것이 완전히 기억에서 없어질 수도 있다는 게 나정은 의아하기만 했다.

"어릴 때 만날 들고 댕기던 긴데…. 암만 찾아도 없더라."

"니 기억 안 나나?"

아무리 생각해도 떠오르지가 않는다는 듯 나정이 일화를 올려다보자,

"니가 오빠한테 선물로 줬다 아이가."

세찬 통증이 나정의 마음속 기둥 하나를 쿵, 하고 무너뜨렸다.

"훈이 마지막 가는 날, 니가 오빠한테 물개인형 선물로 줬다. 그 아끼던 거를…."

"맞나…."

나정의 볼을 타고 흘러내린 눈물이 일화의 팔베개를 적셨다. 일화가 나정을 안고 있던 팔을 들어 다독다독 나정의 머리를 쓰다듬어주었다.

방으로 돌아온 나정이 탁상 스탠드를 껐다. 베개를 받치는 나정의 손에 무언가 딱딱한 촉감이 잡혀서, 나정은 누우려다 말고 몸을 일으켜 세웠다. 플라스틱으로 만들어진 두 개의 검정 눈, 코 사이로 비죽이 늘어나 있는 수

엄, 길쭉한 몸과 날개. 물개인형이었다. 나정은 종일 흐렸던 마음이 조금은 맑아지는 것을 느꼈다. 구름 속에 숨어 있던 따뜻한 빛이 이제야 나는 것처럼.

쓰레기의 방 문을 벌컥 열고 들어간 나정이 성큼성큼 쓰레기의 침대 위로 올라갔다.

"안 잤나?"

책상 서랍을 뒤지며 무언가를 찾고 있던 쓰레기가 이불 안으로 쏙 숨어버린 나정을 돌아보았다. 예고도 없는 별똥별처럼 나정은 이불 속에서 콩콩 떨어지는 심장 소리를 듣고 있었다. 행여나 쓰레기에게 심장 소리를 들킬까 봐 나정이는 목소리를 가다듬었다.

"오빠야 니가 물개인형 샀나?"

"어. 오늘 소포로 왔더라. 전에 니가 들던 거랑 제법 비슷하게 생겼제?"

슬픔을 곁에 두지 않으려던 시간 속에서 먼저 마음을 헤아려주고 보듬어준 사람. 나정이 스스로 의식하지 못했던 기억조차 잊지 않고, 옆에 있어 주었던 쓰레기였다. 지금 이 순간, 그 사실이 낯선 두근거림으로 찾아와 나정은 고마우면서도 떨리고, 좋으면서도 울렁거리는 기분을 느끼고 있었다. 서랍에서 약통을 찾아낸 쓰레기가 나정에게 물과 함께 약을 건넸다.

"오빠. 내… 오빠한테 할 말 있다."

"뭐?"

나정이 쓰레기를 한참 바라보았다. 말하지 않으면 아무 것도 알 수가 없다. 가까운 사람이라면 더욱 더. 그래서 이 감정을 쓰레기에게 말해야겠다고 결심하는 순간,

"내… 오빠야 좋다."

나정의 심장소리가 소란스럽게 커져오기 시작했다.

"내 니 좋아한다고."

놀라서 말을 잃은 쓰레기가 눈을 크게 뜬 채 나정을 바라보았다.

"오빠, 좋아한다. 사랑한다."

긴 적막. 나정은 진지함에, 쓰레기는 당혹감에 서로가 서로를 바라보고 있었다. 그때였다.

"가시나! 죽을라고! 내 오늘 만우절인 거 모르는 줄 아나!"

픽, 하고 표정을 푼 쓰레기가 불쑥 나정의 볼을 확 꼬집어 당겼다.

"옴마야, 식겁아! 내 까딱하면 속을 뻔했다, 진짜인 줄 알고 내 얼마나 놀랐는 줄 아나!"

나정의 얼굴에 드리우는 먹구름을 알 리 없는 쓰레기가 나정의 양쪽 볼을 쭉 잡아당겼다.

거짓말 같던 오빠의 죽음도, 거짓말이 되어버린 나정의 고백도 하필이면 만우절이었다. 누구 하나 거짓을 말한 사람도 없었고, 누구 하나 속은 사람도 없었다. 때때로 현실은 거짓말보다 잔인했다. 나정에게는 거짓말에 속은 만우절 바보보다 천만 배는 더 처참한 만우절이었다.

〉〉 2013년 9월, 서울특별시 마포구 상암동

"이건 성나정 씨 꺼고."

아파트 경비실 데스크에서 나정이 아저씨에게 소포를 하나 건네받는다.

"아저씨 이름이 김재준 씨 맞죠?"

1303호로 온 소포 목록을 확인하던 아저씨가 나정에게 물었다. 소포를 품에 안은 채 목록에 쓰여 있는 이름을 확인한 나정이 웃으며 대답했다.

"우리 남편 이름 맞아요."

나정이 소포를 들고 집으로 들어왔을 때 해태는 나정의 결혼식 영상에서 축하 영상을 남기고 있는 한 남자를 보고 있었다.
"쟤 이름이 뭐더라?"
"뭐지? 갑자기 생각이 안 나네. 1학년 때 과대였는데."
스마트폰을 보다가 고개를 든 삼천포에 이어,
"무슨 야구 선수 이름이라 만날 놀렸는데."
쓰레기도 기억이 안 나기로는 마찬가지였다.
"그러니까. 타자 누구 있었는데. 그때 타자면, 류중일? 이강돈?"
빙그레가 기억의 물꼬를 틀었다.
"쌍방울 누구 아니었나? 홈런 잘 치는."
안방에서 잠깐 눈을 붙이고 나온 칠봉이도 가세했다.
식탁에 소포를 올려놓은 나정이 거실을 보며 목소리를 높였다.
"여보! 소포 왔어!"
다섯 남자가 수다를 나누느라 인기척이 없자,
"야! 김재준!"
나정이 크게 남편의 이름을 불렀다. 다섯 남자가 부엌을 향해 일제히 뒤를 돌아보았다.
이 다섯 남자 중에, 나정의 남편이 있다.

#5
차마 하기 힘든 말

》 1994년 5월, 서울특별시 서대문구 창천동

부엌으로 모인 식구들 모두, 저마다 황당한 얼굴로 입이 떡 벌어져서 아침식탁을 바라보았다. 동그랗게 수북이 쌓인 수십 마리의 전어구이. 대형 뚝배기 계란찜, 한 솥 가득 삶아 양념장을 올린 꼬막무침. 산맥을 이룬 음식들 정 가운데, 일화가 결정적으로 초대형 낙지볶음을 내려놓고 있었다. 모두가 입이 떡 벌어져서 식탁을 응시하는 가운데,

"내도 오늘 좀 과한 줄 안다. 그래도 빨리 먹고 치워야지 우짜겠노. 이거 다 느그 집에서 보내준 기다. 내가 살다살다 이래 싱싱하고 좋은 물건들은 처음 봤다."

동일이 하나 둘 수저를 드는 식탁 위로 헛기침을 하고는,

"그래도 느그 부모들이 고생해가지고 보낸 건디, 누가 보낸 건지는 알고

먹어야제."

 큼지막한 전어부터 들어보였다. 우리 집 같은데요, 하고 삼천포가 손을 번쩍 들었다. 생선이라고는 자반고등어밖에 모르고 자란 빙그레가 허겁지겁 전어를 먹자, 일화는 빙그레 앞으로 그릇을 밀어놓으면서 더 먹으라는 손짓을 했다. 해태가 빙그레를 향해 턱짓을 하며 일화에게 말했다.

 "생선 맛도 모르는 저 불쌍한 것에 비하면, 바닷가에 사는 것도 축복인 것 같당께요."

 "그래도 이래 좋은 계란 묵고 안 사나. 유정란이라고 노른자가 땡그랗다."

 일화가 계란찜 뚝배기를 손으로 가리켰다. 칠봉이 계란찜을 향해 숟가락을 내밀다가, 멀찍이 뚝배기를 주시하고만 있는 나정에게 힐끗 눈길을 주었다.

 "넌 안 먹어?"

 나정이 고개를 절레절레 흔들었다. 다음 전국 한식대첩의 주전급 선수는 꼬막. 살이 실하게 오른 꼬막을 들고 감탄하는 동일을 보던 해태가 우물우물, 말을 이었다.

 "그건 우리 엄마가 보낸 것 같은디. 이게 벌교 꼬막이어요."

 그때, 낙지볶음을 젓가락으로 집어올린 쓰레기가 일화에게 물었다.

 "근데 이 낙지는 어디서 보낸 겁니까? 엄청시리 싱싱한데요."

 "어제 저녁에 마산에서 올라온 기다. 마산에 요새 낙지 좀 들어오는 갑더라."

 "마산에는 또 누가 사는데요?"

 고개를 갸웃, 해맑게 웃는 쓰레기를 동일이 퍽 때렸다.

"느그 엄마! 니 어무이 산다!"

쓰레기에게 혀를 끌끌 차던 일화가 윤진의 밥그릇에 꼬막을 올려주었다.

"윤진이, 니도 마이 묵어라. 그래야 또 태지오빠 좋다고 고함치고 생난리 칠 거 아이가."

"지는 매운 거 잘 못 묵어요."

밥만 깨작거리는 윤진의 손짓을 보다 말고, 일화가 큰소리로 자리에서 일어났다.

"옴마야, 간장게장을 까묵었네! 다들 스톱해라."

모두의 시선이 한꺼번에 일화에게 쏠렸다. 냉장고에서 큰 통을 꺼낸 일화가 초대형 낙지볶음 옆으로 간장게장을 한 접시 덜어놓으면서 웃었다.

"윤진이 집에서 보낸 기다. 요, 요 알 봐라. 마, 기도 안 찬다."

"아따! 여수 하면 또 간장게장 아니요. 그래도 이렇게 실한 것은 요즘 잘 없을 것 인디."

간장게장을 하나 집어든 해태가 맞장구를 쳤다. 쓰레기와 빙그레에 이어 모두가 맛있게 먹으려는데, 쪼매 냄새나는 것 같다, 하고 분위기를 초친 것은 삼천포였다. 내내 떨떠름한 표정을 짓고 있던 삼천포는 게장 국물을 들어 큼큼 냄새를 맡았다. 언뜻 째려보는 윤진과 삼천포의 눈이 마주친 건 바로 그 순간이었다.

청아한 한낮. 학교 운동장에 붙어 있는 '제48회 종합 체육 대회' 현수막도, 운동장에서 엎치락뒤치락하고 있는 타 과의 축구 경기도 나정에게는 별 의미가 없었다. 나정은 괜히 시무룩해져서, 조금 전, 공중전화박스에서 들었던 쓰레기의 목소리를 떠올렸다.

"느그 과랑 축구 4강전이라고? 이거 고마 부전승 아이가."

축구라면 사족을 못 쓰는 쓰레기가 말끝에 목소리를 죽였다. 하필 체육대회 날, 실습을 잡은 교수님 때문에 쓰레기는 병원에서 꼼짝도 할 수가 없었던 것이다. 올 때까지 기다리겠다고 생떼를 부리는 나정에게, 쓰레기는 본인이야말로 못 가서 제일 속상하다는 듯 한숨을 쉬었다.

나정은 하릴없이 먼 데만 내다보고 있었다. 쓰레기의 상황을 이해 못하는 건 아니었지만, 못내 아쉽고 서운한 건 어쩔 수가 없었다. 나정과 같이 스탠드에 앉아 있던 해태가 빨간색 축구조끼를 입으며 중얼거렸다.

"죄다 공돌이 판이다. 어째서 축구 4강에 의대 빼고 싹 다 공대일 수 있당가?"

해태 옆으로, 축구양말을 신던 삼천포가 동작을 멈췄다.

"그런데 우째 의대가 4강까지 올라왔지. 오늘은 우리가 쉽게 이길 것 같은데."

"뭔 소리냐. 작년에 의대가 축구 우승했자네."

일어나서 몸을 푸는 해태를 삼천포가 올려다보았다. 해태는 설명을 덧붙였다. 그러니까, 작년 의대 본과 2학년들이 운동장을 날아다녔다는 전설적인 이야기. 게다가 쓰레기 혼자 두 골이나 넣었다는 말에 나정의 귀가 저절로 펄럭였다.

"올해는 의대 본과 3학년 다 실습이 잡혀서 못 나온다니까 그래도 얼마나 다행이냐. 짐승 같은 쓰레기 형님 있었으면 우린 뼈도 못 추렸을 것이다."

해태가 나정을 내려다보면서 다음 말을 삼켰다. 과자를 먹고 있던 나정이 손길을 멈춘 다음 꾸르륵거리며 살살 아파오는 배를 부여잡고 있었다. 해태가 스탠드 곳곳에 옹기종기 모이는 사람들을 얼핏 훑어보았다.

"그런데, 윤진이는?"

윤진은 방송국 앞에서 가요프로그램 방청객 입장을 기다리고 있었다. 제자리에서 풀쩍 뛰어 오른 윤진이 앞으로 줄지어 서 있는 서태지 팬을 가늠했다. 그 수가 워낙 많아서, 자신의 순서가 되기도 훨씬 전에 생방송 입장 인원이 잘릴 판이었다. 다른 가수의 팬까지 생각한다면, 태지오빠를 직접 볼 수 있는 사람은 많아봤자 사십 명 정도였다.

"여기, 서태지와 아이들 팬은 선착순 사십 명까지만 들어갑니다!"

아니나 다를까, 프로그램 진행자의 말이 떨어지기 무섭게 윤진의 마음이 초조하게 타들어갔다. 입장이 시작되고 있었다. 어떡하지, 잠시 생각하다가, 윤진이 결심한 듯 벙거지와 보라색 우비를 벗었다. 고개를 푹 숙인 뒤 짧은 줄의 옆 팬클럽으로 후다닥 발걸음을 옮겼다. 옮긴 팬클럽 무리에 딱 붙은 윤진이 안도하는 마음으로 문득 고개를 들었다. 그리고 눈이 휘둥그레져서 바라본 것은,

'속이 꽉 찬 내 남자 99.9, 신토불이 배일호 사랑해!'

앞사람이 들고 있는 피켓이었다. 졸지에 배일호 팬클럽이 된 윤진은 객석 입장 후 자리에 앉고 나서도 눈만 핑핑 굴릴 뿐이었다. 경직. 신토불이를 열창하는 배일호를 따라 흥에 겨워 일어난 아줌마들 틈에서 윤진의 몸은 썩은 나무토막처럼 꼿꼿해지고 있었다.

병색이 완연한 30대의 여자 환자 앞에서 쓰레기의 얼굴은 굳어가고 있었다. 암 덩어리가 생겨서 담즙이 지나가는 통로까지 완전히 막힌 상태. 죽음을 목전에 둔 환자의 상태보다, 아무것도 모르는 어린 두 아들을 슬픈 눈

으로 보는 환자의 눈길이 쓰레기의 마음을 저릿하게 치고 지나갔다. 담당 교수가 게임하는 두 아들을 슬쩍 보고 어렵게 운을 뗐다.

"수술을 시도할 수도 있지만 결과에 대해 확신할 수가 없습니다. 통증 완화를 위해 임상 약을 시도해 볼 수도 있는데 그것도 병을 기본적으로 치료하는 게 아니라, 시간 연장만…."

담임교수가 두 아들을 의식하던 끝에 작게 말을 흐렸다.

"제가 다음에 다시 오겠습니다. 애들 없을 때 다시 말씀드릴게요."

그래줘서 고맙다고, 환자는 오히려 병실을 나서는 의료진들에게 담담하게 인사를 했다.

한 차례 회의를 마치고 나오는 길, 쓰레기는 환자의 두 아들을 다시 마주쳤다. 게임기를 손에서 놓지 않으려는 형과 한 번이라도 직접 게임을 해보고 싶은 동생의 목소리가 옥신각신 복도에 울려 퍼지고 있었다. 환자의 두 아들이었다. 동생에게서 부득불 게임기를 빼앗으려던 형이 '뻥!' 하는 소리에 깜짝 놀라 고개를 들었을 때였다. 쓰레기가 터뜨린 과자봉지를 들고 이마를 꽉 찡그리고 있었다. 형제 앞에 앉은 쓰레기가 둘을 번갈아 보며 이름을 물었다. 형, 박정우. 동생, 박선우. 쓰레기가 자리에 쪼그려 앉아 정우의 눈높이를 맞췄다.

"마, 박정우 니 게임 재밌나?"

"완전 재미있어요! 내가 했던 것 중에 제일 신나고, 폭탄 한 판에 세 개씩 주는데…."

흥분해서 계속해서 이야기하려는 정우의 머리를 쓰레기가 살살 어루만졌다.

"안다. 행님도 그거 해봐서 안다. 억수로 재미있제, 그거?"

엄지를 치켜 올리는 정우를 따라 장단을 맞춰주던 쓰레기가 넌지시 정우에게 물었다.

"근데 니도 재밌으면 동생도 재밌겠제? 니도 이래 하고 싶은데, 동생은 얼마나 더 하고 싶겠노?"

슬그머니 엄지를 내린 정우가 가만히 쓰레기를 쳐다보았다.

"박정우, 솔직히 말해봐. 누구 할 차례고? 행님 아까부터 다 봤다. 순서 다 안다."

정우가 이번에는 몸을 돌려 동생을 보고 있었다. 동생에게 게임기를 주라는 쓰레기의 말에 정우는 입을 삐죽 내밀면서도 선우에게 게임기를 건넸다. 얼른 게임부터 하려는 선우를 보던 것도 잠시, 쓰레기는 게임기를 확 뺏어 들었다.

"선우 행님한테 고맙다고 해야지."

고마워 형아, 하고 선우가 쓰레기의 눈치를 살피며 정우에게 말했다. 게임기를 다시 건네주던 쓰레기가,

"선우, 니도 딱 한 판만 하고 행님한테 다시 주는 기다."

잔뜩 힘이 들어간 목소리로 다시 한 번 짐짓 무섭게 강조했다.

"이 병원에 CCTV 다 달렸다. 행님이 싹 다 보고 있거든. 지금부터 한판씩 돌아가면서 하는데, 순서 까묵으면 행님한테 죽는다. 알겠제?"

정우와 선우가 동시에 고개를 주억거렸다. 그런 둘이 귀여워 비죽이 웃음이 나오려는 것을 꾹 참고 쓰레기가 자리에서 일어섰다. 다급하게 지나가던 동기생이 쓰레기를 불렀다.

"야! 교수님이 우리 체육대회 가란다. 있어도 별 도움 안 된다고."

눈이 번쩍 뜨인 쓰레기가 부리나케 집으로 달려갔다. 옷도 갈아입을 겸

빙그레를 데리고 나갈 생각이었지만, 무엇보다 쓰레기는 계속되는 복통에 화장실부터 들릴 참이었다.

'컴퓨터공학 VS 의예' 축구 4강전 응원 플랜카드가 스탠드에 나붙었다. 파란 조끼의 의예과 학생들과 빨간 조끼의 컴퓨터공학과 학생들이 각자의 진영에서 연습을 하고 있었다. 그러든지 말든지, 나정은 뚱한 표정으로 해태의 팔을 쳤다.
"내 물 좀 도."
얼이 빠져서 해태와 삼천포가 바라보고 있는 곳은 의대 쪽 스탠드였다. 쭉쭉 빵빵한 의대 신입생 3명이 아슬아슬한 스포츠탑 상의에 미니스커트를 입고 응원하고 있었다. 하나같이 귀엽고 청순하면서도 섹시한 외모였다. 이른바 '의대 세 또래'였다. 눈길을 떼지 않는 와중에 해태가 나정에게 퍽, 물병을 던졌다. 눈꼬리를 치켜든 나정이 해태와 삼천포, 아울러 의대 쪽 스탠드를 사납게 흘겨보았다.

컴퓨터공학과 3학년 몇몇이 안 오는 바람에 해태와 삼천포가 경기에 긴급 투입됐다. 작년 의예과 우승 멤버가 다 빠진 탓에 컴퓨터공학과 과대는 자신만만했다. 무조건 수비축구를 외치는 작전타임이 계속되고 있었다.

어디선가 들려오는 함성소리. 오징어 다리를 뜯던 나정이 선수들의 시선이 한쪽으로 향하는 것을 이상하게 보다가, 언뜻 그쪽으로 고개를 돌렸다. 대충 봐도 건장한, 의대 본과 3학년들이 우르르 운동장으로 달려오고 있었다. 나정이 눈으로 아무리 찾아도 쓰레기는 보이질 않았다. 방금 전보다 더 우울해져서 시선을 거두려는데, 불쑥, 저 먼 교정에서 빙그레와 웃으며 걸어오는 쓰레기가 보였다. 표정관리가 안 되는 바람에 나정이 싱글벙글 웃던 것도 잠깐, 의대 세 또래가 쓰레기 옆에 딱 붙어 애교를 부리고 있었다. 꼬리를 살랑거리는 이 여우들이 신경 쓰이다 못해 나정은 눈이 휙 뒤집힐 지경이었다. 학교 운동장 가운데에 양 팀 선수들이 일렬로 마주 보고 섰다. 경기 시작 1분 전. 심판이 호루라기를 부르려는 순간, 쓰레기가 맨투맨 티를 벗으며 운동장을 가로질러 오고 있었다. 환호하는 세 또래를 지나, 의대 스탠드를 지나, 쓰레기는 컴퓨터공학과 스탠드 앞에 다다랐다. 누군가를 열심히 찾는 쓰레기의 눈빛에 나정은 괜스레 가슴이 떨려왔다. 혹시나 싶어서, 나정은 삽시간에 왕왕 울리는 심장소리를 듣고 있었다.

'찾았다'는 쓰레기의 표정. 나정과 쓰레기의 눈이 동시에 마주쳤다. 나정에게 시계와 맨투맨티를 벗어주자마자 쓰레기는 다시 운동장으로 뛰어들어 선수 대열에 섰다. 나정이 머리 위에 놓인 쓰레기의 맨투맨 티를 스르륵 내렸다. 뿔난 마음은 온데간데없이, 나정은 맨투맨 티를 꽉 껴안았다. 터져 나오는 웃음을 겨우 참았다. 쓰레기의 옷을 들어 깊이 냄새를 맡던 나정은 결국 고개를 묻은 채 한참을 웃었다. 심판이 드디어 휘슬을 불었다.

"자, 드디어 이 분들의 무대입니다!"

서태지의 팬들이 환호성을 질렀다. 윤진이 의자에 파묻힐 듯 앉아 있던 몸을 슬슬 뗐다.

"2집 하여가로 1위를 차지했는데, 다른 곡이 차트에 올라왔네요. 서태지와 아이들입니다!"

아줌마들 사이에서 벌떡 일어난 윤진이 뚫어져라 무대를 건너다보았다. 2집 하여가의 일곱 번째 트랙, '마지막 축제'였다. 윤진이 노래에 맞춰 춤을 추기 시작했다. 성큼성큼 박자를 맞추는 스텝과 현란한 헤드뱅잉, 거기다가 속사포처럼 읊어대는 가사까지 지금 이 순간, 윤진의 몸에선 멈출 줄 모르는 아드레날린이 콸콸 솟구치고 있었다. 노래가 계속되는 동안, 윤진은 남모를 해방감과 함께 뜨거운 땀이 흐르는 것을 느꼈다.

경기 시작 후, 삼천포와 해태도 난데없는 설사 때문에 진땀을 쏟고 있었다. 의예과를 철벽 수비하기는커녕 둘 다 손으로 타임표시를 긋고, 금방이라도 쏟아지려는 뱃속을 방어하기 바빴다. 펑펑 뱃속에서 불꽃놀이가 신명 나게 터지고 있었다. 그 폭죽이 어찌나 화려한 수를 놓는지, 삼천포는 죽을 것만 같은 얼굴로 바지를 부들부들 부여잡았다. 해태가 갈지자로 운동장을 가로질러 나가고 있었다. 해태와 삼천포가 사이좋게 화장실을 들락날락하는 사이, 쓰레기의 활약은 두드러졌다. 세 골을 연달아 넣은 쓰레기가 신나게 웃었다.

화룡점정. 이제는 뱃속에서 흐드러지게 퍼지는 불꽃 때문에 삼천포는 운동장에서 쓰러지기 일보 직전이었다. 실감나는 표정의 해태와 삼천포, 둘 다 총체적 난국이었다. 엉덩이가 알알해서 공을 픽, 차다 말고 다리가 고꾸라졌다. 18대0. 의예과가 압도적으로 앞서가고 있었다. 해태와 삼천포에게 이미 경기는 뒷전이었다. 뱃속의 불부터 꺼야만 했다. 해태가 숨을 헐떡거리는 삼천포를 업고 급기야 화장실로 달려갔다. 뱃속 폭죽 대잔치를 장식할, 피날레를 맞이하기 위해.

배를 만지며 화장실에서 나온 윤진이 주위를 둘러보고 있었다. 팬들이 모두 빠져나간 공개홀 로비는 조용했다. 출구를 찾으려 두리번거렸을 때 윤진은 복도 대기실 문마다 차례차례 붙어 있는 이름들을 발견했다. 김건

모, 모노, 김현절, ZAM, 철이와 미애. 눈으로 훑고 내려가다 말고, 윤진은 갑자기 놀라서 걸음을 멈췄다. 그 끝에 서태지와 아이들이 있었다.

누군가 대기실 문을 열고 나오는 소리에 윤진이 흠칫 비켜섰다. 열린 문 틈으로 용기를 내어 들여다보는데, 방 안쪽 소파에 앉아 과자를 먹고 있는 서태지의 뒷모습이 보였다. 침을 꿀꺽 삼켰다. 윤진은 저도 모르게 더 자세히 보려고 문 안쪽으로 목을 쑥 내밀고 있었다. 서태지의 매니저가 때를 놓치지 않고 윤진을 막아섰다.

"야. 너, 이리 들어 와봐."

돌아서려던 윤진을 불러 세운 사람은 다름 아닌 서태지였다. 윤진은 주춤주춤 대기실로 들어갔다. 믿을 수가 없었다. 꿈이라도 생시라도, 윤진은 서태지를 마주 보고 서 있었다. 차마 고개를 들지 못한 채 윤진은 서태지가 먹고 있는 과자에만 시선을 두고 있었다.

"몇 학년?"

"1학년이요. 대학교 1학년."

윤진은 떨려서 겨우 대답했다. 서태지가 과자를 덜어주겠다는 눈짓을 했다. 윤진이 덜덜 떨리는 양손을 모았다. 하나 둘, 휘황찬란하게 떨어지는 과자들이 윤진의 눈에서는 슬로우 비디오로 재생되는 중이었다. 동시에 반짝반짝 빛나는 혹성 하나가 윤진의 가슴 속에서 웅장하게 폭발하고 있었다.

의국으로 돌아온 쓰레기는 오랫동안 책상 앞에 앉아 있었다. 전공서적을 툭툭, 펜으로 두드리는 것과는 달리 쓰레기의 정신은 아까부터 온통 정우와 선우의 엄마에게로 쏠려 있었다.

"이 병원에서 정우와 선우가 편하게 따르고 의지하는 사람은 선생님밖에 없어요. 아무 일 아니라고, 엄마 잠깐 어디 가는 거라고, 선생님이 우리 아들들한테 말씀 좀 해주세요."

축구경기를 마치고 병원으로 돌아오던 길. 환자의 어려운 부탁 앞에서 쓰레기는 감히 거절부터 했었다.

"선생님. 제가 시간이 얼마 없는 거, 잘 압니다."

숨을 몰아쉬던 환자가 쓰레기를 간절하게 바라보았다.

"다른 건 그래도 다 준비가 됐는데, 애들한테는 도저히 입이 안 떨어집니다. 엄마, 곧 죽는다는 소리가… 정말 안 떨어집니다."

아픈 쓰레기의 눈빛. 볼을 타고 주르륵 흘러내리는 눈물을 환자가 애써 손등으로 훔쳤다. 쓰레기가 펜을 내려놓고, 어두운 창밖을 내다보았다. 고개를 숙이며 부탁하는 환자의 작은 어깨가 금방이라도 무너져 내릴 것 같았다. 고민 끝에 알겠다고는 했지만, 쓰레기는 아직 어린 아이들에게 어디서부터 어떻게 말을 꺼내야 할지 알 수 없었다. 의국 문을 벌컥 열고 들어온 동기, 주연이 쓰레기 옆에 앉았다. 쓰레기는 잊고 있던 주연의 이야기 하나를 느닷없이 떠올렸다.

"느그 어머니, 어렸을 때 돌아가셨다고 그랬제?"

"어. 나 일곱 살 때 암으로 돌아가셨지. 왜?"

"일곱 살인데… 뭔 일인지 알겠더나?"

그걸 왜 모르냐는 듯 주연이 멀뚱히 쓰레기를 쳐다보았다.

"난 다 기억해. 엄마가 마지막으로 했던 말, 돌아가실 때 얼굴, 발인 날 아빠 우시던 거."

"일곱 살밖에 안 됐는데?"

"일곱 살이 아니라, 두 살이었어도 기억할 걸."

쓰레기는 기억이 나이와 비례한다고만 생각했다. 확신에 찬 주연의 말을 듣던 쓰레기는 그래서 다시 물어볼 수밖에 없었다.

"마지막에 엄마가 뭐라고 그러셨는데?"

"무슨 말을 했는지는 잘 기억이 안 나고. 그냥 사랑스러운 눈으로 날 쳐다보시던 얼굴만 기억나."

사랑받고 있다는 느낌. 원석 같은 기억 속에서 주연의 얼굴은 밝은 충만함으로 차올랐다.

"엄마의 그 얼굴이 아직도, 가슴 깊숙한 곳에 콕 박혀 있지."

주연의 그 환한 웃음이 쓰레기의 마음속에 얽히고설킨 매듭 하나를 조용히 풀고 있었다.

그날 밤, 나정, 삼천포, 해태, 빙그레, 윤진은 말없이 식탁에 앉았다. 하루 종일 배탈에 시달리던 일화가 식탁에 내려놓은 것은 고작 콩나물죽 여섯 개. 무엇이 문제인지 알아내기 위해 해태는 아침에 먹었던 음식들을 하나씩 떠올렸다. 본인이 먹지 않았으니, 꼬막은 자동으로 탈락이었다. 유정란이 싫다고 계란을 먹지 않은 나정과 가시가 많다고 전어를 먹지 않은 일화, 매운 걸 못 먹는다고 낙지 한 점 입에 안 댄 윤진을 해태가 쭈르륵 눈으로 훑었다. 그렇다면?

"따지고 자시고 할 것도 없이 간장게장이다! 여기서 게장 안 먹은 사람 있나. 다 묵었지."

윤진을 째려보던 삼천포가 결정타를 날렸다. 잘 먹었습니다, 하고 윤진이 아무렇지도 않은 얼굴로 숟가락을 내려놓았다. 집으로 들어오는 쓰레기의 목소리, 그 위로 거실에 틀어놓은 텔레비전에서 칠봉이의 목소리가 포개졌다. 멀쩡하게 봄철대학리그 MVP까지 딴 칠봉이를 보면서, 부엌에 있던 식구들이 거실로 몰려나갔다. 아닌 게 아니라, 오늘 아침, 누구보다도 칠봉이가 간장 게장을 제일 많이 먹었던 것이다. 마이크를 든 리포터가 칠봉에게 물었다.

"초반에 제구가 흔들려서 위기라고 했는데, 혹시 팔꿈치 부상이 남아 있는 건 아닙니까?"

"그게 아니라, 사실 아침부터 배가 아파서 계속 화장실을 갔더니 온몸에 힘이 풀려서."

머쓱하게 웃는 칠봉이를 따라 모두의 시선이 허공에서 휘적거렸다. 재차 간장게장으로 몰아가는 삼천포를 뒤로 하고 나정이 목소리를 높였다.

"그런데 아빠는 괜찮잖아. 아빠도 오늘 시합 있었는데."

때마침, 스포츠뉴스에서 '오늘의 돌발영상'이 흘러나왔다. 배를 움켜잡은 동일이 경기 중인 야구장을 가로질러 화장실로 전력 질주하는 모습이었다. 모두가 아뜩해진 사이, 삼천포가 거듭 간장게장을 나무랐다.

"관장도 하고 좋제! 안 그러냐!"

윤진의 눈치를 살피던 해태에 이어,

"게장이 여름에 묵으면 한 번씩 그럴 때 있다. 국물만 잘 떠먹으면 괜찮지 뭐."

일화가 분위기를 풀려고 퍼뜩 한마디 거들었다. 윤진의 표정에 점점 더 그늘이 드리워지고 있을 때쯤,

"아부지, 게장 안 먹었는데요. 아침에 전화 받고 바쁘다고 그대로 나가셨는데."

툭, 쓰레기의 말이 거실에 울렸다. 일순간, 정적. 하숙생들의 시선이 우

르르 윤진에게로 쏠렸다. 울먹울먹하던 윤진이 결국 울음을 터뜨리고 있었다.

늦은 밤, 일화는 부엌에서 보리차를 한 잔 마시다가 알게 되었다. 팍삭 쉬어버린 건 정성 어렸던 음식이 아니라, 자신이 깜박하고 냉장고에 넣지 않은 보리차였다는 것을. 일화는 문득 차오르는 미안한 마음에 위층을 올려다보았다.

세상, 죽어도 하기 힘든 말들이 있다. 아직 준비가 안 된 그들에게 진실을 전해야 할 때 사람들은 어떤 방법을 택할까. 바람이 포근한 오후. 쓰레기가 따뜻한 눈빛으로 병원 야외 벤치를 마주 보고 앉았다.

"사람은 누구나 다 아프고 다 병에 걸려. 감기처럼."

그리고 앉아 있는 사람을 향해 쓰레기는 온 마음을 다해 천천히 말문을 열었다.

"지금 엄마도 많이 아픈데… 엄마가 너무 많이 아파서, 우리 정우랑 선우랑 헤어져야 될지도 몰라. 그때를 대비해서, 엄마가 지금부터 숙제를 내 줄 거야."

자꾸만 울컥, 복받쳐 오르는 목소리를 쓰레기는 애써 누르고 있었다.

"첫째, 엄마가 없어도 너무 보고 싶어 하거나 슬퍼하지 않기. 둘째, 정우랑 선우 둘 다 공부 열심히 해서 대학교 꼭 들어가기. 마지막으로 정우는 하루에 한 번 동생한테 양보하고, 선우는 하루에 한 번씩 형 꼭 안아주기. 알았지? 우리 귀여운 강아지들, 엄마랑 약속."

촉촉이 젖은 눈으로 쓰레기가 새끼손가락을 들었다. 눈물어린, 그러나 그 어느 때보다 해사하고 맑은 웃음이 쓰레기의 얼굴 위로 번지고 있었다.

"이렇게 말씀하셔도 되고요. 뭐 어떤 말이든 상관없어요, 어머니. 정우랑 선우가 마지막으로 엄마 얼굴을 꼭 기억할 수 있게만 해주세요."

의자에 앉아 펑펑 울던 정우와 선우의 엄마가 고개를 끄덕였다. 사랑하는 사람에게 받아들이기 힘든 진실을 들려줘야 할 때 쓰레기는 딱 한 가지만 생각하면 된다는 것을 깨달았다. 그 어떤 길고 긴 말보다도, 그 어떤 말주변보다도, 당신을 사랑하고 있다는 눈빛. 그것 하나면 충분하다는 사실을.

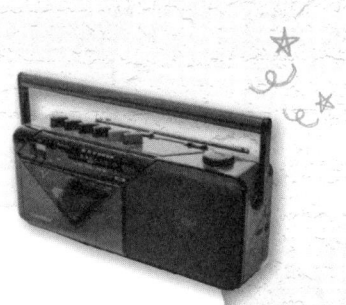

#6
선물학개론

〉〉 2013년 9월, 서울특별시 마포구 상암동

"근데 쑥쑥이는 안 들어왔어?"

부엌으로 들어온 칠봉이가 나정이 앉아 있는 식탁에 마주 앉는다.

"잠깐 나간다고 그러더니 안 들어오네."

나정이 대답하다가 픽, 인상을 썼다.

"이 새끼 이거 또 여자 생긴 거 아냐? 수능도 얼마 안 남은 놈이."

식탁 위에 놓여 있는 잡지를 보던 칠봉이 갑자기 손길을 멈췄다.

"새끼가 뭐니, 새끼가. 애가 셋이다. 말 좀 가려서 해라."

"왜. 옛날에는 좋다고 그러더니."

"그것도 한 이십 년 듣다 보니까 짜증이 확 난다. 그땐 내가 운동만 하느라 뭘 잘 몰랐지."

나정이 핀잔을 놓는 칠봉을 슬며시 흘겼다.

"근데 이 시간에 갈 데가 있나? 얘 요새 자주 늦네."

밤 열시. 칠봉을 따라 시계를 올려다보던 나정이 심드렁하게 대답했다.

"몰라. 또 어디 가서 여자한테 이것저것 갖다 바치고 있겠지."

"여자는 무슨, 친구 잠깐 만난다니까. 엄마는 제발 했던 말 하고 또 하고 그러지 마."

카페 입구에서 쑥쑥이는 엄마의 전화를 받고 있었다. 오늘만 해도 벌써 몇 번째 통화인지, 쑥쑥이는 끝내 짜증 섞인 목소리로 전화를 끊었다. 쑥쑥이가 다시 자리에 앉았을 때,

"또 엄마야?"

맞은편에서 쑥쑥이를 기다리고 있던 예쁘장한 여고생이 물었다. 쑥쑥이가 빙수를 비비면서 고개를 끄덕거렸다.

"애들이 그러는데, 너희 아빠 되게 유명하다며? 이름만 들으면 다 아는 사람이라던데?"

"뭐, 그냥 조금."

말끝에 쑥쑥이는 테이블에 놓인 아이패드와 헤드폰을 눈짓했다.

"그거 빨리 가방에 넣어놔. 괜히 떨어뜨릴라."

"이거 진짜 나 가져도 돼?"

"난 지겹게 썼다니까. 너 써."

아이패드와 헤드폰을 살펴보다 말고, 여고생이 멀뚱멀뚱 쑥쑥이를 바라보았다.

"새 건데?"

"새 거 같지? 내가 밤새 닦았거든. 그냥 선물이야. 수능 D-10 기념 선물."

당황한 쑥쑥이가 멋쩍게 웃었다.

〉〉 1994년 6월, 서울특별시 서대문구 창천동

더위가 기승을 부리는 밤. 동일이 마당 테라스에 앉아 맥주를 마시고 있는 쓰레기의 곁으로 갔다. 동일의 인기척에 쓰레기는 무척 신나 있었다.

"아부지, 이상훈 벌써 5승 했다면서요? 이러다 서울쌍둥이가 진짜 우승하는 거 아닙니까?"

"그러니께 말여. 내가 요새 야구는 걱정도 안 한다니께. 요 집구석이 걱정이제."

동일의 얼굴에는 수심이 가득했다. 쓰레기의 얼굴에도 홀연히 웃음기가 사라져 있었다.

"집에 뭔 일 있습니까?"

아무렴, 동일에게는 아주 큰일이었다. 생전 그런 일 없던 일화가 가시 잔뜩 난 복어처럼 짜증을 내지 않나, 사춘기 소녀처럼 눈물을 보이지 않나, 아무래도 심상치가 않았던 것이다. 방금 전만 해도 그랬다. 텔레비전 소리 좀 줄여라, 선풍기 바람 좀 키워라, 그놈의 스포츠 뉴스 대신 드라마나 틀어봐라, 다 됐고 라디오나 들으련다 등 빨래를 개고 있던 일화의 신경질적인 주문을 받아주다가 동일은 급기야 폭발해버리고 만 것이다. 일화가 울먹울먹, 금세 울듯이 한 손으로 얼굴을 가렸다. '또 왜 저래?' 그런 표정으로 일화를 보다 말고, 동일은 결국 방을 빠져나왔다.

"어무이 혹시 갱년기 아닙니꺼?"

동일이 꼼짝 않고 쓰레기를 쳐다보았다. 갱년기가 무엇인지 동일은 알지 못했다. 일화가 잠은 잘 자는지, 식사는 잘 하는지, 자꾸 덥다고는 안 하는지 묻는 쓰레기의 질문에 동일은 어느 것 하나 시원하게 대답할 수 없었다. 쓰레기가 고개를 절레절레 흔들었다.

"참, 아부지. 별로입니더. 어무이한테 잘 좀 해주이소. 갱년기 때 우울증 오면 큰일 납니더."

"갱년기에는 뭔 약을 먹는다든가?"

"약이 어디 있습니까. 사춘기에 약 있습니꺼!"

"아따 그러면 어쩐다든가? 어쩌면 좋아야?"

동일이 테라스 너머, 일화가 있는 방을 착잡하게 건너다보았다.

서울생활 4개월 차, 신촌하숙의 아침.

2층에서 뛰어내려온 삼천포는 자신을 아침 일찍 깨우지 않았다는 이유로 일화에게 짜증을 내고 있었다. 일화가 챙겨주는 요거트를 밀어낸 채 삼천포는 셔츠 좀 다려달라는 말만 남기고 현관문을 쾅 닫았다. 아버지의 전화를 받지 말라고 버럭 화를 내는 빙그레나, 고향 친구들을 데려와서 밤새도록 술을 마시는 해태나 일화를 지치게 만드는 건 똑같았다.

대학 첫 여름방학이 다가올 무렵, 신촌하숙 식구들은 가까워졌다. 그리고 딱 그만큼 미안함은 사소해졌고, 고마움은 흐릿해졌으며, 그들에게 일화는 당연해졌다. 동일과 1박 2일 동안 떠날 여행 채비를 하면서도, 일화는 초단위로 기분이 좋았다가 가라앉기를 반복하고 있었다. 외출복 차림으로 화장대 앞에 앉았을 때 일화는 거울에 붙어 있는 메모 한 장을 떼어냈다.

'아줌마. 앞으로 제 방에 마음대로 안 들어오셨으면 좋겠어요. 사생활 존중해주세요.'

윤진의 단정한 글씨들이 일화의 마음을 아프게 찢고 지나갔다. 표정이 어두워진 일화가 메모를 다시 거울에 붙였다. 일화는 거울 속 자신의 얼굴을 우두커니 바라보았다. 1994년 초여름의 일상은, 그렇게 일화를 지치게 하고 있었다.

학교 잔디밭에 나정, 해태, 빙그레, 윤진이 둘러앉았다. 빵을 먹던 나정이 나무그늘 한 구석에 큰 대자로 뻗어 있는 삼천포를 눈으로 가리켰다.
"쟤 와이라노, 또?"
"왜 그러기는. 윤진이랑 또 한판 붙었지."
빙그레가 윤진과 삼천포를 나란히 번갈아 보았다.
간장계장 사건이 있던 날, 꾸역꾸역 윤진의 방으로 들어간 삼천포는 윤진에게 사과부터 했다. 계속되는 삼천포의 사과에 얼어 있던 윤진의 마음도 서서히 풀려가는 듯했다. 모든 것이 순조로웠다. 윤진이 서태지로부터 받아온 꼬깔콘을 삼천포가 덥석 집어먹기 전까지는. 순간 뚜껑 열린 윤진이 냅다 삼천포의 멱살을 잡았다. 그날 밤, 윤진의 무시무시한 육두문자는 끝날 줄을 몰랐다. 가까워질 틈도 없이 멀어져버린 둘 사이에 제2의 빙하기가 시작된 것이다.
"어이, 장국영이! 얼른 인나! 니 좋아하는 꼬깔콘도 있다!"
눈앞에 있는 꼬깔콘을 본 윤진이 그날의 일을 떠올렸는지 삼천포의 다리를 콱, 힘껏 찼다.
"역시 정대만이여. 포기를 모른당께."

한마디 거든 해태에게 윤진의 언성이 쏜살같이 옮겨갔다.

"니는 뭐 땀시 또 시비대? 한 방 쓴다고 지금 편드는 거여?"

"아따, 내가 오늘은 여자들한테 욕 처먹는 날인갑다. 나는 그냥 말 안 할란다."

무언가 생각난 것이 있었는지 해태가 고개를 푹 떨구었다. 방금 전, 공중전화박스에서 해태는 이미 여자친구에게 욕을 '겁나게' 먹은 상태였다. 사귄 지 3년째. 하루에 한 번씩 전화하기, 일주일에 한 번씩 학보 보내기, 여자친구가 좋아하는 '푸른 하늘' 시디가 나오면 바로 소포 부치기. 해태는 나름 지극정성이라고 생각했지만, 순천에 있는 여자친구의 의심과 화는 점점 심해지고 있었다. 연신 미안하다고 말하다가 해태는 이내 뚝, 끊겨 버리는 전화기를 놓고 나와야 했다.

"왜? 너 혹시 여자친구랑 헤어졌어?"

빙그레가 해태의 기색을 살폈다. 이별 임박, 이라고 결론짓는 나정을 째려보던 것도 잠시, 해태는 자초지종을 설명했다.

"이번 주 금요일이 여자친구 생일이거든. 근디 기말고사도 금요일이 아니냐? 그래서 내가 금요일은 시험 때문에 못 간다고 그랬거든. 알겠다고 그러더라? 그래서 그러면 다음 날인 토요일에 내려간다고 했더니, 그럴 필요가 없다고 안 그러냐. 토요일은 생일도 아닌데 뭐 하러 내려 오냐고. 어이 친구들아, 나는 언제 내려가야 되는 거냐? 도대체 답이 뭐냐."

듣고 있던 나정과 윤진이 투덜대는 해태를 한심하다는 듯 쳐다보았다.

"진짜 몰라서 그러나?"

나정의 물음에 해태가 입을 잠그는 시늉을 했다. 애정아, 하고 해태의 여자친구 이름을 부른 나정이 힘껏 폼을 잡았다. 한 템포 쉬고, 느끼하게.

"너무 보고 싶은데 어떡하지?"

잠시 멍해진 해태가 그게 무슨 헛소리냐는 표정을 지었다.

"니 여자친구가 원하는 건 요일이 아니라고, 등신아."

나정의 연기를 이해하지 못하는 해태가 답답하기로는 윤진도 비슷했다. 마침내 나정이 적절한 예를 들었다.

"자, 내가 새집으로 이사를 했어. 문을 닫으면 페인트 냄새가 심해서 머리가 깨질 것 같은데, 그렇다고 문을 열면 매연이 들어와서 계속 기침이 나. 이때 남자친구가 들어왔어. 그래서 내가 물었어. 자기야. 어떡하지? 문을 여는 게 좋겠나? 닫는 게 좋겠나?"

집중하는 세 남자에게 나정이 의미심장하게 덧붙였다.

"이때, 남자 친구의 올바른 대답은?"

그래도 페인트가 낫다는 삼천포와 차라리 매연이 낫다고 말하는 해태를 보며 나정이 코웃음을 쳤다. 포인트는 문이 아니라, 그 전에 지금 여자친구의 몸이 몹시 아픈 상태라는 것. 괜찮은지, 병원을 가봐야 하는 건 아닌지 묻는 게 나정이 말하는 정답이라는데 해태는 오히려 열불 천불을 내고 있었다.

"옴마, 길 가다가 다른 놈들한테도 물어봐야! 문을 열지 닫을지 물어보는 여자한테, 시방 너 괜찮냐, 라고 답하는 놈이 몇 명이나 되는지. 내가 장담하는디 대한민국에 그거 알아듣고 제대로 답하는 남자는 한 놈도 없다."

순천에 있는 버스를 다 걸면서까지 장담하는 해태를 나정이 그냥 두고 볼 리 없었다. 내기를 하자는 나정의 말에 해태도 지지 않고 턱을 치켜들었다.

"좋아! 딱 두 사람한테 물어보면 게임 끝이제! 인간 남자 종류의 양쪽 끝에 있는 두 사람."

두 사람 중에 한 사람, 쓰레기는 골똘히 생각했다. 거실에 술판을 벌인 나정, 삼천포, 해태, 윤진, 빙그레의 시선이 단숨에 쓰레기에게 몰려 있었다. 이윽고 확신에 차서,
"문을 열어야지!"
쓰레기는 방정맞게 무릎을 떨었다.
"역시 쓰레기 형님, 다 이렇게 말한다니까! 다 그래!"
해태가 나정을 향해 거들먹거렸다. 실망한 나정이 노려보는 것도 모르고, 쓰레기는 해태의 장단에 맞춰 술을 한 잔 들이켜고 있었다. 마침 현관문을 열고 들어오는 칠봉을 윤진이 다짜고짜 자리에 앉혔다.
"야. 나정이 방에 새로 페인트칠을 했어. 문을 닫으면 냄새가 심해서 머리가 아프고, 문을 열면 매연이 들어와서 기침이 난대."
두 사람 중에 다른 한 사람, 칠봉이는 어리둥절해 했다. 이게 뭔 소리인가 싶어 분위기를 살피던 칠봉이 별안간 나정을 보고 있었다. 모두가 흥미진진해서 칠봉을 지켜보는 가운데, 윤진이 슬며시 본론으로 들어갔다.
"문을 열까? 닫을까?"
"글쎄. 그래도 닫는 게 낫지 않나?"
칠봉의 담백한 내답에 남자들이 환호성을 질렀다. 그 끝에 칠봉이 툭, 나정에게 물었다.
"그런데 너, 괜찮아?"
새로운 침묵. 뜨악한 남자들과는 달리 윤진은 종내 회심의 미소를 지었다.

"이것 봐라. 서울 남자는 확실히 달라야. 지방 촌놈들한테는 없는 우뇌가 탑재되어 있다니께! 그것 봐라, 요런 남자도 있다니께!"

술잔을 들던 나정이 멈칫, 해태에게 잊지 않고 나무랐다.

"느그 집 버스 안 뺏을 테니까 여자친구랑 화해나 해라. 나 같아도 불안하겠다."

"일단 이 둘부터 화해시키고."

해태의 시선은 벌써 양쪽에 앉은 삼천포와 윤진을 향해 있었다. 술기운에 삼천포와 윤진은 일촉즉발, 머리채라도 잡을 기세였다. 자리에서 일어나 나무젓가락을 챙겨온 해태가 나정과 눈짓을 주고받았다. 왕 게임에서 무조건 윤진과 삼천포를 엮어주자는 눈치였다.

"왕, 말해라."

쓰레기가 첫 번째 왕, 빙그레에게 고갯짓을 했다. 윤진과 삼천포의 번호를 실눈으로 본 나정과 해태가 '2번', '4번'을 입모양으로 그리고 있었다. 신호를 알아챈 빙그레가,

"2번, 4번! 뽀뽀!"

처음부터 센 주문을 외쳤다. 예상대로 윤진과 삼천포가 손을 들었다. 빨리 안 하냐고 닦달하는 친구들 앞에서 윤진과 삼천포는 뽀뽀 대신 폭탄주를 벌컥 마셨다. 폭탄주 잔이 밥그릇에서 냉면그릇으로 커질 동안, 윤진과 삼천포의 선택은 같았다. 허탈하다 못해 짜증난 친구들이 이제는 도리어 더 취해 있었다.

"내가 왕! 1번, 2번 뽀뽀. 아무나 해라, 아무나!"

해태가 혀 꼬인 목소리로 나무젓가락을 들어보였다. 하나같이 비틀비틀 숫자를 확인하고 있었다. 1번은 빙그레, 2번은 쓰레기. 남자끼리 걸려 실

망한 해태가 성의 없이 보챘다.

"형님. 빨리 빨리 술을 드시던가, 뽀뽀를 하시던가."

눈 풀린 쓰레기가 냄비 한 가득인 폭탄주를 지켜보았다. 아무리 생각해도 마실 수 있을 것 같지가 않았다. 양손으로 빙그레의 볼을 끌어당긴 쓰레기가 그대로 빙그레의 입술에 입을 맞췄다. 그러거나 말거나, 해태가 분주하게 나무젓가락을 섞었다.

"인자 막판이다! 삼천포랑 윤진이 술 먹이려다가 우리가 죽어블겠다."

대뜸 다가온 쓰레기의 입술에 빙그레만 유일하게 당황하고 있었다. 생각지 못한 따스한 감촉. 빙그레는 얼빠진 사람처럼 멍하니, 꾸벅꾸벅 졸고 있는 쓰레기를 느끼고만 있었다. 해태가 그나마 멀쩡한 칠봉이의 무릎을 툭툭, 두드렸다.

"아야, 나정이 조심해라. 완전히 취해서 윙크 나와 버렸는디. 곧 물겠어야."

칠봉이 윙크를 날리는 나정을 순순히 바라보았다. 술을 마시는 내내 남몰래 나정에게 눈길을 주던 칠봉이었다. 처음에는 나정이 단지 웃기고 재밌어서라고 생각했다. 그래서 은근히 자꾸만 눈길이 가는 거라고. 하지만 나정이 바스스 웃는 모습을 마주했을 때 칠봉은 깨달아야만 했다. 벌컥, 열려버린 마음이 대책 없이 설레는 것을.

"1번 5번, 키스."

마지막 왕은 빙그레였다. 1번이라고 손을 든 칠봉이가 주위를 살폈다. 5번이라고, 이제야 자기 번호를 본 나정이 고개만 까딱 움직였다. 두근두근. 나정의 꾸밈없는 귀여움이 어느새 칠봉의 마음 구석구석에 세찬 붓질을 하고 있었다. 해태가 잠에 겨워 입을 겨우 달싹였다.

선물학개론

"야. 냄비에 있는 술, 마무리해라. 얼른 묵고 자자."

첫 그리고 특별한 감정을 칠봉은 확인하고 싶었다. 마음이 가는 대로 몸을 확 일으킨 칠봉이 나정에게 키스를 했다. 순식간에 맞닿은 입술 사이로 칠봉이 나정의 오밀조밀한 얼굴을 살폈다. 세상모르고 입술을 기댄 나정이 사랑스러워서, 칠봉은 눈을 감고 작게 웃었다. 모두가 잠들고, 단 한 사람 쓰레기만이 그 광경을 지켜보고 있었다.

깊은 밤, 쓰레기는 물개 인형을 안고 잠든 나정을 물끄러미 내려다보았다. 창가로 내려앉은 달빛이 쌔근쌔근 숨을 몰아쉬는 나정의 품 안에서 퍼져 나가고 있었다. 분명, 전에 없던 조용한 밤이었다. 어느 샌가 훌쩍 커버린 나정이 새삼스러워서, 쓰레기는 손으로 나정의 얼굴을 살살 달랬다.

다음 날, 동일과 일화는 여행에서 돌아왔다. 기분이 전혀 나아지지 않은 일화가 손부채질을 하면서 방으로 들어가자, 쓰레기는 동일을 따라 마당 테라스로 나섰다.

"아부지, 온천 가서 무슨 일 있었습니까."

"아니, 입을 다물고 있는데 어찌 알겠냐. 도착해서는 방구석에 콕 박혀버리고."

"부인과 한번 가보는 게 낫겠는데요. 제가 예약해놓을게요."

알았다고, 동일이 말없이 쓰레기의 어깨를 두드렸다.

"근디 폐경, 그게 그렇게 여자들한테 큰일이냐?"

"그럼요, 아부지. 여자들한테는 청천벽력이라는데요."

집에 찾아온 큰 세월이 이제는 동일마저 심란하게 만들고 있었다.

"아니, 이해할 수가 없다니께. 나만 괜찮으면 되자네?"

"그래도 어무이 마음이 어디 그렇겠습니까. 어무이도 처음에는 온천 가는 날이랑 그날이 겹쳐서 내심 불안하셨는데, 막상 또 온천 가서 안 하니까 사람이 팍 가라앉지요. 아부지가 잘 달래드리소."

안방으로 들어온 동일이 일화 옆에 앉았다. '사랑을 그대 품안에'를 보고 있던 일화는 텔레비전에서 좀처럼 눈을 뗄 줄 몰랐다.
"신애라 참 예쁘다. 단칸방에 살아도, 선풍기로 머리를 말려도, 젊으니까 예쁘다."
서글픈 일화의 눈빛을 읽은 동일이 넌지시 일화의 손을 잡았다.
"늙으면 쪼글쪼글해지고, 눈도 캄캄해지고, 기억도 가물가물해지는 게 정상이제. 인력으로 가는 세월을 어떻게 막는대. 그냥 네, 하고 살아야지."
녹아버린 슬픔이 일화의 마음을 어지럽게 헤쳐 놓고 있었다.
"나… 사형선고 받았다."
가늘게 떨리는, 그러나 단단히 마음먹은 목소리로 일화가 말을 이었다.
"하느님이 내보고 여자로 그만 살란다. 당신 이제 나랑 의리로 살아야 되는데, 괜찮겠나?"
"대한민국 부부 중에 의리로 안 사는 사람도 있대? 순리대로 살어, 순리대로."
그래도 받아들이기 힘든 현실 앞에서 일화는 끝내 울먹거렸다.
"폐경은 남 얘기인 줄 알았다. 니한테는 안 올 줄 알았지…. 당신이 방법 좀 찾아봐라."
"안 되는 일이야. 다시 젊어지면 뭐한대? 이런저런 맘 아픈 일들을 겪을 것인디. 우리 두 사람, 그 많은 평지풍파를 겪으면서도 아직 이렇게 한 집에서 한 이불 덮고 사는 거 보면 나는 아침마다 신기하다니께. 당신은 할 만큼 했어. 이제 우리 그만 버티자고."

동일의 살가운 위로가 고맙고 또 미안해서, 일화는 눈물을 글썽였다. 아프면서도 뭉클한 마음이 시간의 틈새를 새롭게 매우고 있었다. 1994년 초여름, 일화는 수십 년을 당연하게 여겼던 '여자'와 이별을 준비하고 있었다.

새롭게 밝아온, 신촌하숙의 아침.
동일이 꼬질꼬질한 셔츠를 들고 부엌으로 들어오는 삼천포의 엉덩이를 걷어찼다.
"니가 다려! 니가! 아니면 벗고 댕기던가!"
자기 방에서 블라우스 못 봤냐고 묻는 윤진에게도 동일의 벼락이 떨어졌다.
"니가 들어오지 말라 안 했냐!"
눈치 없이 국이 짜다고 일화를 부르는 해태를 나정이 불나게 꼬집었다.
"그냥 쳐 먹어라."
성난 걸음으로 빙그레가 전화기를 들고 들어왔다.
"아줌마, 또 우리 집 전화 받으셨죠?"
하는데, 빙그레의 입을 뒤에서 막은 쓰레기가,
"어무이, 저 갑니다."
꾸벅, 일화에게 인사를 건넸다.
동일, 일화, 쓰레기가 거실로 나갔을 때 나정은 참다 못해 인상을 팍 썼다.
"느그 좀 심하다."
삼천포, 해태, 빙그레, 윤진의 숟가락질이 조용히 멈췄다.

"느그 엄마한테나 그래라."

다들 한 대 맞은 표정을 가눌 길 없이, 부엌을 나가버리는 나정의 뒷모습을 올려다보았다.

집을 나선 삼천포, 해태, 빙그레, 윤진은 한참을 말없이 걸었다. 일상을 지배하는 편안함, 그 조화로움의 중심엔 일화라는 이름이 지워진, 또 다른 엄마가 생겼다. 엄마는 엄마라는 이유로, 어떻게 해도 괜찮을 것이라고 여겼던 나른한 생각들이 이제와 모두의 발목을 잡고 있었다. 허물어진 날들과 선을 넘어버린 감정. 흩날리는 발소리마다 일화를 향한 미안한 마음이 채여서, 불어오는 바람마저도 절뚝이는 시간이었다.

영어 단어 'present'의 두 가지 뜻, 선물 그리고 현재. 이 삶에서 가장 소중한 선물은 현재, 바로 지금 눈앞의 시간일지도 몰랐다. 귀금속 가게 앞에서 우뚝, 걸음을 멈춘 윤진이 세 남자와 눈을 마주쳤다. 선물의 가장 강력한 힘은 익숙하고도 당연한 관계를 새삼 다시 감사하게 만들어주는 것. 윤진과 빙그레가 선물을 고르고 해태와 삼천포가 카드문구를 고민하는 사이, 어느새 일화는 모두에게 새삼스러워지고 있었다.

과사무실에서 도착한 소포 하나. 해태는 상자 속, 가장 아래에 놓여 있는 케이스를 집어 들었다. 그 안에는 함께 나눠 꼈던, 여자친구의 커플링이 담겨 있었다. 아득해진 해태가 테이블 위로 손을 짚었다. 왼손 네 번째 손가락에 끼고 있는 반지가 홀로 빛나고 있었다. 예고된 이별통보였다.

때 이른 점심. 설거지를 마친 일화가 방에 들어와 화장대 앞에 앉았다.

거울에 붙어 있는 새로운 메모를 발견하는 동시에 일화의 마음은 불안하게 흔들리고 있었다. 일화는 굳은 얼굴로 천천히 메모지를 떼어냈다.

'어머니! 생일 축하드립니다. 가끔 저희가 철딱서니 없이 굴어서 속상하실 때도 많으시죠? 늘 미안하고 죄송합니다. 하지만 어쩌겠어요. 이 각박한 서울에서 저희 같은 촌놈들이 기댈 수 있는 사람은 우리들의 서울 엄마, 어머니뿐인데요. 저희는 앞으로도 죄송할 일이 많을 것 같으니까, 어머니도 서운하고 속상한 일 있으시면 그냥 내 자식이다, 생각하시고 마음껏 혼내주세요! 옆에서 윤진이가 아무 때나 들어오셔도 된답니다. 어머니, 우리는 졸업 전까지 다른 하숙집엔 갈 생각이 없습니다. 제발 저희 내쫓지 마세요! 마지막으로, 어머니, 사랑합니다. 고향에 계신 우리 엄마만큼이요! 비싼 건 아니지만, 아래 선물은 저희가 돈 모아서 산 거예요. - 하숙생 일동 올림'

화장대에는 작은 케이스가 놓여 있었다. 반지를 낀 일화가 먹먹한 맘에 손가락을 들어보았다. 엷게 웃는 일화의 눈가가 촉촉이 젖어왔다.

그날 오후. 더 큰 선물이 일화를 기다리고 있었다. 산부인과 진료실에서였다.

"축하드립니다, 산모님."

산모님이라니. 의사가 놀란 일화에게 재차 축하 인사를 건넸다. 푹, 고개를 숙인 일화가 조용히 울었다.

"이렇게 좋은 날, 당신은 뭐 땀시 우는가."

"오늘… 태훈이 생일이다."

눈시울이 붉어진 동일도 차마 말을 잇지 못하고, 일화의 어깨의 감쌌다.

병원에서 나오는 길. 동일과 일화는 미주알고주알 말을 주고받았다.

"가다가 잠깐 마트에 들리세. 염색약 좀 사야 쓰겠네."

"염색 안 한다며?"

"우리 쑥쑥이 학교 들어갈 때, 사람들한테 할아버지라는 소리 들으면 안 되자네."

"순리대로 산다면서?"

"조금만 더 버텨볼라고."

다정하게 손을 맞잡은 동일과 일화가 함박 웃었다. 모름지기 선물은 '서프라이즈'가 생명인 법. 기막힌 타이밍에 거짓말처럼 날아든 선물은, 그래서 더욱 기적 같은 감동이었다. 보내는 이의 이름도 주소도 없었지만, 그 선물을 누가 보내주었는지 일화는 알 것만 같았다.

#7
그해 여름

〉〉 1994년 7월, 서울특별시

작열하는 태양, 어질할 만큼 농축된 열기, 바람이 모는 뜨거운 벽이 뒤섞인 하루하루였다. 도시는 정물화였다. 거리엔 차도, 사람도 보이지 않았다. 서울의 여름은 매일 최고의 폭염을 기록하고 있었다. 첫 번째 방학. 맹위를 떨치는 그 여름 안에서, 나정은 패스트푸드점 아르바이트를 시작했다.

"오~ 아르바이트하다 이런 날도 있네. 야구부 구경을 다 하고."

1학년 과대, 기태가 야구장 더그아웃으로 통하는 출입문 앞에서 감개무량한 표정을 지었다. 유니폼 차림의 기태와 나정, 둘 다 양손 가득 오십 개의 햄버거 세트를 든 채였다.

"농구부도 아닌데, 그리 좋나?"

벤치에 앉은 기태가 나정이야말로 뭘 모른다는 듯이 히죽거렸다.

"야. 우리 학교는 야구부가 더 유명하거든."

"지랄한다."

"너, 전설의 92학번도 모르냐?"

모를 리가! 누구보다 잘 알고 있는 나정이었다. 우지원! 김훈! 고대의 전희철, 김병철까지. 나정이 호기롭게 읊기 무섭게 기태가 손을 휘이휘이 내저었다.

"농구 말고, 야구 말이야. 이 미친 농구 빠순아! 전설의 92학번은 야구라고, 야구!"

"야구는 관심 없다. 만날 땡볕에서 무식하게 뭔 짓이고."

나정이 기태의 말을 단칼에 잘랐다. 야구부에 배달 왔다고 좋아서 풀쩍 뛰는 기태가 나정은 오히려 이해불가였다. 선수들의 이름을 줄줄 외우는 기태의 입에서, 나정의 입에도 착, 감기는 이름 하나가 튀어나왔다. 나정이 기태 쪽으로 불쑥 고개를 돌렸다.

"니가 칠봉이를 우찌 아는데?"

"너야말로 칠봉이는 또 어떻게 아냐?"

"알지 왜 몰라. 우리 하숙집에 만날 와 있는데. 근데 니도 칠봉이라고 부르나?"

기태가 맹하게 묻는 나정을 향해 가늘게 눈을 떴다.

"나만 그렇게 부르는 게 아니라 전 국민이 그렇게 불러."

"난 또 우리 아빠가 맘대로 부르는 별명인 줄 알았지. 야구는 조금 하는갑대. 맞나?"

기가 찬 기태가 대뜸 나정의 말꼬리를 물었다.

"야, 그걸 말이라고 하냐! 걔가 얼마나 유명한데! 국가대표 칠봉이 하면 남자들은 다 알아."

그러거나 말거나, 이거 걔가 시킨 거다, 하고 나정이 햄버거 봉투를 들어보였다. 오늘 오후, 나정에게 삐삐를 쳤던 칠봉이가 따로 부탁했던 주문이었다. 햄버거 한번, 나정을 한번, 놀란 기태가 버벅거리는 와중에 출입문이 삐걱, 열렸다.

더그아웃으로 들어온 나정은 일순간 숨을 크게 들이쉬었다. 바깥은 불시착한 비행기, 그러나 야구장은 그 비행기를 지나친, 치명적이고도 경이로운 새 세상이었다. 구장을 밝히는 거대한 라이트와 구장 곳곳에 돌아가는 스프링클러, 부지런히 야구 장비를 정리하는 1학년생들, 운동장에 누워서 몸을 풀고 있는 선수들이 어느 곳에서도 볼 수 없었던 활기찬 시원함을 불러일으키고 있었다. 살포시 품어보는 비 일상이 하나씩, 싱그러운 명암으로 포개졌다. 야구장이라는, 살아 움직이는 한 폭의 풍경화를 나정은 신기해서 자꾸만 둘러보고 있었다.

문동환! 박재홍! 임선동! 눈앞에서 햄버거를 가져가는 선수들을 보느라 기태도 기절 직전이었다. 기태 옆에 서 있던 여자 매니저가 햄버거 봉투를 보더니, 손을 들어 셈을 했다.

"다 가져갔나? 몇 명 가져갔지?"

"이십사 명이요. 스물네 명이 가져갔고, 그중에 열여섯 명이 두 개씩 가져갔어요."

팔짱을 낀 나정이 야무지게 알려주었다. 여자 매니저가 고개를 갸웃했다.

"그럼 누가 아직 안 가져갔지?"

"칠봉이요."

나정의 스트레이트 대답. 기태의 시선이 여자 매니저에게로 향했다.

"그러네요. 아직 1학년 칠봉님이 안 가져가셨는데, 제가 갖다 드릴까요?"

"괜찮아요. 저기 오는 데요, 뭘."

여자 매니저가 나정의 뒤편을 쏙 바라보았다. 더그아웃 다른 쪽 문을 열고 나오는 칠봉이 나정을 보자마자 보송보송하게 웃고 있었다. 가슴을 훤히 드러낸 채 칠봉은 아이싱 중이었다. 왼쪽 볼에 쏙 들어간 보조개가, 어깨와 등 사이마다 탄탄한 근육이 한눈에 들어왔다. 그런 칠봉의 모습이 어색해서 나정은 번쩍 들었던 손을 스르르 내려야만 했다.

"왔어? 내 꺼 남았지?"

칠봉이 낸 어깨로 나성의 어깨를 톡, 맞댔다. 호로록 놀란 마음에 차마 다가가지 못한 나정이 눈으로만 왔다 갔다, 칠봉을 좇고 있었다.

"야, 너 빨리 먹어. 다들 금방 먹어서인지 재민 선배가 벌써 호루라기 들었다."

그라운드를 건너다보던 여자 매니저가 칠봉을 불렀다. 허겁지겁 햄버거를 먹던 칠봉이 나정에게 물었다.

"오늘도 아르바이트 아홉시에 끝나지?"

그렇다는, 나정의 답에 칠봉이 웃으며 말을 보탰다.

"그럼 바로 집에 가지 말고 잠깐 가게 앞에 있어. 같이 가자."

나정이 고개를 끄덕였다. 아이싱을 풀고 얼른 나오라는 재민 선배의 불호령이 떨어졌다. 칠봉이 의자 아래에 놓인 큰 가방에 손을 넣어 티셔츠를 꺼냈다. 노력의 연금술이 그대로 새겨진 칠봉의 몸, 나정은 일분일초가 땀이고 삶이었을 그 모습을 따라 가만가만 시선을 옮기고 있었다. 나정과 눈이 마주친 칠봉이 순진무구하게 웃었다.

"나정아, 그럼 이따 보자!"

야구 모자를 구겨 쓴 칠봉이 그라운드로 뛰어 나갔다. 선수들 사이에 섞이면서도 칠봉은 나정에게 눈을 뗄 수가 없었다. 손을 빠져나간 빛이, 그리고 나정에게로부터 흘러나온 빛이 현실을 새롭게 현상하고 있었다. 영롱하게 자리 잡은 사진. 그 사진 속 나정이 한 그루 나무처럼 서 있는 자리에서 삽시간에 맑은 바람이 불어왔다. 칠봉의 마음 가득, 왈칵, 터져 나온 청량감이 어느새 온몸에 생기를 불어넣고 있었다. 나정이 시야에서 사라질 때까지, 칠봉은 멈추지 않고 손을 흔들었다.

"아까 햄버거 들고 온 애. 여자친구냐?"

칠봉이 재민과 마주 섰다. 3학년들도 있는데 무조건 칠봉에게 공을 던져달라고 재민이 부른 자리였다. 어깨를 풀던 칠봉이 가벼이 웃었다.

"여자친구는 아니고, 친한 친구예요."

"잤냐?"

껌을 짝짝 씹으며 묻는 재민 앞에서 어느새, 칠봉의 웃음이 싸하게 증발했다.

"걔 다리 봤냐? 몸매 완전 죽이던데."

칠봉은 정색한 채 그저 재민을 바라볼 뿐이었다.

"내가 명색이 4번 타자 아니냐. 형한테 한 번 빠지면 못 잊는 여자들이 어디 한두 명이야? 됐고, 자리 한번 마련해."

칠봉의 어깨를 두드리던 재민이 음흉하게 혀를 날름거렸다.

"선배! 준비됐어요, 가시죠!"

때마침 포수 석에서 외치는 소리에 재민이 타석으로 들어갔다. 굳은 얼굴로 칠봉이 운동화 끈을 고쳐 맸다. 타석박스 뒤에서 배트를 휘두르는 재민을 보며 칠봉은 있는 힘껏 마음의 끈도 고쳐 맸다. 소리 없이 끓어 넘치는 화도, 신경을 거칠게 자극하는 침울함도 나정이라는 존재와 함께 나부끼고 있었다.

결국은 술렁이는 감정들의 매듭을 묶을 시간. 타석에 선 재민이 칠봉의 공을 기다렸다. 공을 힘껏 누른 칠봉이 준비됐다는 신호와 함께 와인드업을 했다. 칠봉의 심장이 뻗친 열기 때문에 쉭쉭 연기를 내뿜고 있었다. 잠시 후, 칠봉의 직구를 머리에 정통으로 맞은 재민은 완전히 나자빠졌다. 칠봉이 모자를 벗고, 쓰러진 재민을 향해 깍듯이 인사를 했다.

그날 밤. 나정과 칠봉이 패스트푸드점 앞에서 다시 만났다.
"뭐꼬? 그새 다쳤나?"
나정이 걷는 내내 다리를 절뚝이는 칠봉을 눈으로 훑었다.
"아니, 다친 거 아니다."
"선배들이 때렸나?"
칠봉이 장난스럽게 나정의 사투리를 따라 했다.
"어. 까불다가 쳐 맞았다."
"니도 이참에 야구하지 말고 농구해라. 만날 땡볕에서 뭔 고생이고. 니 운동 좀 한다메?"
나정의 느닷없는 말에 칠봉이 멈춰 섰다.
"야. 이때까지 한 게 있는데 어떻게 바꿔. 그리고 나 야구 잘해."

"그래. 남들이 그렇다 하더라. 니 투수라 했제?"

칠봉의 끄덕임에,

"니 그러면 저기 있는 캔도 맞출 수 있나?"

나정의 질문이 대롱대롱 걸렸다. 나정이 고개를 들어, 길 건너, 소화전 위에 놓여 있는 음료수 캔을 가리켰다. 호기심 반 진심 반으로 눈을 반짝거리고 있는 나정이 귀여워서 칠봉은 웃음을 꾹 참고 있었다. 하지만 때를 놓치지 않고 사뭇 진지한 척, 칠봉이 대꾸했다.

"맞히면 어떡할래?"

"두 번 다시 농구하라는 소리 안 할게."

나정을 샐쭉 보다 말고, 칠봉이 생색을 냈다.

"야! 저거 맞히기가 얼마나 힘든데 겨우 그거냐!"

"그럼?"

칠봉이 부탁 하나만 들어달라는 조건을 내밀었다. 바닥에서 돌을 찾던 칠봉이 맞히면 그 부탁이 무엇인지 알려주겠다고 하자, 나정은 김이 팍 새서 화제를 돌렸다.

"야, 안 될 것 같은데 괜히 망신당하지 말고, 부탁 있으면 지금 말해."

'깡!' 하는 소리. 동시에 소화전 위에 있던 캔이 쓰러졌다. 놀란 나정이 투구 폼 그대로 서 있는 칠봉을 돌아보았다. 도로 위로 캔이 요란하게 굴러가고 있었다.

"우와~ 니 진짜 좀 하네? 장난 아니다. 그라모 이제 니 부탁 말해봐라. 내가 다 들어줄게."

"내일 대학야구 결승전 있거든."

나정이 엄지를 치켜든 그대로 멀뚱히 칠봉을 올려다보았다.

"내가 선발. 응원하러 오라고."

"더운데."

휙 째려보는 칠봉을 느낀 나정이 금세 말을 바꿨다.

"알았다. 알았다. 그냥 가기만 하면 되제?"

응, 하고 칠봉이 그제야 활짝 웃었다. 한 수를 먼저 둔 칠봉이 둥실둥실 떠오를 것만 같은 몸과 마음을 붙잡았다. 밤을 누비는 풍성한 안개가 마음 속 진한 여운과 콜라주를 이루고 있었다.

삼천포는 이른 새벽부터 터미널로 나섰다. 모처럼 고향으로 내려가는 길. 옆 자리에 아름다운 이성이 앉길 기대했지만, 이게 웬 일, 삼천포 옆에는 천방지축 일곱 살 손녀가 딸린 팔순의 할머니가 자리 잡았다.

그리고 오전 열시, 오전 열시 반. 같은 방향이면서도 다른 차편을 끊은 윤진과 해태는 결국 따로 터미널로 향했다. 간식거리를 산 해태가 승강장 앞에 앉아서 차편을 기다리고 있을 때였다.

"여수, 순천 한 명! 한 사람!"

10시 정각을 가리킨 고속버스에서 내린 기사가 승강장을 향해 소리쳤다. 해태가 손을 들고, 예상보다 일찍 버스에 올라탔다. 버스 통로에서 빈자리를 찾던 해태의 얼굴이 확 밝아졌다. 빈자리 옆으로, 이어폰을 끼고 앉아 있는 윤진의 모습이 보였기 때문이었다.

"거봐. 만날 운명은 결국에는 만나게 되어 있다니께."

해태가 넉살 좋은 반면 윤진은 같이 산 지가 몇 달째인데도 여전히 까칠했다. 출발한 지 얼마 안 되어 해태의 머리가 윤진의 어깨에 뚝, 떨어졌다. 윤진의 어깨엔 어느새 해태의 침이 흥건했다. 짜증난 윤진이 해태의 머리를 손으로 밀어내고 있었다.

같은 시각, 카페에 앉아 있는 나정은 출입문을 주시하고 있었다. 약속 시간이 다 되도록 쓰레기도, 쓰레기의 친구들도 감감 무소식이었다. 쓰레기와 나정이 각각 주선자가 되어 진행하기로 한 미팅이었다. 나정이 초조함에 테이블을 톡톡 두드리다가, 의자에 등을 붙이고 앉았다. 세련되고 화려한 나정의 친구 세 명, 거울을 든 강남의 '딸내미'들은 마지막 단장이 한창이었다.

"셋 다 진짜 괜찮다니까! 키도 크고! 몸도 억수로 좋단다!"

그렇게 말하는 나정이야말로, 그 말을 믿고 싶었다.

어젯밤, 미팅 대상자가 군인이라는 이유로 불안해하는 나정에게 쓰레기는 마산 재벌 2세라는 점을 강조했었다. 무학소주, 몽고간장, 시민극장. 모두 다 마산 3대 갑부의 아들들이라고. 나정은 결국 물을 수밖에 없었다.

"그 오빠들 잘 생겼나?"

잠깐 생각에 잠겼던 쓰레기가 나정의 시선을 피했다.

"오빠가 부자라고 했잖아."

나정이 다시 카페의 출입문을 돌아보았다. 그러니까 오늘의 불안은 나정의 괜한 염려가 아니라 현실이었다. 아슬아슬, 나정의 마음이 널뛰기를 하고 있었다. 왼쪽에 앉은 친구가 탁, 소리 나게 거울을 내려놓으면서 중얼거렸다.

"야. 아무리 그래도 군인은 싫은데."

"들어간 지 3개월도 안 됐다. 그 정도면 아직 민간인 아이가."

나정이 위태롭게 중심을 잡은 것도 잠시,

"생긴 건? 얼굴은 어떤데?"

오른쪽에 앉은 친구가 번쩍, 나정을 공중에 띄웠다.

"…내가 부자라고 몇 번을 말했노."

"야, 저 사람 아니야?"

가운데 앉은 친구를 따라 나정의 시선도 카페 창밖으로 향했다. 깔끔한 차림의 쓰레기가 걸어 들어오고 있었다. 주선자라는 나정의 말에 친구들이 실망한 기색을 내비쳤다. 나정 옆에 앉은 쓰레기가 나정의 친구들과 인사를 나눴다. 나정이 쓰레기의 팔을 흔들었다.

"왜 혼자 오노? 선배들 아직 안 왔나?"

"어! 저기 온다."

출입문을 보던 쓰레기가 싱긋 웃었다. 나정과 나정의 친구들은 엉겁결에 질겁해서 테이블로 걸어오는 갑부 3인방을 바라보고 있었다. 언뜻 봐도 마흔은 되어 보이는 노안, 새까만 얼굴, 80년대 조폭 영화에서나 볼 법한 패션 때문에 도대체 어디에 눈을 둬야 할지 몰랐다. 심지어 시민극장2세는 일수가방에 반바지, 샌들에 흰 양말을 신고 있었다. 최악이었다. 잔뜩 열 받은 나정의 친구들은 입 바람을 불어 앞머리만 풀풀 날렸다.

"안 괜찮나? 저거 싹 다 메이커다."

나정이 귓속말을 하는 쓰레기를 향해 입술을 꽉 깨물었다.

"니 집에 가서 보자."

흔들흔들, 잡을 중심도 없이, 나정의 마음이 지하 이천 미터로 수직낙하 하고 있었다.

해태와 윤진이 탄 버스가 여산휴게소에 도착했다. 15분간 정차할 예정이라는 안내 방송과 함께 해태는 안전벨트를 풀었다. 자리에서 일어난 해태가 앉아 있는 윤진을 내려다보았다.

"안 가냐?"

"밖에 푹푹 찌는 거 안 보이냐? 난 여기 있을란다."

"참나. 너는 오줌도 안 매려운갑다?"

"남이야 오줌이 마렵든 똥이 마렵든 니가 뭔 상관이대! 오지랖도 태평양이다."

"꼴통 가시나야. 내가 이제 너랑 말하나 봐야."

윤진에게 질색한 해태가 버스에서 내렸다. 식당에서 우동을 먹고 있던 해태는, 아니, 모든 사람들은 텔레비전에서 전해주고 있는 뉴스속보에 놀라 아우성이었다. 김일성 주석의 급작스러운 사망 소식. 한참 정신이 팔려 있던 해태는 시계를 보고 놀라 허겁지겁 버스로 뛰어갔다. 어쩐 일인지, 버스는 다행스럽게도 제자리에 있었다.

"학생, 이제 오면 어떡해! 다들 기다리는 거 안 보여!"

해태가 화내는 기사에게 머리를 조아렸다. 기사가 눈을 흘기며 손을 공중에 내밀었다.

"어이, 이제 그만 키 주시지."

기사 옆에 딱 붙어 있던 윤진이 주머니에서 버스 키를 꺼내어 기사에게 건넸다. 더위를 풀썩풀썩 옷자락으로 쫓고 있던 윤진이 해태를 째려보았다. 쌩하니 자기 자리로 가버리는 윤진의 뒷모습을 해태는 멍하니 바라보고 있었다.

대북 경계 태세 강화를 위해 휴가 중이었던 갑부 3인방이 부대복귀를 하러 떠났다. 그들이 남긴 시원치 않은 개그와 궁극의 촌티 때문에 분위기는 이미 살얼음판이었다. 나정은 친구들만 남은 자리에서 잇따라 사과를 하고 있었다.

"야! 진짜 미안하다! 나도 저 정도인지는 몰랐다. 내가 다음에 영화랑 스페이스 쏠게!"

"그거 말고, 나 그 오빠 삐삐번호 좀."

왼쪽에 앉은 친구였다. 예상치 못한 질문 끝에 나정은 한결 나아진 목소리로 물었다.

"누구? 몽고간장 오빠야는 좀 괜찮제?"

"아니, 주선자 말이야. 그 사람이 제일 낫던데. 나, 그 사람 번호 좀 줘봐."

나정의 얼굴이 순식간에 얼어붙었다. 옷 잘 입었던데, 사투리 살짝 쓰는 것도 귀엽고, 매너도 있더라. 줄 이은 친구들의 호감에 나정은 쭈뼛쭈뼛, 몸과 마음마저 경직되고 있었다.

"어. 근데, 그 오빠, 여자친구 있다."

저도 모르게 튕겨져 나온 말 앞에서 당황할 새도 없이,

"지금 동거한다."

나정이 결정타를 날렸다. 반쯤 넋이 나갔던 친구들이 천천히 고개를 끄덕거렸다. 굳히기. 그래서 별명이 쓰레기다 쓰레기, 하고는 나정은 끽, 목을 긋는 시늉을 했다.

한편, 쓰레기도 집에서 나정과 똑같은 질문을 받고 있었다.

"그리고, 내 그 딸내미 삐삐번호 좀 알려도."

무학소주2세의 전화였다. 나정의 친구들을 떠올리던 쓰레기가 무릎을 쳤다.

"아, 그 모자 쓴 딸내미요? 걔가 제일 귀엽긴 하대요."

"오데, 걔 말고, 니 동생 말이야. 나정이라 했나?"

나정, 이라는 이름 앞에서 쓰레기의 표정이 서서히 어두워졌다. 예상치 못한, 아주 사소한 순간. 처음 듣는 이름처럼 쓰레기는 비죽이 흘러나온 생경스러운 마음을 마주하고 있었다.

"얼굴도 작고, 피부도 희고, 걔가 제일 예쁘더라. 말하는 것도 나긋나긋하니, 딱 내 스타일이대."

"…걔는 아직 앤데요."

"웃기지 마라. 걔랑 딴 애들이랑 나이 똑같다. 얼른 삐삐번호 불러라."

일시 정지. 말문을 열려고 해도 쓰레기는 목구멍에서 거대하게 버티고 있는, 이유 모를 힘을 느끼고 있었다. 그 힘을 이길 수가 없었다. 수화기 건너편에서 다시 목소리가 들려왔다.

"왜, 나정이 혹시 남자 친구 있나?"

쓰레기는 한쪽 손바닥만 멀거니 바라보았다. 주먹을 쥔 쓰레기의 손끝에 서서히 힘이 들어가고 있었다. 적지 않게 망설이던 쓰레기가 결국 정적을 뚫고 대답했다.

"네. 있습니다."

그날 오후, 대학야구 선수권대회 결승전을 앞두고 마운드 위로 올라간 칠봉은 사람들로 빼곡한 관중석을 거듭 두리번거리고 있었다. 몸을 푼 칠봉이 포수와 연습 투구를 하는 중에도 나정은 보이지 않았다. 1루수, 3루수와 각각 공을 던져 보는 동안, 칠봉의 마음은 종종걸음을 쳤다. 이윽고 심판이 '플레이볼'을 외쳤다. 차가운 이성. 뜨거운 감성. 눈을 감았다 뜬 칠봉이 마음을 다듬었다. 마운드에 서서 칠봉이 크게 쉼 호흡을 할 때에야 비로소 관중석에 앉는 나정의 모습이 보였다. 사방을 둘러싼 긴장을 거두고, 칠봉이 미소를 머금었다.

　모자를 살짝 들어 올린 칠봉이 나정을 향해 눈인사를 건넸다. 설마 싶어서, 나정은 양옆을 두리번거렸다. 나정을 향해 있던 칠봉의 시선이 얼마 안 있어 공에 집중되고 있었다. 나선처럼 휘어 올라가는 공. 뻗은 공. 강약 조절이 완벽한 공. 그 끝에 심판이 스트라이크를 외쳤다. 몇 번의 공수교대 이후 연세대의 점수판이 00에서 02로, 02에서 04로 바뀌었다.

　경기는 9회에 다다랐다. 혼자 130개의 공을 던졌는데도, 칠봉은 전혀 구위가 떨어지지 않았다. 아지랑이 피는 대지의 열기, 초록의 마운드 위에서 평소의 장난기 넘치던 칠봉은 온데간데없었다. 맹렬하면서도 남자다운 칠봉이의 눈빛만이 경기를 지배했다. 선수들을, 그리고 투수를 꿰뚫어보던 칠봉의 시선이 공과 더불어 교차되고 있었다.

　경기는 이제 볼카운트 투 앤 원, 아웃카운트 하나 남은 상태. 칠봉이 공을 던지고, 헛스윙 삼진, 이어서 포수가 투수마운드로 달려왔다. 모든 교차점이 칠봉의 예상대로 완벽하게 맞아떨어졌다. 관중석에서 열렬한 환호성이 터져 나왔다. 칠봉이 포수가 건네주는 우승 볼을 높이 치켜들었다. 선수들이 모두 투수 석으로 달려와 칠봉을 껴안았다. 올해 전 대회 우승을 이뤄낸 쾌거였다.

　선수들이 1루석 쪽으로 달려와 인사를 했다. 관중들이 박수를 치다가, 시야에서 사라지는 선수들을 따라 자리를 빠져나가고 있었다. 모자를 손에 들고 흔들던 칠봉이도 시야에서 사라졌다. 사라졌다고 생각하는 사이, 한 걸음, 두 걸음 뒷걸음질로 마운드에 다시 모습을 보인 칠봉이 나정의 눈앞에 나타났다. 나정과 칠봉이, 서로가 서로를, 바라보고 있었다.

풋풋하게 웃던 칠봉이 뚜벅뚜벅, 앞을 향해 걷기 시작했다. 경기장 응원석에서 시작된 시선이 칠봉의 마음속에 가 닿아 요동치고 있었다. 이제껏 겪지 못했던 열렬한 두근거림, 촉촉이 젖은 진심. 이 모든 특유의 감정들이 나풀나풀 튀어 올라 슬며시 드러나고 있었다. 펜스 건너편에서 나정은 영문도 모른 채 칠봉을 따라 발을 맞춰 걸었다. 펜스가 없는 관중석 끝자락에서 칠봉은 다시 나정과 마주 보았다. 이렇게 해보라고, 칠봉이 양손을 모아 앞으로 내밀었다. 나정이 칠봉을 따라 팔을 앞으로 쭉 내밀었다. 칠봉이 글러브에서 꺼낸 우승 볼을 나정에게 던진 것은 그 다음이었다. 느리게 포물선을 그으며 볼은 나정의 두 손 안에 안착했다. 나정은 믿기지 않는 듯 볼을 바라보았다. 문득 주변의 공기가 낯설어지는, 얼떨떨하지만 뭉클한 그런 마음으로.

칠봉이 모자를 한 손에 들고 흔들었다. 산뜻하면서도 떨리는 칠봉의 웃음이 어느새 나정을 향해 있었다. 조그맣게 자리하던 나정을 향한 칠봉의 마음이 점점 자라나 시공을 초월한 지붕이 되기도 하고, 동시에 벽이 되기도 하면서 나정을 감싸고 있었다. 말랑말랑한, 더할 나위 없이 좋은 향기가 점점 범위를 넓혀가고 있었다.

이 세상, 단 한 사람만을 위한 세리머니. 칠봉은 지금 이 순간, 그 어느 때보다 찬란하게 웃고 있었다. 야구를 빼면 아무 것도 남을 게 없던 시절, 야구보다 칠봉을 설레게 그리고 뜨겁게 만드는 사람이 생겼다. 역사상 가장 뜨거운 여름이 시작되고 있었고, 칠봉의 스무 살도 계절처럼 달아오르고 있었다.

때는 1994년, 그해 여름이었다.

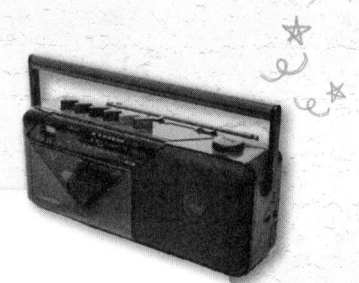

#8
순간의 선택이
평생을 좌우합니다

>> **1994년 여름, 연세대학교**

이슬이 내려앉은, 학교 안 건물들도 숨죽인 밤. 잔디밭에 둘러앉은 쓰레기, 해태, 삼천포, 윤진, 나정의 시선이 구불구불 빙그레에게 이어지고 있었다. 그러니까 해태의 질문은 나정이와 윤진이, 무조건 둘 중에 한 명을 선택해서 살아야 된다는 것. 물론 결혼해서 애도 낳고, 심지어 죽을 때까지 함께 살아야 한다는 것. 짧은 한숨 끝에 빙그레는 여전히 대답을 망설이고 있었다. 성미 급한 해태가 빙그레를 닦달했다.

"이 소심한 놈 좀 보소. 만약이라고! 고민 좀 그만해야. 그냥 재미로 물어보는 거라니께!"

"그럼… 나는 나정이! 대신, 윤진이는 상처받기 없음."

빙그레의 대답에 윤진이 상관없다는 듯 어깨를 작게 올려보였다. 해태가 옆에 앉은 삼천포를 가볍게 쳤다. 나도 나정이, 하고 단박에 대답한 삼천포는 득달같이 윤진을 부라리고 있었다. 윤진이도 삼천포를 노려보며 맞수를 놓았다. 으르렁거리는 삼천포의 윤진을 뒤로 한 채 빙그레가 해태를 불렀다. 윤진과 나정을 번갈아 보던 해태는 씩 웃고 있었다.

"난, 당연히 윤진이제! 내가 원래 작은 여자를 겁나 좋아하자네."

다음 차례는 쓰레기였다. 해태가 쓰레기를 향해 몸을 기울였다.

"쓰레기 형님은 둘 중에 한 명이랑 사귀라고 하면 누구대요?"

"음. 나는…."

잠깐, 하고 나정이 쓰레기의 말문을 막았다. 두서없이 일렁거리는 마음을 어쩔 줄 몰라 나정은 맥주를 벌컥 마셨다. 맥없는 긴장감으로 휩싸인 마음을 잠재울 틈도 없이,

"난, 윤진이."

쓰레기의 답이 푹, 나정을 찔렀다. 쟤는 식구잖아, 하고 쓰레기는 무심히 나정을 바라보았다. 당연히 장난이었다. 더군다나 가정이었다. 그런데도 옷깃을 여미려던 나정의 마음은 이리 뛰고 저리 뛰는 마음을 가까스로 움켜잡고 있었다. 아무리 그래도 윤진을 택할 줄은 몰랐다! 선을 긋고, 나정을 밀어버린 쓰레기의 말이 말소리에 묻히고 있었다. 삐삐 음성을 확인하기 위해 쓰레기가 공중전화박스로 향했을 때 나정은 마침내 자리를 박차고 일어났다.

공중전화박스 문을 열고 나온 쓰레기 앞으로 나정이 서 있었다.

"전화할래? 돈 많이 남았다."

감정에 복받친 나정이 전화카드를 건네는 쓰레기의 팔을 다짜고짜 쳐

냈다.

"지구가 멸망을 했다고 치자. 산은 무너지고, 땅은 솟고, 바다는 쪼개지고, 짐승이나 사람이나 할 것 없이 다 죽었다. 지구 상에 산 사람이라고는, 너, 나, 윤진이, 이렇게 셋뿐이다. 결혼도 해야 하고, 아이도 낳아야 하고, 종족 번식도 해야 한다."

뭔 말인가 싶어 그대로 듣고 있는 쓰레기에게 나정은 확인해야만 했다.

"내가? 윤진이가?"

제발. 단 한 순간만이라도 나정은 쓰레기의 진심을 듣고 싶었다. 그리고 그 순간이 지금이어야만 했다. 조급하지 않게, 그렇다고 너무 느리지도 않게 나정은 쓰레기에게 다시 물었다.

"내가? 윤진이가?"

별 다른 대답 없이, 쓰레기는 나정의 여물은 눈을 들여다보고만 있었다.

"선택해라. 누구고? 내가? 윤진이가?"

나정은 한참 동안 생각하는 쓰레기가 어쩔 수 없이 야속했다. 무너져 내린 나정의 고개가, 흰 붕대로 감싼 것처럼 상처 입은 마음이 쟁쟁하게 요동치고 있었다. 그때, 쓰레기가 팔을 뻗어 나정의 양 볼을 감싸 쥐었다. 한 걸음 두 걸음, 쓰레기와 나정의 폭이 가까워지고 있었다.

"당연히 우리 정이지. 오빠한테 니밖에 더 있나."

어질고 진지한 쓰레기의 눈길. 감동받은 나정의 눈에 눈물이 그렁그렁 하려는데,

"이래 좋은 장난감을 어디 가서 구하겠노. 요 볼떼기 쫄깃한 거 봐라. 다슬이로 변해라!"

쓰레기가 이리저리 비틀던 나정의 볼을 양옆으로 쭉 늘렸다. 쭈그려진

얼굴만큼이나 나정의 마음도 확 일그러지고 있었다. 열 받아서 짜증나는데 눈치 없는 쓰레기가 밉살스러워, 나정은 결국 쓰레기의 정강이를 콱 걷어차고 있었다.

며칠 뒤 신촌하숙.
우산이 없다는 쓰레기의 전화를 받은 직후, 안방에서 나온 나정은 거실을 후다닥 가로질렀다. 우산을 챙겨 대문으로 나서는 나정 뒤로 칠봉의 우산이 슥 고개를 내밀었다. 같이 가자, 칠봉은 그렇게 말하고 나정을 향해 곰살맞게 웃고 있었다.
"왜? 드라마 안 보고?"
"아직 끝나려면 멀었어. 갔다 와서 보면 돼. 그런데 윤진이랑 해태는 언제부터 사귀었어?"
우산을 치켜든 나정이 영문을 모르겠다는 듯 눈을 껌벅거렸다.
"아까 둘이 집에 들어오면서 티격태격하는 거 못 봤어? 딱 사랑싸움이던데."
"니가 여자를 모른다. 여자는 진짜 좋아하는 남자 앞에서 그렇게 성난 눈빛은 절대 안 보여준다."
예상치 못한 나정의 결론에 칠봉이 우산을 갸우뚱하고 바깥쪽으로 기울였다.
"그럼 진짜 좋아하는 사람 앞에선 어떤 눈빛인데?"
함빡, 빠져 있는 부들부들한 눈빛. 우산 없이도 어깨를 기대는 눈빛. 그런 눈빛으로 나정은 한 우산을 쓴 쓰레기를 빤히 올려다보았다. 접속사가 없는, 긴 호흡을 맞대는 일. 사분의 이 박자 혹은 이분의 일 박자로 이루어진 빗속에서 함께 리듬을 타는 일. 이런 느낌. 조금 더 비가 내려도 괜찮을 것이다. 은근 기분 좋은 나정이 쓰레기의 팔에 슥 팔짱을 꼈다. 쓰레기와 나정을 뒤따라가던 칠봉이 귀엽게 웃는 나정을 뚫어져라 바라보았다. 감정을 내딛던 계단 어딘가, 숨겨져 있었던 표정이었다. 단 한 번도 본 적 없었던 나정의 웃음이, 그 파동이 칠봉의 시선 안에서도 산재하고 있었다. 빨랐다가, 확 느렸다가, 칠봉의 발걸음은 느슨해졌다. 읽힐 듯 말 듯 아리송한 나정의 표정이 우산에 가려지고 있었다.

거실에서 드라마 〈M〉을 보던 나정, 쓰레기, 해태, 윤진, 칠봉, 삼천포, 빙그레는 괴괴한 전주가 흐르는 절정에 몰두하고 있었다. 창 밖에선 대찬 천둥소리가, 텔레비전 화면 속에선 눈이 시퍼렇게 변한 심은하의 웃음소리가 커져왔다. 나정이 쓰레기의 가슴에 얼굴을 파묻는 동시에 윤진이 해태를 껴안았다. 껴안았다가, 윤진은 뭔가 생각이라도 난 듯 화들짝 해태에게서 떨어졌.

"야, 조윤진! 나 다 봤다! 니들 뭐 있지?"

칠봉이가 윤진에게 의심의 눈초리를 보냈다. 잠깐 어리둥절하던 해태가 이제야 이해가 된다는 듯 제일 눈을 부릅뜨고 있었다.

"어쩐지 얘가 하루 종일 나한테 난리치더니, 그게 다 애정의 표시였구마잉. 윤진이 니, 나한테 관심 있는가? 말을 하지, 나도 어제 니 찍었자네!"

"지랄 염병을 하고 앉았네! 내가 미쳤냐? 너 같은 섹스중독자를 좋아하게."

"섹스중독자"

윤진의 입에서 나온 뜻밖의 말에 나머지 일동들이 모두 귀를 의심했다.

사건의 전말은 이랬다. 며칠 전 귀갓길, 윤진은 콘돔을 사는 해태와 약국에서 마주쳤다. 당황스러워서 어쩔 줄 모르는 사이, 윤진은 약국에서 나와 무표정한 얼굴로 가던 길을 갔다. 지레 당황한 해태가 곧장 뒤따라가서 콘돔을 산 이유에 대해 터무니없이 둘러댔으나,

"섹스중독자"

돌아온 윤진의 말은 딱 이 한마디였다. 그 일로 해태는 윤진에게 섹스 마니아로 낙인찍혀 버린 것이다.

"윤진이 니 선택 잘해라. 순간의 선택이 평생을 좌우한다 안 하나. 요 많은 놈들 중에서 또 누가 아나? 결혼해서 애까지 낳고 살 놈이 있을지."

분위기에 콕, 걸려버린 가시를 빼낸 것은 쓰레기의 말이었다. 아니나 다를까, 윤진은 질색했다. 요란한 천둥소리. 전등과 텔레비전이 팍 꺼졌다. 정전. 삼시 후, 나성이 켜놓은 양초의 불빛이 거실을 은은하게 밝혔다. 빙그레가 맞춰놓은 이문세의 별밤 라디오에 모두가 귀를 기울이고 있었다. 조금은 나른해진 분위기 속에서, 서로가 서로의 몸을 기댄 채로.

"여러분, 이런 날이 기회입니다. 만약 지금, 자기 옆에 사랑하는 사람이 있다면 그리고 혹시 그 사람을 짝사랑하고 있다면, 이 어둠을 틈타 실컷 그 사람의 얼굴을 보시기 바랍니다. 비록 나 혼자 하는 짝사랑이지만, 뭐 어떻습니까. 제가 음악 하나를 띄워드릴 테니까 그 사람과 마음껏 연애하는 상상을 해보시기 바랍니다."

이승환의 '화려하지 않은 고백'이 흘러나왔다. 저 먼 곳에서 불이 꺼지는 건물들. 창밖에서 안으로 청적이 들이치고 있었다. 동력 없는 시간. 빗소리. 그리고 비에 섞인 레몬 냄새. 이윽고 나정이 쓰레기를 향해 고개를 돌렸다. 나정의 눈빛이 출렁거리는 양초의 몸놀림을 따라 통통, 쓰레기의 얼

굴을 돌아다니고 있었다. 칠봉의 눈빛도 나정을 향해 자유롭게 항해하고 있었다. 어둠에 띄운 음악이, 나정의 숨소리가 극히 분화하는 시간.

"여러분, 짝사랑은 오늘까지만 하시고, 내일 비가 그치면 이 노래처럼 고백 한번 해보세요. 혹시 모릅니다. 그 사람도 당신을 사랑하고 있을지도."

칠봉과 나정은 고개를 돌린 그대로 눈을 감았다. 음악이 울려 퍼지는 단, 삼 분 동안.

새롭게 밝아온 아침. 파자마 차림으로 커튼을 젖힌 나정이 창가에 섰다. 서서히 눈을 뜨자, 언제 비가 왔었냐는 듯 햇빛 쨍한 풍경이 선명했다. 나뭇가지가 빗물을 톡, 떨구고 있었다. 바람결에 우는 나무. 그 나뭇가지마다 눈부신 주단 폭이 펼쳐졌다. 물기를 털어내는 햇살의 기운도 확연히 어제와는 다른, 새로움을 품고 있었다. 예고도 없이, 갑자기 모든 게 달라지고 있었다. 많은 것들이 이처럼 한순간에 달라지고, 그러다가 어느 한 순간 각인되는 것인지도 몰랐다. 말하지 않으면 아무도, 아무 것도 모른다는 사실. 진심도, 이 풍경도 그와 같다는 생각. 나정의 마음에 찾아온 잔잔한 파문이 깊게, 더 멀리 나아가고 있었다. 늦기 전에 쓰레기에게 마음을 전해야겠다고 나정이 결심한 건 바로 그 순간이었다.

하지만 기회는 좀처럼 찾아오질 않았다. 비몽사몽으로 같은 화장실에 있으면서도, 밥 먹으라고 말하기 위해 쓰레기의 방에 들어서면서도 나정은 고백은커녕 신변잡기에만 바빴다. 쓰레기가 집을 나선 뒤 나정은 쓰레기의 방에 오랫동안 앉아 있었다. 나정이 용기 내어 전화기를 들었다. 부끄러워 죽고 싶지만, 그래도 마음먹은 이상 멈출 수는 없었다.

"오빠도 당황스러운 거, 잘 안다. 근데 우짜노. 내 마음이 그렇다. 정말… 많이… 오빠가 좋다. 끊을게."

나정이 담담히 샵 버튼을 눌렀다.

'음성녹음이 취소되었습니다.'

수화기 건너편에서 예상했던 목소리가 들려왔다. 책상 위에 놓여 있는 쓰레기의 사진을 물끄러미 보다가, 나정은 거듭 마음을 가다듬고 있었다.

마당을 나서는 삼천포도 두 손을 불끈 쥐고 있었다. 스무 살, 여름방학에 자전거로 무전여행하기. 자신과의 약속만큼은 철석같이 지키는 삼천포에게 사람 스무 명쯤 죽어 나가는 폭염쯤이야 대수롭지 않았다. 단단히 무장한 삼천포와 전지훈련 가는 칠봉을 나란히 배웅한 일화가 부엌으로 돌아왔다. 나정과 일화가 늦은 아침을 먹는데, 윤진이 부엌으로 들어오고 있었다. 윤진의 손에 들려 있는 쇼핑백을 본 일화가 밥상으로부터 시선을 뗐다.

"너는 아침부터 어디 갔다 오노?"

"오늘 엄마 올라오신다고 그래서 선물 조금 샀어요."

"맞나? 언제 오시는데? 가시나 일찍 얘기하지! 있어봐라. 장 좀 보고 오게."

벌떡 일어나는 일화를 윤진이 허둥지둥 앉혔다.

"아녀요. 오늘 밤에 여수에서 약속이 있어서 바로 내려 가봐야 되대요."

윤진이 주머니에서 꺼낸 지갑으로 급히 말을 돌리고 있었다.

"나정아. 마당에서 지갑을 하나 주웠는디, 이거 누구 것인지 아냐? 아저씨 것 아니여?"

"아빠 꺼 아닌데. 안에 봐봐. 신분증 없나?"

나정의 말에 윤진이 지갑을 뒤적거렸다. 윤진이 꺼낸 신분증을 유심히 들여다보았다. 어이가 없어 피식, 윤진은 신분증을 다시 지갑 속에 고이 집어넣었다.

"해 떨어지기 전에 얼른 출발해야 되는데. 니, 내 지갑 못 봤나?"

하숙집 마당을 한참 동안 서성이던 삼천포가 빨래를 널고 있는 윤진에게 물었다. 봤어, 하고 윤진은 시큰둥하게 대답했다. 윤진이 주머니에서 꺼낸 삼천포의 신분증을 휙 치켜들었다. 어라, 액면가와는 달리 삼천포의 신분증엔 잉크도 안 마른 '칠칠'이라는 숫자가 박혀 있었다. 그것도 상반기가 넘어가는 '겁나게' 늦은 칠칠! 무려 두 살 누나인 동기 윤진의 칼 같은 육두문자와 함께 지갑을 건네받은 삼천포는 쫓기듯 자전거를 탈탈 끌고 하숙집 마당을 빠져나가고 있었다.

윤진이 빈 바구니를 들고 거실로 들어왔다. 울리는 전화기를 받았을 때 윤진은 더 놀라운 소식을 들었다. 빙그레의 휴학에 관해서였다. 행정과 직원은 빙그레가 제출한 휴학 서류에서 지도 교수님 사인이 빠졌다는 말을 전하고 있었다. 빅뉴스였다! 경황없이 전화를 끊은 윤진이 쓰레기의 방을 지나가다 말고, 걸음을 멈췄다. 나정이 쓰레기의 침대에 액자에 입을 맞추고 있었기 때문이었다.

"너, 시방 여기서 뭐하냐?"

놀라 나자빠진 나정 옆으로 액자가 뒹굴었다. 액자 속 쓰레기의 사진에 떡하니 놀란 건 윤진도 마찬가지였다. 윤진이 부엌에 나란히 앉은 나정을 살폈다. 하긴, 윤진도 여자의 감으로 어딘가 좀 이상하다고는 생각했던 차였다. 아직도 고백 안 했다는 말에 윤진은 나정에게 전화기를 건넸다.

"야. 지금 마음먹었을 때 얼른 해부러. 아니면 다른 년한테 뺏긴다니께."
 말이 끝나기 무섭게 윤진은 나정 대신 쓰레기의 삐삐 번호를 누르고 있었다. 윤진이 나정에게 전화기를 주었다. 나중에 할게, 하고 전화를 끊은 나정은 진땀을 흘리고 있었다.
 "어, 윤진아. 우리 같이 목욕 갔다 와서 깨끗한 몸과 마음으로 고백하는 게 더 낫겠다."
 적당한 때를 고민하던 나정의 눈이 금방 번쩍 뜨였다.

 친구들과 카페에 들어가던 쓰레기의 눈에 띈 사람은 빙그레였다. 건너편 테이블에서 빙그레는 주문을 받고 있었다. 빙그레와 눈이 마주친 쓰레기는 손을 들어 까딱까딱 빙그레를 불렀다. 조금 전 담배를 사러 간 편의점에서 쓰레기는 이미 아르바이트 중인 빙그레를 마주친 뒤였다. 이게 몇 번째 아르바이트인지 쓰레기는 꼬집어 물었다. 세 번째라고, 빙그레는 쓰레기의 눈치를 살피며 말끝을 흐렸다. 사채를 쓴 것도, 집에 무슨 일이 있는 것도 아니라고 했다. 그렇다면 도대체 왜? 돈에 눈 먼 사람처럼 아르바이트를 세 개씩이나! 쓰레기는 심각하게 빙그레를 염려하고 있었다. 영하 오도. 체감온도는 영하 십도. 감정의 수은주가 밑도 끝도 없이 내려가던 빙그레가 그제야 운을 뗐다.
 "…선배님. 저, 휴학했어요. 지난달에 휴학계 냈어요. 집에서도 모르고, 아무도 몰라요. 아버지가 곧 아시게 되면, 하숙비랑 생활비랑 다 끊길 것 같아서 미리 돈 좀 모아두려고요."
 "아부지한테 말씀 드리는 게 안 낫나? 휴학했다고. 일 년만 쉰다고."
 쓰레기의 말에 빙그레가 시선을 떨어뜨렸다. 아들 의대 보내는 게 평생 소원이었던 아버지에겐 엄두도 못 낼 소리였다. 쓰레기가 얼어붙은 빙그레의 몸통을 딩딩, 두드렸다.

"딴 거 하고 싶은 거 있나?"

"저는… 제가 뭘 하고 싶은지 모르겠어요."

"니만 그런 거 아니다. 다른 아이들도 다 그렇다. 해태도 삼천포도 나정이도 윤진이도, 걔네들도 다 니처럼 성적 맞춰서 왔지. 뭐가 하고 싶어서 온 거 아니다."

빙그레가 고개를 들어 쓰레기를 바라보았다. 담백한 쓰레기의 대답이 영하 오도에서 삼도, 삼도에서 이도로 빙그레 주변을 화하게 물들였다. 진심이 묻어나는 위로였다. 불어터진 입김만 가득했던 빙그레의 마음이 조금씩 다른 온기로 채워지고 있었다.

"니 인자 스무 살이다. 모르는 게 당연하다."

"제가 뭘 하고 싶은지 그것만 모르면 휴학 안 했어요. 저는 제가… 뭘 좋아하고 싫어하는지도 모르겠어요. 기호라는 게 없어요. 나이 스물이나 먹고."

"뒤늦게 반항은… 그래도 휴학할 용기는 있었는갑네."

"제가 얼마나 겁이 많은데요. 어떻게 용기 내서 휴학까지는 했는데, 지금 좀 막막해요."

쓰레기가 빙그레를 넌지시 마주 보았다. 차분한 그러나 과감한 방황이 빙그레에게는 엄청난 후폭풍을 몰고 올지도 모를 일이었다. 삶은 언제나 공식이 없는, 서술형 문제였다. 문제의 답을 헤매고, 찾고, 지우고, 새로 쓸 수 있는 사람은 오로지 자신뿐이었다. 그 답의 어디쯤 왔나, 쓰레기는 빙그레와 함께 기다려주는 일밖에 할 수 없었다. 그래서 질문,

"내가 뭐 해주꼬? 한 개만 말해봐라. 형이 해줄게."

"밥 사주세요. 하루에 한 번씩."

"남자하고는 절대 둘이서 밥 안 먹는데."

빙그레가 어벙한 얼굴로 쓰레기를 마주 보았다.

"일주일에 한 번."

쓰레기는 귀띔했다. 영하 이도에서 영하 일도, 영상을 회복한 빙그레의 마음이 모처럼 활기를 띠고 있었다. 온몸을 조여오던 긴장이 서서히 녹는 기분이었다. 그제야 순순히 웃는 빙그레를 따라 쓰레기도 웃었다.

어둑해지는 저녁. 자전거를 끌고 다시 하숙집 마당으로 들어온 삼천포는 땀을 뻘뻘 흘리고 있었다. 이번엔 삐삐가 문제였다. 마당을 오락가락하는 삼천포에게 내바침 집을 나서던 해태가 거실에서 챙겨온 삐삐를 건네주었다.

"그런데 니 그래갖고 오늘 안에 출발하겠냐? 그냥 내일 가!"

삼천포가 대답 대신 엄숙하게 삐삐를 옆구리에 찼다. 자전거를 들고 나가려는데, 하숙집 전화기가 삼천포의 발목을 잡았다. 오늘따라 전화는 길게 울렸다. 갈팡질팡, 대문과 마당을 몇 번이나 오가던 삼천포는 마침내 거실 구석에 쭈그려 앉아 수화기를 들었다. 수화기 건너, 조윤진 학생 댁 맞느냐는 질문에 삼천포의 인상이 휙 구겨지고 있었다.

"조윤진 학생 어머니가 터미널에서 딸을 기다리고 있는데, 계속 연락이 안 되나 봐요."

삐삐 쳐보겠다는 삼천포의 말을 수화기 속 여자가 단박에 제쳤다.

"아니, 삐삐도 여러 번 쳤어요. 아직 안 오는 걸로 봐서 딸이 음성 확인을 못한 것 같은데… 혹시 찾으러 갈만한 데 없어요?"

알 리가 없는 삼천포였다. 게다가 앙숙이었다. 내내 퉁한 표정이었지만,

"여기 어머니 너무 오래 기다리시는데 어떡하지. 딸이랑 길 어긋날까 봐 밥도 안 드시고 화장실도 안 가시고 계속 의자에만 앉아 계시거든요. 어쨌든 꼭 호출 좀 해주세요."

예, 하고 전화를 끊는 삼천포의 마음도 편하지만은 않았다. 심란하게 전화기를 들고 서 있던 삼천포가 윤진의 번호를 눌렀다.

"가시나! 어디를 댕긴다고 음성 확인도 안 하는데. 이 음성 들으면, 얼른 강남고속버스터미널로 뛰어 가라! 느그 엄마 몇 시간째 너 기다리느라 아직 밥도 안 드셨단다!"

목욕탕 전화기로 삼천포의 음성을 확인하자마자 윤진의 가슴은 두방망이질을 쳤다. 당장 달려간 터미널 안에서 윤진은 금세 눈물이 고였다. 불안함이, 두려움이, 무엇보다 무서움이 더해지고 있었다. 이곳저곳을 애타게 돌아다녀도 엄마는 보이질 않았다. 주저앉듯 윤진이 멈춘 곳은 호남선, 맨 안쪽 의자에서였다. 엄마를 발견한 윤진은 하염없이 울고 있었다.

'왜 이제 왔어? 하마터면 우리 딸 얼굴도 못 보고 갈 뻔했다.'

윤진을 향해 환하게 웃던 엄마가 수화를 했다.

'엄마 멋대로 빨리 오면 어떡해! 서울이 얼마나 무서운데, 말도 못하면서 큰일 나면 어떡하려고!'

놀란 맘에 엄마를 나무라다가, 윤진이 수화로 덧붙였다. 안도감이 이리저리 사람사이를 헤엄치다가 드디어 윤진의 손끝에 가닿고 있었다.

'밥은? 밥은 먹었어?'

'네 친구가 김밥 사와서 같이 먹었어. 이 학생 덕분에 이렇게 맛있는 커피도 먹고. 윤진이, 너랑 제일 친한 친구라고 그러던데.'

윤진이 엄마를 따라 시선을 돌렸다. 윤진의 엄마는 옆에 앉은 삼천포와 삼천포가 건넨 보온병 컵을 눈으로 가리키고 있었다. 삼천포의 무릎 위로 필담을 나눈 종이가 수북이 쌓여 있었다. '윤진이가 워낙 밝아서 친구들을 금방 사귀던데요. 오늘 그냥 따님이랑 주무시고 가세요.' 행간 없는, 삼천포의 다정한 마음이 글씨 속에 스며 있었다. 윤진의 마음속으로 빨려 들어간 그 글씨가, 시간의 공백이 새로이 살아 숨쉬기 시작했다. 꿈틀꿈틀, 숨찬 언어가 문장이 되어 낯선 삼천포의 얼굴까지 번졌다. 윤진은 손을 들어 눈물을 훔쳤다. 낯선 곳으로 향하는 이정표. 하늘과 맞닿은 여러 개의 고마움. 지천에 휘날리는 서먹함이 있었다. 삼천포는 두 사람이 무슨 말을 하는지 몰라, 그냥 커피만 마실 뿐이었다.

목욕탕에서 돌아온 뒤에도 나정은 고백을 망설이고 있었다. 용기를 낼까 싶다가도, 조금 이따가, 만 연발하고 있었다. 쓰레기의 방 앞에서 돌아선 나정이 거실에서 울리는 전화를 받았다. 전지훈련 중이라면서 시도 때도 없이 전화하고 있는 칠봉이었다.

"나정아. 저기, 있잖아."

나정이 칠봉의 다음 말을 기다렸다.

"…선풍기 켜고 잠들지 마."

실없는 칠봉의 말에 나정이 피식 웃었다.

"애도 아니고 그건 기본 상식이지. 걱정하지 마라! 니도 이불차지 말고 잘 자라."

숙소 로비에서 칠봉은 전화를 끊었다. 이게 아닌데 싶어 머리를 마구 헝클이던 것도 잠시,

"그래! 내일 좋다! 내일 고백하자! 내일 아침, 맑은 정신으로 고백해야지!"

칠봉이 점퍼 지퍼를 올리면서 씩씩하게 중얼거렸다.

며칠 후 신촌하숙의 밤.
또다시 정전. 질펀한 술판에 어둠이 찾아왔다. 거실 한가운데, 빙그레가 새로 킨 촛불을 내려놓았다. 굴러다니는 맥주병과 소주병 너머로 나정은 윙크를 시작하고 있었다. 유난히 덥고 별났던 1994년 여름. 그 여름의 대미를 장식한 건 취하면 물어버리는 나정의 주사도, 라디오 〈별이 빛나는 밤〉의 낭만도 아닌, 한 여수여인의 술버릇이었다: 흐느적거리는 불빛 안에서 잔뜩 취한 윤진은 자신이 알고 있는 모든 이야기를 털어놓았다. 며칠 전, 해태가 성인 잡지를 샀다는 것. 알고 보니 삼천포가 칠칠년생이라는 것. 빙그레가 휴학했다는 것. 그리고 나정이 쓰레기를 좋아한다는 것마저. 말수 없던 윤진이 취하면, 세상에 비밀이란 없었다. 윤진이 순식간에 열어젖힌 사실 아래에서 모두가 침묵한 이유는 비밀이 갖는, 역설적인 무게 때문이었다. 하나같이 얼굴이 어두워졌다. 비틀대던 윤진이 삼천포 앞에 뒤돌아 앉았다.

"아야. 엄마가 너한테 겁나 고맙단다. 우리 엄마가 말을 못해서 그렇지…."

다급히 하나 박력 있게 삼천포가 윤진의 입을 막았다. 삼천포의 품에 안긴 윤진을 쓰레기가 멍하니 바라보았다. 윤진을 일으켜 세웠던 쓰레기는

당황한 채 얼어붙어 있었다. 어둑어둑해진, 감정의 층위를 넘나드는 조각들이 칠봉을 집어삼켰다. 당혹스러운 조각, 낯선 감각을 쪼갠 조각, 압착된 아픔에 서서히 통증을 느끼는 조각들이 칠봉의 마음 깊숙이 흡수되고 있었다. 모두에게 찾아온 당황스러움이, 특히 칠봉과 쓰레기를 휘감은 혼란스러움이 걷잡을 수 없을 만큼 큰 침묵을 만들고 있었다.

〉〉 2002년 6월 22일 토요일, 나정의 결혼식

"옴마. 우리 신랑, 폼 나는 것 좀 봐야."

윤진의 목소리가 방명록을 쓰는 한 남자의 손 위로 겹쳐진다. 김성균. 삼천포가 카메라를 향해 돌아보며 묻는다.

"여보, 니는 적었나?"

"아니. 당신 이름 옆에 내 이름도 써."

뒤돌아선 삼천포가 자신의 이름 옆에 나란히 적는다. 조윤진. 그 이름을 적으면서, 삼천포는 상상했다. 만약 1994년 그날, 터미널에서 걸려온 전화를 받지 않았더라면, 또 터미널로 향하지 않았더라면 어떻게 됐을까, 하고.

산다는 건 매 순간 선택이다. 설령 그것이 외나무다리라고 해도 선택해야만 한다. 전진할 것인가, 돌아갈 것인가, 아니면 멈춰 설 것인가. 삶의 정답은 지난 선택들을 후회 없이 믿고 사랑하는 것. 결국 지금 발 딛고 있는, 단단한 이 지점은 과거 그 무수한 선택들의 결과인 셈이었다. 삼천포는 그날의 전화를 받았고, 터미널로 향했다. 그 작은 선택들이 모여, 삼천포와 윤진은 부부라는, 지금의 현재를 맞이했다.

#9
그러니까,
내가 하고 싶은 말은…

〉〉1994년 9월, 서울특별시 서대문구 창천동

  옥상을 서성거리던 칠봉은 가만히 눈을 감았다. 벌어진 시간 틈으로 부딪힌 나정의 진심이 칠봉의 마음 깊숙이 난장을 치고 있었다. 조금의 기대와 여린 설렘, 엉켜버린 미래가 연이어 무너진 자리에 까마득한 가을바람이 불어왔다. 야구공만 만지작거리던 칠봉이 다시 마당을 내려다보았다. 평상에 앉아 있는 나정의 뒷모습이 하염없이 복잡해져서, 칠봉은 제대로 숨을 쉴 수가 없었다. 밟혀버린 마음이 적나라한 속살을 드러내고 있었다. 새까맣게 멍울진 마음을 이러지도 저러지도 못한 채 칠봉은 나정을 눈으로 쫓았다.

  익숙한 옆모습. 나정은 베란다 너머, 책상에 앉아 공부하고 있는 쓰레기를 건너다보았다. 누구보다 가까운 사람이지만 이젠 제일 멀기도 한 사람.

홀연히 드러나버린 진심만큼이나 나정은 눈앞이 캄캄해지고 있었다. 다가갈 수도 멀어질 수도 없는 거리. 후, 불면 날아가 버릴 것만 같은 혼자만의 생각들. 거품처럼 솟아오른 어려움만이 진공상태인 나정의 머릿속을 휘저었다. 그럼에도 불구하고, 나정의 시선은 쓰레기를 향해 자꾸만 매달려 있었다.

눈 밖을 맴도는 전공서적 활자를 쓰레기는 멀거니 보았다. 스탠드 불빛 아래 연거푸 아득해지는 그림들이 몇 시간째 의식 바깥을 떠돌았다. 그땐 단순한 거짓말이라고 생각했다. 봄날, 나정의 고백이 진짜였다는 사실에 쓰레기는 남모를 혼란스러움을 느끼고 있었다. 쓰레기의 손등이 책 위에 올려둔 액자 모퉁이를 스쳤다. 교복을 입은 나정과 친남매처럼 다정히 어깨동무를 하고 있는 사진을 쓰레기는 아득히 바라보았다. 조용하게 들끓는 밤이 계속되고 있었다.

아침이 되자마자 나정은 또 다른 소란스러움을 맞이하고 있었다. 나정 옆에서, 초점 없는 눈으로 매직아이를 보던 칠봉, 삼천포, 해태가 느닷없이 소리쳤다.

"보인다! 캥거루 두 마리! 두 마리가 권투하고 있다! 손에 글러브 끼고!"

움찔한 나정이 눈을 사시로 만들고, 방금 전보다 더 집중하고 있었다. 너나 나나 할 것 없이 흥분해서 동작까지 따라하는 셋과 달리 나정은 감감무소식이었다.

"아~ 진짜! 왜 나는 안 튀어 나오노!"

버럭, 짜증내는 나정을 위해 해태가 다음 장으로 넘겼다. 서서히 사시가 된 셋이 흐리멍덩한 눈동자로 일제히 책에 집중했다. 승부욕이 발동해 지

지 않으려던 나정이었지만,

"다람쥐! 도토리 들고! 꼬리도 살아 있네!"

갑자기 외치는 셋을 도무지 따라갈 수가 없었다. 다음 장도, 그 다음 장도 마찬가지였다. 윤진이 삼천포의 방문을 벌컥 열었다. 밥들 처먹어야, 하고 문을 닫았다. 먼저 나가버리는 삼천포를 따라 일어나던 해태가 칠봉을 불렀다.

"아야, 칠봉아. 같이 가자. 나정이 옆에 붙어 있다가 오늘 아침 못 묵는다. 저 가시나 하나에 꽂히면 끝장 볼 때까지 절대로 포기 안 한다니께."

칠봉은 여전히 책을 붙들고 있는 나정 옆에 앉아 있었다. 미간에 빡 힘을 준 나정과 칠봉이 책상 앞으로 머리를 맞댔다. 칠봉이 입체적인 패턴 정중앙을 손가락으로 콕, 찍었다.

"여기 가운데 가상의 점을 하나 만들어. 두 눈으로 그 점을 미친 듯이 째려봐. 서서히 눈을 맹하게 만든 다음 초점을 흐려. 앞 말고! 눈동자 뒤로 이 점을 본다고 생각해!"

나정과 칠봉의 뻥한 눈이 스르륵 한가운데로 몰리고 있었다.

"화면이 어리어리해질 때까지, 끝까지 정신을 놓지 말고 계속 봐. 그럼 어느 순간, 갑자기 뭔가 툭 튀어나올 거야! 미리 뭘 보려고 하면 안 되고, 보일 때까지 참고 기다려야 돼."

들숨 날숨 없이 나정은 졸지에 눈을 풀었다.

"무슨 소리인지 한 개도 모르겠다."

눈을 푼 칠봉이 책장을 넘겼다. 더 쉬운 걸 찾아도 칠봉이만 거듭 정답을 맞히고 있었다. 나정이 정답을 척척 내놓는 칠봉을 신기하게 쳐다보았다.

"좋겠다. 니는 어찌 그리 빨리 보이노?"

"매직아이는 보는 사람만 보여. 그냥 포기하지. 넌 진짜 못 볼 텐데."

나정이 책을 풀썩 내려놓았다. 배고픈데, 하고 칠봉이 뒷목을 긁적였다.

"미네르바 오므라이스 사줄게."

방금 전의 딴청은 온데간데없이 칠봉이 눈을 부릅떴다. 책을 넘기던 칠봉의 손길이 어느 페이지에서 멈추고 있었다. 책 가까이에서 서서히 뒤쪽으로 시선을 뗀 칠봉이 장담했다.

"바로 보이네. 이것도 못 보면, 넌 평생 매직아이 못 봐."

나정이 칠봉의 무릎을 주먹으로 퍽, 쳤다. 초점을 흐린 뒤 아무리 집중을 해도 나정의 눈엔 지지직거리는 영상 같았다. 포기하라는 칠봉의 말이 나정의 심기에 불을 질렀다.

"니 내가 보면 우짤래?"

"안 된다니깐."

십만 원. 발끈한 나정이 칠봉의 말을 챘다. 나정이 그 그림을 보면 십만 원을 칠봉에게, 못 보면 칠봉이가 나정에게 주기로 내기를 한 것이다. 심기일전. 비장하기까지 한 나정의 얼굴이 매직아이를 뚫어져라 바라보고 있었다. 기간은 삼 일 후, 돌아오는 토요일까지였다.

뒤늦게 아침식탁에 앉던 나정은 더 큰 혼란스러움을 맞닥뜨려야만 했다. 얼른 가서 오빠를 깨우라는 일화의 한마디 때문이었다. 문을 열까 말까. 쓰레기의 방문 앞에 서서, 나정은 한참 동안 문고리에 손만 대고 있었다. 망설임 끝에 문을 열었지만 안에는 아무도 없었다. 안도의 한숨과 함께 문을 닫고 돌아섰을 때 나정은 덜컥 놀라서 제자리에 멈춰 서버렸다. 바로 앞에, 수건을 들고 있는 쓰레기가 서 있었다.

"놀랬다 아이가! 엄마가 밥 먹으란다."

쓰레기를 째려보던 나정이 후딱 발을 뗐다. 방 안으로 들어가려던 쓰레기와 같은 스텝으로. 부딪힐 뻔, 반대 방향으로 피하려다 또 부딪힐 뻔, 두 사람 사이에 어색함이 흘렀다. 어쩔 줄 몰라 잠자코 서 있는 나정을 쓰레기가 옆으로 비켜섰다. 자연스럽게 머리를 쓰다듬는 쓰레기가, 이런 분위기가, 어색하고 불편해서 나정의 마음은 부글부글 끓어오르고 있었다.

쓰레기는 나정과 부엌 식탁에 나란히 앉았다. 들켜버린 진심, 예민한 지금. 하필 가까이 앉은 쓰레기 탓에 나정은 뚝 끊겨버렸던 그날의 필름이 다시 돌아가는 것만 같았다. 나정이 서툰 젓가락질로 총각김치를 들어올렸다. 쓰레기가 도와주려다 총각김치 국물이 한 방울, 나정의 흰 옷, 그것도 가슴 부분에 튀고 말았다. 식탁 위에 있는 행주로 쓰레기는 얼른 나정의 옷을 닦았다. 나정이 신경질적으로 쓰레기의 이마를 획 때렸다. 니정이 벌떡 일어났다.

"내가 진짜 못 산다! 니 때문에!"

목소리가 얼간 커진 줄도 모르고, 나정은 그대로 부엌을 빠져나갔다.

이른 아침부터 빙그레는 학교 정문을 향해 달리고 있었다. 학교 어딘가에서, 예고도 없이 찾아와 기다리고 있다는 동생, 동우의 전화를 받은 직후였다. 펄쩍 내려앉았던 마음이 교복을 입은 동우를 발견하자마자 곤두세운 목소리로 이어졌다.

"아버지랑 싸웠어? 아버지가 어디 하루 이틀 그래? 좀 참지, 가출은 왜 해!"

"이번엔 진짜 아버지가 너무하셨어. 내 자존심을 건드렸다니까. 그나저나 배고프다, 형."

넉살 좋게 대답하던 동우가 빙그레를 빤히 보았다. 패스트푸드점 창가에 동우와 마주 앉은 뒤로도 빙그레의 마음은 롤러코스터를 타고 있었다. 열 받았다가, 걱정됐다가 빙그레는 결국 가슴 한 쪽이 짠해져서 동우를 바라보고 있었다.

"가출은 왜 했어?"

햄버거를 먹던 동우가 중얼거렸다. 이야기인즉슨 동우의 성적이 화근이었다. 30등이나 떨어진, 더군다나 꼴찌라는 말에 빙그레의 목이 꽉 막혀왔다. 동우는 말을 하다 말고 웃었다.

"공부밖에 모르는 우리 형은 절대 이해 못하겠지. 그런데 형, 나는 정말 공부 쪽은 아니야. 관심도 없고 그 쪽 머리도 없어. 해도 시간낭비야."

"학생이 공부 안 하면 뭐할 건데? 공부해서 일단 대학은 가야 될 거 아냐. 남들은 뭐 공부가 좋아서 하는 줄 알아? 그냥 참고 하는 거지."

"왜 참어? 하고 싶은 게 있는데?"

그렇게 묻는 동우가 한심하다는 듯 빙그레가 시비조로 말을 달았다.

"뭔데? 하고 싶은 거 뭐?"

"형한테 말 안 해. 들을 자세가 안 되어 있어, 형은."

툭툭 쏘아대는 빙그레를 향해 고개를 돌린 동우가 억세게 입을 닫았다.

카페 미네르바에서 칠봉과 마주 앉은 나정도 슬렁슬렁 입을 다물고 있었다. 매직아이 봤냐는 칠봉의 질문에 아직 이렇다 할 성과가 없어서였다.

"아직 삼 일 남았다. 모레까지 보면 된다 아이가."

"너, 내일은 뭐해?"

내일부터 추계리그 4강. 준결승 선발투수가 나라고, 칠봉은 덧붙였다.

"자랑하나 지금?"

"아니. 그게 아니라… 내일 시간 되면 경기 보러 오라고."

나정은 멀뚱히 칠봉을 지켜보고만 있었다. 무슨 뜻인지 궁금해 하는 나정에게 칠봉은 허둥지둥 둘러댔다. 여자가 응원하면 이기는 징크스라고.

"그동안은 어떻게 이겼는데?"

"수많은 여자들이 응원을 왔지."

나정이 그제야 고개를 끄덕거렸다. 차츰차츰 차오르는 기대로 칠봉의 마음이 훌렁 떠오르고 있었다. 칠봉은 나정의 다음 대답을 기다리고 있었다. 칠봉의 예상이 드디어 적중한,

"그럼 내가 안 가도 되겠네. 가시나들 많이 보러 가던데."

아니, 빗겨가버린 나정의 대답이 돌아왔다. 답답한 맘에 칠봉이 칭얼댔다.

"그냥 좀 오면 안 되냐?"

힌트, 하고 다짜고짜 나정이 눈을 반짝거렸다. 매직아이 힌트 하나만 주면 가겠다는 나정의 말에 칠봉은 곰곰이 생각하고 있었다. 글자가 아닌 그림이라는 것.

"오늘 재수가 없나? 하루 종일 흘리노."

나정이 옷 위로 떨어진 오므라이스를 털어내고 있었다. 칠봉이 나정에게 냅킨을 건넸다.

"흰 옷이라 티 많이 나겠다. 옷 갈아입어야 되겠는데."

나정은 시계를 올려다보았다. 다음 수업까지 30여 분 정도가 남아 있었다.

마른하늘에 갑자기 비가 쏟아졌다. 구두를 신은 나정이 흠뻑 젖은 골목

길을 위태롭게 달릴 때였다. 한쪽 굽이 미끄러져 발을 접질린 것도 잠시, 나정은 곤두박질치듯 땅바닥을 굴렀다. 장대비는 쏟아지고, 옷은 젖고, 욱신거리는 통증 탓에 다리는 꼼짝할 수도 없었다. 나정은 지척에 있던 공중전화에 겨우 기대섰다. 집으로 건 전화는 통화연결음만 계속되고 있었다. 이윽고 딸깍, 건너편에서 전화 받는 소리. 나정은 냅다 소리를 질렀다.

"엄마, 빨리 전화 안 받고 뭐하노! 여기 쌍둥이 슈퍼 앞인데, 빨리 나온나! 우산도 없고 다리도 삐어서 못 걷는다. 아파 죽겠다."

"많이 다쳤나? 쌍둥이 슈퍼 앞이라고?"

얼음. 나정이 잔뜩 찡그렸던 얼굴을 폈다. 엄마가 아닌, 쓰레기의 목소리였다.

"오빠가 지금 바로 갈게."

나정은 전화를 끊고도 한참을 횟횟한 마음을 부여잡고 있었다.

마음을 흩뜨리는 비라고, 나정은 생각했다. 쓰레기의 등에 업혀 우산을 들고 있는 나정이나, 아무 생각 없이 걷고 있는 쓰레기나 어색함을 쫓기엔 역부족이었다. 쓰레기의 질문이 나정의 귓가에 맴돌았다.

"조심하지. 병원 안 가도 되겠나?"

"집에 약 있는데 뭐."

침묵. 나정은 쓰레기의 발걸음을 고이 내려다보기만 할 뿐이었다. 쓰레기는 빗물이 고인 웅덩이를 가로질러 걷고 있었다. 괜히 먼 데로 시선을 돌린 나정이 쓰레기에게 물었다.

"엄마는? 어디 갔나?"

"친구들 만나신다고 좀 전에 나가셨다."

"맞나…."

다시, 침묵. 쓰레기를 스친 빗방울이 나정의 마음을 톡톡히 어지럽히고 있었다.

이른 저녁. 칠봉은 빙그레가 아르바이트 중인 호프집을 찾았다. 바 안에 앉아 있던 빙그레가 맥주 한잔을 주문하는 칠봉을 올려다보았다.
"내일 경기 아니야?"
안 그래도, 비가 와서 하루씩 밀린 경기였다. 그 사실을 알자마자 칠봉은 더그아웃 한편에 놓여 있는 공중전화로 달려갔다. 잠시 생각하다가, 서서히 칠봉의 얼굴 가득 웃음이 번졌다. 나정의 삐삐 번호를 누르는 내내 칠봉은 기분이 좋아서 발을 둥둥 구르고 있었다.
"오늘은 조별 발표 때문에 안 되고, 모레는 된다고 그랬지? 야! 나, 내일 경기 취소 됐거든. 기적이다 기적! 이건 신의 셰시야. 너 꼭 와야 된나! 알았지? 그럼 너 오는 걸로 알고 있을게. 모레 보자, 나정아!"
아까 전의 들뜬 기분이 생각났는지 칠봉이 작게 웃었다. 칠봉은 빙그레 근처로 와 전화기를 집어 들었다.

"아직 매직아이 못 봤다. 그게 벌써 보일 것 같았으면 내가 내기 했겠나."
한 손으론 무선전화기를 든 나정이 벙한 눈으로 책을 파고들었다. 눈을 살살 모으던 힘을 빼고, 나정은 전화기를 고쳐 들었다.
"음성? 못 들었는데? 언제 남겼는데?"
부엌으로 들어온 쓰레기가 냉장고에서 우유를 꺼내고 있었다.
"모레로 경기 일정이 변경됐다고? 그때는 된다. 2시 시작이라고? 알았다. 꼭 간다."

나정이 말끝에 무선전화기를 내려놓았다. 쓰레기가 나정이 있는 식탁 맞은편에 앉아 나정이 펼쳐놓은 책을 뒤적였다.

"오빠도 매직아이 볼 줄 아나?"

"장난하나? 그거 못 보는 사람도 있나?"

내 아직 못 보거든, 하고 나정이 부리부리하게 눈을 흘겼다. 나정은 무엇인지 대신 봐주겠다는 쓰레기의 손을 딱 부러지게 밀어냈다.

"됐다. 칠봉이랑 약속한 기다. 십만 원, 내기 했거든."

반반 나누자는 쓰레기와 제 힘으로 보겠다는 나정 사이에 실랑이가 벌어지고 있었다. 계속 뺏으려는 쓰레기 때문에 나정은 손끝에 부르르 힘을 주었다.

"줘봐라. 그럼 내만 보고 니한테 말 안하면 된다 아이가!"

하더니 책을 확 뺏어든 쓰레기가 문 쪽으로 도망갔다. 눈을 모은 쓰레기가 금방 매직아이에 집중했다. 쓰레기의 사팔뜨기 시선이 책에서 점점 멀어져, 초점을 맞추고 있었다. 누군가 쌩하니 몸을 밀어버리는 기분. 이게 뭔가 싶은 표정으로 쓰레기는 두둥실 떠오르는 '♥'를 보고 있었다.

"이거 누가 보라 했다고?"

쓰레기가 담백하게 물으면서 나정을 돌아보았다. 행여나 쓰레기가 정답을 말할까봐 나정은 양손으로 귀를 막은 채 '에에에에'만 외치고 있었다. 웃음도 장난기도 없이 쓰레기의 눈은 온통 그 그림에만 쏠려 있었다.

그날 밤. 호프집을 찾아온 해태, 삼천포와 함께 동우는 먼저 하숙집으로 돌아갔다. 모두가 떠나고 난 뒤에야 빙그레는 긴 한숨을 내쉬고 있었다. 이제 엄마에게 전화할 차례였다.

"동우, 지금 나랑 같이 있어. 오늘 우리 하숙집에서 재우고, 내일 버스 태워서 내려 보낼게. 걱정하지 마, 걔가 속은 착하잖아. 그런데 엄마, 요새 동우 뭐 다른 거 하는 거 있어?"

"응? 뭐? 너한테 뭐라고 그러든?"

차분한 엄마의 목소리를 듣고 빙그레는 알 수 있었다. 엄마는 아무 것도 모르고 있음을.

"우리 큰아들. 학교 잘 다니지? 공부하는 거 안 힘들어? 우리 아들은 엄마처럼 하루하루 갑갑하게 살지 말고, 서울, 큰 세상에서 하고 싶은 거 원 없이 실컷 하고 살았으면 좋겠어."

오늘따라 서글픈 엄마의 넋두리가 빙그레의 마음을 거칠게 내리쳤다. 하물며 속도 모르고 찾아온 동우 때문에 빙그레는 속이 탈 지경이있다. 호프집을 나섰을 때 빙그레의 울퉁불퉁해진 마음은 모가 나 삐죽 튀어나오기 직전이었다. 무섭게 퍼붓는 비 때문에 빙그레는 호프집 입구에 털썩 주저앉았다. 그런 빙그레를 마중 나온 건 바로 쓰레기였다.

쓰레기와 빙그레는 쌍둥이 슈퍼 앞, 작은 평상에 앉았다. 쓰레기는 비닐봉지에 든 소주와 종이컵을 꺼내고 있었다. 빙그레에게 잔을 건네 소주를 따라주던 쓰레기가 말문을 열었다.

"호프집 아르바이트는 할만하나? 편의점이랑 카페에 과외도 계속 하고?"

그렇다고, 하지만 하나도 힘들지 않다고 답하는 빙그레를 쓰레기는 대견하게 바라보았다.

"그라모 다행이다. 그런데 아까부터 어디에서 계속 노랫소리가 들린다."

빙그레가 주머니에서 켜져 있었던 워크맨을 꺼냈다. 정지 버튼을 누르려던 빙그레를 쓰레기가 툭툭 쳤다. 이어폰을 다정하게 나눠 낀 둘은 부활의 〈사랑할수록〉을 들었다. 들이치는 비에 처마 밑으로 깊숙이 몸을 피하면서, 근지럽게 웃으면서, 그리고 바싹 붙어 앉으면서.

"선배님. 이 노래, 원래 보컬이었던 김재기 씨가 교통사고로 돌아가시기 전에 연습으로 그냥 딱 한번 불러본 거래요. 어떻게 이 어려운 노래를, 한번 만에 완벽하게 불러요? 만든 사람도, 부른 사람도, 둘 다 천재 같아요. 진짜 부럽다."

쓰레기가 신나서 쫑알거리는 빙그레를 빤히 쳐다보았다.

"부러우면 너도 하면 되잖아?"

"저는 천재가 아니잖아요."

"천재만 음악하나? 그럼 천재 아닌 나머지 구십구 프로는 다 죽어야 된다드나. 니는 니가 무엇을 하고 싶은지 모르겠다며? 일단 그거라도 한번 해보면 되지."

"그럼 또 다른 거 하면 되고."

치, 하고 웃던 빙그레가 소주를 들이켰다. 쓰레기가 빙그레의 잔을 채우며 넌지시 말했다.

"그런데 느그 아부지 억수로 무서운갑다."

빙그레가 고개를 끄덕거렸다. 대화가 안 되는 건 둘째 치더라도 말 자체를 아예 안 들으려는 분이었다. 더군다나 동우는 간이 작은 빙그레와 영 딴판이었다. 어릴 때부터 사고뭉치에 자기가 하고 싶은 게 있으면 무조건 해야 하는 성미였으니까. 가출한 이유도 말 안 해주는 동우를 생각하다 보니, 빙그레는 저도 모르게 갑갑해지고 있었다.

"동생이 그래도 형은 좋은갑네. 가출해서 형 찾아온 거 보면?"
"걔는 제가 한심하대요. 아버지가 키우는 강아지라고 얼마나 무시하는데요."
"강아지? 그러고 보니께 니 강아지 좀 닮았다."
쓰레기는 손가락을 들어 빙그레의 턱을 간지럼 태웠다. 함빡 웃던 빙그레는 어느새 한결 둥글게 굴러가는 마음을 느끼고 있었다.

반면, 동우는 형의 전공서적 사이에서 너풀너풀 떨어진 휴학신청서를 보고 아연실색하고 있었다. 때마침, 방으로 들어온 빙그레가 놀라서 종이를 뺏어들었다.
"집엔 얘기하지 마."
"형 미쳤어! 아비지 아시면 어띡하리고 그래! 죽는나! 의대를 유학하는 사람이 어디 있어!"
큰소리를 뺑뺑 치는 동우가 어이없어 빙그레도 막 성을 냈다.
"가출한 놈이 어디서 큰소리야. 너만 입 닫으면 아무도 몰라. 씻고 잠이나 자!"
갈아입을 옷을 챙긴 빙그레가 방문을 나섰다. 샤워하고 나온 빙그레를 방에서 쓰레기가 부른 것은 그 다음이었다. 겉옷 안에서 돌돌 말린 흰색 포스터를 꺼낸 쓰레기가 기대에 찬 눈빛으로 펼쳐들었다. 무려 '대학가요제' 예심 포스터였다.
"재밌겠제? 예심 얼마 안 남았네!"
"제가 여길 어떻게 나가요. 됐어요. 전 이런 거 나갈 배짱 없어요."
빙그레는 겸연쩍게 도리질을 했다.

"이거 하는데 배짱씩이나 필요 없다. 남들 노래하는 게 부러우면 한번 해보면 되는 기제."

"나중에요. 나중에 준비되면 할게요."

"고집쟁이 새끼."

툭, 덤덤하게 떨어지는 쓰레기의 말에 빙그레가 고개를 들었다.

"내가 느그 아부지는 잘 모르지만, 니, 니가 그리 싫어하는 느그 아부지 닮은 거 아나? 새끼 언뜻 보면 순둥이 같은데 가만 보면 남 얘기 참 안 들어요."

퀴즈랑 시험이 세 개나 있는데도, 이 밤에 학교에서 몰래 떼어온 포스터였다. 아들만 셋, 게다가 집안의 막내인 쓰레기가 남동생 하나 챙겨주려는 마음을 빙그레는 알 리 없었다.

"좀 들어라. 찬찬히 들어보고 헤아려봐야 저 소리를 뭔 생각으로 하는지, 무슨 맘으로 하는지 알 거 아이가. 니 속에서 하는 소리도 귀 기울여야 니가 뭘 하고 싶은지도 아는 거고."

호수 같았던 빙그레의 마음에 깜박이는 불빛이 켜졌다. 매일같이 문턱이 닳도록 드나들었던 마음이었지만, 작은 물수제비조차 던져볼 용기가 없었던 빙그레였다. 모든 것이 명백해지고 있었다. 격랑을 일으키지 않은 건 바로 자기 자신이라는 것을.

빗소리만 내려앉는 밤. 정적을 깬 동우가 침대 아래에 누운 빙그레를 향해 몸을 돌렸다.

"형! 내가 왜 가출했는지 알아? 어제 집으로 성적표가 왔는데, 세상에, 아버지가 그 성적표를 딱 보더니…."

"보더니?"

"내 불알친구 빈이한테 전화를 한 거야! 너랑 어울려 다녀서 우리 아들 성적 떨어졌다고."

"너 가만 있었어?"

"아니. 그래서 가출했잖아."

킥킥대고 웃는 동우를 따라 빙그레가 웃었다.

"형… 나 요새 제빵 학원 다닌다. 잘하는 것도 없고 하고 싶은 것도 없는데. 형, 내가 먹는 거 하나는 또 좋아하잖아. 엄마가 빵을 좋아하기도 하고, 제빵학원은 자기가 만든 빵 집으로 다 가져갈 수 있어. 그래서 내가 학원에서 만든 빵을 집에 가져간 적이 있거든."

말없이 귀 담아 듣고 있던 빙그레의 눈가가 촉촉해지고 있었다.

"엄마가… 너무 맛있게 드시는 거야. 그래서 결심했지. 요리사가 되기로."

진심이란 늘 뒤에 숨어 있기 마련이다. 워낙 수줍고 섬세한지라, 윽박지를수록 더 깊은 곳으로 숨어든다. 방법은 하나, 진심이 스스로 고개를 들 때까지 그저 눈 마주치고 귀 기울이는 것. 누군가를 위로하고 싶다면 이야기를 들어주는 것만으로도 충분하다는, 그 당연한 진실. 말을 접고 생각을 접고 기다리다 보면, 어느 순간 진심은 툭 튀어나온다. 빙그레는 동우와 진심을 나누면서, 책상에 올려둔 포스터를 물끄러미 올려다보았다. 다행스럽게도 빙그레에게는 스스로도 모르는 진심을 읽어주는 사람이 생겼다. 존재만으로도 위로가 되는 사람이.

다음 날. 빙그레는 대학가요제 예선에서 떨어졌고, 칠봉이는 추계리그

준결승전에서 우승했다. 해질 무렵, 놀이터를 한참 맴돌던 칠봉은 공중전화박스에 서서 신촌하숙 전화번호를 눌렀다. 매직아이 결전의 날. 그보다 칠봉에겐 나정에게 전하고 싶은 중요한 말이 있었다.

"암만 봐도 모르겠다. 내일 학교 가면 십만 원 줄게."

골이 난 나정의 목소리를 듣던 칠봉이 슬며시 웃었다. 칠봉은 바짝 타들어가는 입술로 초조하게 때를 노리고 있었다. 막상 진짜를 말하려고 하니, 한꺼번에 수만 가지 생각이 떠올라 말문이 막히고 있었다.

"그런데 니, 이거 매직아이 맞기는 맞는 기제? 아무 것도 없는 거 아이가?"

"다른 사람한테 보여주면 되잖아!"

"정답이 뭔데?"

칠봉은 숨을 한 번 고른 후 떠다니는 생각들을 하나씩 잡아냈다. 어느 순간, 하고 싶었던 말들이 실은 두 마디 혹은 세 마디면 정리되는 아주 단순한 것이었음을 칠봉은 깨닫고 있었다. 이제, 이렇게 말을 시작하면 된다. 그러니까, 내가 하고 싶은 말은…

"몰라. 네가 직접 봐."

엉겁결에 튀어나온 말들을 묻어둔 채 칠봉은 전화를 끊었다.

#10
어쩌면
마지막일지도 모를

〉〉 1994년 12월 30일, 서울특별시 서대문구 창천동

"딸! 우리 딸아!"

나정의 방문을 연 일화가 생글생글 웃었다. 창밖 어스름이 가시지 않은 새벽, 둘둘 말고 잠든 이불 사이에서 꼼지락거리던 나정이 찔끔 눈을 뜨고 있었다. 밖에, 하고 잠시 멈춤. 들뜬 설렘으로 아롱진 일화의 목소리가 곧이어 방울방울 맺혔다.

"눈 온다! 서울 사니까 촌놈이 눈 구경을 다 한다!"

일화가 나간 뒤 나정은 벌떡 일어나 창가로 다가갔다. 점점 상기되는 표정이, 번지는 미소가 펑펑 내리는 함박눈 앞에서 온몸을 관통하는 환희로 전율하고 있었다. 그 끝에 나정의 머릿속을 번개같이 스쳐 지나가는 한 사람이 있었다. 바로 이 순간을 함께하고 싶은 사람.

"오빠야!"

나정이 한달음에 쓰레기의 방 안으로 뛰어 들어갔다. 자기도 모르게 달려왔다는 사실이 득달같이 나정의 뒷덜미를 쳤다. 미쳤다 미쳤어, 하고 잠든 쓰레기를 보던 나정은 혼잣말을 하고 있었다. 뒤돌아서서 나가려다가, 나정은 자고 있는 쓰레기 얼굴에 가만히 얼굴을 갖다 댔다. 눈 떠봐, 하고 나정은 쓰레기에게 귓속말을 했다. 쓰레기의 얼굴을 톡톡 치면서. 순하게 일어나 앉은 쓰레기가 실눈으로 나정을 올려다보고 있었다.

"밖에… 눈 온다."

나정이 말끝을 흐리며 살살 커튼을 젖혔다. 빗금 치는 무성한 눈, 들녘을 이룬 눈보라가 눈부시도록 환한 서정을 만들고 있었다. 나정은 수줍게 웃더니 쓰레기 옆에 앉았다. 첫눈. 그 설레는 단어만으로 공존하고 싶은 설렘과 특별한 온기.

"첫눈이가?"

나정이 이불을 덮어주는 쓰레기를 바라보았다.

"서울은 첫눈이제? 그래도 서울 오니까 눈 구경도 하고 좋다. 맞제?"

대답 없는 나정을 쓰레기는 따뜻한 눈빛으로 마주 보았다. 편안하게 머무는 그 눈빛이 문득 서글퍼져, 창밖으로 고개를 돌린 나정은 켜켜이 쌓이는 눈을 한동안 건너보고만 있었다.

"오빠는… 내가 참 편하고 좋제? 나는 오빠가 하나도 안 편하다."

조용하게 속삭이는 눈 소리.

"전에… 윤진이가 한 말… 기억하나? 윤진이가 술 먹고 말했다 아이가."

그리고 소리 없이 쌓이는 나정의 진심.

"…내가 오빠 좋아한다고. 그거 진짜인데."

쓰레기의 눈길이 깊숙이 나정을 가로질렀다.

"진짜라고…"

진지하게 쓰레기의 눈길을 받아들이던 것도 잠깐,

"아씨. 쪽팔린다. 내 얼굴 빨게졌제?"

나정이 달아오른 얼굴을 가린 두 손을 슬금슬금 내렸다. 쓰레기는 나정의 모습을 슬며시 바라보면서 웃고 있었다. 그러고는 오빠는, 하고 말문을 여는데, 나정이 세차게 가로막았다.

"아무 말도 하지 마라. 오빠 니는 아무것도 할 거 없다. 좋아해 달라고 하는 것도 아니다. 내 마음이 그렇다고… 그냥 알려주는 기다."

나정이 갑자기 쓰레기에게 폭 안겼다. 차마 고개를 들지 못한 채 나정은 소곤거렸다.

"이게 다 눈 때문이다. 첫눈이 와서 미쳤는갑다."

나정과 쓰레기는 나란히 창밖을 바라보았다. 바람을 타고 수런거리던 나무에서 풀썩, 눈덩이가 쏟아져 내리고 있었다.

한 겨울 한낮, 신촌하숙의 식탁.

동일, 일화, 칠봉, 삼천포, 해태, 빙그레, 윤진이 앉아 있는 자리에 시원한 콩국수가 한 그릇씩 올려져 있었다. 어느덧 배가 부른 일화가, 누구보다 쑥쑥이가 먹고 싶다는 음식이었다. 모두 다 황당한 표정을 짓고 있었지만,

"아부지. 이거 한 그릇 다 묵으면 머리 깨지겠는데요."

그중에서도 삼천포가 쭈뼛쭈뼛, 동일에게 일격을 가했다. 동일이 눈을 부라렸다.

"그냥 안 쳐 묵냐? 느그들은 방학인데 왜 집에 안 내려가고 뻬겨서, 남의

가정 평화를 깨버리는 것이여. 밥 채려주는 것만으로도 고맙다 생각하고 아무 소리 말아야."

네, 하고 일동 기죽어 대답했다. 쓰레기가 뒤늦게 부엌으로 들어오고 있었다. 습관적으로 나정의 머리를 쓰다듬는 손길. 움찔한 나정이 자연스럽게 옆에 앉는 쓰레기를 곁눈질했다. 기색이 죽은 칠봉은 그런 나정과 쓰레기를 물끄러미 바라보고 있었다. 이내 무표정하게 외투 지퍼를 목까지 올리고선, 칠봉은 가까스로 시선을 뗐다.

나정이 일어나 빈 그릇들을 치웠다. 다른 하숙생들도 부엌 정리를 알아서 도맡았다. 앉아 있던 동일과 일화는 빠릿빠릿하게 움직이는 하숙생들을 보며 흐뭇해져서 웃고 있었다.

"일 년을 데리고 사니께 이제 착착이구마잉. 우리 첫눈도 오는데 커피나 한잔씩 히지."

동일의 제안에 윤진이 행주를 놓고 자리에서 일어났다. 손을 내두르던 동일이,

"니는 그냥 있어야. 커피는 여자가 타는 거 아니여. 어이, 삼천포?"

삼천포에게 팔락팔락 눈짓했다. 의자에서 스륵 엉덩이를 뗀 삼천포가 구시렁거렸다.

"타긴 타는데요. 다른 애들도 있는데 왜 하필 접니꺼?"

"소문에 니가 여기서 제일 어리다고 그러든디? 야, 아직 스무 살도 안 됐다메?"

"스무 살이 뭐대요. 이제 열여덟인디. 낭랑 십팔세라니께요."

윤진이 동일을 따라 맞장구를 쳤다. 삼천포가 윤진의 머리카락을 뒤에서 꾹 잡아당겼다.

"조용히 해라 가시내야. 니 커피에 독 타버린다."

"나 원래 커피 안 먹어야."

설거지를 하던 나정이 윤진의 말을 거들었다.

"윤진이 원래 커피 안 마신다. 커피 마시면 심장이 벌렁거려서 밤에 한숨도 못 잔단다."

"유난 떤다, 거짓말하지 마라, 가시내야. 커피라고는 생전 모르고 커서 묵을 줄을 모르는 거지, 뭐."

팔꿈치로 삼천포의 가슴을 퍽치기 한 윤진이 돌아서서 삼천포의 목덜미를 움켜잡았다. 허공에 붕 뜬 삼천포의 발이 컥컥거리는 숨소리와 함께 대롱거리고 있었다.

"죽고 싶냐? 어? 이 누님 손에 진짜 죽어 볼래?"

잡고 잡히고, 쫓고 쫓기는 천하의 앙숙. 하루가 멀다 하고 윤진에게 멱살 잡히는 삼천포였다. 윤진에게 상대가 안되는 게 내심 분한 삼천포는 눈만 희번덕거리고 있었다.

그날 오후, 영화 〈마누라 죽이기〉를 보기 위해 동일, 일화, 해태, 나정, 쓰레기는 함께 차에 올라탔다. 동일이 운전대를 잡고 출발하려 할 때였다. 허겁지겁 달려 나온 빙그레가 창문을 두드렸다

"아저씨! 호텔에서 전화 왔어요. 주현미 디너쇼 자리 나서 지금 오면 들어갈 수 있대요."

일화와 동일이 기분 좋게 떠난 자리. 황당한 쓰레기, 나정, 해태가 남았다. 운전석으로 자리를 옮긴 쓰레기가 시동을 걸고 출발하려는데, 헐레벌떡 뛰어 나온 빙그레가 재차 창문을 두드렸다.

"해태야, 너 어제 소개팅 했어? 걔한테 전화 왔어!"

해태가 더 기분 좋게 떠난 자리. 마냥 어색한 쓰레기와 나정만이 덩그러니 남아 있었다.

극장에서 영화를 보는 내내 나정은 힐끔힐끔 쓰레기를 의식하고 있었다. 쓰레기가 움직일 때마다 나정은 얼어붙다 말고 숨을 꾹 참았다. 팝콘을 겨우 먹고 있는 나정을 아는지 모르는지, 쓰레기는 연신 깔깔대고 있었다.

'영화가 눈에 들어오나. 옆에 친구가 앉아 있어도 이보다 편할 수는 없을 기다.'

쓰레기가 콜라 달라고 나정을 향해 손을 까딱거렸다. 아무리 그래도 서운한 맘이 드는 건 어쩔 수가 없었다. 맥이 딱 풀려서, 나정은 움츠린 어깨를 힘없이 의자에 파묻었다.

〉〉 1994년 12월 31일

이른 아침, 삼천포를 따라 나정, 윤진, 해태가 삼천포로 향했다. 시간 되면 새해 일출도 볼 겸 삼천포 구경을 오라는 삼천포 아버지의 연락 덕분이었다.

소박하나 운치가 있는 어촌 마을. 삼천포의 고향은 작은 항구 가득 출렁이는 고깃배들과 햇살이 바삭하게 마른 오후가 아름다운 곳이었다. 파도소리가 깃든 단층 양옥집, 마당에 놓인 평상에 나정, 삼천포, 해태, 윤진, 삼천포가 둘러앉았다. 삼천포 어머니, 아버지가 함께 들고 나온 밥상은 온갖 해산물로 어마어마한 진수성찬을 이루고 있었다.

밥을 먹는 동안 해태와 나정의 통성명이 이어졌다. 이름이며 고향이며 싹싹하게 이야기하는 둘이 단박에 마음에 들어 삼천포의 부모는 흐뭇하게 웃고 있었다. 자연스레 다음 관심은 조용히 밥만 먹는 윤진에게로 향했다. 이름은 무엇인지, 집은 어디인지 묻는 삼천포 부모에게 윤진은 머뭇머뭇, 기어들어가는 목소리로 중얼거렸다.

"조윤진이요. 전라도 여수."

"니는 클라모 많이 먹어야 되겠다. 국민학생 같다. 대학생 맞나?"

탐탁지 않게 윤진을 훑어보던 삼천포 어머니에게 해태가 한바탕 너스레를 떨었다.

"윤진이가 부끄럼을 타서 그렇지, 우리 중에서는 제일 당차요. 삼천포도 윤진이 앞에서는 고양이 앞에 쥐요, 쥐. 둘이 만날 치고 박고 난리도 아니라니께요."

삼천포가 해태를 꽉 째려봤다. 인상을 쓴 삼천포의 어머니도, 얼굴이 굳은 삼천포의 아버지도 윤진을 다시 두리번거리고 있었다.

오후 세시에 있을 '삼천포 시-사천 군 도농통합 반대 운동'을 하러 삼천포의 아버지가 앞장섰다. 삼천포, 해태, 나정이도 나서서 조용한 집 안. 윤진은 마당 한 구석, 삼천포의 어머니가 까다 만 조개를 대신 손질하고 있었다. 추위에 손끝이 매섭게 얼었다. 전화를 마치고 나온 삼천포의 어머니가 입김을 호호 불며 대야 앞에 앉아 있는 윤진을 물끄러미 보았다.

"니 바지락 까는 거는 어디서 배웠노? 느그 집도 고기 잡나?"

"아니요. 저희 어무니가 부업 한다고 집에서 바지락 까셨거든요. 그때 옆에 앉아 많이 깠어요."

삼천포의 어머니가 윤진의 작은 손을 신통방통하게 내려다보았다. 나긋하게 이야기하는 얼굴이, 알고 보면 속이 단단하게 여문 심성이 참 예쁜 아이.

"그래서 윤진이, 니 손이 이리 야무지네. 내 손보다 낫다."

삼천포의 어머니가 흡족하게 웃었다. 마음의 빗장을 푼 윤진이 비로소 작게 웃었다.

이게 웬 일, 칠봉은 사무실로 들어오는 감독을 벙벙한 얼굴로 바라보았다. 눈이 와서 비행기가 안 떴다는 연락이었다. 내일 첫 비행기로 오는 스카우터로 인해 미팅 일정이 조정된 것이다. 황당해서 얼굴을 긁적이던 칠봉이 금세 가방을 들고 뛰어나갔다.

땀이 송골송골 맺히면서도 칠봉은 환하게 웃었다. 바람이 여리게 새겨진 거리마다 나정의 얼굴이 떠올랐다. 겨울을 비껴간 뜨거움, 계절 바깥을 맴돌던 두근거림이 노시를 감싸던 무채색 기운을 뚫고, 한결 짙게 칠봉을 통과하고 있었다. 급하게 향한 곳은 고속버스터미널이었다. 삼천포행 버스에 오르고 나서야 칠봉은 가쁜 숨을 몰아쉬었다.

삼천포에서 칠봉을 맞이한 사람은 삼천포의 부모도 친구들도 아닌 삼천포의 할머니였다. 밥상을 들고 방으로 들어온 할머니가 칠봉 옆에 찰싹 붙어 앉았다.

"내가 소라 까줄게. 먹어 봐라. 삼천포에서 유명한 기다."

할머니는 직접 간 소라를 칠봉에게 먹여주고 있었다. 당황한 칠봉이 어색하게 받아먹다가, 방 안에 걸려 있는 할아버지의 사진을 올려다보았다. 돌아가신 지 30년이 됐다는 할머니의 말에 칠봉이 지나간 시간을 가늠하고 있었다. 곱고도 부러운 나이. 이제 스무 살. 할머니는 칠봉의 나이를 사뿐사뿐 마음으로 매만졌다. "할머니는 다시 스무 살이 되면, 뭐하고 싶어요?"

칠봉의 물음에 할머니가 할아버지의 사진을 올려다보았다.

"…좋아하는 사람한테 좋다고 말할 기다."

칠봉이 추억에 젖은 할머니를 우두커니 바라보았다.

"어릴 때 우리 마을에 큰 당산 나무가 하나 있었는데. 나무 바로 앞집이 우리 집, 그리고 옆집이 나랑 두 살 차이 나던 둘째 오빠하고 제일 친한 친구가 살던 집이었다. 태어날 때부터 친남매처럼 같이 컸는데 희한하대. 어느 날부터 누우면 그 당산나무 옆집 오빠야 생각이 안 나. 너무 좋아 죽겠는데, 뭐 우짜겠노. 요새야 여자들도 할 말 다 하고 산다지만 그땐 그런 거 상상도 못 했다. 당산나무 아래에서 그 오빠 생각하면서, 보고 싶어도 꾹 참고 내가 많이도 울었다."

"그 분이 혹시 할아버지세요?"

"누구겠노? 맞혀 봐라."

텅 비어 있는 할머니의 눈에서 칠봉은 읽을 수 있었다. 아니구나. 할머니가 쓸쓸히 웃었다.

"다른 사람이랑 결혼하고, 새끼 낳아 키우고, 그 새끼가 환갑이 다 되어도… 아직도 봄바람만 불면, 꽃만 피워대면, 그때가 생각이 안 나. 그때가 딱 스무 살 되던 해, 봄이었다. 육십사 년 전인데도… 아직도 그때가 생각난다. 이렇게 늙도록 후회될 줄 알았으면, 그냥 좋아했다고 마지막 인사나 해볼 걸 그랬다."

감동받은 칠봉이 뭉클해져서 할머니의 손을 잡았다. 칠봉의 손을 맞잡은 할머니가 어느새 칠봉의 어깨에 고개를 기대고 있었다.

그날 밤, 최루탄 연기에 혼절한 나정이 해태의 등에 업혀 들어왔다. 평상 위에 모인 삼천포, 해태, 윤진, 삼천포의 부모는 늦은 저녁 식사를 하고 있었다. 삼천포의 어머니는 깐 소라를 윤진의 밥그릇에 올려주고 있었다.

"니 팍팍 무라. 남들 클 때 뭐 했노."

삼천포는 불현듯 젓가락질을 멈췄다. 윤진을 살뜰히 챙기는 어머니나, 소라를 한 입에 넣고 오물오물 거리는 윤진이나 아까 전과는 극명히 낯선 풍경이었다.

"그런데 아부지, 내일 진짜 배 태워 줍니까?"

기대에 찬 해태가 삼천포 아버지에게 물었다.

"하모! 느그들 바다 위에서 일출 한 번도 안 봤제? 기똥차다! 내가 배 빌려 놨으니까, 새벽에 다섯시까지 나온나! 한산도 앞바다까지 가려면 늦어도 그때는 출발해야 된다."

윤진이 식사를 마친 상을 대충 치우고 있었다. 먼저 들어가 자겠다고, 꾸벅 인사를 한 해태가 집 안으로 들어갔다. 삼천포의 어머니가 국그릇에 타온 커피를 밥상 위로 내려놓았다.

"내가 니 꺼는 삼, 삼, 삼으로 탔다. 커피 셋, 프리마 셋, 설탕 셋! 묵고 많이 커라."

삼천포의 어머니가 윤진에게 특별히 사랑스러운 눈빛을 비쳤다. 커피를 못 마시는 윤진이 주춤, 당황스런 기색을 드러내고 있었다. 난처한 윤진을 도와주려 끼어들었던 삼천포는, 커피를 덥석 마시는 윤진을 얼떨떨하니 바라보고만 있었다.

"어머니. 겁나 맛있는디요."

윤진이 보기 좋게 빈 커피 그릇을 내려놓았다. 윤진과 어머니 사이에 조롱조롱 정다운 대화가 번졌다. 삼천포는 씩 웃고 마는 윤진을 지그시 바라보고만 있었다.

아닌 게 아니라, 쓰레기에게도 별일이었다. 교수님이 눈밭에 굴러서 정형외과에 입원했다는 소식. 자동으로 오늘 있을 발표수업은 취소된 셈이었다. 동기생이 소식을 전함과 동시에 쏜살같이 사라졌다. 눈만 말똥말똥 뜨고 있던 쓰레기도 확 가운을 벗었다. 히죽 웃는 얼굴로 쓰레기는 가방을 챙기자마자 내달리고 있었다.

울리는 삐삐 소리. 친구들과 당구를 치던 쓰레기가 카운터 앞 전화기를 들어 빙그레와 통화를 하고 있었다. 아르바이트를 마친 이 밤에, 세 편의 영화를 연달아 보자는 말이었다. '빨리 오라'고 손짓하는 친구들을 보며 고민하다가, 쓰레기는 결국 극장으로 출발했다.

"야. 그러면 새해를 우리 둘이 보내는 기가?"

극장 앞, 표를 들고 있는 빙그레가 쓰레기의 물음에 귀엽게 고개를 끄덕였다.

"아, 맞다! 선배님, 어제 나정이랑 〈마누라 죽이기〉 보셨죠? 어떡하지. 셋 중에 한 편이 그건데. 다른 걸로 바꿀까요?"

빙그레가 아차 싶어 거듭 영화표를 들여다보았다.

"아니. 괜찮다. 내용이… 하나도 기억 안 난다."

"예?"

순간 생각하던 쓰레기가 고요하게 대답했다.

"어제 보긴 봤는데… 무슨 내용인지 하나도 모르겠다."

나정과 칠봉은 어두컴컴한 삼천포네 마당을 조용히 걸었다. 무조건 데려다주겠다는 나정과 더불어 잠자코 걷고 있는 밤. 칠봉은 나정과 맞춰 걷는 발걸음만으로도 장르를 불문한 음악이 아름다운 향연을 펼치는 것 같았다.

"자고 가지? 내일 아침 첫차 타고 가면 되잖아."

터미널 의자에 앉아 횅한 주위를 둘러보던 나정이 칠봉에게 물었다.

"안 돼. 내일 아침에 미팅 있어."

"이렇게 잠깐 있을 건데 왜 내려 왔노. 니도 참 고생한다. 사서 고생이다."

나정이 물끄러미 칠봉을 쳐다보았다. 문득 절정을 달리던 악기의 현이 뚝 끊어지고, 연주가 끝나는 소리. 그 끝에 칠봉은 육십사 년이 지난 미래를 상상했다. 우리는 어떻게 될까. 애틋하고도 소중한 하루하루를 사랑이라는 울타리 아래에서 함께할 수도 있을 것이다. 아니면 언젠가는 멀어져서 평생 전하지 못한 마음을 두고두고 후회할지도 모르지. 부지불식간에 현실로 돌아온 칠봉은 마음이 뻐개지는 통증에 시달리고 있었다.

"너 바보냐."

나정의 시선을 피하지 않고 마주 본 칠봉이 애써 밝게 말문을 열었다.

"내가 왜 내려왔을 것 같은데? 여섯 시간 버스 타고 내려 와서 딱 세 시간 있다가 또 여섯 시간 버스 타고 올라가고. 왜 그럴 것 같냐?"

어디로 어떻게 나아갈지는 알 수 없었다. 적요가 감도는 대기실. 잠든 불빛.

"너도 알 것 같은데… 그래도 이번엔, 제대로 말해야겠다. 올해도 이제 얼마 안 남았으니까… 짝사랑을 2년 동안 할 수는 없잖아."

그러나 칠봉에게 중요한 것은 지금 이 순간, 오로지 나정과 함께 있는 현재뿐이었다.

"너 좋아해. 그러니깐 삼천포까지 내려왔지."

그 현재가, 새로운 현재를 만들어내고 있었다. 칠봉이 나정 앞으로 바짝 다가섰다.

"그렇다고 나 좋아해 달라는 건 아니야. 너, 다른 사람 좋아하는 것도 알고. 그래서 말하지 말까 고민도 했는데… 좋은 걸 어쩌겠냐. 오늘 말 안하면 후회할 것 같아서, 오늘이 지나기 전에 말하고 싶었어."

놀란 나정이 뛰는 가슴을 다잡는 칠봉을 물끄러미 올려다보았다. 칠봉이 벽시계를 건너다보고 있었다. 시계 타이트가 12시 정각까지, 정확히 열 번의 초침이 남아 있었다. 1994년, 스무 살과 헤어지던 마지막 밤. 칠봉은 마지막일지도 모를 이별을 준비하고 있었다. 다시는 돌아오지 않을 시간과의 이별. 잘 가, 하고 가까웠던 사람을 웃음으로 배웅하는 이별. 오늘의 모든 것이 어쩌면 마지막일지도 모를, 운명의 밤, 12월 31일과 1월 1일의 경계에서 작게 카운트다운을 세던 칠봉이 나정과 다시 마주 섰다. 12시 정각이었다.

"해피 뉴이어."

몸을 숙인 칠봉이 나정에게 키스를 했다. 나정의 보얗던 입김이 칠봉의 동그란 숨 속으로 빨려 들어갔다. 맞닿은 입술, 숨과 숨, 또 마주친 눈이 파르르 떨려오고 있었다. 칠봉의 스무 살은 그렇게 끝이 났고, 앞길을 알 수 없는 첫사랑은 새로운 시작을 기다리고 있었다.

〉〉 1995년 1월 1일, 경상남도 삼천포

새벽 다섯시. 해 뜨기 전, 여명의 바다로 떠난 사람은 삼천포와 윤진, 단 둘뿐이었다.

황금빛 시간의 나이테가 망망대해에 펼쳐졌다. 파도가 일렁이는 모양, 저 먼 하늘을 적시는 물결, 배에 몸을 맡긴 삼천포와 윤진이 말없이 흔들거리고 있었다. 지평선 한 가운데 두둥실 떠오른 해가 윤진의 얼굴을 붉게 물들였다. 눈을 감을 때마다 드러나는 긴 속눈썹, 큰 눈망울과 예쁘장한 옆선이 톡, 하고 삼천포의 마음 깊숙이 새롭게 발아하고 있었다. 잠시 잠깐 감았던 눈을 뜨고, 삼천포가 윤진을 향해 고개를 돌렸다.

"소원 빌었나?"

그렇다는, 윤진의 자그만 눈짓.

"뭐 빌었는데?"

"태지 오빠 만수무강하라고."

"철 좀 들어라. 가시내야."

김이 팍 샌 나머지 삼천포가 윤진을 나무랐다.

"니는 뭐 빌었는디?"

삼천포를 휙 째려보던 윤진이 재차 묻고 있었다.

"뭐 빌었냐고. 나는 말했자네."

얼얼한 공기. 삼천포는 예기치 못한 순간에 찾아온 미묘한 감정을 망설이고 있었다. 바다 위로 꺼내놓은 마음속 알맹이가 확 팽창하다가, 서서히 다른 성질을 띠고 있었다. 우격다짐도 관심이라면, 이제는 사랑의 수많은 명함 중에서 다른 이름을 새겨야 할 때.

"첫 키스 하게 해달라고 빌었다."

놀란 윤진이 정면만 바라보는 삼천포를 보았다. 슬쩍 뒤를 돌아 잠든 아버지를 확인한 뒤,

"그런데… 들어주셨다."

삼천포가 윤진의 입술에 키스를 했다. 입술과 입술이 닿은 끝에 햇살을 머금은 둘은 손을 맞잡고 있었다. 윤이 나는 삼천포와 윤진의 그림자가 갑판 위로 반짝거렸다. 예측할 수 없었던 윤진과 삼천포의 첫 키스처럼 한 치도 내다 볼 수 없는 사랑이, 스물한 살이, 그리고 1995년이 그렇게 시작되고 있었다.

〉〉 2013년 9월, 서울특별시 마포구 상암동

나정의 결혼식 영상에서 결혼 행진곡이 흐른다. 동일의 손을 잡은 나정이 입장하자, 신랑이 성큼 다가와 동일에게 손을 내밀고 있었다.

"아따, 신랑 겁나게 급한 거 봐라. 어이, 신랑! 그동안 어찌 참았냐?"

윤진이 뒤 돌아서 네 남자를 향해 키득거렸다. 소파에 앉아 있던 칠봉, 해태, 삼천포, 쓰레기도 뱅글뱅글 웃었다. 그 날의 기억이 선명하다는 듯이.

윤진의 전화기가 울렸다. 시어머니와 결혼과 식장을 운운하다 전화를 끊는 윤진을 보던 삼천포가 무슨 일인지를 물었다. 올해 백두 살인 시할머니가 결혼한다는, 그야말로 어마어마한 뉴스. 이번엔 스무 살 연하의 신랑, 더군다나 네 번째 결혼식이었다. 맥주를 마시려던 칠봉이 우뚝 동작을 멈췄다.

"야! 그 할머니 아직도 살아계셔? 당산나무 할아버지는 어떡하고? 그 할아버지 못 잊으시는 거 아니었어?"

삼천포가 흘깃 칠봉을 바라보며 물었다.

"니가 당산나무 할배를 어떻게 알아?"

"할머니 첫사랑이라 그러시던데? 징용 끌려가서 헤어지셨다고."

칠봉의 말에 황당해하던 삼천포가 고개를 저었다.

"뭔 소리하노. 그 할배 유부남이었다. 우리 할매가 유부남 꼬신 거라고. 안 그래도 작년까지 니 얘기 하셨다. 우리 할매… 믿으면 안 된다. 조선의 마지막 거짓말쟁이 기생이다."

도리어 황당한 칠봉이 갑자기 시끄러운 결혼식 영상을 맹하니 바라보았다. 신부 입장, 왁자한 사람들의 웃음소리. 나정을 안 놓아주려는 동일과 신랑의 신경전이 벌어지고 있었다.

#11
짝사랑을 끝내는
단 한 가지 방법

〉〉 1995년 봄, 서울특별시 서대문구 창천동

 고소한 밥 냄새와 햇살만이 조각조각 떠다니는 아침. 모두의 눈이 휘둥그레진 건 식탁에서였다. 밥 때가 되어도 빨리 안 내려오는 윤진을 향해 고래고래 소리를 지르던 동일도 멈칫, 맙소사, 뽀얀 얼굴로 부엌에 들어선 윤진이 하얀 목덜미를 드러낸 것이다! 너나 할 것 없이 맨 마지막으로 자리에 앉는 윤진을 따라 슬금슬금 눈길을 옮기고 있었다. 빠르게 지나간 정적의 건널목을 풀썩, 제일 먼저 건너간 사람은 일화였다.

 "머리를 묶으니까 하루아침에 다른 사람 같다. 니가 이리 희었나?"

 윤진이 수줍게 웃었다. 삼천포는 윤진의 밥그릇을 들어 자연스럽게 카레를 떠주고 있었다. 윤진을 향한 식구들의 감탄을 뚫고,

 "뭔가 있는데… 어이, 니 혹시 연애 하나? 남자친구 생겼나?"

쓰레기가 의미심장하게 물었다. 끄덕, 윤진이 눈을 착 내리깔았다.

"말도 안 된다. 우리랑 밤낮으로 붙어 다니는데, 언제? 설마 우리가 아는 사람이가?"

뜨악해서 묻는 나정의 목소리를 삼천포가 드디어 확 낚아챘다.

"저기… 할 말이 있는데요."

모두가 일시 정지.

"우리… 사귄다. 사귄 지 석 달 넘었다."

그리고 뒤이은 삼천포의 공개 연애 선언. 설마, 말도 안 돼, 그럴 리가 없어! 일동 경악해서 방울방울 터져 나오는 탄성을 내지르고 있었다. 아무리 그래도 신촌하숙의 역사적인 1호 커플이었다. 믿을 수 없다는 반응으로 격렬한 분위기를 동일이 축하의 박수로 몰아가고 있었다. 박수를 따라 치던 해태가 아무 생각 없이 나정에게 툭, 말을 건넸다.

"나는 나정이 니가 1호 될 줄 알았다야. 안 그러냐. 나는 형님하고…."

뜨끔한 나정이 해태의 발을 퍽 걷어찼다. 그런 나정을, 더불어 경직된 쓰레기를, 칠봉은 얼얼한 눈으로 바라보고 있었다. 미묘한 기운을 감지한 동일이 주위를 살폈다.

"뭐여? 우리 딸도 뭔가 있는 것 같은디? 누구냐? 어떤 놈이여?"

말끝에 동일은 칠봉과 빙그레를 가리켰다. 쓰레기를 아예 제쳐놓은 동일 때문에 모두가 꼼짝달싹 못하고 나정의 눈치를 살피고 있었다. 해태는 끝까지 눈치 없이 굴고 있었다.

"옴마. 아부지, 어찌 알았대요. 저랑 삼천포 빼고 이 중에…."

뒤에서 해태의 입을 확 틀어막은 나정이 해태를 일으켜 세웠다. 카레라이스를 오물오물, 알 듯 말 듯한 말들을 남긴 채 해태는 그대로 질질 끌려

나와야만 했다.

학교 도서관 앞. 열 받아서 성큼 걸어가는 나정 옆으로 해태가 따라붙었다.

"어이, 친구! 진짜 화났는가? 니 쓰레기 형님한테 고백은 했냐?"

어, 하고 나정은 심드렁하게 받아쳤다.

"대, 대박! 근데… 차였냐?"

우뚝, 멈춰 선 나정이 생각 끝에 던진 대답.

"안 차였다. 고백은 했는데, 오빠한테 답은 하지 말라고 했다."

벤치에 앉은 해태가 눈썹을 푹 꺾었다. 까인 거라는, 해태의 결론은 단호했다. 한숨을 쉬던 나정은 어쩔 수 없이 씁쓸해지고 있었다. 나정이 해태를 내려다보며 물었다.

"오늘 술이나 한잔할까?"

"응. 그런데 나 오늘 우리 동아리에 잔 다르크 선배님 오신다고 해서 좀 늦을 수도 있다."

나정은 처음 들어보는 이름 앞에서 눈만 굴리고 있었다. 해태는 잔 다르크 선배에 대해 일장 연설을 늘어놓고 있었다. 이번엔 진짜로 나를 보는 눈빛이 다른 사람을 보는 것과 다르다! 그렇게 말하는 해태의 눈빛이야말로 홀랑 빠져 있어서, 나정은 혀를 내둘렀다.

"등신아! 그게 짝사랑 초기 증상이다. 니는 짝사랑이 직업이가? 진짜 병이다, 병."

해태가 나정을 향해 등짝을 활짝 젖혔다.

"참나. 지금 사람을 어떻게 보고! 이번에는 진짜 뭔가 달라. 감이 와버렸다니께!"

무려 아무런 말이 필요 없는 예감. '노래패' 동아리방 가득 쩌렁쩌렁 울리는 노래보다 백배는 짜릿하고, 흐느적거리는 몸보다 천배는 아뜩한 느낌이었다. 잔 다르크는 탱글탱글한 볼 가득 빠방한 활기를 불어넣은 것처럼 생기로운 여자였다. 언뜻 봐도 풍만한 가슴이 푹 파인 흰 티 위로 아슬아슬 비치고 있었다. 탄력적인 엉덩이를 누른 청바지가, 땀에 젖어 나풀거리는 긴 생머리가 금방이라도 숨을 앗아갈 것만 같았다. 넋을 놓은 해태는 노래에 맞춰 율동에 가르치는 잔 다르크만 쳐다보고 있었다.

연습이 끝난 후, 후배들과 둘러앉아 중국집에서 주문한 음식을 먹을 때였다.

"너. 컴퓨터 공학과 94학번, 맞지?"

해태를 흘깃 보던 잔 다르크가 살갑게 알은체를 했다. 해태는 기어코 정신을 놓을 뻔했다.

"어, 잡채밥이네. 나 짬뽕 시켰는데?"

잔 다르크가 고개를 갸웃거렸다. 해태가 번개같이 옆에 있던 짬뽕을 가져 와 그릇 위의 랩을 벗겼다. 다급히 건네주는 해태의 손길을 잔 다르크가 마주 잡았다. 반쯤 몸을 숙인 잔 다르크의 티셔츠 너머로 훤히 드러난 가슴이, 그 육감적이고도 진득한 맨살이 단번에 해태를 사로잡고 있었다. 짬뽕을 뒤적거리던 잔 다르크가 물었다.

"너희들 혹시 금요일에 약속 있니?"

해태가 빛의 속도로 고개를 저었다.

"그럼 그날, 신입생들도 들어왔으니까 '훼드라'에서 한잔하자."

눈 튀어 나올 듯 잔 다르크의 가슴만 보고 있던 해태가 이내 씩 웃었다. 모처럼 기대되는 금요일이 바로 목전에 있었다.

돌아오는 금요일이 떨리기는 나정도 피차일반이었다. '영화인의 밤'에 파트너를 데려오지 않을 시 벌금을 내라는 선배의 엄명 때문이었다. 공중전화박스 안, 나정은 들뜬 얼굴로 쓰레기의 번호를 누르고 있었다.

"오빠. 나정인데… 오빠, 금요일에 뭐하는데? 다른 게 아니고, 우리 동아리에서 '영화인의 밤'이라는 행사를 하는데, 이날 꼭 남자친구…."

하더니 화들짝 놀란 나정은 취소 버튼을 눌렀다. 남자친구. 그 단어 하나만으로도 마음속에서 진동하던 연둣빛 먼지가 세차게 사방으로 퍼져나가는 것만 같았다. 올 수 있을 것 같으면 바로 연락 달라는 메시지를 새로 남기고 나서야 나정은 깊게 심호흡을 했다.

머지않아 나정의 삐삐가 울렸다. 공중전화 앞, 긴 줄의 맨 뒤에 서 있던 나정은 초조함이 내는 흠집을 느끼고 있었다. 나정은 쓰레기의 번호를 누르는 내내 입을 앙 다물었다.

"어. 오빤데…."

정적어린 쓰레기의 숨소리. 샛노란 긴장감.

"정아, 금요일에 보자."

그제야 온몸의 긴장이 풀려서, 나정의 표정은 밝아지고 있었다.

"그날 수업이 있기는 한데, 오후에 끝날 것 같다. 그리고 니 오늘 집에 일찍 들어온나. 오빠가 할 말이 있다. 이따가 집에서 보자."

나정이 후닥닥 공중전화박스를 빠져나왔다. 세상이 촉촉하게 밝아졌다. 이제 막 새 잎이 돋아나는 거리마다 자꾸자꾸 삐져나오는 웃음을 흩뿌린 채 나정은 집으로 달려가고 있었다.

　무엇을 기대했든, 나정에게는 평지풍파였다. 제대한 둘째 형과 함께 살기 위해 쓰레기가 신촌하숙을 떠난다는 소식. 거실에 망연히 서 있던 나정이 뛰다시피 방으로 들어갔다. 숨길 수 없을 만큼 나정은 속상하고도 서운했다. 쓰레기의 말이, 북북 찢겨나가는 마음이, 그리고 아무렇게나 삐뚤빼뚤 재봉되고 있는 그 마음들이. 방으로 들어온 쓰레기가 나정의 귀에서 이어폰을 뺐다. 나정이 쓰레기를 향해 고개를 돌렸다.

　"니 집은 왜 나가는데?"

　"정아, 니가 생각하는 그런 거 아니다. 형이 제대해서 다시 오피스텔로 들어가는 기다."

　"내가 불편해서 그러나?"

　그렁그렁하다가 순식간에 뚝, 떨어지는 눈물이 나정의 볼을 적시고 있었다.

　"가시나, 별 소리를 다한다. 니가 왜 불편한데. 오빠 시험도 얼마 안 남았고, 동준이형은 내보다 더 쓰레기다. 혼자 살면 큰일 난다. 어무이, 아버지는 벌써 다 알고 계신 일이다."

　쓰레기가 나정의 눈가를 잔잔히 매만졌다. 의자에서 일어난 나정이 쓰레기를 꼭 안았다.

　"진짜 나 때문인 거 아니제? 맞제?"

　아니라고, 쓰레기는 나정을 그대로 안아주었다. 어깨를 작게 들썩이며 울음을 그친 나정을 쓰레기는 물끄러미 바라보았다. 한숨 섞인, 조금은 복잡한 눈빛으로.

나정이 쓰레기와 함께 2층 거실로 올라갔을 때 윤진은 이미 만취 상태였다. 앨범을 만들어주겠는 명목으로 빙그레가 누군가에게 삼백만 원 사기를 당한 것, 해태가 예전에 사놓은 콘돔의 유통기한이 이미 지나버린 것. 비밀을 꽁꽁 숨겨두려 할수록 만천하에 드러내버리고야 마는 윤진의 주사가 이 밤 깊숙이 얼룩을 만들고 있었다. 보다 못한 삼천포가 윤진을 끌고 방으로 향했다. 윤진이 발악하듯 쓰레기를 부른 건 그때였다. 언뜻 불안감이 스치고,

"나정이가 오빠한테 겁나게 좋아한다고 고백했자네요, 눈 오는 날! 오빠 방에서! 아무리 그래도 여자가 먼저 고백을 했는디, 좋으면 좋다! 싫으면 싫다! 어찌 말이 없대요? 나정이 말로는, 오빤 아무 말도 안 해도 된다! 그러기는 하는디, 그래도 그렇죠!"

서늘한 거실, 고함 같은 윤신의 녹소리만이 쩌렁쩌렁 울리고 있었다. 시선을 내린 쓰레기는 조용히 맥주 캔만 만지작거렸다. 칠봉이 헝클어진 눈빛으로 쓰레기를 보다 말고, 결국 자리를 떴다. 끌려가면서도 윤진은 끝까지 할 말을 다 하고 있었다.

"나정이 속이 얼마나 타들어가겠대요? 차라리 싫으면 싫다! 너는 여자로 안 보인다! 딱 잘라버려요! 알겠냐고요, 이 나쁜 새끼야!"

윤진을 둘러 멘 삼천포가 방으로 들어갔다. 아까부터 술에 취해서 해태만 깨물고 있는 나정을 빙그레는 일으켜 세우고 있었다. 쉬이 꺼지지 않는 정적만 빚어진 가운데, 해태와 쓰레기만이 남아 있었다. 해태가 빈 맥주 캔을 들어 올리는 쓰레기에게 나가자는 눈짓을 했다.

쌍둥이 슈퍼 앞, 해태가 마주 앉은 쓰레기를 조심스럽게 불렀다.

"형님. 나정이가 싫어요? 별로대요? 도저히 여자로는 안 보인대요?"

묵묵부답. 쓰레기는 그저 해태에게 소주를 따라주고만 있었다.

"나라면 당장 사겨버리겠네! 얼굴 예쁘지, 몸매 좋지, 성격은 좀… 까칠해도 하는 짓은 귀엽잖아요. 근데 왜 안 사귈까요?"

"니한테 나정이는 친구제?"

잠시 생각하던 해태는 쓰레기의 질문에 동의했다.

"나도 나정이가 너희들처럼 편한 친구 사이였으면 좋겠다."

해태가 한 대 맞은 얼굴로 멍하니 쓰레기를 바라보았다.

"그냥 학교에서 만난 친구 사이나 선후배 사이면 얼마나 좋겠노."

쓰레기는 빈 잔을 매만졌다. 아버지와 나정이 아버지는 형제보다 더 친한 사람들이었다. 아버지가 회사를 그만뒀을 적에 보증을 서준 사람도, 또 심장 수술을 했을 적에 아버지를 가장 가까운 곳에서 지켜준 사람도 다름 아닌 나정이 아버지였다.

"그런 관계로 지금까지 살았는데… 나 좋다고 딜컥 연애 시작 못하겠다. 내가 생각이 너무 많다. 나정이는 하루에 이만큼씩 다가오는데, 받아줄 수도 없고, 안 받아줄 수도 없고…."

"그러면 나정이가 좋긴 좋은 거죠? 만약 우리처럼 그냥 친구 사이면 형님은 나정이랑 연애했겠네요? 고백 받아줬겠네요?"

약간의 침묵 끝에 쓰레기가 고개를 들었다.

"만약 그냥 친구 사이로 만났으면…."

한참 동안 해태를 마주 본 끝에,

"내가 먼저 고백했다."

쓰레기가 담담히 속마음을 털어놓았다.

"나도 나정이 안 싫다. 그러니까… 동생 같은 애가 하는 말에 이리 휘둘리고 저리 휘둘리지. 나도 마음이 있으니까 이렇게 고민하는 거 아니겠나."

쓰레기는 생각했다. 진심이 너무 깊으면, 그래서 처음엔 도리어 희미해 보이는 것이라고.

기다리던 금요일 밤. 학생들로 꽉 차 시끌벅적한 '훼드라'에서 해태는 신입생들, 잔 다르크와 거나한 술판을 벌이고 있었다. 해태가 눈이 풀린 잔 다르크의 술잔에 맥주를 따랐다.

"야! 지금 장난해? 나 이만큼만 사랑하는 거야? 응?"

술에 취한 잔 다르크가 반만 따른 술잔을 휘청휘청 보다가, 해태의 허벅지를 쓰다듬었다. 그것이 아니라, 하고 해태는 말을 꼴깍 삼켰다. 해태는 옷이 깊이 파인 잔 다르크의 가슴을 은근히 바라보고 있었다.

"그게 아니면 가득 채워야지, 안 그래!"

하더니 잔 다르크가 주머니에서 머리끈을 꺼냈다. 손을 들어 올린 잔 다르크는 입에 물고 있던 머리끈으로 긴 생머리를 질끈 묶었다. 졸지에 넋 나간 해태가 빈 통을 들고 외쳤다.

"여기 맥주 삼천 더요!"

"오! 좋다! 화끈하다, 우리 후배! 누나가 너 사랑하는 거 알지?"

잔 다르크가 해태의 뺨에 뽀뽀했다. 해태의 머리를 쓰다듬고, 볼을 톡톡 치는 잔 다르크의 스킨십은 해태가 부축해주는 길거리에서도 계속되고 있었다.

"선배, 괜찮아요? 집이 어디래요? 집에까지 데려다 드릴라니께."

힘들지만, 해태는 애써 웃고 있었다.

"나 안 취했어. 누나 집에 가서 한잔 더 해."

어느 가게 앞, 의자에 털썩 주저앉은, 술 취한 잔 다르크가 목 안의 소리로 중얼거렸다. 남모를 감동에 해태의 얼굴이 팽팽해지는 대기를 음미하고 있었다. 달아오른 이 밤에, 오랜 시간 봉인되어 있던 자유가 드디어 해방되는 순간이 다다른 것이다! 잔 다르크가 해태의 목을 껴안았다. 해태는 마침내 잔 다르크를 업고 전속력으로 달렸다. 쿵덕쿵덕, 해태의 자지러지는 심장 박동이 자진방아를 돌리고 있었다. 대문을 열쇠로 열고 있는 잔 다르크 옆에서 해태는 허리띠를 풀었다. 곧바로 셔츠 단추, 바지 호크까지 풀었다. 죽어 있던 온몸의 감각들이 농밀하게 꿈틀거렸다. 한껏 부풀다가, 가라앉는 듯 급기야 물밀 듯 터져버리려는 흥분을 이제는 끝장내야만 했다. 현관문으로 들어가자마자 해태는 셔츠를 확 벗었다.

"선배! 나… 시방 더는 못 참겠네!"

환한 거실, 중후한 할아버지와 손녀가 소파에 앉아 있다는 것도 모른 채.

"옷 갈아입고 나올 거니까… 있어. 응? 우리 식구들이랑 같이 한잔하게. 알았지?"

해태의 엉덩이를 두드린 잔 다르크가 방으로 향했다. 잔 다르크의 언니가 부엌에서 나오다 말고, 식겁해서 호들갑을 쳤다. 눈만 껌벅껌벅, 해태의 바지가 호로록 흘러내리고 있었다.

영화인의 밤. '광장호프'에 모인 학생들을 뒤로 한 나정은 혼자 바에 앉아 있었다. 갑작스럽게 잡힌 회의 때문에 늦는다는 쓰레기의 연락을 받은 이후로 모든 게 엉망이었다. 오늘을 위해 정성들여 입은 옷과 화장 그리고 기대와 기분도 서서히 저 먼 심연으로 침몰하고 있었다. 출입문이 열리는 소리, 다른 사람. 화들짝 고개를 들었던 나정이 이내 맥주를 들이켰다.

나정은 쓰레기를 산책했다. 그 사람을 걷고 또 걸었다. 달이 걸려 있는 굴뚝, 끝나지 않는 생각의 벽, 벽마다 흐르는 실망의 이끼. 어디로 걸어갈지 알지 못했다. 그래도 나정의 상상 속에서는 쓰레기의 마음속, 어디로든 갈 수 있었다. 하지만 어디로 가든 그 끝엔 결국 나정이 마주해야 하는 단 한 가지만이 남아 있었다. 쓰레기의 진심, 그 넘어갈 수 없는 담.

출입문이 열리는 소리, 거듭 다른 사람. 맥주를 다섯 병이나 비운 나정이 바 앞쪽으로 걸려 있는 시계를 올려다보았다. 어느덧 약속 시간이 한참 지나 있었다.

벌써 아홉시 반이었다. 세미나는커녕 교수는 이끼부터 밍가진 OHP기계만 만지작거리고 있었다. 기다리고 있을 나정이 맘에 걸려 허리춤까지 차오른 불안함을 가까스로 걷어낸 것도 잠시. 볼펜을 똑딱, 머리끝까지 덮쳐버리는 초조함에 쓰레기는 통렬히 허우적거리고 있었다.

망설임 없이 다가오는 나정을 보노라면 쓰레기는 순식간에 모든 것을 잊고, 시야에 드러나지 않은 진심이 어떤 느낌으로 다가오는 것을 느낄 수 있었다. 너무 거대해서 하나의 선으로만 그어진 느낌. 진심이 끝도 없이, 오로지 단면으로만 존재하는 느낌.

어느덧 그 느낌이 쓰레기에게 조금씩 현실로 다가오고 있었다. 생생한 통증. 묵직한 환희. 과감한 그리움. 시시각각 떠오르는 나정이 그 어느 때보다 선명하고도 강렬하게 쓰레기의 마음속에서 꼼지락거리고 있었다. 쓰레기는 멍한 표정으로 강의실 정면을 뚫어져라 바라보았다. 학생들이 우르르 몰려가 OHP 장비를 손보고 나서야 칠판에 필름 영상이 떴다.

조마조마한 시간이 타들어가고 있었다. 쓰레기가 자리에서 벌떡 일어났다. 성큼 내딛던 걸음이 서서히 빨라졌다. 병원을 빠져나오면서 쓰레기는 내달리기 시작했다. 가족, 친구, 성장의 흔적, 이해관계, 배반할 수 없었던 그 모든 것을 등지고 나정을 향해서. 하지만 쓰레기가 약속장소에 도착했을 때 나정은 더 이상 그곳에 없었다.

똑똑, 칠봉이 차 안에 앉아 있는 쓰레기를 향해 창문을 두드렸다. 생각에 잠겨 있던 쓰레기가 창문을 내렸다. 운동복 차림의 칠봉이 손에는 글러브를 들고 있었다. 차에서 내린 쓰레기가 칠봉과 함께 공원으로 향했다. 쓰레기가 포수 사인을 흉내 내며 말문을 열었다.

"내 사인 몇 개만 알려도. 야구 보니까 주고받는 사인이 있던데."

할 때마다 다르다며, 칠봉은 설명을 덧붙였다. 손가락을 세 개를 아래로 내리면 유인구. 손가락을 네 개를 아래로 내리면, 이건 주로 고의사구 사인. 마지막으로 칠봉은 손가락 하나를 아래로 내렸다. 직구. 즉, 정면승부.

"맞나. 칠봉아, 니 저 뒤쪽으로 가봐라. 내가 포수처럼 한번 해볼게."

칠봉이 포수처럼 앉아 있는 쓰레기로부터 멀찍이 떨어졌다. 손가락을 아래로 세 개. 유인구 사인을 보낸 쓰레기를 따라 칠봉이 뱅그르르 돌아가는 변화구를 던지고 있었다. 이윽고 쓰레기에게 커브 쥐는 법을 알려준 칠봉이 이번엔 포수 역할을 맡았다. 칠봉은 진지한 표정으로 투수 자리에 서 있는 쓰레기를 바라보고 있었다. 유인구 사인을 보낸 칠봉을 따라 쓰레기가 중지에 힘을 준 공을 던졌다.

"야! 대충 들어갔지?"

멀찍이 들려오는 쓰레기의 목소리. 귀에 거친 그 목소리가 칠봉의 마음 어딘가, 한쪽 구석으로 치워놓은 본심을 슬며시 건드리고 있었다. 내내 어두웠던 칠봉이 공을 꾹 쥐었다.

"저기… 선배, 저 선배한테 할 말 있어요."

"어. 말해봐라. 내가 이번엔 진짜 제대로 된 커브 한번 던져볼게!"

쓰레기가 던진 커브 공을 받던 칠봉이 자리에서 일어섰다.

"선배님. 저 나정이한테 고백했어요."

열렬한 충격. 일순간 뻣뻣해진 얼굴로 쓰레기는 얼떨결에 칠봉이 던진 공을 받았다.

"나정이가 선배 좋아하는 거 아는데요. 그래도 고백했습니다. 짝사랑만 하는 거 한심해서, 차일 때 차이더라도 좋아한다고 말했어요."

늘어나버린 시간. 점점이 울리는 적막. 싸하게 길어진 밤.

"근데… 솔직히 선배 마음이 제일 궁금해요. 정말 나정이 혼자 좋아하는 건지, 선배님은 아무 감정 없는 건지… 그게 제일 궁금해요."

쓰레기가 칠봉을 바라보았다. 칠봉도 지지 않고 매섭게 쓰레기를 마주 보았다.

"제가 보기엔… 아닌 것 같아서요. 제 생각이… 맞죠?"

"맞으면 어떡할래, 니?"

쓰레기의 담백한 대답에 칠봉의 눈빛이 흔들리고 있었다.

"내가 그동안 엄청 고민했다. 그래도… 한 살이라도 더 먹은 내가 정신 차려야지, 그래, 나정이가 아직 철이 없어서 좋아하는 거랑 친한 거랑 구분을 못해서 그런 거다. 처음에는 그냥 그렇게 생각하고 넘겼다."

쓰레기가 공을 이리저리 쥐다가 문득,

"근데… 눈 오는 날… 나정이가 내 방에 와서 고백하고 간 날. 내 한숨도 못 잤다. 너무 떨리고… 좋아서….'

아련해진 눈빛으로 말을 이었다. 온몸을 후려치고 지나가는 고통이 칠봉의 마음을 통째로 꿰뚫었다. 쓰레기가 다시 싸늘하게 칠봉을 바라보고 있었다.

"있제, 나는… 나정이 힘든 거 아는데도, 나도 힘든데도, 그래도 무시했다. 시간 지나면 좀 달라질 줄 알았거든. 근데 혼자 동동거리는 거 보고 있으니까… 가슴이 너무 아프더라. 나정이 가슴 아픈 게 나한테도 가슴 아픈 일이면, 그건 좋아하는 거 맞제?"

역전된 칠봉의 고백. 그 고백 앞에서 쓰레기는 아득해지고 있었다. 숱한 위기상황이 닥쳐도, 제 아무리 피해가려 애써 봐도, 결국 누군가와 승부를 내야만 경기는 끝이 나는 법. 짝사랑. 가슴을 앓고 머리를 싸매도, 어차피 혼자 하는 사랑에 다른 방법이란 없었다. 공을 쥔 손으로 쓰레기가 작게 가슴을 쳤다.

"맞다. 나정이 혼자 짝사랑하는 거 아니다. 나도 나정이 좋아한다. 지금 니 때문에 정신이 좀 드네. 나정이 마음 받을 거고, 내 맘도 얘기 할라고. 병신같이 고민만 하다가… 좋아하는 여자, 다른 놈한테 뺏기면 우짜노. 니가 나정이한테 고백했다는 말… 안 들은 걸로 할게."

사랑을 얻든 무심히 차이든, 짝사랑을 끝내고 싶다면, 유일한 방법은 고백뿐이었다. 너무나 당연한 사실을 절절하게 깨달은 쓰레기가 칠봉에게 무심히 공을 던졌다.

"그리고 이렇게 둘이서 캐치볼 하는 것도… 오늘이 마지막이겠다. 둘 다 정신 나간 것도 아니고, 서로 웃으면서 공 던질 사이 아니다 아이가?"

칠봉이 쓰레기가 던진 공을 내려다보았다. 그 끝에 칠봉이 쓰레기를 날카롭게 바라보았다. 칠봉이 전력으로 던진 공을 얼결에 받은 쓰레기도 날이 서서 칠봉을 보았다. 둘 사이를 파고드는 긴장감이 칠봉을 새롭게 자극하고 있었다.

"어쨌든 게임은 아직 안 끝났네요. 그럼 포기 안 합니다."

시제를 바꾼 칠봉의 불붙은 가슴이 어글어글 피어올랐다. 경기는 이제 막 시작되고 있었다. 정면으로 승부한 뒤에야 끝이 나는 건 야구뿐만이 아닐 것이다. 사랑도, 인생도, 그래서 어쩌면 야구를 닮은 건지도 몰랐다. 칠봉이 쓰레기 앞으로 성큼성큼 다가섰다.

"병신같이… 뺏길 수도 있어요."

한마디로 원점이었다. 이 게임에서 끝난 것은 아직 아무것도 없었으니까.

그날 밤, 나정은 해태와 2층 베란다에 기대어 앉았다. 웃음과 장난에 잠겨 있던 나정의 진심이 맥주 몇 병과 함께 조금씩 드러나고 있었다. 해태를 보다 말고, 나정이 한마디 얹었다.

"내가 그렇게 별로가? 남자가 보기에 내가 별 매력이 없나? 응?"

금세 시무룩해진 나정을 해태는 별 다른 대답 없이 바라보았다. 나무를 가로지른 바람이 해태의 머리를 헤쳤다. 저 먼 나라의 땅거미를 지나, 아마도 북극에서 불어왔을지도 모르지. 나정이 그 바람을 가르고, 끝내 어려운 질문을 하고 있었다.

"오빠가 이상한 게 아니라 내가 여자로서 별 매력이 없는 것 같아서… 니가 보기에도 그렇나? 니는 어떤데? 남자니까 잘 알제?"

해태는 북극의 빛과 빛 위로 넘실대는 성스럽고도 아름다운 오로라를 떠올렸다. 오랜 기다림 끝에야 만날 수 있는 시간. 그리고 때를 만나야만 하는 진심.

"나 같으면 니 만났어야."

나정이 부지불식간에 이루어진 해태의 고백을 영문 모른 채 듣고만 있었다.

"…나 같으면 니랑 사귄다고. 이렇게 먼저 친해지지만 않았으면… 니랑 사겼제."

해태의 눈빛이 긴 북극해를 넘어 나정에게 가 닿은 것도 잠시, 현실로 돌아오고 있었다.

"나정아 안 있냐. 쓰레기 형님이 금수라니께. 이렇게 괜찮은 애를 못 알아보니께 말이여."

해태가 씩 웃는 나정을 향해 툭툭, 어깨를 두드렸다.

"친구! 걱정하지 마소. 내가 보기엔 쓰레기 형님도 니한테 마음 있으니께."

"진짜? 니가 우찌 아는데?"

"내가 들었으니께 알지. 쓰레기 형님도 니 좋다고 하더라. 친한 동생만 아니면 벌써 니 마음 받아줬다고."

해태를 퍽퍽 때리던 나정이 이내 크게 웃었다.

"됐다! 니 지금 농담이 나오나! 그걸 지금 위로라고 하나!"

나정이 해태의 허벅지를 꽉 꼬집었다. 진짜라고, 아무리 말해도 나정은 믿지 않았다. 티격태격 나정의 손에 잡히면서 해태는 생각했다. 물론 세상엔 차마 고백되어지지 못한 짝사랑이 훨씬 더 많다고. 벗어날 방법을 알면서도 벗어나지 못하는 바보들. 짝사랑은, 그래서 가슴 아팠다. 빛이 가장 부드러웠던 시간에 이루어졌던 해태의 고백 또한 그랬다. 결국 말하지 못한 작은따옴표들이 해태의 마음속에서 짙은 여운으로 남아 있었다.

쓰레기가 이사했을 즈음 나정은 일주일 동안 동아리 엠티를 떠났다. 큰 짐가방을 든 나정이 현관문을 열고 돌아왔을 때였다. 거실에 옹기종기 모여 앉아 〈젊은이의 양지〉를 보고 있던 동일, 일화, 삼천포, 해태, 빙그레, 윤진, 그중 누구도 나정을 향해 반색하는 이가 없었다. 나정이 괜스레 입을 샐쭉거렸다.

"일주일 만에 왔는데, 아무도 안 반갑나?"

"언능 씻어야! 새로 들어온 식구도 있는데, 니 오면 다 같이 먹으려고 우리도 아직 밥 안 먹었으니께."

텔레비전에 시선을 고정한 동일이 손을 휙 내저었다.

"벌써 사람 들어왔나? 무슨 과인데? 몇 학년이고?"

"아야! 짐 대충 풀고 얼른 나와야! 우리 딸 왔으니까 어여 밥 먹자!"

동일이 나정의 물음에 대한 대답 대신 방을 향해 소리쳤다. 쓰레기의 방문이 열리고, 머지않아 나정은 똥그란 눈으로 걸어 나오는 사람을 바라보고 있었다. 칠봉이었다. 서로 마주 보고 선 칠봉과 나정의 눈빛이 미세하게 흔들렸다. 머쓱했다가, 무표정이었다가, 칠봉은 나정을 보며 어느새 웃고 있었다.

#12
우리에게
일어날 기적

〉〉 1995년 6월, 서울특별시 서대문구 창천동

"가시나, 니…."

쑥쑥이를 등에 업고 어르던 일화가 한달음에 휑한 눈빛으로 나정을 훑었다.

"거지 같다. 내내 인기척도 없더니, 그렇게 입고 갈라고?"

무릎이 툭 튀어나온 트레이닝 바지에 후드 티 차림. 이제 막 세수한 흔적에, 게다가 덜 말린 나정의 머리칼에선 물방울이 떨어지고 있었다. 열린 방 문틈으로 걸어 나온 나정이 일화로부터 양복 케이스를 건네받았다.

"암만 그래도 오빠야들 있는데 쫌! 추리닝은 갈아입고 가라!"

일화가 그대로 나가려는 나정의 후드티를 잡아끌면서 언성을 높였다.

"됐다! 어디 하루 이틀 본 사이가! 그냥 간다!"

나정은 잔뜩 짜증을 냈다. 다름이 아니라, 방금 전만 해도 하늘하늘한 원피스를 꺼내 입으며 부산스러웠던 나정이었다. 쓰레기를 얼마 만에 보는 건지! 립 라이너로 입술을 그리고, 뷰러로 속눈썹을 올리고, 드라이기로 앞머리를 말고 있는 내내 나정의 마음은 불거진 열기로 탁 트여 있었다. 하지만 얼마 못 가서 나정은 화장대에 비친 자신의 모습을 보고 경악할 수밖에 없었다. 과한 화장, 우스꽝스러운 머리, 누가 봐도 촌스러운 모습. 10분 전, 화장대에서 벌어졌던 그 어그러진 마법을 꽝 차버린 채 나정은 결국 집을 나서야 했던 것이다.

쓰레기의 오피스텔 앞. 나정은 초인종을 누르려다가 멈칫, 호주머니에서 재빨리 콤팩트를 꺼냈다. 아무리 그래도 그렇지, 지금의 추레한 몰골은 '어마어마'했다. 매무새를 다듬은 뒤에야 나정은 초인종을 눌렀다. 나정의 뭉툭했던 호흡이,

"누구십니까?"

안에서 들려오는 익숙한 목소리에 점점 가빠지고 있었다. 철컥, 문이 열렸다. 덥석 들어가려던 나정의 발걸음이 엉거주춤 멈춰 섰다. 반짝거리던 나정의 눈은 쓰레기가 아닌, 쓰레기의 둘째 형, 재형을 마주하고 있었다. 초조함은 온데간데없이, 팍삭 늙어버린 실망감만이 나정에게 달려들고 있었다.

3인용 소파만 덩그러니 놓여 있는 오피스텔 내부는 흡사 모델하우스 같았다. 텅텅 비어 있는 장식장, 풀지 않은 짐들, 부엌에 잔뜩 쌓여 있는 설거지까지. 재형은 집을 휘 둘러보는 나정을 향해 너스레를 떨었다.

"우리 나정이, 왜 이리 이뻐졌노? 오빠한테 시집올래? 내일 고마 확 큰

형 부부랑 합동결혼식 올릴까?"

"끔찍한 소리 하지 마라. 오빠가 삼형제 중에서 제일 별로거든."

"와, 내가 쓰레기보다 못하다고? 가시나, 쓰레기랑 살더만 눈이 삐었다. 근데 니 왜 왔는데? 오빠야 보러 왔나?"

나정이 능글맞은 재형을 흘겼다.

"엄마가 내일 결혼식에 입으라고 양복 갖다 주라고 하더라."

하다가 나정은 슬쩍 쓰레기의 방문을 건너다보았다.

"근데 쓰레기는 오늘도 집에 안 들어 온다드나?"

"아닌데. 오늘은 들어올 기다. 의사 국가고시 준비도 해야 되는데, 실습까지 잡히는 바람에 그놈 그거 요새 힘들어 죽을라고 한다."

재형의 대답 끝에 벌컥, 문이 열렸다. 눈을 감고 비척비척 들어온 쓰레기가 소파 위에 털썩 엎드렸다. 다시 일어나 앉더니, 쓰레기는 옷을 벗고 쓰러지듯 드러누웠다. 그런 쓰레기를 나정과 재형은 황당한 표정으로 바라보고 있었다.

"정아! 가자. 오빠가 강남 클럽 '빠샤' 가는 길인데 데려다 줄게!"

나정을 부르는 재형의 큰 목소리에 쓰레기가 벌떡 일어나 앉았다. 쓰레기는 졸린 눈으로 나정을 올려다보았다. 나정은 내심 아쉬워서 쓰레기에게 시선을 떼지 못하고 있었다.

한들한들한 밤. 쓰레기와 단 둘이 있는 것만으로도 이국의 골목을 누비는 것만 같다고, 나정은 상상했다. 차창 너머로 건너오는 색색의 광채가 빨간색 전차를 만들고 있었다. 조금만 더 가면 숲을 둘러싼 케이블카가 있고, 거리와 가까운 곳엔 고풍스런 카페가 즐비할 것만 같은. 좋아 죽을 것만 같은 표정으로 나정은 운전하고 있는 쓰레기를 건너다보았다.

"내 혼자 가도 되는데…."

쓰레기가 나정을 보다 말고, 볼을 쭉 잡아당겼다.

"우리 못난이 누가 데리고 가면 우짤라고."

불현듯 나정이 몸을 실은 전차가 요란스럽게 급정거를 하고 있었다. 짜증이 길을 막고 서는 바람에 나정은 퍽 인상을 썼다.

"하지 마라 쫌. 내 볼때기 좀 그만 만지라!"

"가시나, 오빠가 좋아서 그런다! 나만의 애정표현이다!"

투박한 한마디. 장난스럽게 말했지만, 어디까지나 그건 쓰레기의 진심이었다.

"쫌! 하지 말라니깐! 내 만지지 마라! 내도 엄연한 여자다. 여자처럼 대해라!"

하지만 나정은 낭만 없는 쓰레기의 손을 거칠게 뿌리치고 있었다.

"가시나! 누가 뭐라고 했나? 누가 니 여자 아니라고 했나?"

"니 전에 사귀던 여자한테도 이렇게 볼 꼬집고 머리 쓰다듬었나?"

쓰레기가 열 받아 씩씩거리는 나정을 물끄러미 바라보았다.

"가슴 크고 첼로 하던 딸내미한테도 이랬나? 의대였던, 눈 쪽 찢어진 가시나한테도? 소개팅한 날에 키스했다던 운동권 언니도? 그 언니들한테도 이랬나? 나한테 하는 것처럼 볼 쭉 잡아당기고 머리 쓰다듬고 그랬냐고, 어?"

쉬지 않고 다그치던 나정이 한숨을 내쉬었다.

"오빠 니는… 나를 절대 여자로 안 보는 기다."

"가시나… 나에 대해서 모르는 게 없다. 그걸 다 어찌 알았노?"

꽉 째려보는 나정을 느낀 쓰레기가 말끝을 흐렸다.

"오빠, 진짜 니 좋아서 그러는 긴데…."

"됐다! 시끄럽다!"

단칼에 쓰레기의 말을 자른 나정이 더러운 차 안에서 휴지를 찾았다. 주르륵 흐르는 쓰레기의 콧물. 닦아도 꼭 휴지 부스러기를 묻히고야마는 쓰레기를 한심하게 보던 것도 잠깐, 나정은 쓰레기의 얼굴을 매만졌다. 순간, 움찔. 쓰레기는 저도 모르게 숨을 참고 있었다.

삼천포, 윤진, 칠봉, 빙그레와 둘러앉은 해태도 숨이 멎을 것만 같은 표정을 짓고 있었다.

"이번엔 수원 여인이 나한테 푹 빠진 게 확실하다니께. 키스도 걔가 먼저 했어야."

심지어 만난 지 일주일 만에 먼저 여행 얘기를 꺼낸 이도 바로 수원 여인이었다. 그것도, 1박 2일로! 술을 한 잔 쭉 들이켜고 있던 칠봉이 고개를 갸웃했다.

"너 캐나다에서 연수 온 애 만난다고 그러지 않았어? 딴 애야? 바뀌었어?"

2층 거실 계단을 올라오던 나정이 가세했다.

"바뀐 지가 언젠데! 제니퍼는 가슴이 압권이었다. 남자는 다리보다 가슴 본다던데. 맞나?"

"다 봐, 다 봐. 가슴은 제니퍼제."

어깨를 으쓱, 해태의 호기로운 대답에 윤진이 빠끔 고개를 내밀었다.

"키스는? 키스는 누가 젤 죽이디?"

"키스는 또 일산이지."

아우성치는 친구들을 향해 해태가 씩 웃었다. 여세를 몰아 나정이 해맑게 물었다.

"그럼 애정이는? 애정이랑은 어땠는데?"

침묵. 무표정하게 맥주 캔을 내려놓는 해태의 손짓.

"애정이는 가슴이 큰 편이었대? 다리는 예뻤냐?"

이어지는 윤진의 질문에 해태의 얼굴은 결국 확 굳어버리고 말았다.

"뭐여. 어찌 갑자기 조개처럼 입을 닫아 버린대? 지금까지 나불나불 잘도 말하더니만."

남자들의 암묵적인 눈치와 윤진의 투정이 교묘히 엇갈리고 있었다. 마음속, 제일 그늘진 곳에 애써 꾹꾹 눌러왔던 서글픔이 솟아난 해태를 보면서, 나정은 처음으로 깨달았다. 남자에겐 절대 건드려서는 안 될, 단 한 명의 여자가 있다는 사실을.

그녀의 이름은 첫사랑이었다.

첫사랑. 그 이름을 듣자마자, 쓰레기는 마주 앉은 재형을 조용히 바라보았다.

"그럼 자식아. 신부랑 제일 친한 친구인데, 형 결혼식에 주경이도 오는 게 당연 안 하나."

라면을 먹던 재형이 괜스레 머쓱해져서 혼잣말을 했다. 헤어진 지가 언젠데, 이제는 진짜 다 잊었다는 쓰레기야말로 도리어 덤덤했다. 동생의 말을 미심쩍게 받아들이려던 찰나,

"형, 내 좋아하는 여자 있다. 이번 실습 끝나면 제대로 고백하고 연애할

라고."

재형은 쓰레기로부터 더 놀라운 고백을 듣고 있었다.

"누군데?"

"형도 아는 사람이다. 전부터 알던, 엄청 예쁜 애다. 그리고 걔는 내가 좋아하는 거 아직 모른다. 고백을 해야 되는데… 뭘 어찌해야 되는지 모르겠다. 억수로 떨리는 거 있제?"

얼굴이 서서히 밝아진 쓰레기가 부끄러운 맘에 까르륵 웃고 있었다.

"내일 결혼식장에 오니까 누군지 형이 한 번 잘 찾아봐라."

"이 자식이 사람 잠 못 자게 하네. 힌트 한 개만 줘봐라."

흥미진진하게 채근하는 재형을 보다가 쓰레기는 툭, 중얼거렸다.

"어. 성질이 좀… 지랄 같다. 청순가련형은 아니고, 술을 마시면 주사도 있고."

"그런데 예쁘다고?"

고개를 끄덕, 나정에 대한 생각 끝에 쓰레기는 웃고 있었다. 미세한 감정과 고무적으로 밀착되어버린 시간. 마음을 앞지른 두근거림이 어느새 저벅저벅, 낯선 여행을 떠나고 있었다.

어두운 복도, 동일은 황망한 표정으로 병실 문 앞에 우두커니 서 있었다. 뇌종양 말기였다. 두 달 전까지만 해도 학교에서 아이들을 가르쳤던, 누구보다 세상에서 제일 건강했던, 이 문 건너편에 있는 만호가. 마음 마디마다 진동하는 두려움 때문에 동일은 문고리만 만지작거리고 있었다. 눈가가 촉촉해져서 만호를 마주한 것도 잠시,

"그런데… 이렇게 얼굴 좋은 거 보니께 맘이 좀 편하다. 너는 금세 털고

일어날 것이다."

동일은 안도하고 있었다. 만호는 맑게 웃었다.

"그렇지. 봐봐라. 이리 팔팔 안하냐. 안 그래도 우리 마누라 다음 달에 적금 타는데, 그거 가지고 둘이서만 해외여행 한 번 갔다 오려고! 오늘 여행사 예약까지 마쳤다니께."

동일이 보조 침대에서 일어나 한눈에 보기에도 다부진 만호의 팔 근육을 만졌다.

"오매, 니는 어찌 아직까지 이렇게 몸이 좋대? 요새도 만날 운동 하냐?"

"병원 탁구장에서 아침에 한 시간씩 공 치자네. 내가 이 병원에서 공을 제일 잘 쳐야."

만호의 부인이 병실 문을 열고 들어왔다. 부인이 침대 위에 올려놓는 과일을 보다 말고,

"동일아. 니 안 있냐. 우리 학교 앞에 있었던 떡집 기억나는가? 다리 저는 아주머니가 하는 방앗간에서 아침마다 뜨끈뜨끈한 떡을 한 봉지씩 묶어 가지고 팔았자네."

만호가 불현듯 회상했다. 정미떡집! 잔뜩 신난 동일이 그때의 기억을 선명하게 떠올렸다.

"그 집에 겁나게 기막힌 떡이 하나 있었는디."

하는 만호의 목소리 위로 동일이 동시에 외쳤다.

"기정떡!"

놀란 만호가 이내 감탄했다. 학교로 향하는 이른 아침이면, 막걸리로 만들어 널찍한 판 위에다가 내놓았던 떡이었다. 스펀지처럼 폭신폭신 부풀어 오른 떡 한 조각을 쑤욱 썰어서 떼먹던 그 맛이란! 꿈에서 깬 얼굴로 만호

는 문득 입맛만 다시고 있었다.

"서울 와서도 너랑 먹었던 떡이 생각나서 사먹었다니께. 그런데 영 그 맛이 안 나더라."

"내가 광주 원정 가면 고거 한 박스 사서 들고 올거니께! 딱 기다리고 있어라. 그나저나 만호, 니는 서울쌍둥이 코치가 이렇게 직접 문병 온 것을 영광인 줄이나 알아라. 알겠냐?"

"오매. 니 까먹었냐. 학교 때 운동은 내가 더 잘했어야. 내가 4번 치고, 니가 6번 쳤자네."

만호는 우쭐대는 동일이 어이가 없다는 듯 끔벅, 눈꼬리를 세웠다. 풍부한 추억. 올근볼근한 둘만의 이야기 안에서 어느덧 너털웃음이 새어나오고 있었다.

다음 날, 나정의 날카로운 눈빛은 한 여자에게로 흐르고 있었다. 재석의 결혼식이 거의 끝나갈 무렵, 식당에서였다. 느지막이 등장한 주경 때문에 쓰레기와 향우회 사람들이 앉아 있는 테이블은 은근히 술렁이고 있었다. 해태가 나정의 팔을 툭, 쳤다.

"저 누님… 쓰레기 형님이랑 뭔가 있었지? 맞제?"

"오빠 첫사랑이란다. 왜 첫사랑들은 하나같이 늦게 오고 지랄이고."

삐삐 메시지를 확인하기 위해 일어나는 빙그레 뒤로 윤진이 말꼬리를 달았다.

"아야, 나정이 니보다 훨씬 예쁘다. 겁나 분위기 있어야."

"세상에 못생긴 첫사랑은 없다."

그렇게 말하는 삼천포를 윤진이 눈치껏 꼬집고 있었다.

"쓰레기 형님. 조금 흔들리는 것 같은디."

나정의 생각도 해태와 다르지 않았다. 긴 생머리를 흩날리며 수려하게 웃는 주경을, 또 주경을 따라 침착하게 웃는 쓰레기를 나정은 물끄러미 지켜보고 있었다. 곧 쓰레기와 주경이 나란히 자리에서 일어났다. 소리 없이 베인 나정의 마음 가득 우울한 폭우가 쏟아졌다. 시야에서 사라질 때까지, 나정은 뚫어져라 둘을 바라보고만 있었다.

쓰레기가 차 안에서 문을 열어주자, 주경은 조수석에 올라탔다.

"우리 회사 앞에서 커피 한잔하고 갈까?"

기대감에 찬 주경이 쓰레기에게 다정한 안테나를 세웠을 때,

"아니. 나는 병원에 바로 가봐야 된다. 바로 앞에 있는 전철역에 내려주면 되제?"

덤덤하기만 한 쓰레기의 전파가 도리어 주경의 뒷덜미를 치고 있었다.

황당해하는 주경과 헤어지고 병원에 도착한 길. 머지않아 쓰레기는 응급실을 향해 허겁지겁 달리고 있었다. 엄마가 낮에 농약을 치다가 쓰러지셨다는, 빙그레가 남긴 음성 때문이었다. 한달음에 응급실로 들어온 쓰레기가 눈으로 이리저리 빙그레를 찾았다. 한 쪽 끝에서, 손을 번쩍 든 빙그레가 쓰레기를 불렀다.

"의식은 방금 돌아왔어요. 어디가 안 좋은 거냐고 물어봐도… 다들 가만히 있으라고만 하고, 바빠서 대답도 안 해줘요. 선배님, 괜찮겠죠? 심각한 건 아니겠죠?"

바짝바짝 애만 타는 빙그레에 이어,

"빨리 병실도 정하라고 그러는데… 6인실은 자리가 없다고 1인실 할 거

면 하고, 아니면 여기서 계속 있으라고 그러던데요."

동우도 몸 둘 바를 몰랐다. 차트를 확인한 쓰레기가 담당 선생님과 이야기를 나누는 내내 빙그레 형제는 초조하게 자리를 지키고 있었다. 얼마 후, 빙그레 형제에게 돌아온 쓰레기는 차분하게 웃었다. 일시적인 쇼크 증상. 괴산병원에서 초기 응급조치를 잘해서 뇌에는 아무 이상이 없을 거라고, 쓰레기는 덧붙여 설명했다. 빙그레가 안도의 숨을 쉬었다.

"그럼 병실은… 병실은 어떡하죠? 1인실 그냥 달라 그럴까요?"

"1인실이 하루에 돈이 얼만데! 6인실도 내가 알아서 할 테니까 걱정하지 않아도 된다."

쓰레기가 빙그레의 머리를 쓰다듬었다.

"우리 강아지, 괜찮다! 어무이 멀쩡하시다."

그런 쓰레기를 빙그레는 물끄러미 바라보았다. 다독다독 보듬어주고 달래주는 쓰레기의 따스한 눈짓. 빙그레는 침대에 실린 채 검사 받으러 가는 엄마를 따라나서고 있었다.

CT실 앞, 순서를 기다리고 있는 빙그레에게 간호사가 다가왔다.

"저기, 그럼… 동생이세요?"

무슨 말인지 몰라, 빙그레는 친절하게 말을 건넨 간호사를 올려다보고만 있었다.

"형이 여기 본과 4학년이라고 그러던데. 처음부터 말씀하시지."

내내 두서없던 정신이 한 꺼풀 벗겨지는 느낌.

"형님이 효자시네요. 엄마 잘 좀 봐달라고 부탁하셨어요. 엄마가 시골에서 농사만 지으셔서 겁이 많다고, 저보고 검사 받을 때마다 자세하게 설명드리라고 당부하시던데."

빙그레가 CT실 안으로 들어가는 간호사와 누워 있는 엄마를 번갈아보았다. 형. 그 한마디에 빙그레의 가슴 깊이 쌓였던 초조함이 속속 기포를 걷어내고 있었다. 빙그레는 눈을 감고, 잠시 바람을 느꼈다. 긴장하느라 곤두섰던 온몸의 촉수가 그제야 가라앉는 것만 같았다.

예식장에서 나와 길거리를 배회하던 오후, 콘서트를 보러 가기로 한 삼천포와 윤진이 따로 길을 나섰다. 해태가 넉살 좋게 나정에게 어깨동무를 했다.

"어이, 친구! 간만에 오빠랑 데이트 할까?"

"내도 칠봉이랑 삼풍백화점에서 냉면 먹기로 했다. 지금 몇 시고?"

손목시계를 들여다보던 해태가 고개를 들었다.

"다섯시 반. 곧 저녁 시간이라 차가 겁나게 막힐 것인디. 몇 시에 보기로 했는가?"

여섯시. 약속 시간까지 달랑 30분 남짓 남아 있었다. 뛰다시피 버스 정류장에 도착한 나정은 버스에 올라탄 뒤에도 발만 동동 구르고 있었다. 차는 꼼짝도 안했다. 나정이 한숨을 쉬며 시계를 보는데, 갑자기 버스 안 승객들의 호출기가 일제히 울렸다. 계속 울리는 호출기 소리. 빌딩 위 대형전광판에 뜬 뉴스 속보. 무심코 창밖을 내다보던 나정의 놀란 얼굴.

'삼풍백화점 붕괴 1000여 명 매몰'

모자이크처럼 뒤섞여버린 이 모든 것들이 나정의 머릿속에서 하나의 결정체로 스쳐 지나가고 있었다. 칠봉이. 나정이 술렁이는 승객들을 헤치고 버스에서 내렸다. 정신 나간 사람처럼 나정은 거리를 달리기 시작했다.

정다운 습도, 단단한 뿌리, 촘촘한 리듬을 가진 사람. 나정에게 있어서 칠봉은 변치 않고 몸집을 키우는 하나의 식물과도 같았다. 항상 양지바른 곳에 있던 사람이었다. 칠봉의 뜨거운 웃음이, 함께였던 많은 날들이 미세한 줄기를 타고 나정에게 또 다른 햇빛으로 발자취를 남기고 있었다. 그 아픈 발자취가 저 먼 데서 피어오르는 거대한 연기와 함께 나정의 울음 속에서 무너져 내리고 있었다. 사람들의 함성소리. 일교차가 커지고 있었다. 한 잎, 두 잎 떨어져나간 칠봉이 급기야 어둠 속에서 자취를 감췄다. 캄캄한 공명. 끝도 없는 구급차와 경찰차만이 나정을 앞질렀다. 실성한 사람처럼 달리던 나정은 횡단보도 앞에서 멈춰 섰다. 눈물에 가려 보이지 않는 앞을 더듬거리며 겨우 고개를 들었을 때, 건너편에서 누군가 나정을 바라보며 웃고 있었다. 칠봉이었다. 엄습했던 불안과 찰나의 절망 끝에 둘은 그렇게 마주 섰다. 나정과 가기로 했던 냉면집이 내부 공사 중이라 칠봉은 그대로 백화점을 나오던 길이었다. 나정을 발견한 칠봉이 반갑게 손을 흔들었다. 폴짝 뛰면서 좋아하던 칠봉이 함빡 웃었다. 공중으로 붕 뜬 칠봉의 손에 측백나무 잎사귀가 내려앉았다. 신호가 바뀌자마자, 칠봉은 나정을 향해 달려가고 있었다. 얼어붙은 나정이 달려오는 칠봉을 바라보았다. 칠봉을 와락 안은 나정이 복잡 미묘한 맘에 펑펑 울고 있었다.

누군가는 기적이 있다 하고, 누군가는 기적 따위 없다고 했다. 하지만 결국 절박함의 순간엔 누구나 기적을 기도하고, 기다리기 마련이었다. 그리하여 기적은 있어야만 했다. 그 순간, 나정도 그렇게 생각했다. 절박한 모든 순간들에는 희미한 희망이라도 깃들 수 있도록, 기적은 있어야만 한다고. 서러움을 마중 나온 안도감을 느끼면서, 나정은 칠봉의 품으로 고개를 파묻었다. 당황했던 칠봉이 이내 나정을 꽉 껴안았다.

하지만 기적이란 흔하지 않아서 기적이었다. 장례식장으로 뛰어 들어오던 동일은 넋 나간 얼굴로 주위를 두리번거리고 있었다. 3개월밖에 안 남았다는 의사의 시한부 선고를 누구보다 씩씩하게 무시하던 만호였다. 위로하듯 장단을 맞추던 동일과의 대화. 그 끝에,

"아야, 친구. 내 친구 동일아."

확신에 차서 동일을 바라보던 만호의 눈빛.

"나는 안 있냐. 지금… 전혀… 죽을 마음이 없어."

짠하게 만호를 보던 동일이 웃었다.

"진짜 그럴 마음이 없어야. 그런데 이런 사람한테 어쩌고저쩌고 의사들이 말하면 쓰겠냐. 내가 죽을 마음이 없다는디!"

어제 동일을 따라 웃던 만호가, 그 얼굴이, 오늘은 영정사진 속에 선명히 박혀 있었다.

"만호야! 내 친구 만호야! 이렇게 가버리는 게 어디 있냐? 이렇게 가버리면 어쩌느냐고!"

동일은 만호의 영정사진 앞에서 울부짖고 있었다.

"예수님이 어딨고, 부처님이 어딨데. 기를 쓰고 살려는 놈을 뭐 할라고 데리고 가버리는 거여. 딴 놈들 많자네, 딴 놈들!"

동일이 오열했다. 흐느끼며 아무리 친구의 이름을 불러도 만호는 대답 없이 웃고만 있었다. 기적은 결국 확률의 문제였다. 기적은 오직 한 사람에게만 존재하며, 그래서 남은 구천구백 아흔 아홉 명에겐 헛소리일 뿐이었다. 삶이란 절대적이고도 압도적인 확률로 잔인했다. 낡아버린 어제가 사무쳐서 동일은 어깨를 들썩였다. 동일의 손에 들려 있던 검은 봉지가 떨어졌다. 미정떡집의 기정떡이 바닥으로 나뒹굴고 있었다.

그날 밤. 병원 의국에서 쓰레기는 재형과 통화 중이었다.

"아, 맞다! 까먹고 있었는데, 누고? 니가 좋다고 하던 딸내미? 형님 결혼식장에 왔나?"

때마침 재형의 수화기 너머로 들려오는 초인종 소리.

"이 시간에 누구고? 있어봐라."

하는데 쓰레기가 인기척을 냈다.

"어. 형, 나정이다. 안 그래도 방금 나정이 어무이랑 통화했는데, 나정이가 매실 갖고 들린다고 했다. 형, 나정이한테 찝쩍거리면 죽는다."

"이 자식이 돌았나. 동생 같은 애가 뭐, 니 여자친구라도 되나?"

이상한 정적. 장난기 어린 재형의 물음에 쓰레기는 대답이 없었다.

"집 좀 치우고 살아라! 이 반피들아!"

수화기에서 겹쳐지는 나정의 목소리를 밀치고,

"뭐꼬! 나정이었나! 언제부터고? 이것들이 눈이 맞아가! 머리에 피도 안 마른 것들이!"

쓰레기의 진심을 눈치 챈 재형은 볼멘소리를 계속하고 있었다.

"형. 조용히 해라. 나정이는 아직 모른다."

작게 웃던 쓰레기가 벽에 걸린 달력을 건너다보았다. 1995년 7월 8일, 돌아오는 토요일 바깥으로 커다란 빨간 색 동그라미가 그려져 있었다.

'뮤지컬 그리스. 1995년 7월 8일 18시. 예술의 전당 토월극장.'

나정은 책상에 앉아 동아리 선배가 준 뮤지컬 티켓 두 장만 하염없이 바라보고 있었다. 토요일마다 동기들과 스터디가 있는 쓰레기를 알면서도, 나정은 지난 번 쓰레기가 데려다주는 차 안에서 용기 내어 데이트 신청을 했었다. 예쁘게 차려입은 원피스 위에 두었던 삐삐가 연신 잠잠한 탓에 방 안이 다 조용했다. 기대도 잠깐, 결국 나정이 안아든 건 한 다발의 실망뿐이었다. 포기하고 옷을 갈아입으려는데, 일화가 들어와 나정에게 전화기를 건넸다.

대문을 열고 나온 나정은 점점 환해지고 있었다. 자꾸만 번지는 웃음을 참지 못한 채 나정은 담장 밑에 서 있는 쓰레기에게 다가갔다.

"안 잊었네…."

애써 좋은 기색을 숨긴 나정이 깔끔하게 차려입은 쓰레기를 흘깃, 바라보았다.

"잊어 묵을 게 따로 있다. 차는 두고 왔다. 강남 억수로 막힌다고 해서. 걸어가지, 뭐."

쓰레기가 고개를 끄덕거리는 나정 앞에 섰다.

"나정이, 오랜만에 오빠랑 데이트 할까?"

나정은 눈부시게 웃는 쓰레기를 멍하니 올려다보았다. 여름의 표면 위를 걷는 기분. 바람결에 녹아드는 두근거림이 나정의 주변 가득 독특한 강을 만들고 있었다. 가자, 하고 쓰레기가 나정을 향해 손을 내밀었다. 70억 지구에서, 내가 좋아하는 사람이 나를 좋아해줄 확률이란 얼마나 될까? 이제는 승선해야 할 시간. 쓰레기의 손을 잡고 성큼, 발을 내딛던 나정은 생각했다. 지금 나에게도, 어쩌면 기적이 일어날지도 모르겠다고.

#13
1만 시간의
법칙

>> **1995년 여름, 서울특별시 서대문구 창천동**

나정이 잰 걸음으로 책상 앞에 붙었다. 서랍 몇 개, 상자 가득, 책 사이를 후루룩 살피던 나정의 손길은 조금씩 빨라지고 있었다. 무려 삼십만 원이라는, 큰돈이었다. 종강파티 할 동아리 회비를 어디에 둔지 몰라 나정은 아까부터 초조히 방 안만 뒤적거리고 있었다. 방으로 들어온 윤진이 나정을 따라 여기저기를 살폈다.

"아야. 엄마한테 좀 빌려 달라고 해봐. 안 그러면, 시방 삼십만 원을 어디서 구하겠냐?"

안 될 소리. 나정의 어깨가 푹 꺾였다. 일화에게 부탁하면, 자초지종을 설명하다가 날을 홀라당 샐지도 모를 일이었다. 어쩔 줄 몰라 하는 나정을 보다 말고,

"아! 밖에 오빠 왔어야."

윤진이 순간, 번쩍 눈을 키웠다.

"쓰레기 오빠한테 빌리면 딱이자네. 저 오빠는 경제관념이 없어서 니가 빌려간 줄도 모를 것이다. 나중에 안 갚아도 될 것 같은디."

윤진이 나정의 등을 슬슬 문 앞으로 밀었다. 윤진의 묘안에 나정은 어느새 웃고 있었다.

햇살이 한 올 한 올 살랑거리는 신촌하숙의 부엌.

"오빠야."

쓰레기 옆에 딱 붙어 앉은 나정이 쓰레기를 향해 귀엽게 고개를 들이밀었다.

"이 시간에 웬일인데? 병원에서 왔나?"

놀란 쓰레기가 헛기침 끝에 목소리를 가다듬었다.

"어. 잠깐 시간이 남아서⋯ 집밥 묵으러 왔지. 가시나. 얼굴 좀 안 치우나."

나정이 샐쭉하니 떨어져서 다리를 꼬았다. 쓰레기가 툭, 나정의 다리를 쳤다.

"니 다리 꼬지 말고 똑바로 앉아라. 허리 펴고, 등도 의자에 딱 붙이고! 가시나 요새 또 운동 안 하나? 아직 덜 아팠네. 니가 또 허리가 부서져서 입원해봐야 정신 차리제."

"운동하고 있다!"

입을 삐죽, 나정은 지지 않고 쓰레기의 말을 맞받아치고 있었다. 쓰레기가 자리에서 벌떡 일어났다. 각 잡힌 기마자세를 유지한 채 쓰레기가 나정을 내려다보았다.

"이거 해봐. 이거 되면 오빠가 이제 잔소리 안 할게. 뭐하노? 퍼뜩 안 일어나고?"

나정이 주저주저 일어났다. 엉덩이를 뒤로 빼니 저절로 고꾸라질 듯 숙여지는 상체가, 허리를 펴니 앞으로 쭉 튀어나오는 무릎이 나정의 의지와는 상관없이 연신 삐거덕거렸다. 무릎을 일자로 세우려다 나정은 결국 뒤로 엉덩방아를 찧고 있었다.

"운동 하나도 안 했네. 가시나야, 허리가 돌이다. 무슨 석고상이가?"

쓰레기는 한심하다는 듯 나정을 보며 혀를 찼다. 드러누운 나정이 버럭, 눈을 찌푸렸다.

"이거 다른 사람도 잘 안 되는 거다! 나만 안 되는 거 아니다."

쓰레기가 때마침 지나가는 윤진을 불렀다. 이렇게 해보라고, 쓰레기는 재차 일어나 기마자세를 하고 있었다. 한 번에 성공한 윤진을 나정은 어안이 벙벙해져서 바라보았다. 나정을 콱 째려본 쓰레기가 가방을 들고 부엌을 빠져나가고 있었다.

가려다 말고, 쓰레기는 다시 대문 쪽으로 돌아섰다. 다급하게 문을 열고 나온 나정이 동시에 머뭇머뭇, 쓰레기를 향해 운을 떼고 있었다.

"오빠… 내 돈 좀 꿔도. 삼십만 원만! 동아리 회비를 잃어버렸다. 들고 있다가 어디 흘린 것 같은데. 빌려줄 거제? 대신 엄마, 아빠한테는 비밀이다."

나정의 부탁을 들어주는 대신 쓰레기는 조건 하나를 내걸었다. 기마자세로 5초 이상 버텨야 한다는 것. 나정이 의기양양하게 고개를 끄덕였다.

"껌이다! 내가 내일 당장 보여줄게. 하루면 된다. 돈 들고 딱 기다리고 있어라!"

쓰레기가 도로 들어가려는 나정을 붙잡았다.

"니 내일 저녁에 뭐하노? 할 일 없제?"

언뜻 불안감이 퍼지는 나정의 숨.

"일곱시까지 병원 앞으로 온나. 오빠 내일 오프니까 같이 저녁 먹자. 니한테 할 말 있다."

긴장한 나정이 마른 침을 삼켰다.

"무슨 말… 안 좋은 말? 지금 말해주면 안 되나?"

"내일 얘기해줄게. 들어가라."

그때, 나정이 후드 티 주머니에서 꺼낸 테이프를 쓰레기에게 건넸다.

"맞다. 빙그레 맹장수술 선물! 신곡늘만 모아서 내가 따로 녹음한 테이프다. 별 수술도 아닌데 병원에 있으려면 더 지겨울 거다. 빙그레한테 심심할 때 들으라고 해라."

"그럼 지금 오빠랑 같이 병원 가서 직접 주던가."

"내 약속 있다. 칠봉이 교양시험 도와주기로 했다."

쓰레기의 입에서 곧바로 낮고도 묵직한 볼멘소리가 흘러나왔다.

"그걸 니가 왜 도와주는데."

"그라모 우짜노. 그놈 그거 학고 벌써 두 개나 먹었던데. 한 개만 더 먹으면 잘린단다."

나정의 해맑은 태도가 슬며시 쓰레기의 심기를 건드리고 있었다.

"학교에서 돌았나? 안 자르니까 걱정 하지 말고, 그냥 대충 이름만 써서 내라고 해라."

"안 된다. 약속했다. 오픈 북이라서 형광펜으로 대충 줄만 몇 개 쳐주면 된다."

끝까지 눈치 없는 나정을 보다가 쓰레기는 한숨을 푹 쉬었다. 가려는 쓰레기를 향해 나정은 사랑스럽게 양팔을 벌렸다. 가벼이 발을 뛰는 나정을 쓰레기는 물끄러미 바라보고 있었다. 안아준 것도 잠시, 쓰레기는 나정을 얼어붙은 얼굴로 떼어냈다.

"표정이 왜 그런데? 내 안아주는 거 싫나?"

차가운 쓰레기의 모습. 나정의 숨소리는 미세하게 어긋나고 있었다.

"오빠는 그거 한 개도 못 해주나."

"그것 때문에 그런 거 아니다."

하고 다시 안으려는 쓰레기를 나정은 확 밀어냈다. 대문을 열고 쾅 들어간 나정이 한순간에 사라지고 있었다. 복잡한 마음이 헝클어진 자리에 쓰레기는 홀로 서 있었다.

그날 오후, 나정과 칠봉은 나란히 캠퍼스 강의실에 앉았다.

"나정아. 그냥 네 꺼 커닝하면 안 돼? 애들 다 하던데."

칠봉은 두꺼운 책에만 코를 박고 있는 나정을 심드렁하게 건너다보았다.

"다른 애들은 몰라도 니는 커닝하다 들키면 그날로 내일 스포츠신문 일면에 도배될 기다. 오늘 밤에 지금 표시한 것만 읽어보면 된다. 그리고 아마 논술 문제도 하나 나올 건데…."

"논술? 와~ 나는 그냥 포기 할래. 안 해, 안 해."

고개를 절레절레 흔들던 칠봉이 혀를 내둘렀다.

"야, 교양수업은 대충 학점 주고, 좋게 끝내야 되는 거 아니냐. 괜히 이

수업 들어가지고."

"그러게. 니 이 수업 왜 들었는데? 남들처럼 탭댄스나 볼링이나 듣지."

나정이 그제야 고개를 들었다. 마음에 걸린 초롱초롱한 그림 한 점. 칠봉 특유의 낙천적인 감성과 보드레한 색채가 이룬 그 그림을 이 순간, 나정의 눈길만이 속속 채우고 있었다.

"너 따라서 들었지. 네가 이렇게 해줄 줄 알고…."

칠봉이 슬그머니 웃었다. 나정을 향해 정직하게 만들어 간 마음이었다. 오랫동안 매만졌던 마음이, 또 시간 속에서 깎아놓은 마음이 칠봉 안에서 새로이 짜 맞춰지고 있었다.

"나정아. 뭐 먹으러 안 갈래? 내가 사줄게."

"니랑 단 둘이는 뭐 안 먹을 건데."

픽, 토라진 칠봉을 뒤로 한 나정이 자리에서 일어났다. 삼시 전을 덮어 놓은 나정의 마음속에서도 남모를 감정의 기복이 심해지고 있었다. 가방을 챙겨든 나정은 그대로 강의실을 빠져나왔다.

집으로 돌아온 나정은 심각한 표정으로 윤진의 방을 서성였다. 불길 속에 던져진 장작처럼 나정의 몸은 있는 대로 없는 대로 뻣뻣했다. 스무 번, 서른 번, 기마자세를 연습하면 할수록 다리가 후들거리다 못해 어지러울 지경이었다. 나정은 결국 자리에 털썩 주저앉았다.

"윤진아. 오빠가 내일 저녁에 나 좀 보자고 한다."

책상에 앉아 있던 윤진이 나정을 휙 돌아보았다.

"너를? 단 둘이서? 밖에서?"

"이상하지? 나가지 말까? 뭐 안 좋은 소리 할 것 같제?"

나정 못지않게 윤진도 금세 심각하게 고민하고 있었다.

"응. 안 그래도 니가 요새 너무 붙더라. 부담스러우니까 좀 떨어져라, 아니면 여자친구 생겼으니께 앞으로 조심해라. 그거 아니겠냐?"

시무룩한 나정이 고개를 끄덕였다.

"다음에 보자고, 약속을 취소할까?"

"내일 점심 때 전화해서 갑자기 일 생겨서 못 가겠다고 뻥쳐라! 갑자기 못 가게 됐다고!"

윤진의 뜻을 받들어 나정은 그 어느 때보다 단도직입적으로, 정확하게, 쓰레기와의 연락을 넘어갈 구실을 만들고 있었다. 근심걱정이 이룬 거대한 소용돌이 속에서 나정은 한치 앞도 볼 수 없는, 어쩌면 유실될지도 모를 내일을 단단히 준비하고 있었다.

같은 시각, 쓰레기는 의국 책상에 놓인 달력을 바라보았다. 빨간색 펜으로 동그라미를 쳐놓은 3일. 시간을 잠재운 바람이 쓰레기의 마음 높은 곳까지 또렷하게 확산되고 있었다. 온순하지만 아름다운 움직임. 극도로 시적인 설렘. 느닷없이 떠들썩한 흥분을 가라앉힌 쓰레기가 서랍 속에 넣어 놓은 목걸이 케이스를 꺼냈다. 목걸이를 들어 보던 쓰레기는 몰랑몰랑 웃었다. 고백하기 위한 그날이 조금씩 가까워지고 있었다.

다음 날, 더그아웃으로 들어와 있던 칠봉은 다시 필드로 향하고 있었다. 배팅 볼을 던져달라는 선배의 부름. 그 부름 앞에서 흔쾌히 일어나는 칠봉을 보던 선배가 칠봉 옆으로 앉아 있던 수호와 경환에게 소리쳤다.

"야, 니들은 펜스 좀 날라라!"

확 굳은 얼굴로 칠봉을 보던 둘은 마지못해 자리에서 일어났다. 수호와 경환이 가로로 눕힌 펜스를 타석박스로 옮겼다. 내려놓자마자 들리는 칠봉의 비명 소리. 놀란 둘이 얼른 펜스를 들었을 때에는 이미 칠봉의 발 등에 펜스가 잘못 올려 진 뒤였다. 다리를 뺀 칠봉이 휘청, 발등을 매만졌다. 미안함을 말할까 말까. 망설이던 둘은 그대로 슬금슬금 더그아웃 쪽으로 걸어가고 있었다. 인성이 그런 둘을 노려보다 말고, 바닥에 앉아 있는 칠봉을 내려다보았다. 새빨갛게 찍힌 칠봉의 발등이 삽시간에 퉁퉁 부어오르고 있었다.

학교 앞 주점. 훈련을 마친 수호와 경환이 대화 좀 하자는 인성과 심각하게 마주 앉았다. 소주를 한 잔 들이켠 수호가 테이블 위로 요란하게 잔을 내려놓았다.

"너 지금, 칠봉이 포수라고 편드는 거냐? 알아. 우리도 미안해. 그런데 우리가 일부러 그랬냐? 우리 팀 에이스님 다쳤으니, 가서 석고대죄라도 해야 돼?"

기막혀 하는 인성과 달리 수호는 거침이 없었다.

"한동안 시합도 없잖아. 국대 선발전도 한 달 뒤고. 너, 너무 오버하는 거 아니냐?"

"칠봉이 최소 3주야. 부상 낫는 동안 어깨 굳고, 감 잃으면 니들이 나갈 거야?"

인성의 말에도 수호는 아랑곳하지 않았다.

"금방 회복 돼. 옆에 또 얼마나 붙겠냐? 코치에 감독에 팀 닥터에. 네가 걱정 안 해도 돼."

"넌 칠봉이가 왜 그렇게 싫은데? 걔가 잘하는 게 그렇게 배 아파? 얄미워 죽겠냐?"

인성이 거두절미하고 물었다. 날이 선 수호가 인성과 맞붙었다.

"어. 얄미워. 부러워서 배 아파 죽겠다. 인성이, 너는 주전 경쟁이 뭔지도 모르지? 하느님도 참 무심하시지. 집도 또 잘 살아요. 칠봉이 아버님께서 한 달에 한 번씩 야구부 회식도 시켜주시고, 명절엔 감독이랑 코치들한테 선물도 많이 하시잖아. 남대문에서 짝퉁 양말이나 파는 우리 아버지는 언감생심 회식이 뭐야, 배트도 겨우 사주시는데. 하긴. 돈도 없는 새끼가 야구는 무슨…."

소주를 벌컥 마시는 수호를 보다가, 경환이 인성을 향해 시선을 옮겼다.

"미안하다. 이게 다… 열등감이다. 열등감. 우리도 쪽팔린다."

수호가 울적하게 웃고 있었다.

"그래. 쪽팔린다. 우리 같은 옵션이 칠봉이 덕에 대학 왔으니 감사해도 모자랄 판국에…."

그런 둘을 한참 동안 바라보고만 있던 인성이 말문을 열었다.

"너희 둘 다 휘문고 나왔지? 그럼 잘 알겠네. 칠봉이가 언제부터 잘했냐? 고2. 화랑대기 8강전 때 처음 선발로 나왔을 걸. 그 전엔, 완전 따까리였고."

수호가 술잔을 기울이려다 멈칫, 인성을 바라보았다.

"너 1학년 때 4번 쳤다며? 칠봉이 1학년 때 배팅 볼만 던졌어. 네가 더 잘 알잖아. 그래도 걘 그때, 지금의 너처럼 열등감에 절어 있지는 않았다. 선배들 쫓아다니면서 가르쳐달라고 조르고, 아침에 제일 먼저 일어나 한 시간 러닝하고, 오후 훈련 끝나면 혼자 쉐도우 오백 개. 그 훈련을 국민학교 3학년 때부터 했어. 처음 야구 시작할 때부터 하루도 안 빼고."

몰랐던 사실들. 침잠하는 어둠으로 조용히 흔들리는 수호의 눈빛.

"독하지. 나도 그렇게 독한 놈은 처음 봤어. 쟤는 참… 노력하는데 잘 안 된다. 역시 야구는 타고나야 되나 보다, 했거든. 근데, 어느 한 순간, 거짓말처럼 잘하더라. 남들은 타고난 줄 알지. 기사 보니까 천재라고도 하고."

수호의 마음속에 박혀 있던 날카로운 유리 조각하나가 툭, 튀어나오고 있었다.

"칠봉이, 엄청 열심히 했어. 너 칠봉이만큼 했어?"

수호는 얼굴이 홧홧 달아오르는 것을 느꼈다.

"열등감은 타고난 천재들한테나 하고 칠봉이한텐 제발 좀 잘해줘라. 아니면 신경을 끄든지. 그리고 니들이 칠봉이 옵션인 거, 나 오늘 처음 알았어. 칠봉이가 말 안했거든."

인성의 눈길을 피한 수호는 가만히 술잔만 만지작거리고 있었다.

드디어 기다리고 기다리던 디데이. 거울을 보던 쓰레기가 차례차례 스킨과 로션을 발랐다. 흰 가운을 벗었다. 연신 싱글벙글 웃었다. 옷걸이에 걸린 재킷을 들고 몸에 대 보는 동안 쓰레기는 콧노래를 부르고 있었다. 하지만 책상 위에 올려두었던 삐삐가 울리고, 나정과 통화를 하던 쓰레기는 방금 전과는 달리 한 없이 추락하는 기분을 느껴야만 했다. 윤진이 발을 다쳤는데, 그것도 발등이 퉁퉁 부은 바람에 못 올 것 같다는 연락이었다.

"늦더라도 온나. 오빠 밤에 늦게까지 있을 거니까 윤진이 밤에 잠들면 택시 타고 온나."

쓰레기는 황급히 전화를 끊으려는 나정에게 신신당부를 했다. 통화를 마친 후 침대에 털썩 주저앉은 쓰레기가 머리를 헝클었다. 몇 날 며칠을 지

새우게 했던 하루가 시작부터 투명하게 흐려지고 있었다. 쓰레기는 터덜터덜 의국을 빠져나왔다.

어느덧 늦은 밤. 병원 복도를 왔다갔다, 운동하고 있던 빙그레가 병실에서 나오는 쓰레기와 마주쳤다. 빙그레를 따라 나란히 걷던 쓰레기가 빙그레의 머리를 쓰다듬었다.
"안 심심하나? 책 좀 갖다 줄까?"
"이따가 성균이가 컴퓨터 책 가져오기로 했어요. 컴맹이라 시간 있을 때 배워두려고요."
"데이트하기에도 바쁠 긴데 병원 올 시간이 있겠나. 칠봉이는? 칠봉이도 요새 바쁘제?"
"선배님, 모르셨어요? 칠봉이 오늘 좀 다쳤어요."
깜짝 놀란 쓰레기가 빙그레를 마주 보았다.
"훈련하는데 펜스가 넘어졌나 봐요."
"맞나? 괜찮나? 어디 다쳤는데?"
"다리요."
쓰레기가 우뚝 걸음을 멈추고 되물었다.
"다리?"
"네. 정확하게는, 발이요. 발등이 퉁퉁 부었대요. 뭐 크게 다친 건 아닌 것 같은데… 감독님이 화 많이 나셨대요. 선수가 그런 거 하나 조심 안 하냐고… 괜찮겠죠, 선배님?"
생각에 잠긴 쓰레기는 대답이 없었다. 빙그레와 헤어지고 병원 옥상에 올라선 뒤에도 쓰레기는 다만 먼 풍경을 향해 서 있을 뿐이었다. 제멋대로 안 좋은 기분이 높은 나무 위에 매달아놓은 해먹처럼 빙글거리고 있었다. 몸이 붕 뜬 채 날아갈 듯 한쪽으로 기운 마음이, 또다시 쓰러질 듯 반대편으로 기운 마음이 오해와 괴로움 사이에서 아슬아슬하게 줄다리기를 타고 있었다. 생각의 백야. 세상은 이토록 깜깜한데, 쓰레기의 머릿속은 믿을 수 없을 만큼 창백했다. 우지끈, 무너져 내릴 것만 같은 오해를 휘우듬하게 버티고 있는 건 결국은 질투였다. 그 사실을 깨달았을 때 쓰레기는 나정에 대한 생각으로 폭발 직전이었다.

망설임. 사색. 후회. 충돌. 고민. 쓰레기의 삐삐가 울렸다. 의국으로 뛰어 내려가서 메시지를 확인하자마자, 쓰레기는 미친 듯이 병원입구로 내달리기 시작했다. 한적한 야외 공간, 주춤, 걸음을 멈춘 쓰레기가 눈으로 나정을 찾았다. 건너편에서 애써 밝게 손을 흔들던 나정이 걸어오고 있었다.

"오빠! 내 성공했다! 봐봐!"

한달음에 달려오던 나정이 쓰레기와 거리를 만들었다. 열 걸음 정도 떨어진 자리. 기마자세를 하는 나정을 보던 쓰레기가 어처구니가 없다는 듯 웃고 있었다. 얼른 이리로 오라고, 쓰레기가 나정을 향해 손짓했다.

나정이 그런 쓰레기의 얼굴을 한참 바라보았다. 온기로 구워낸, 단단한 마음이었다. 서운함도 속상함도 두려움도 머물고만 싶은 그 진심 앞에서 어쩌면 아무 것도 아닐지 몰랐다. 바람결에 쓰레기의 페퍼민트 향이 묻어났다. 깊게 숨을 들이쉬던 나정이 양팔을 벌렸다.

쓰레기가 팔을 흔들고 있는 나정을 물끄러미 바라보았다. 계속 안아달라고 폴짝 뛰어오르는 나정에게서 뚝, 촛농이 떨어졌다. 심지 끝으로 타들어간 불이 나정을 태우고 있었다. 어둠 속에서 나정이 향초처럼 불을 밝히는 순간, 모든 것이 명확해지고 있었다. 나정이 품은 노을과 수국이 가득한 정원. 그리고 그리움. 소중함. 애틋함. 사랑을 일깨우는 수식어들. 그 끝에 쓰레기가 성큼성큼 나정을 향해 걸어갔다. 눈을 감은 나정이 귀엽게 웃고 있었다.

마침내 결심. 폭 안길 준비를 하는 나정에게 불현듯 와락 다가온 것은 쓰레기의 입술이었다. 두 손으로 양 볼을 감싼 쓰레기가 확 나정을 끌어당겼다. 놀라서 눈을 떠버린 나정의 빛. 그 빛이 그림자를 만들며 쓰레기에게 반사되고 있었다. 스르르 눈을 감은 나정이 쓰레기의 허리를 감쌌다. 밤의 기적이, 둘을 휘감은 빛이 서로의 몸 위에 부서져 내리고 있었다.

칠봉에게도 극적인 순간이 찾아왔다. 병실 창가 선반에, 누군가가 놓고 간 대형박스 세 개를 열었을 때였다. 박스 안에는 짝퉁 양말이 메이커별로 깔끔하게 정리되어 들어 있었다.

병원 정원 안, 공중전화박스에 선 칠봉은 수호와 통화 중이었다.

"야. 미안하면 미안하다 그래. 선물은 뭐냐…?"

칠봉이 툭툭, 담백하게 수호에게 이야기하고 있었다.

"그런데 왜 미즈노 짝퉁은 없어? 은퇴할 때까지는 신겠더라."

건너편에서 중얼거리는 수호의 말을 듣던 칠봉이 피식 웃었다.

"괜찮아. 살짝 금 간 거래. 걱정되면 병문안 오든가!"

알겠다고 대답하는 수호의 대답을 듣다가 칠봉은 문득 화제를 돌렸다. 나정이 말해준, 교양 시험에서 교수님이 으레 내주는 논술 시험의 문제가 떠올랐기 때문이었다.

"참, 수호야! 너는 멘토 있어? 멘토!"

칠봉이 장난스럽게 수화기 건너편에 있는 수호를 밀었다.

"멘토 몰라? 아유, 무식한 놈. 인생의 스승 말이야! 좋아하고 존경하는 야구 선수 있냐고!"

"야. 당연히 있지."

"누구?"

"요기베라."

"요기베라? 뉴욕 양키스 포수?"

"응. 나중에 감독도 했잖아."

"어. 알어. 그 사람이 왜?"

"그 분이 유명한 말을 남겼지…."

귀 기울이던 칠봉은 번뜩, 눈을 떴다. 갑작스럽게 분출된 에너지가 칠봉이를 마천루로 안내하고 있었다. 시간의 세공사가 있다면, 지금 이 순간, 칠봉의 시간의 흐름과 근육도 조절해주고 있을 터였다. 칠봉은 수화기를 들고 감탄하다가 이내 밝아지고 있었다.

반면, 신촌하숙에서 수화기를 들고 있던 일화의 표정은 급격하게 어두워지고 있었다.

"뭔 일이당가? 누군디?"

준이를 안은 동일이 일화의 기색을 살폈다.

"해태 어무인데, 해태 군대 간단다!"

"난 또 무슨 큰일 났다고! 그러면 대한민국 사내가 되어가지고 군대를 가야지!"

"아니! 내일! 내일 군대 간단다!"

아닌 밤중에 홍두깨였다. 일화와 동일은 황당한 표정을 주고받았다. 살다 살다 어처구니가 없을 따름. 해태 어머니의 하소연인즉슨 전남 순천시 조례동 사무소, 제일 멍청했던 방위가 입영통지서를 입영 전날까지 잊고 깜박했다는 것이다.

그리하여 해태는 다음 날, 멍하니 입대했다. 초점 없는 눈동자, 넋 나간 표정으로 해태는 논산훈련소에 집합하고 있었다. 해태의 눈에는 주위 사람들이 온통 슬로우로 보였다. 울고 있는 아버지도 어머니도, 곁을 뛰어다니는 수많은 사람들도 마찬가지였다. 얼토당토않게 황당무계한 나머지 해태는 군대 생활의 서막을 그렇게, 넋을 놓은 채 올릴 수밖에 없었다.

"나정아, 전화 받아라! 오빠다!"

그날 오후, 거실에서 일화가 나정을 불렀다. 책상에 앉아 있던 나정이 벌떡 일어났다. 후다닥 방문을 열고 나와 나정이 전화기를 드는 것과 동시에 텔레비전에선 칠봉의 인터뷰가 흐르고 있었다. 나정이 전화기를 든 채 텔레비전을 바라보았다. 기자가 칠봉에게 마이크를 내밀고 있었다.

"보통 선수들은 멘토로 생각하는 야구선수가 한 명씩 있더라고요. 혹시 가장 존경하는 선수, 멘토가 있다면?"

"전에는 없었는데, 최근에 생겼어요."

"누구예요?"

거실 한쪽 끝에서 계속 통화 중인 나정이 수화기에서 살짝 귀를 뗐다.

"뉴욕 양키즈의 요기베라 선수요."

"그분 하면 실력보다 주옥같은 명언으로 유명한 분이잖아요. 수많은 명언 중에서 가장 좋아하는 말이 있다면?"

"네. 전 이 말이 제일 좋더라고요."

칠봉이 한 템포 말을 쉬었다. 마천루에 올랐던 밤, 칠봉은 '1만 시간의 법칙'을 생각했다. 수많은 학자들의 연구 결과, 어떤 한 분야에서 성공을 거두기 위해 필요한 시간은 1만 시간이었다고 한다. 모차르트도, 비틀즈도, 스티브잡스도, 김연아도, 그들의 성공을 만든 것은 타고난 천재성도 행운도 아닌 일만 시간 이상의 노력과 고통이었다는 것. 일도, 관계도, 사랑도 어쩌면 그와 다르지 않을 것이다. 마침내 성취하기 위해선 타고난 그 무엇과 운 좋음을 기다릴 것이 아니라, 끝까지 노력하고 애쓰고 고통스러워야 하니까.

기자가 칠봉의 다음 말을 기다렸다. 칠봉이 이윽고 견고한 눈빛으로 말을 이었다.

"끝날 때까지는 끝난 게 아니다."

행복하게 번지는 나정의 웃음 위로 칠봉의 목소리가 겹쳐지고 있었다.

#14
나를 변화시킨
사람들 I

〉〉 1995년 여름, 서울특별시 서대문구 창천동

화장대 앞에 앉은 나정은 케이스 안에 들어 있는 목걸이를 물끄러미 바라보았다. 앞으로 움푹 들어간 보석이, 무엇보다 살짝 떨어져 나온 하트가 한데 어우러져 조화를 이루고 있었다. 거짓말이 아닌 사실. 꿈이 아닌 현실. 얼떨떨하지만, 이 모든 것이 현재진행형이었다. 쿵 뛰어오르다 못해 별안간 터져버릴 것만 같은 가슴으로 나정은 또렷하게 그날을 떠올렸다.

쓰레기와 첫 키스를 나눴던 밤, 나정은 벤치에 앉아 연신 심호흡을 하고 있었다. 등 뒤에 서 있던 부끄러움이 예고도 없이 나정을 간질였다. 지켜보고 있었을 가로등. 뜨거운 입술. 알싸하면서도 생경한 두근거림. 달아오르는 얼굴을 아무리 매만져도 진정은커녕 더더욱 정신이 없어서 나정은 괜히 이리저리 주위를 살폈다. 의국에서 짐을 챙겨 나오는 쓰레기가 걸어오고 있었다. 나정이 주춤주춤, 자리에서 일어나 걸음을 뗐다. 세 걸음.

"오빠 억수로 배고픈데… 뭐 먹지?"

이어서 다섯 걸음. 쓰레기가 한 손으로 껴안듯 나정에게 어깨동무를 했다.

"내가 태어나서 처음으로 레스토랑도 예약했는데… 가시나야 일찍 좀 오지. 문 닫았겠다."

놀라서 움찔. 어색하기만 한 나정은 가만히 땅만 보며 걸었다.

"니 뭐 먹고 싶은 거 없나?"

하더니, 쓰레기가 넌지시 나정의 손을 잡았다. 스무 걸음.

"간만에 서양 식사 한번 할까?"

그리고 서른 걸음. 부끄러운 마음에 속으로 숫자만 세던 나정이 작게 고개를 끄덕거렸다.

카운터에서 전화를 하고 있는 쓰레기의 모습을 흘깃, 나정은 상기된 표정으로 레스토랑 여기저기를 두리번거렸다. 자꾸만 쓰레기를 벗어나는, 동시에 슬쩍 훔쳐보고야 마는 나정의 시선이 어느새 테이블을 향해 걸어오는 쓰레기에게 우르르 쏠리고 있었다. 모른 척, 침을 꼴깍 삼킨 나정은 앞만 보았다. 언뜻 기척이 느껴진 건 바로 나정의 옆에서였다. 천천히 고개를 돌린 나정이 자연스럽게 옆에 앉는 쓰레기를 올려다보았다. 쓰레기는 애써 태연한 척, 앞만 보고 있는 나정을 향해 몸을 기울였다.

"골랐나?"

나정이 귀엽게 고개를 저었다. 메뉴판을 보던 쓰레기가 스파게티를 주문했다. 얼마 후 손도 안 댄 스파게티 그릇들이 치워지고, 그 자리에 커피 머그잔이 놓였다. 조금은 진정된 모습으로 나정은 머그잔만 내려다보고 있었다. 그런 나정을 바라보는 쓰레기의 빤한 눈빛.

"정아. 오빠 봐봐."

한없이 다정한 쓰레기의 목소리. 슬쩍 고개를 돌려 쓰레기를 보다 말고,

"오빠 봐보라니깐…"

나정은 다시 앞만 바라보았다. 나정의 눈에 점점 눈물이 맺히고 있었다.

"정아. 오빠 봐봐라… 가시나 왜 우는데…."

나정의 눈물이 금방이라도 떨어질 듯 글썽거렸다. 마음 골목골목을 누비던 미안함이 또 이해심이 이제는 나정에게 당도하고 있었다. 쓰레기가 조용히 울고 있는 나정을 감싸 안았다.

"울지 마라. 오빠가 잘못했다… 오빠가 미안하다. 오빠도 니 좋나는데 왜 우는데…."

진심을 다해 쓰다듬어주는 게 뒤늦게야 서러워서, 나정은 쓰레기의 품에 안겨 펑펑 울었다. 쓰레기의 마음속 높디높은 담이 무너져 내리고 있었다. 안도감이 녹아든 희뿌연 연기. 한순간에 풀려버린 감정들이 지금 이 순간, 나정의 마음 가득 따뜻하게 다가오고 있었다.

하마터면 잊어버릴 뻔했다, 쓰레기가 그렇게 말하고 주머니에 손을 넣었다. 뭔가 싶어서 보던 나정의 얼굴이 곧바로 환해지고 있었다.

나정이 케이스에서 목걸이를 꺼냈다. 쓰레기가 주섬주섬 꺼내어 손에 쥐어주었던 그때 그 순간처럼, 나정은 혼자 빵긋 웃고 있었다. 단정한 곡선. 정교한 멋. 빛과 함께 형형색색 달라지는 실루엣. 목걸이를 한 모습을

거울로 살펴보던 것도 잠시, 나정은 손을 들어 목걸이를 매만지고 있었다.

6인실 병실, 환자복을 입은 칠봉도 애꿎은 야구공만 만지고 있었다. 책을 덮던 빙그레가 깊은 생각에 잠긴 칠봉을 향해 인기척을 냈다.
"무슨 고민 있어? 혹시… 너 많이 다쳤어?"
"아니. 감독님이 오버하신 거라니깐…."
"그럼, 무슨 일인데?"
침묵.
"나정이?"
번쩍. 빙그레의 한마디가 칠봉의 정신을 깨웠다. 어안이 벙벙한 칠봉에게,
"하숙집 애들 다 알아. 네가 나정이 좋아하는 거."
자세를 고쳐 앉은 빙그레가 칠봉을 보았다.
"포기해. 나정이 선배님 좋아해. 아직 선배님이 나정이 마음 안 받아준 것 같기는 한데…."
칠봉은 무표정하게 창밖을 건너다보았다.
"시간문제야."
"알아. 선배도 나정이 좋아해. 나한테 얘기했어. 자기도 나정이 좋다고."
칠봉이 빙그레를 마주 보았다.
"어떡할 거야?"
다시 침묵. 의식의 끝자락에서 쓰린 마음을 겨우 움켜쥔 칠봉은 다시 생각에 잠겨 있었다. 미끄러져버린 고백. 팽팽하게 맞물렸던 쓰레기와의 밤. 다른 곳을 향해 있는 나정의 마음. 머물렀다 떠나가는 흑백의 긴장들이 칠봉에게 기하학적인 마음의 창으로 남아 있었다. 직구. 뒤도 안 보고 내지르

는 승부는 야구와 마찬가지로 인생에서도 쉽지 않은 공이었다. 경기보다 수십 배, 어쩌면 수백 배나 긴 삶을 자칫하면 통째로 망쳐버릴 수도 있으므로.

"어떡하긴…."

그렇다면 칠봉이 선택할 수 있는 방법은 단 하나.

"기다려야지."

변화구뿐이었다. 근시안적인 불안을 버리고, 다른 때를 노려 승부수를 바꾸는 것. 어쩌면 경기의 방향을 바꿀 수 있는 건 주어진 시간이 아니라 방향일지도 몰랐다.

"지금이 때가 아니면, 기다려야지. 포기는 안 해."

확신에 찬 칠봉이 빙그레를 바라보았다. 천장에 닿을 듯 높이 솟아올랐던 공이 때마침 칠봉의 손에 안착하고 있었다.

〉〉 1996년 1월, 신촌하숙

"애들아! 해태한테 편지 왔다! 얼른 내려 와봐라!"

나정의 부름에 동일, 일화, 나정, 칠봉, 윤진, 삼천포, 빙그레가 1층 거실 한가운데 후루루 모여 앉았다. 삼천포가 해태의 편지를 읽기 시작했다.

"보고 싶고, 정말 사랑하는 친구들아. 잘 지내지? 코치님, 준이 어머님도 잘 지내시죠? 제가 있는, 이곳 강원도 양구는 엄청 춥습니다. 서서히 군 생활에 적응도 되어 이렇게 편지를 씁니다. 모두 제 걱정 많이 하고 계실 거라 생각되는데, 생각만큼 힘이 들지는 않습니다."

모두들 진지하게 집중했다. 해태가 내무반에 앉아 펜을 들었을 순간을 생생히 생각하면서.

며칠 전, 강원도 양구 21사단 백두산부대. 콧물을 슥 닦던 해태는 다음 문장을 적어 내려가고 있었다.

"비록 하숙집에서 먹는 밥보다는 한참 밑이지만, 이제 짬밥도 입에 맞고요. 가끔 고참이 매점에서 맛스타도 사줍니다. 그런데… 딱 한 가지 영 적응이 안 되는 것이 있어요. 애들 없으면 군대가 어찌 돌아갈까 싶을 만큼 하루 종일 일만 하는 일병들. 입에 걸레를 물었는가, 욕만 하는 상병들. 가장 문제는 바로… 이것들이요."

최병장의 불호령이 떨어지자마자, 해태가 침상에 각 잡고 앉았다. 뒤이은 최병장의 갖은 우스꽝스러운 표정과 몸짓. 비장하게 참고 참던 해태는 결국 웃음을 터뜨리고 있었다. 정색한 최병장이 일병 셋과 해태를 번갈아 보았다. 손으로 까딱까딱, 일병들이 바깥으로 해태를 불렀다. 코브라 트위스트 자세로 목조르기. 새우꺾기. 빠져나오려 해태가 발버둥을 칠수록 최병장의 행복한 표정은 유난히 짙어지고 있었다.

자리로 돌아와 숨을 씩씩 몰아쉬던 해태는 그 다음 문장에 방점을 찍고 있었다.

"병장, 이 썩을 것들! 밥 먹고 하는 짓이라고는 불쌍한 이병들 괴롭히는 것밖에 없는 암적인 존재들! 오매오매. 바로 요것들과 한방에서, 24시간 얼굴을 보며 살아야 한다는 거예요. 내가 앞으로 이것들과 같이 지내야 될 것을 생각하면 눈물이 앞을 가린다니께요."

다시, 신촌하숙.

나정이 쟁반 가득 호빵을 담아 2층 거실 계단을 올라왔다. 칠봉, 삼천포, 윤진, 빙그레는 이미 둘러앉아 술을 마시고 있었다. 호빵을 한입 베어 물던 삼천포가 웅얼거렸다.

"그런데 쓰레기 형님은? 오늘 못 오시나? 칠봉이 환송파티인데…."

못내 아쉬운 삼천포가 칠봉이를 향해 말끝을 흐렸다.

"니 내일 동계훈련 갔다가 바로 일본 간다고 안 했나? 오늘 아니면 볼 시간 없을 텐데…."

나정과 칠봉의 어색한 눈빛이 엇갈렸다. 윤진이 삼천포를 슬쩍 째려보고 있었다.

"이종사촌이 입원해 있는 병원 갔다. 개도 서태지 팬이라던데… 두 다리가 부러졌단다."

일동 나정에게로 시선이 몰렸다.

"서태지 집 담벼락 넘다가."

"오빠네 담벼락은 뭐하려고 넘었대?"

눈을 동그랗게 떴던 윤진이 얼굴이,

"꿈을 꿨대. 그런데 꿈에… 서태지가 하얀색 헬기를 타고 저 멀리 떠났대."

나정의 다음 말과 더불어 충격으로 가라앉고 있었다.

무르익는 분위기. 삼천포가 운을 뗀 밀레니엄 종말론에 나정은 차츰 흥분하고 있었다. 시속 육십 킬로미터. 친구들의 대화는 아랑곳없이 윤진은 맥주를 탈탈 털어 마셨다.

"컴퓨터가 0이랑 1만 인식하는데, 2000년 넘어가면 컴퓨터가 2를 인식 못하는 바람에 엄청난 오류가 생긴다고 하던데. 1999년 12월 31일에서 2000년 1월 1일로 넘어가는 순간! 핵폭탄 날아다니고, 행성끼리 충돌하고, 블랙홀이 터지고! 순식간에 지구가 멸망한다!"

나정의 이야기를 듣던 빙그레가 칠봉을 슬쩍 건드렸다.

"너 그럼 일본 안 가도 되겠다. 4년 뒤에 지구가 멸망한다는데 야구는 무슨 야구."

"야, 그러다 종말 안 오면 어떡해? 너희야 다시 회사 취직하면 되지만 난 뭐 먹고 사냐?"

고민하던 삼천포가 칠봉의 말허리를 잘랐다. 일본 가서 야구하고 있다가, 1999년 12월 31일만 잠깐 들어오라고. 그날, 우리가 모일 장소는 바로 이 자리. 다 함께 지구 종말이 오는지 안 오는지 지켜보자는 삼천포의 제안에 모두가 동의하고 있었다. 윤진이만 빼고.

"참말로 사촌끼리 등신이라니께."

혀가 잔뜩 꼬인 윤진이 게슴츠레하니 칠봉과 빙그레를 바라보고 있었다. 확 꺾여버리는 목덜미와 등짝이 흐느적흐느적, 윤진의 브레이크는 이미 고장난 지 오래였다.

"니는 생긴 거 멀쩡해가지고 이제까지 애인도 안 만들고 뭐했냐? 니 좋다고 줄 선 가시나들이 널렸다던디! 일본 가면 아무나 하나 골라서 사겨!"

칠봉을 향했던 윤진의 턱짓이 스르르 빙그레에게 옮겨갔다.

"이 짠한 놈은 여태 여자 손목 한번 못 잡아 봤단다! 오죽하면 안 있냐. 이 자식의 첫 키스가 쓰레기 오빠란다! 이 모자란 새끼! 확 나가 죽어야."

싸늘한 정적. 그 끝에 윤진의 고개가 갸우뚱, 나정에게 기울고 있었다. 시속 백사십 킬로미터. 윤진이 마침내 앞뒤 재지 않고 가속 페달을 밟았다.

"얘는 어제도 쓰레기 오빠랑 뽀뽀했는디."

윤진의 고속질주. 질겁한 나정이 무의식적으로 칠봉을 건너다보는 순간,

"가시나, 그렇게 좋으면 그 집에 들어가서 살아야! 집에는 어찌 들어오나 모르겠다니께."

칠봉 또한 무감정한 얼굴로 나정을 쳐다보고 있었다.
"콱! 아줌마, 아저씨한테 이야기해버릴까 보다. 만날 싸우더니 연애가 뭔 말이여. 연애가…."
윤진의 계속되는, 새롭게 알게 되어버린 사실들이 칠봉을 너더리나게 찔렀다. 갑자기 너절해진 마음이 저릿했다. 피가 철철, 솟구치는 것만 같았다. 칠봉이 자리에서 벌떡 일어났다. 그런 칠봉을 따라 빙그레가 자리를 뜨고 있었다.

책상 위의 짐들을 정리한 뒤 칠봉은 서랍에서 나무로 된 케이스를 꺼냈다. 오래된 야구공. 생각에 잠긴 칠봉이 공을 꺼내 만지작거리고 있었다. 빙그레가 칠봉의 방으로 들어왔다. 칠봉의 생각을 어렴풋이 읽은 빙그레가 조심스럽게 물었다.
"나정이랑은 얘기해봤어? 왠지 너 이번에 일본 가면, 두 번 다시 안 올 것 같다. 우리야 가끔이라도 소주 한잔씩은 해도, 너랑 나정이는 오늘이 마지막일 것 같아서…."
칠봉이 빙그레를 돌아보았다. 마지막 그 말이 칠봉의 마음을 깊숙이 흔들고 있었다.

칠봉과 나정은 아담한 술집에 마주 앉았다. 나정이 칠봉에게 잠자코 중얼거렸다.
"일본은 물가 비싸다. 속옷이랑 내복 챙겨라. 깻잎 같은 것도 챙기면 좋을 텐데… 이번에는 홍삼이라도 좀 들고 가라. 우리 아빠가 장복하는 거 있는데, 그거 좀 들고 갈래?"

그런 나정이 고맙고도 아파서, 칠봉은 조용히 고개를 저었다.

"다른 건 몰라도 김 좀 들고 가라. 부피도 작고 가벼우니까 외국 나갈 때는 김만 한…."

나정은 문득 말을 멈췄다. 칠봉이 이내 고개를 떨어뜨렸다. 나정은 자기도 모르게 칠봉이 채우는 술잔에 손가락을 픽, 갖다 대고 있었다. 칠봉은 그제야 웃었다.

"야, 너는 나 안 불편해?"

"불편하다. 불편하고 어색하지… 그래도 니가 싫은 건 아니다."

칠봉이 지워버린 표정으로 나정을 마주 보았다.

"나는 니가 한 번씩 텔레비전에 나올 때마다 깜짝깜짝 놀란다. 말도 잘하고, 운동도 잘하고, 인기도 많고… 스타다, 스타. 우리랑 있을 때는 잘 모르겠는데, 뉴스에서 보면 진짜 유명인 같다. 칠봉이 니는, 일본 가서도 잘될 거다. 일본 선수들도 니 금방 좋아할 걸. 니가 우리 중에서 제일 어른스럽고 착하니까…."

나정이 귀엽게 고개를 주억거렸다. 나정을 우두커니 바라보던 칠봉이 툭, 말문을 열었다.

"착해서 망했잖아."

나정의 고갯짓이 우뚝 멈췄다. 조금은 미묘한 눈으로,

"너무 착해서 좋아하는 여자가 있는데도, 제대로 대시 한번 못해 보고… 에이, 병신아."

술잔만 채우는 칠봉의 그윽한 눈빛. 조금쯤 쓸쓸해 보이는 칠봉을 그저 바라만보다가,

"준아…"

나정이 소곤소곤 운을 뗐다. 고개를 든 칠봉이 나정을 보았다.
"밖에 눈 온다."
나정은 창밖을 향해 시선을 던지고 있었다. 담백한 나정의 목소리가 칠봉의 마음 위로 살포시 내려앉았다. 나정을 따라 칠봉은 창밖을 건너다보고 있었다.

술집 문 앞, 나정과 칠봉은 한참 동안 처마 아래 서 있었다. 조금씩 쌓이는 눈이, 소소한 훈기가 어우러져 낯선 풍경을 만들고 있었다. 눈 내리는 소리. 숨결. 울림. 아름다운 움직임.
"가자. 눈 더 많이 오기 전에."
하고 나정이 손을 머리 위에 올렸다. 칠봉이 쓰고 있던 모자를 벗어 나정에게 씌워주었다. 당황한 나징은 결국 어색해하고 있었다. 눈이 그려낸 음영이 유난히 눈부신 밤.
"가자. 눈 더 많이 오기 전에."
하고 칠봉은 아무렇지도 않게 먼저 발걸음을 옮겼다. 눈 속을 달려 칠봉과 나정은 하숙집 대문 앞에 섰다. 나정이 칠봉에게 손을 쑥 내밀었다. 칠봉이 나정의 손을 내려다보았다.
"잘 갔다 온나. 돈 많이 벌고. 아프지 말고."
따뜻한 위안을 느낀 칠봉이 천천히 나정의 손을 잡았다.
"응. 너도 잘 있어."
그대로 빼려는 나정의 손을 칠봉이 꽉 쥐었다. 나정의 온기가 칠봉의 마음속 모서리를 서서히 물들이고 있었다. 칠봉이 마침내 나지막이 나정을 불렀다.

"나정아. 혹시, 만약… 언젠가 될지는 몰라도…."

나정이 순순히 칠봉을 올려다보았다.

"몇 년 뒤에… 우리가 다시 만난다면… 그리고 그때… 네 옆에 아무도 없다면…."

어렵사리 꺼낸 말.

"그땐… 나랑 연애하자."

그러나 강건한 진심. 흔들리는 나정의 눈에 비친 칠봉이 희미하게 웃었다. 칠봉에게 나정은 미처 쓰인 적 없던 언어였다. 이 순간이 흰 종이라면, 칠봉은 그 언어를 시리도록 새겨나가야만 했다. 언젠가 잊지 않고 꺼내볼 수 있도록.

강원도 양구 21사단 백두산부대.

소대원들이 완전군장한 채 연병장 구석에 모이고 있었다. 해태가 소총 가스마개를 잃어버리는 바람에 대낮부터 소대 분위기는 살얼음판이었다. 윽박지르는 소대원과 소집된 소대원들 틈에서 해태는 안절부절 못하고 있었다. 혹시라도 얼음판이 깨질까 조심조심하고 있었지만,

"연병장 100바퀴!"

아니나 다를까, 입이 떡 벌어지는 단체 얼차려가 모두를 기다리고 있었다. 이열종대로 줄 맞춰선 소대원들이 연병장을 돌기 시작했다. 이날로 해태는 군 생활이 끝나는 줄 알았다. 선임들에게 혼나는 것이 두려워서가 아니라, 어깨 위에 얹혀져 있는 45킬로그램의 완전군장을 버텨낼 자신이 없었기 때문이었다. 어느덧 해가 지고, 이미 열 명 정도가 바닥에 쓰러져 있었다. 거의 앞으로 쓰러질 듯 뛰던 해태 옆으로 갑자기 일병 3명, 연달아

상병들이 퍽, 고꾸라졌다. 다리를 질질 끌며 걷던 해태도 결국 땅바닥에 쓰러졌다. 얼마나 지났을까. 해태가 가늘게 눈을 떴을 때 한 남자의 피 끓는 군가가 들려오고 있었다. 믿을 수 없었다. 한 치의 흐트러짐 없이 홀로 돌고 있는 사람은 다름 아닌 최병장이었다.

내무반에서 일병들의 눈치만 보고 있던 해태를 구제해준 사람도 최병장이었다.

"다들 고생했다. 그리고 일병 너들, 오늘 일 가지고 신병한테 뭐라고 하면 나한테 죽는다."

그 한마디에 놀란 해태가 캔 음료를 건네주고 있는 최병장을 바라보았다.

"어이, 신병! 니 좋은 학교 다닌다며?"

"아, 아닙니다!"

"아니기는… 좋은 학교 다니는 게 숨길 일이냐! 부럽다. 난 고등학교 졸업도 못했는데…."

"죄, 죄송합니다!"

잔뜩 얼어 있는 해태를 향해 최병장이 어른스럽게 대답했다.

"네가 왜 죄송해? 대학교 다니는 사람한테 뭐라고 하는 내가 더 죄송하지. 넌 선임들이 한심하지? 일병은 일만 하고, 상병은 욕만 하고, 난 놀면서 전역만 기다리는 병신 같지?"

"아, 아닙니다!"

"아니긴 자식아, 니 얼굴에 써져 있는데…."

딱 걸린 게 당황스러워서, 해태는 어느새 입을 꾹 다물고 있었다.

"네 눈엔 다들 미친 것 같고 한심해 보여도, 다 너 같은 과정을 거친 거야. 대학은 네가 제일 좋은 데 나왔을지는 몰라도, 경험으로 따지면 여기서 네가 제일 모자라. 군대에 계급이 있는 건 올라갈수록 더 훌륭한 사람이라는 뜻이 아니야. 올라갈수록 더 많이 알고 있다는 뜻이야. 그러니까 열심히 배워. 거지 같은 선임들한테도 배울 게 있다니까. 인생은 어차피 다 경험이고, 그게 재산이다."

최병장이 해태의 어깨를 토닥였다. 감동받은 해태가 고개를 허리를 빳빳이 세웠다. 천하의 쓸모없는 인간인 줄로만 알았던 최병장, 그가 해태의 가치관을 바꿔 놓고 있었다. 해보지 않고서는 깨닫지 못하는 일들이 있다는 것. 가보지 않고서는 보지 못하는 세상이 있다는 것을 그는 일깨워주었다. 옷을 벗던 최병장이 해태를 돌아보았다.

"어이, 신병! 내 군장 좀 정리해라. 그 정도는 해줄 수 있지?"

해태가 씩 웃으며 벌떡 일어났다. 벽에 세워진 최병장의 군장을 가지러 가는 내내 해태의 얼굴엔 벅찬 환희가 차오르고 있었다. 최병장의 군장을 들어 올리는 해태의 두 손이 한 번에 확 들렸다. 그날, 최병장이 해태에게 가르쳐준 더 큰 깨달음은 따로 있었다. 냉엄한 조직사회에서 경험과 시간이 가르쳐주는 것 이상으로 소중한 것은 바로 생존을 위한 융통성이라는 것을. 해태는 정신 나간 얼굴로 배낭 안에서 신문지를 꺼내고 있었다.

그날 밤. 나정은 일식집 앞에서 쓰레기를 만났다. 의대 선배들과 만나기로 한 약속시간이 가까워지고 있었다. 먼저 와 있던 선배 커플들과 화기애애한 분위기가 이어지는 동안 쓰레기는 긴장한 나정의 곁에 있었다. 간간히 귓속말로 이런 저런 설명을 해주는 사람. 젓가락을 들어 멀리 놓인 반찬을 집어주는 사람. 테이블 밑으로 슬쩍 손을 잡아 주는 사람. 이 모든, 다른 풍경을 펼쳐든 사람이 쓰레기라는 사실을 나정은 새삼 믿을 수가 없었다.

너와 나라는 사이. 평범한 인연을 넘어 신기함과 소박한 감동으로 물드는 사이. 그 사이를 잇는 쓰레기의 변화를 나정은 마음으로 느끼고 있었다. 모두가 떠난 뒤 나정은 쓰레기의 품에 폭 안겼다. 결국은 선물 같은 사람. 한 겹 벗겨낸 포장지에 군더더기 없는 노력을 품고 있는 사람이었다. 행복함에 눈물이 날 것만 같았다. 나정은 쓰레기의 품을 깊게 파고들었다.

같은 시각, 빙그레는 중환자실 앞을 서성이고 있었다. 아버지의 심장병 재발 수술이 있다는 소식을 듣자마자, 미친 듯이 고향으로 내려온 길. 불 켜진 중환자실의 붉은색 글자가 위태롭게 깜박였다. 드디어 중환자실의 문이 열렸다. 간호사가 나오고 있었다. 수술 후 면회시간은 단 15분. 일회용 마스그를 쓴 동우와 빙그레가 중환자실로 들어갔다. 중환자실 한쪽 끝에 누워 있는 아버지. 크고 작은 호스를 꽂고 있는 것으로 보아 아버지의 상태는 훨씬 심각했다. 먼발치에 서 있던 빙그레가 용기 내어 아버지 옆에 섰다. 마취에서 이제 막 깨어난 아버지는 신음하고 있었다. 무슨 말을 어떻게 해야 할지 몰라 빙그레와 동우는 눈물만 흘렸다. 겨우 손을 들어보인 아버지가 빙그레를 향해 손짓했다.

"가라…."

거친 숨보다 작은 아버지의 목소리.

"아부지, 괜찮다… 바쁘다 니… 난 괜찮으니까 얼른 올라가라…."

입이 바짝 말라 겨우 말하는 그 목소리가 빙그레의 귓가를 삼켰다. 빙그레가 몰아치는 눈물을 끅끅 흘렸다. 15분 후 병원 입구까지 배웅 나온 엄마가 빙그레의 손에 차비를 쥐어주었다. 빙그레가 엄마가 건네는 돈을 복잡한 얼굴로 바라보았다.

"참. 어제 니 아버지가 외출도 안 되는디 환자복 입고 나가서 등록금 입금했어. 니 통장으로 삼백오십만 원, 확인한거?"

가둬두어야만 했던 마음. 책갈피를 어디에 둬야 할지 모르는 마음들이 있었다. 아버지를 향했던 원망. 답답함. 화가 드러나는 밤이면 빙그레는 솟구치는 감정이 아닌, 참을 수 없을 때까지 꽉 찬 감정으로 흐느끼는 음악을 들어야만 했다. 그게 맞는 거라고 생각했다. 사실은 누구보다 자기 자신이 잘 되었으면 하는 바람과 기도로 살아왔던 당신을 알기 전까지는.

"네. 들어왔어요."

한참 망설이던 빙그레가 결심한 듯 대답했다.

"그럼 언제까지 내면 되는 거야? 학교에 며칠까지 내면 돼?"

"…서울 올라가면 바로 등록할게요."

놀란 동우 앞으로 엄마가 팔을 벌렸다. 빙그레가 엄마를 안았다. 대부분의 사람들은 사랑하는 이들을 차마 밟고 일어설 수 없어 끝끝내 스스로 꿈을 내려놓고 만다. 하지만 괜찮다. 얼마 되지도 않는 성공담 따위에 기죽어 스스로 좌절과 실패감에 휩싸일 필요는 없으니까. 꿈만큼이나 사랑이 소중하기에 내릴 수 있는 결정. 사랑하는 사람을 위해 자기 자신을 바꾸는 결단. 사실은 꽤 괜찮고 폼 나는 일이다. 엄마를 안고 있는 지금, 빙그레는 아무런 말도 필요하지 않았다. 어쩌면 가장 소중한 것을 스스로 외면했는지도 모른다고, 빙그레는 생각했다. 미래에 대한 결심과 확신이 필요했던 건 먼 곳이 아닌, 바로 이곳에 있었으므로.

〉〉 2013년 서울특별시 마포구 상암동

야참을 기다리는 밤. 윤진이 다섯 남자가 앉아 있는 소파를 향해 고개를 돌렸다.

"아야. 그런데 빙그레, 니 진짜 한턱 쏴야 되는 거 아니냐? 피부과 개업하면 앞으로 돈을 그냥 막 갈고리고 쓸어 담을 것인디."

과일을 깎던 빙그레가 슬그머니 웃었다.

"혼자 하는 것도 아니고 나도 그냥 껴서 낸 거야. 임대료 내기도 빡빡해."

"옴마! 아무리 그래도 니가 우리보다는 낫겠지. 봉급쟁이 마누라는 아무나 하는 줄 아냐. 빡세다, 빡세. 우리는 전세 대출 갚으려면 앞으로 10년은 더 허리띠를 졸라매야 된다니께."

유심히 휴대폰을 들여다보고 있던 쓰레기가 윤진의 말꼬리를 잡았다.

"왜. 성균이, 책 한 권 더 내지? '만년 과장의 1억 벌기' 우리 병원 도서관에도 있던데."

심드렁하게 대꾸하던 윤진이 해태의 무릎을 팍 쳤다.

"그리고 보면 우리 해태가 최고라니께. 공무원! 평생 직장이자네."

말을 말라는 듯 내저어 보이는 해태의 손 위로 삼천포의 목소리가 겹쳐진다.

"야, 그런데 나정아. 저기, 책장에 있는 건 뭐야?"

삼천포가 고개를 들어 의학책, 야구책이 차례대로 놓여 있는 책장 선반을 가리켰다.

"아! 저거 겁나게 사연이 깊은 공이지!"

"야!"

윤진의 말에 쓰레기, 나정, 칠봉, 해태가 이구동성으로 소리쳤다. 불쑥 일어난 칠봉이 소파주위를 뒤적뒤적, 휴대폰을 찾았다. 괜히 딴청을 부리는 칠봉 옆으로 목을 긁는 쓰레기가, 그 옆으로 나정이가 윤진을 째려보고 있었다. 해태의 술잔을 채우던 삼천포가 중얼거렸다.

"뭔 사연? 이 집에 야구공 있는 게 뭐 이상한 거라고…."

윤진이 확 삼천포를 잡아당겼다. 순식간에 옥신각신 시끄러워진 분위기 속에서 칠봉이 낡은 야구공을 집어 들었다. 엷게 웃지만, 거의 무표정에 가까운 얼굴로.

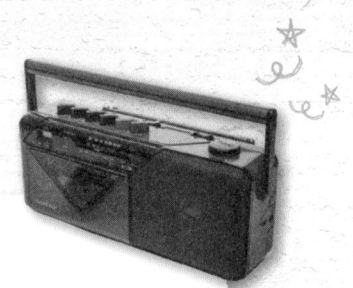

#15.
나를 변화시킨
사람들 Ⅱ

〉〉 1996년 1월, 서울특별시 서대문구 창천동

나정이 현관 너머, 불 켜진 신촌 하숙을 살금살금 살폈다.

"오빠야. 들어왔다 가라. 응? 내 방에 있으면 모른다니까!"

나정은 작게 그러나 다급한 목소리로 쓰레기의 팔을 잡아당기고 있었다.

"가시나 간뎅이가 부었다. 안 된다. 오빠 간다! 오빠가 집에 가서 전화할 게."

쓰레기가 떼어내려 하면 할수록 나정은 폴짝폴짝 매달렸다. 쓰레기와 나정이 옥신각신하는 와중에 현관문이 벌컥 열렸다. 쓰레기봉투를 들고 나오던 동일이 우뚝 멈춰 섰다.

"느그 둘! 지금 뭐하냐?"

화들짝 떨어진 쓰레기와 나정이 동일을 바라보았다. 쭈뼛쭈뼛 시선을 피하는 나정과 쓰레기를 보던 것도 잠시, 동일은 게슴츠레 눈을 뜨고 있었다.
"느그 설마…."
부지불식간에 쪼그라든 쓰레기와 나정의 마음이,
"또 개처럼 싸우는 거여?"
순식간에 확 펴지고 있었다. 동일이 쓰레기의 정강이를 퍽, 찼다.
"아야! 아직까지 동생하고 싸우고 앉았냐? 니가 그럴 짬밥이여? 철 좀 들어라, 제발 쫌!"
고개를 돌려 눈을 부라리던 동일이 나정의 귀를 잡아당겼다.
"니도 오래비한테 고만 좀 대들고, 집구석에 좀 붙어 있으면 안 되냐? 만날 어디를 그리 빨빨거리고 다니는지 모르겠다니께. 니 혹시 연애질 하냐?"
동일의 손에 잡혀 난리치던 나정이 한순간에 얼어붙었다. 다리를 잡고 낑낑거리던 쓰레기도 마찬가지였다. 둘을 오르락내리락 쳐다보던 동일이 다시 나정의 귀를 휙 잡아당겼다.
"하기야 어느 정신 빠진 놈이 니를 만난다냐? 내가 너랑 연애하는 놈 있으면 업고 다니겠다. 업고 다녀!"
당황한 표정을 짓더니, 쓰레기가 동일에게 살짝 업어 달라는 시늉을 했다.
"어이, 쓰레기! 나정이랑 먼저 들어갈라니까 니는 니 분신이나 골목 나가서 버리고 와야!"
동일이 그런 쓰레기를 향해 쓰레기봉투를 던져주고 있었다.

동일, 일화, 삼천포, 빙그레, 나정이 거실에 옹기종이 모여 앉은 밤. 신발을 벗고 들어온 쓰레기가 자연스레 일화에게 인사를 건넸다. 일화가 외투를 벗으며 나정 옆, 소파에 앉는 쓰레기를 돌아보았다.

"니 요새 얼굴 보기가 왜 이리 힘든데… 시험도 끝났는데 자주 좀 놀러 오지?"

"아. 예… 뭐… 좀 바쁜 일이 있어가지고…."

삼천포도 일화를 따라 슬슬 쓰레기를 돌아보았다.

"왜 바쁜데요? 형님이 요새 왜 바쁘실까요?"

쓰레기가 넌지시 약 올리는 삼천포의 목을 콱 졸랐다. 허우적거리는 삼천포를 보다 말고,

"선배님, 좀 봐주세요. 요새 성균이 힘들어요."

빙그레가 쓰레기를 향해 눈짓하고 있었다. 쓰레기가 삼천포를 내려다보았다.

"왜? 니 군대 영장 날아왔나?"

"윤진이 때문에요. 오늘도 서태지 집 앞에서 잔대요."

드라마 '목욕탕 집 남자들'에서 시선을 떼지 못한 일화가 흘깃 빙그레를 건너보았다.

"서태지 집 앞은 왜? 그러고 보니 요새 윤진이 얼굴을 통 못 봤다."

"서태지가 은퇴한다는 소문이 돌아서 팬들이 지금 싹 다 서태지 집 앞으로 몰려갔단다."

하고 나정이 쓰레기 옆에 바싹 붙어 앉았다. 쓰레기가 나정이 슬쩍 기대는 어깨를 튕겼다. 하지 마, 하는 쓰레기의 입모양. 아랑곳 않던 나성이 무릎을 베고 누우려고 하자, 쓰레기는 벌떡 일어나 바닥에 앉았다. 우울해진 삼천포가 자리를 빠져나가고 있었다.

"옴마. 우리 성균이 어쩌냐? 저, 저 어깨가 만발이나 빠져버린 것 좀 보소. 덩치가 산 도적 같은 놈도 연애한다고 저러는데 우리 딸은 왜 아직까지 혼자인지 모르겠다니께."

동일이 슬쩍 나정을 살폈다. 열 받은 나정은 아까부터 쓰레기만 노려보고 있었다.

"어무이, 준이는 방에서 잡니까? 우리 준이 얼굴 한번 볼까."

딴청을 피우던 쓰레기가 안방으로 들어가려는 동시에,

"나는 칠봉이 괜찮던데… 애가 착하고, 싹싹하고."

일화의 말이 쓰레기의 발목을 잡았다.

"아따. 그걸 말이라고 하는가. 그 놈이 일본만 안 갔어도, 내가 한번 엮어보는 것인디."

맞장구치는 동일 앞으로 밈춰선 쓰레기가 서늘하게 굳고 있었다. 때마침 준이가 우는 바람에 쓰레기는 안방으로 들어가고 있었다.

현관문을 닫고 나오던 쓰레기는 절로 한숨을 쉬었다. 오빠, 하고 부르는 나정의 작은 목소리가 들려왔다. 쓰레기가 돌아보았을 때 방 안에서 창문을 연 나정이 활짝 손을 흔들고 있었다. 난데없이 현관문이 열렸다. 함박웃음을 지으며 손을 흔들던 쓰레기가 불에 덴 듯 당황스러운 기색을 숨기고 있었다. 일화가 쓰레기에게 종이가방을 건넸다.

"뭐꼬. 까먹을 뻔했다. 곰국 들고 가라!"

"맞다. 깜빡했습니다! 어무이 춥습니다. 얼른 들어 가이소. 감기 듭니다."

"알겠다. 우리 아들, 자주 놀러 와라. 알았제?"

따뜻한 눈빛을 거두고 들어가는 일화를 쓰레기는 물끄러미 보았다. 약간의 죄책감과 미안함에 어두워지려던 표정이 오빠야, 하고 작게 속삭이듯 들려오는 나정의 목소리와 함께 포개지고 있었다. 쓰레기가 고개를 들어 나정의 창가를 올려다보았다.

"전화해라! 어! 집에 가면 바로 전화해라!"

창문 아래로 쏙 숨었던 나정이 엄벙덤벙 모습을 드러냈다. 얼굴 가득 행복한 나정의 표정이 쓰레기의 얼굴을, 마음을 차례차례 물들였다. 그런 나정이 귀엽기도 하고 사랑스럽기도 해서, 기분이 금세 풀린 쓰레기는 환하게 고개를 끄덕거리고 있었다.

〉〉 1996년 1월 30일, 서울특별시 서대문구 창천동

정신없이 마당을 뛰어나가는 한 여자가 있었다.

"야! 조윤진! 가시나 니! 서태지고 뭐고 오늘도 나가면 나랑 진짜 끝이다! 끝!"

그리고 그녀를 가로막는 한 남자. 삼천포는 윤진의 등쌀에 밀려 덩그러니 홀로 남아 있었다. 나정이 어깨를 푹 숙이고야마는 삼천포의 뒤를 기웃거렸다.

"오늘은 또 어디 간다고?"

서교호텔. 서태지가 거기 있다는 누군가의 제보였다. 몇 날 며칠 혼쭐빠지게 서태지의 행적을 쫓아다녔던 윤진이 그래서 그대로 집을 뛰쳐나간 것이다. 바람 잘 날 없는 삼천포와 윤진이 일관되게 싸우는 이유도 서태지 탓이었다. 오늘 아침에도 그랬다. 가만히 얘기를 듣던 나정이 삼천포의 어깨에 툭, 손을 올리고 있었다.

"서태지 집도 이사했다며. 니가 좀 참지. 안 그래도 요새 상태 안 좋은 애를…."

"아무리 미쳐도 그렇지… 어제 서태지 집을 월담했단다. 뭐 한 개라도 들고 나오려고."

어젯밤, 윤진의 방에서였다. 잠에서 깬 삼천포는 펑펑 우는 윤진을 향해 티슈 통을 들고 있었다. 윤진은 훌쩍훌쩍, 눈물 콧물 닦을 새도 없이 말을 이었다.

"아씨. 나는 한 개도 못 건졌다니께! 가시나들이 언제 들어 왔는지 벽지는 벌써 다 뜯어 가버려서 없고, 문고리도 홀랑 다 뽑아 가버려서 없고. 그거 보니께 마음이 막 급해져가지고 얼른 화장실로 뛰어갔거든! 근디! 부회장 가시나가 그때 수도꼭지를 딱 들고 나와버리지 않겠냐. 아마, 그 수도꼭지가 보통 수도꼭지냐! 오빠가 아침저녁으로 틀고 잠그면서, 오빠 손때를 고대로 묻혀 놓은 것인디. 어디 수도꼭지뿐인 줄 아냐!"

생각할수록 분한 윤진이 팡팡 가슴을 쳤다.

"참나! 회장은 괜히 회장이 아니드만! 세상에! 그 가시나는 변기 뚜껑을 뜯어 갔다니께! 변기 뚜껑이야말로 오빠의 체취가 흠뻑 묻어 있는 것인디! 아니, 거기까지 들어갔으면서 어찌 그 생각을 못했냐고! 진짜 복창 터져버리겠네! 아무 쓸모도 없는 머리, 확 박아버리련다!"

심드렁하니 듣고 있던 삼천포는 화들짝 놀라고 있었다.

"나는 진짜 멍청하다니께! 어찌 그런 생각을 못했는가! 이 머리에 뭐가 들었냐고! 참말로!"

삼천포는 어이가 없다는 듯 윤진을 바라보았다. 어제는 비. 오늘은 우박. 내일도 태풍. 예측 가능한 애정전선에 삼천포는 땅이 꺼져라 한숨을 내쉬었다. 벽에 머리를 박는 윤진을 말리지 않고, 삼천포는 그냥 방에서 빠져 나왔다.

"나정아. 알고 보니께… 내 여자친구가… 도둑년이다. 도둑년."

대문을 노려보던 삼천포가 득달같이 사라져버린 윤진을 따라 인상을 썼다. 맨발로 꿈틀꿈틀, 마당에 서서 식식대던 삼천포는 결국 휙 돌아서고 있었다.

예상치 못한 소식이었다. 의국 책상에 앉아 공부하던 쓰레기가 문득 뒤를 돌아보았다. 집에 가라는, 레지던트 선배의 통보였다. 신난 쓰레기의 동기들이 후다닥 자리를 떴다. 주머니에서 울리는 호출기. 반면 음성을 확인한 쓰레기의 표정은 점점 경직되고 있었다. 수화기를 내려놓자마자 쓰레기는 밖으로 뛰어나갔다. 지금 막 유자차를 들고 집으로 오고 있다는, 심지어 집 열쇠까지 가지고 있다는 나정의 연락이 쓰레기의 마음 깊숙이 후들후들 내려앉았다. 쓰레기가 허겁지겁 집 앞에 도착했을 때 나정은 저만치서 걸어오고 있었다. 안도의 한숨과 함께 다가오는 쓰레기를 요리조리 피한 나정은 달리다시피 오피스텔 안으로 들어갔다. 이윽고 부들부들 떨고 있는 나정이 엉망진창인 거실을 둘러보고 있었다. 분노 폭발 직전이었다. 온갖 잡동사니와 옷, 쓰레기더미에 파묻힌 집은 말 그대로 아수라장이었다.

"정아. 오빠가 오늘 밤에 치우려고 그랬다. 내가 한꺼번에… 치우려고 모아 놓은 기다."

한달음에 부엌으로 간 나정은 급기야 아연실색하고 말았다. 곰팡이 꽃이 피어버린 딸기가 시큼털털한 냄새를 풍기면서 싱크대 위에 들러붙어 있었다. 나정이 고개를 절레절레 흔들었다.

"어떻게… 어떻게… 니가 사람이 맞나? 사람이 이렇게 살 수가 있나?"

"먹고 사는 데 아무 지장 없다. 내가 또 치울 때는 단단히 치운다. 니도 놀랄 걸."

귓등으로 듣던 나정이 양손을 허리춤에 올렸다.

"니 퍼뜩 나가라. 청소하는 데 거치적거린다."

"정아, 밖에 영하 20도다."

나정이 쩔쩔매고 있는 쓰레기를 향해 어금니를 꽉 깨물었다.

"얼어 죽을래? 맞아 죽을래?"

순순히 문 밖으로 나간 쓰레기는 오들오들 떨었다. 집 안에선 간간히 나정의 분노 섞인 고함소리가 들려오고 있었다. 갑작스레 열리는 문. 소리 없이 툭, 하고 나정의 손에서 파카가 떨어졌다. 불쌍하게 앉아 파카를 집어든 쓰레기는 살며시 웃고 있었다.

그날 밤, 집으로 돌아온 나정은 코트부터 벗었다. 옷을 갈아입으려던 나정의 손길이 멈칫, 책상을 향한 건 우연이었다. 칠봉이 주고 간 모자, 그 안에 무언가가 형광등 불빛을 받아 반짝거리고 있었다. 모자를 뒤집어 유심히 보던 나정은 얼굴까지 훅 끼치는 열기를 느꼈다. 칠봉의 모자 사이에 끼워져 있는 건 다름 아닌 자신의 사진이었다. 칠봉이와 손을 마주 잡았던 그날 밤. 숙연하도록 선명했던 칠봉의 눈빛, 저물고 있던 새벽, 모든 것을 낯설게 만들던 눈의 감촉이 불현듯 떠오르는 것만 같았다. 한 호흡 한 호흡, 미안한 마음과 복잡한 마음이 섞여 들어간 나정의 긴긴 숨이 오래도록 이어지고 있었다.

훈련을 마치고 숙소로 돌아온 칠봉이 책상달력을 들어보았다. 1월의 마지막 주를 꽉 채운 합숙이 어느덧 막바지에 이르고 있었다. 2월 1일, '출국'만 하염없이 바라보던 칠봉이 고개를 든 건 급작스럽게 문을 열어젖힌 포수 인성의 인기척 때문이었다.

"야, 짐 싸. 모레 출국인데, 감독님이 그래도 마지막 밤은 집에 가서 자래! 얼른 가!"

하고 인성이 문을 닫았다. 잠시 멍해졌던 칠봉이 서둘러 야구 가방을 멨다. 숙소를 빠져나와 운동장을 가로지르던 칠봉은 숨이 벅차도록 뛰고 또 뛰었다. 택시에서, 원주 터미널에서 그리고 서울로 올라가는 버스 안에서 칠봉은 생각의 가르마를 가다듬었다. 시공간을 잊은 어둠 안으로 유영하는 기분. 예상치 않게 주어진 시간이었지만, 칠봉의 마음은 그 어느 때보다 차분히 정리되고 있었다. 칠봉은 손에 쥐고 있던 낡은 야구공을 내려다보았다. 공 안에서 솟구치는 힘이, 새로이 읽히는 과거가 그 공 안에 숨 쉬고 있었다. 불현듯 칠봉은 손끝까지 힘을 주었다. 다가올 미래에 대한 힘. 진솔한 대화. 작별에 대한 막연한 실감을 돋우는, 주어진 하루의 모퉁이에서 칠봉은 기필코 만나야만 하는 사람이 있었다.

골목길 공중전화박스에 선 칠봉은 누군가에게 음성 메시지를 남겼다. 그 끝에 칠봉은 누군가를 기다리고 있었다. 눈을 올려 뜨면 저 하늘 가득 별이 담긴 독, 뾰족한 추위, 삶의 감각을 지배하는 신념만이 구름처럼 멈춰 있었다. 초점을 맞추지 않은 시간이 흘러갔다. 땅을 보던 칠봉이 문득 고개를 드는 순간이었다. 그 누군가를 발견한 칠봉의 표정은 전에 없을 만큼 비장해지고 있었다. 마침내 쓰레기가 걸어오고 있었다.

선술집. 마주 앉은 쓰레기와 칠봉은 서로의 눈빛을 피하지 않았다. 흘러보낸 정적. 수많은 종류의 정적 중에서도 가장 위험천만하게 돌출된, 가파르면서도 대담한 정적이 둘 사이를 파고들었다. 따뜻한 정종을 들어 술잔을 채우던 쓰레기가 먼저 말을 꺼냈다.

"내일이 출국인데… 왜 내를 찾아왔을까?"

쓰레기의 들숨이,

"드릴 게 있어서요."

칠봉의 날숨이 아슬아슬하게 교차되고 있었다. 담담히 하지만 강하게 운을 뗀 칠봉이 주머니에서 무언가를 꺼내고 있었다. 쓰레기는 굳은 표정으로 나무 탁자를 내려다보았다. 오래된 공 하나가 놓여 있었다.

"고등학교 2학년, 대통령배 결승전에서 처음 선발로 나갔어요. 9회 말 투아웃까지 노히트 노런. 아웃카운트 하나 남기고, 연속 사사구. 주자, 1, 2루. 7번 타자가 나왔는데, 그 전 타석까지는 3타석 연속 플라이 볼. 항상 정신없고 산만하던 7번 타자… 당연히 한 가운데 직구를 던졌는데, 그대로 받아쳐서 홈런…."

칠봉이 공에서 시선을 뗀 쓰레기의 시선을 맞받아쳤다. 쓰레기의 과감한 눈빛.

"제가 처음으로 진 경기예요. 선발로 등판하기 시작해서, 처음으로 진 경기. 너무 분하고 화가 나서 일주일 동안 야구부도 안 나갔어요. 그런데 감독님이 집으로 찾아오셨어요. 받아들이라고… 지금은 어쩔 수 없다. 그러니까 받아들이고, 다음 경기에서 이기면 된다고."

뒤이은 칠봉의 팽팽한 눈빛이 중첩된 자리에 긴장감이 튀고 있었다.

"1년 뒤에 똑같은 팀에게, 똑같은 선수에게 삼진 잡고 이겼어요. 1년 전에 졌던 이 공으로요. 똑같이 던져서 이겼어요."

칠봉이 제대로 현실의 적을 응시했다. 나를 변화시켰던 사람들, 그들의 대부분은 나와 친한 사람이거나 내가 닮고 싶은 사람이었다. 하지만 그 순간, 칠봉은 깨닫고 있었다. 나를 정작 크게 변화시키는 사람은 나와 같은 꿈을 꾸고, 나와 같은 곳을 바라보는 경쟁자라는 사실을.

"이 공, 선배님한테 맡길게요. 그리고 언제가 될지는 모르지만⋯ 꼭 다시 찾으러 올게요."

칠봉이 쓰레기 앞으로 공을 내밀었다. 칠봉의 선전포고에 쓰레기는 알 수 없는 표정으로 고개를 숙였다. 천천히 취해가는 밤. 담금질되는 시간만이 둘 사이에 서린 공백을 메우고 있었다.

〉〉 1996년 1월 31일, 서울특별시 서대문구 창천동

기어코 일이 터졌다. 서태지와 아이들의 가요계 공식 은퇴 선언! 준비된 원고를 읽어 내려간 이들은 창작의 고통이 은퇴를 하게 된 배경이라고 밝혔다. 동일, 일화, 나정, 삼천포, 빙그레 모두 얼이 빠져 텔레비전 뉴스화면을 들여다보고 있었다. 얼마 안 돼서 윤진의 괴성이 들려왔다. 2층으로 뛰어 올라간 삼천포가 윤진의 열리려던 방문을 극적으로 닫았다.

"오빠! 가지 마! 오빠가 어찌 나한테 이럴 수가 있대요? 나는 이제 어찌 살라고!"

실성한 사람처럼 우는 윤진을 식구들이 함께 막아섰다.

"그냥 콱 죽어버릴라니께! 오빠 없으면 이렇게 숨도 못 쉬는데!"

쿵쿵, 문을 두드리던 윤진은 절규했다. 방 안에서 이리 뛰고 저리 뛰는 소리가 요란하게 들려왔다. 삼천포가 윤진의 방문을 열쇠로 잠갔다. 윤진은 목 놓아 울고 있었다.

윤진은 며칠이 지나도록 식음을 전폐했다. 누워서 서태지의 자료만 꺼내보던 윤진의 베갯잇은 눈물자국이 흥건했다. 하나, 둘, 셋 하면 입에서 전자동으로 재생되는 서태지의 노래, 그 아릿한 가사들이 이제는 영원한 이별이었다. 윤진 옆에 앉아 밥을 먹자고 설득하다가, 또 구슬리다가 삼천포는 두 손 두 발 다 들고 있었다. 못마땅한 삼천포가 확 인상을 썼다.

"가시나야! 니 안 먹으면 죽는다!"

삼천포는 추적추적 눈물만 흘리는 윤진에게 언성을 높였다.

"놔 둬. 그게 나의 소원이니께. 이렇게 있다가 콱 죽어버릴 거여."

침대에서 스르르 일어난 윤진이 이불 안으로 들어갔다. 쓰레기는 그런 윤진을 도통 이해할 수가 없었다. 무엇보다 남자친구는 안중에도 없이 이렇게 극단적인 하루하루를 보낼 수 있다는 게 삼천포에겐 상식 밖이었다.

바야흐로 신촌하숙의 점심.

윤진은 기어코 동일의 손에 붙들렸다. 앉아서 기다리고 있던 일화, 나정, 삼천포, 빙그레가 고개를 돌렸다. 끝까지 버티는 윤진을 동일은 달랑 들어 부엌으로 내려오고 있었다. 윤진이 밥상 앞에 콕 고개를 박았다. 동일이 윤진을 향해 바락 성을 냈다.

"니는 내 딸이었으면 진작 저승길이여! 이것이 뭐하는 짓이냐? 어? 얼른 안 먹어야?"

윤진에게는 소용이 없었다. 삼천포가 고개만 젓고 있는 윤진을 향해 눈을 부릅떴다.

"빨리 안 묵나? 아부지 어무이 앞에서 니 지금 뭐하는 짓이고. 니가 지금 몇 명을 걱정시키고 있는지 알고 있나. 어리광도 하루 이틀이다. 좋은 말 할 때 묵어라. 숟가락 들어라."

눈물을 삼킨 윤진이 겨우 숟가락을 들었다. 국물을 한 입 떠먹다가, 구역질이 올라와 윤진은 그대로 화장실로 달려가고 있었다. 윤진을 걱정하는 식구들을 뒤로 한 채 성난 삼천포가 볼똑 일어났다. 외투를 입은 삼천포는 밖으로 뛰쳐나가고 있었다.

늦은 밤. 골목길, 자동차 안에서 나정은 살랑살랑 미소를 머금었다.
"오빠, 잠깐 들어갈래? 내가 커피 타 줄게."
"시끄럽다. 오빠 힘들게 하지 말고, 얼른 들어가라."
거두절미한 쓰레기가 조수석 문을 열어주고 있었다. 중얼중얼, 나정이 뚱한 표정을 지었다.
"나 혼자 좋다. 나 혼자만 좋아 죽는다… 에이, 불쌍한 가시나…."
하고 가려다, 나정이 쓰레기의 볼에 쪽 뽀뽀를 했다.
"야!"
"좋아서 그러는 거다. 좋아서."
나정이 귀엽게 웃었다. 일상에서 발견하는 새로움. 기쁨이 혼재하는 즐거움. 모든 순간을 애틋하게 만들어주는 나정이 소중해져서, 쓰레기는 나정을 한참 동안 바라보고 있었다. 쓰레기가 나정의 손을 꼭 잡았다. 그리고 잠시 잠깐 겹쳐지는 입술.
"뭐꼬? 아빠 보면 어쩌려고?"
나정이 쓰레기의 가슴을 콩콩, 가볍게 쳤다. 쓰레기가 다시 나정에게 다가갔다. 깊이, 좀 더 진한 키스. 숨결이, 웃음이, 둘이였지만 하나가 되어 더 부드러워지고 있었다. 밤을 내조하던 달빛이 부슬부슬 뒤섞였다. 입술을 살짝 뗀 쓰레기가 나정을 바라보았다.

"정아. 내일 아버지 어무이… 집에 계시제?"

고개를 끄덕, 나정이 쓰레기를 마주 보았다.

"내일… 오빠, 저녁 먹으러 올게. 옷 예쁘게 입고 있어라. 우리 사귄다고 아버지 어무이한테 정식으로 말씀 드려야지. 말씀드린 다음에 맘 편하게 만나자."

쓰레기가 진지하게 말했다. 몸집을 불리는 진심, 사랑의 면면을 따라 오던 자괴감이었다. 나정에 대한 마음만큼이나 깊어졌던 그 마음을 쓰레기는 더 이상 외면할 수가 없었다.

"오빠 오늘 잠 어떻게 자나… 못 잘 것 같은데…."

쓰레기는 나정을 감싸 안았다. 창문에 비친 초승달이 침묵하고 있었다. 안녕, 하고 인사를 건네고 싶은 밤. 나정은 창문 너머, 이 밤의 화수분 같은 초승달을 올려다보았다. 새로운 시간이 자오르는 시간, 두근거리면서도 두려운 시간이 천천히 가까워지고 있었다.

다시, 신촌하숙.

2층 베란다에 앉아 있던 윤진이도 초승달을 내다보고 있었다. 대문이 '쾅!' 열리는 소리에 윤진은 귀에서 이어폰을 뺐다. 한 남자가 흰색의 무거운 무언가를 들고 걸어오고 있었다. 놀란 윤진이 1층 거실에 섰다. 꼬박 이틀 동안 집을 비운 삼천포가 '쿵!' 소리와 함께 내려놓는 것은 흰색 양변기였다. 한참을 멍하니 변기를 보던 윤진이 고개를 들었다.

"서태지 집에서 뗐다. 안방에 있는 장판을 떼려고 했는데, 벌써 누가 들고 가고 없더라."

삼천포는 땀을 뻘뻘 흘리고 있었다. 삶. 행복하기도 하고 슬프기도 하고 때로 참을 수 없을 만큼 아프기도 한 성장의 법칙. 어떤 이는 그 길을 홀로 걷고, 어떤 이는 외로움을 피해 여러 사람과 섞이기도 한다. 고민 끝에 삼천포는 하나의 길을 선택했다. 사랑하는 사람과 함께 걷는 것. 때때로 이해할 수 없더라도 그저 묵묵히 곁에 있어주는 것. 위에 올려 줄게, 하고 삼천포는 재차 양변기를 들었다. 감동받은 윤진의 눈시울이 붉어졌다. 윤진은 2층 계단을 낑낑대며 올라가는 삼천포를 올려다보고 있었다.

양변기 안에 작은 나무를 심은 삼천포와 윤진이 2층 베란다에 앉았다.

"근데 윤진아. 니는 서태지가 왜 좋은데?"

"우리 엄마가 말을 못하자네. 1학년 때야 아무도 몰랐는데, 2학년 올라가고 보니 학교에서 모르는 사람이 없더라. 학교도 가기 싫고, 친구도 싫고, 그냥 사람들이 나를 쳐다보는 것 자체가 싫더라고. 학교만 파하면 텔레비전만 보던 어느 날, 인간시대라는 프로그램에서 태지 오빠를 처음으로 봤는데… 무대에서 노래하는 오빠는 별나라 스타 같았는디 거기에 나오는 오빠는… 그냥 내 오빠 같드라고. 오빠 노래만 들으면 괜히 강해지는 기분이 들었으니께."

삼천포가 물끄러미 윤진을 바라보았다. 윤진이 삼천포의 어깨에 얼굴을 기댔다. 서태지가 윤진이를 변화시켰듯 윤진이가 성균이를 바꾸어가고 있었다. 사랑하지 않았다면 결코 생각지도 못한 일들을 해내고 있었다. 세상을 변화시키는 건 순전히 사랑. 꽉 안아주는 삼천포의 품이 윤진에겐 각별한 온기, 결국은 사랑, 큰 힘으로 자라나고 있었다.

다음 날 밤. 나정은 초조하게 마당을 서성였다. 나정이 고개를 쭉 빼고 안방 창문을 향해 발끝을 세웠다. 창안으로 나란히 앉아 있는 일화와 동일,

맞은편에 앉아 있는 쓰레기의 모습이 보였다. 정장을 갖춰 입은 쓰레기가 무릎을 꿇고, 무겁게 말문을 열고 있었다.

"제가 정이를… 많이 좋아합니다. 그냥 동생이 아니라, 여자로서… 많이 좋아합니다."

어이가 없어 풋, 웃음을 터뜨린 일화와 할 말을 잃은 동일이 쓰레기를 바라보았다.

"많이 고민했습니다. 정식으로 말씀드리고 싶었습니다."

동일이 급기야 자리에서 일어났다. 집으로 돌아간 쓰레기와 통화를 하는 내내 나정은 여전히 걱정이 태산이었다.

"내는 아빠가 오빠 때릴까봐 얼마나 무서웠는데…."

블라우스을 벗던 쓰레기가 작게 웃었다.

"아버지가 나를 왜 때리는데. 잘 넘어갔다니깐… 다들 주무시나?"

"어. 내도 이제 잘라꼬. 오빠 내일 영화 보는 거 알제? 종로 YMCA에서 보자."

"까먹을 게 따로 있다. 잘 자라 정아."

어깨로 전화를 받던 쓰레기가 전화기를 내려놓았다. 시계를 풀어 서랍을 여는데, 서랍 안에 들어 있던 야구공이 또르르 굴러 내려오고 있었다. 쓰레기가 야구공을 내려다보았다. 숨길 수 없는 감정과 표현이 접점에 도달한다면 이야기는 달라지는 법. 탄탄하게 진일보한 힘, 결정적인 한방은 쓰레기에게도 있었다. 쓰레기는 무표정한 얼굴로 서랍을 닫고 있었다.

〉〉 2013년 9월, 서울특별시 마포구 상암동

칠봉이 말없이 야구공을 들었다. 딱 떨어지지 않는 질감이 낯설다가 이

내 익숙해지고 있었다. 만지작거리는 과거가 가장 오래된 서점에 꽂혀 있는 책처럼 느껴진다. 익숙한 냄새. 균일한 밀도. 맛있게 읽히면서도 곳곳엔 자국이 있는. 누군가에겐 펼치기 싫은 눈물이었고, 누군가에게는 영롱한 웃음, 또 다른 누군가에겐 그리움이었을 자국. 오늘이라는 시간을 다시금 덧대는 자국. 서로가 서로에게 다르게 적힌 그 공을 칠봉을 웃으면서 만지작거렸다. 포크볼 그립으로 잡다 말고, 칠봉이 쓰레기를 향해 가벼이 공을 던졌다. 소파에 앉은 쓰레기가 아련하게 웃으며 공을 받고 있었다.

#16
사랑, 두려움

〉〉 2013년 9월, 서울특별시 마포구 상암동

거실 테이블 가득 족발과 보쌈이 놓인다. 꼼꼼히 세팅하던 나정 그리고 해태의 시선이 삼천포에게 고정된 건 한순간이었다. 그도 그럴 것이, 족발을 한 젓가락 집은 삼천포가 자연스레 윤진에게 건네주고 있던 탓이었다. 스스럼없이 입으로 받아먹는 윤진을 보다 말고, 해태는 탁, 소리 나게 젓가락을 내려놓고 있었다.

"야. 20년이다, 20년. 아직도 좋냐? 애를 넷씩이나 낳고도, 아직도 좋아?"

"너넨 한 15년? 남의 부부 러브라인에 뭔 오지랖이래. 니도 니 마누라한테 이렇게 해야."

하고 윤진은 삼천포의 얼굴에 떨어진 속눈썹을 떼어주고 있었다. 마주

보던 해태와 나정이 고개를 절레절레 흔들었다. 때마침 초인종이 울렸다. 자리에서 일어나 인터폰을 확인한 나정이 고개를 갸웃했다. 인터폰 화면 속, 얼굴을 맞댄 동일과 일화가 귀엽게 손을 흔들고 있었다. 자세를 고쳐 앉은 윤진이 잔뜩 힘주어 물었다.

"오메, 뭔 일 있으시대?"

"일은 무슨, 옆 동 사시잖아. 쑥쑥이 참견하러 왔나 보지, 뭐."

잠시 후, 나정은 일화, 동일과 함께 거실로 돌아왔다. 모두의 인사를 받은 일화와 동일이 소파에 앉기 무섭게 눈살을 픽, 찌푸린 나정은 구시렁거리고 있었다.

"아빠! 제발 그 유광잠바 좀 벗어라! 야구 끝난 지가 언젠데!"

"아따, 가시내야! 이 잠바가 나한테 얼마나 역사적인 건 줄 아냐? 살아생전에는 이 잠바, 걸치지도 못하고 죽는 줄 알았구만. 그런 의미에서 내가 또 깜박해버린 것이 있다니께."

스트레칭을 하던 쓰레기가 동일을 힐끔거렸다.

"뭘요, 아버지?"

"인삼주. 나의 인삼주!"

주춤, 나정과 친구들의 눈길이 휑하니 오락가락하고 있었다. 맥주에 소주에 급기야 장식장 안에 고이 모셔두었던 동일의 인삼주까지 주저주저, 그러나 결국 탈탈 털어 마시던 참이었다.

"참나, 하기야 이십 년 전 것을 기억하는 것도 용치. 때는 바야흐로 일천구백사십사 년! 나의 서울 쌍둥이가 한국시리즈에서 우승해버렸을 때 담가 놨던 인삼주, 안 있냐? 내가 고것을 새까맣게 잊어버리고 있었거든. 전에 이사할 때 내가 그것을 나정이 니한테 맡겼을 건디, 어딨냐?"

감회에 젖었던 동일이 어느새 나정을 바라보고 있었다.

"그… 요새 마무리 훈련이다, 선수 트레이드다 해서, 뭐… 그… 시즌보다 더 중요한 때 아닙니까? 아버지가 지금 술 자실 땝니까?"

나정 대신 쓰레기가 떠듬떠듬 말을 이었다. 기어들어갈 듯한 쓰레기의 목소리가 쿵쿵, 윗집에서 뛰어다니는 아이들의 발소리에 묻히고 있었다. 이때다 싶어 나정은 두 팔을 걷어붙였다. 쿵쿵쿵, 소음은 점점 커지고 있었다. 말을 돌리려 나정은 아주 단호했다.

"와~ 윗집 진짜 너무 하네. 주말만 되면 저러는데, 내는 더 이상은 못 참겠다!

나정은 몸을 던지다시피 동일에게 매달렸다.

"아빠, 앞장서라! 오늘은 가서 한바탕 해주고 와야겠다!"

"오매, 느그 집 싸움에 왜 날 끼워넣는대. 얼른 내 인삼주나 내놓으라니께!"

현관 쪽으로 차츰차츰 밀려나면서도, 동일은 펄쩍 뛰고 있었다.

"요즘 층간소음 문제 살벌한 거 모르나. 여자 혼자 갔다가 봉변당하면 우짤라고?"

슬쩍 뒤를 돌아본 나정이 칠봉을 건너다보았다. '소주! 소주 부어!' 득달같이 입모양을 건넨 나정은 동일을 질질 끌고 있었다. 현관문을 열고 나가는 소리와 함께 나정과 동일, 전화를 받던 빙그레가 동시에 집을 빠져나가고 있었다.

〉〉 1996년 2월, 서울특별시 서대문구 신촌동

빙그레가 들어간 곳은 난장판이 따로 없는, 병원 의국이었다. 먹다 남은 김밥, 라면, 담배꽁초가 수북한 종이컵이 여기저기 널려 있는 테이블 위로 쓰레기는 자판기 커피를 내려놓고 있었다. 쓰레기가 빙그레와 마주 앉았다.

"오늘은 또 무슨 일이 있어서, 우리 강아지가 병원까지 찾아오셨을까? 말해봐라. 이 행님들을 준비됐다."

"선배님, 저 복학했어요. 지난주에 복학 신청했고, 공부도 시작했어요."

안다, 하고 운을 뗀 쓰레기에겐 놀란 기색이 없었다. 도리어 뻔쩍, 눈이 커진 빙그레는 쓰레기의 다음 말을 기다리는 눈치였다.

"알고 있었다. 조교가 내 고등학교 후배다. 지난주에 알려 주더라."

"근데 왜 말씀 안 하셨어요?"

"니가 얘기해 줄 때까지 기다렸지. 니 생각보다 늦게 얘기해줬다. 내가 그래도 나름 니 멘토인데… 나는 지난주에 바로 얘기해줄 줄 알았거든."

하고 쓰레기는 빙그레를 빤히 보았다. 주춤했지만,

"…왜?"

쓰레기는 갑작스러운 적막을 깨고 있었다. 마음을 바꾸게 된 이유가 무엇인지, 쓰레기는 묻고 있었다. 이내 알아들은 빙그레가 스르륵 말문을 열었다.

"생각해보니까… 해보지도 않았더라고요. 때려죽여도 못하겠으니 그만두겠다고 이야기라도 해보려면 그래도 한번 해보기는 해야겠더라고요."

그렇게 말하는 빙그레가 기특해서, 쓰레기는 활짝 웃고 있었다.

"그렇지, 그렇지! 맛이라도 보고 반찬투정을 해야지, 안 그러면 엄마한테 맞는다니깐? 그리고 음악이야 니 평생 끼고 살 건데, 언제라도 수틀리면 방향 틀믄 되는 기고."

"예. 시작을 몰라서 그랬지, 이젠 어떻게 해야 될지 아니까요. 안 그래도 지난주에 의대 밴드 동아리도 들어갔어요."

쓰레기는 빙그레의 얼굴을 면면히 훑고 있었다. 어느새 훌쩍 커버린 빙그레가 무엇보다, 또 누구보다 진심으로 기쁜 나머지 쓰레기의 마음도 구석구석 따뜻한 햇살이 비치고 있는 것만 같았다. 흐뭇하게 웃던 쓰레기가 빙그레의 어깨를 쓰다듬었다.

"내 안 그래도 니 함 부르려고 했다. 줄 게 있거든. 전부터 주려고 챙겨 놨는데…."

책상 서랍을 이리저리 뒤지던 쓰레기의 손길이 문득 멈추고 있었다. 손을 들어 표지를 닦자마자 니 해라, 하고 쓰레기는 빙그레에게 낡은 공책 세 권을 건네주었다. 의대 본과 족보였다. 공책을 건네받는 빙그레를 보다가 휴우, 하고 쓰레기가 한숨을 내쉬었다.

"마. 내가 말을 안 해서 그렇지, 니 진짜 관둘까봐 얼마나 식겁했는지 아나?"

웅크리고 있던 마음을 기지개하려는 듯 쓰레기는 그제야 가슴 한편을 쓸어내리고 있었다.

〉〉 1997년 3월, 강원도 양구 백두산부대

그날이 오겠나, 싶었던 해태의 제대도 어느덧 백일 남짓 남아 있었다. 면회실로 들어서던 해태가 건들건들 충성, 하고 삼천포의 맞은편에 앉을 무렵.

"뭐여, 저기 윤진이 아니냐?"

매점 카운터를 물끄러미 건너보다가, 해태는 불쑥 고개를 들고 있었다.

"어. 음료수 사고 있다."

"저, 일병 잡것이 윤진이 번호 따고 있는디…."

삼천포가 확 고개를 치켜들었다. 아니나 다를까 정말 일병 한 명이 발그레 웃으며 윤진에게 종이를 건네고 있었다. 당황한 윤진이 눈만 멀뚱멀뚱 뜨고 있는 사이,

"아야! 동작 그만!"

해태가 일병에게 외쳤다. 화들짝 놀란 일병이 해태를 돌아보았다.

"여기 남자친구가 눈 시퍼렇게 뜨고 보고 있당께."

짜증난 삼천포가 꽉, 눈을 부라렸다. 음료수가 든 비닐봉지를 든 윤진이 자리로 돌아오고 있었다. 손을 까딱까딱, 해태는 일병을 불러 세웠다.

"니 내 손에 순직하기 싫으면 언능 사과해!"

꾸벅 인사한 일병이 쭈뼛쭈뼛, 자리를 피했다. 멀어지는 일병의 발걸음을 보는 족족 삼천포는 너 할 수 없이 흥분하고 있었다.

"저거 풍기문란이다! 군인이 민간인한테 이래도 되나?"

"오매오매 이 짠한 놈…."

하더니, 해태가 윤진을 슥 쳐다보았다.

"윤진아, 쟤가 뭐라고 글디?"

"나가 이상형이래… 첫눈에 반해버렸다는디."

내심 좋아하는 윤진을 보던 해태가 와하하, 하고 웃었다.

"아따, 우리 정대만이가 군바리들의 워너비였구만!"

해태는 윤진을 한 번 쳐다보고, 삼천포에게로 눈길을 돌렸다.

"니가 얘 여자친구만 아니었으면, 내가 니 덕을 쪼까 봤을 것인디…."

얼굴이 붉으락푸르락, 삼천포는 성난 눈을 부릅떴다. 아까부터 삼천포의 마음은 비포장도로를 달리고 있었다. 길마다 덜컹, 튀어 오르는 화며 질

투며 불안함이며 온갖 감정들이 달려드는 통에 삼천포는 정신 못 차리고 허우적거려야만 했다.

양구에서 돌아오는 버스 안, 그래서 삼천포는 옆에 앉은 윤진의 손을 지그시 잡았다.

"근데… 윤진아. 진짜… 우리… 딱 하루만 더 있다 가면 안 되나? 양구에서 정동진 가깝다. 거기까지 간 김에 바다도 보고 오면 안 좋나. 내 정동진 한 번도 안 가봤다."

윤진이 부드러웠던 눈빛을 홱 젖혔다.

"염병. 나가 니 속을 모를 줄 아냐?"

"내 속이 뭐… 뭐! 정동진 가자는 게 뭐 어때서?"

뜨끔했지만, 삼천포는 잠자코 침착한 척을 했다.

"아야, 시방 해태 얼굴 보고, 서울로 바로 가도 깜깜한디, 정동진을 가자고?"

"깜깜하면… 하룻밤 자고 오면 되지…"

엎질러진 물처럼 흘러내린 말들이 금세 째려보는 윤진의 눈초리와 함께 뚝뚝 떨어졌다.

"죽고 싶냐?"

그럼 그렇지, 토라진 삼천포가 의자 깊숙이 몸을 구겼다. 선을 죽죽 그어버리는 건 그렇다 치더라도, 날선 감정까지 내비치고야 마는 윤진이 부지불식간에 애간장을 녹이고 있었다. 삼천포에겐 무언가, 대책이 필요했다. 조금 더 안심할 수 있는, 아니, 관계에 대한 확신과 믿음을 갖기 위한. 삼천포가 스르륵 감았던 눈을 떴다.

"니, 이번 주 토요일 날, 알제?"

뭔 소리냐는 윤진의 표정. 삼천포는 급기야 얼굴을 찡그렸다.

"내가 전에 말했다 아이가. 동문회 있다고. 같이 가자고."

"아야, 내가 안 간다고 몇 번을 얘기했냐? 가면 또 쓸데없는 거 물어보고 노래방 가서 밤새 놀 것인디, 난 노래방 공포증이 있다니께. 음치여 음치."

"노래방은 안 가도 된다. 전부터 선배들이 여자친구 데려 오라고 했단 말이다."

"참나. 니는 선배가 중요하냐? 여자친구가 중요하냐?"

짜증난 윤진이 언성을 높였다. 그 흔한 부탁 하나 못 들어주다니, 삼천포는 왠지 신경질이 났다. 싸우기도 했다가 토라지기도 했다가, 결국 하나같이 행복한 시간들을 만들어가고는 있었지만, 이건 정말이지 성질이 다른 일이었다. 둘만의 굳은살이 박이지 않는 시간.

"아무튼 나는 그런데 가는 거 질색이니께 갈라면 딴 여자 데리고 가든가 해."

그 시간을 샴천포를 향해 겨냥하는 사람은 다름 아닌 윤진이었다. 실망으로 짓무른 삼천포의 마음 구석마다 까슬까슬한 윤진의 말이 내려앉았다. 따끔하던 통증이 또다시 따끔, 알알하게 번졌다. 속이 뒤틀린 삼천포가 윤진으로부터 멀찍이 엉덩이를 뗐다.

다음 날 아침, 신촌하숙.

식탁에 둘러앉은 일화, 나정, 빙그레를 보다가, 동일은 문득 고개를 들었다.

"쓰레기는 아직도 안 일어났대?"

"더 자게 냅둬라. 열흘 만에 집에 들어왔다. 잠이 억수로 모자를 끼다. 얼굴 보니께 안돼 죽겠다."

수저를 들던 빙그레가 끄떡끄떡, 일화의 말을 거들었다.

"원래 레지던트 1년차는 하루에 3시간 이상 못 자요. 그래도 선배님이시니까 잘 버티는 거예요. 워낙 둔하셔서…."

"그러게 뭐 하러 들어오라 캤는데! 고마 오피스텔에 살게 냅두지!"

불쑥 나정이 끼어들었다. 나정의 퉁명스런 말투에 동일은 마구 흥분하고 있었다.

"염병하고 앉았네! 야 이 가시나야! 내가 쓰레기를 집으로 안 들였으면, 니가 가만있었겠나? 쪼르륵 달려가 가지고 살림을 차려부렸지. 나가 그 꼴은 못 본다. 졸업할 때까지는 눈에 쌍심지를 켜고 지켜볼 것이니께!"

의자 등받이에 털썩 기댄 일화가 동일을 나무랐다.

"됐다. 쫌! 다 큰 애들이다. 지들이 알아서 하겠지. 당신은 당신 일이나 신경 써라! 나정아, 그래도 가서 쓰레기 깨워라, 밥 묵고 더 자라 캐라."

벌떡 일어난 나정의 얼굴엔 웃음이 번지고 있었다. 입을 씰룩씰룩, 톡 쏘는 동일의 눈빛이 부엌을 빠져나가는 나정을 따라나섰다. 나정이 방방 뜬 발걸음으로 쓰레기의 방문 앞에 섰다. 똑똑, 오빠야, 하고 방문을 열었을 때 나정은 어깨를 으쓱할 뿐이었다.

"어디 갔노? 아침부터…."

나정과 쓰레기가 다시 마주 앉은 건 카페에서였다. 쓰레기의 얘기를 듣고 있던 나정의 표정은 점점 굳어가고 있었다. 쓰레기가 한 손을 들어 나정의 얼굴을 매만졌다.

"정아, 일 년, 딱 일 년이다."

파견 근무. 벌써 지원한 동기 몇 명을 제치고, 쓰레기를 꼭 데려가고 싶었던 담당 교수가 총대를 멘 제안이었다. 로컬 근무가 쉬운 건 아닐 테지만, 레지던트 1년 차로서 쉽게 오는 기회는 아니었다. 쓰레기에게도 마찬가지였다.

"오빠가 매일 전화하고, 자주 올라올게."

그래도, 그럼에도 불구하고, 쓰레기는 미안하고도 어두운 마음을 숨길 수가 없었다.

"지금도 자주 못 보는데, 부산까지 내려가면… 우리 이제 한 달에 한 번도 못 본다."

한참 동안 쓰레기를 보다가, 나정은 겨우겨우 묻고 있었다.

"꼭 가야 되는 기제? 여기 있는 것보다… 거기 내려가는 게 오빠한테 더 좋은 기제?"

그렇다는, 쓰레기의 눈길이 선연했다.

"할 수 없지, 뭐…."

나정이 테이블 위로 올려두었던 손을 그러쥐었다. 말없이 쌓았던 성냥탑이 흔들, 한순간에 우르르 무너지고 있었다. 쓰레기가 허둥거리는 나정을 안았다. 예상치 못한 이별. 그 앞에서 나정의 마음은 어느 샌가 바짝 타들어가고 있었다.

총 엠티를 떠난 빙그레도 초조한 기색이 역력했다. 선배와 동기를 오가는 술 사발이 전혀 줄어들지 않은 채 빙그레에게 다가오고 있었다. 문제는 인상 험한 남자선배가 빙그레의 바로 옆에 앉아 있다는 것. 더 큰 문제는 선배 앞, 원점으로 돌아오게 될 그 사발엔 술이 한 방울도 남아 있지 말아야 한다는 사실이었다.

아니·벌써, 빙그레의 차례가 가까워지고 있었다. 보는 것만으로도 속이 울렁거려서 빙그레는 질끈 눈을 감았다. 갑자기 사방에서 들려오는 환호 소리. 놀란 빙그레가 옆을 본 다음 수호신을 만난 듯 감동받은 기색을 비쳤다. 옆, 빙그레의 바로 옆, 앳되고 예쁘장한 진이가 사발 째 꿀꺽꿀꺽, 술을 마시고 있기 때문이었다. 빙그레가 진이 쪽으로 엄지를 치켜들었다. 다 마신 사발을 내려놓던 진이는 피식 웃었다.

"세상에 공짜가 어딨니?"

'뭔 소리?' 그런 표정으로 건너다보는 빙그레를 향해,

"누나 볼에 뽀뽀!"

진이가 손가락을 들어 톡톡, 자기 볼을 두드렸다. 여기저기서 터져 나오는 함성이 빙그레를 부추겼다. 어쩔 줄 몰라 하던 빙그레는 들릴 듯 말 듯 숨을 몰아쉬고만 있었다. 진이는 결국 귀엽게 먼저 선수를 쳤다.

"아니면 내가 하지 뭐!"

그렇게 말한 뒤 진이가 빙그레의 볼에 뽀뽀를 했다. 난리 난 학생들 틈에서 빙그레는 점점 아득해지고 있었다. 새벽 첫차를 타는 진이를 배웅해 주던 그날 새벽 그리고 집으로 돌아온 다음 날에도 빙그레는 자박자박, 마음 가득 진이가 내는 발소리에 귀 기울였다. 알 수 없는 기분, 그러나 계속해서 시간의 문을 지나는 진이의 발소리가 결국은 지척에 있었다. 침대에 기댄 빙그레가 삐삐 음성을 확인했다.

"저기 있잖아… 난데, 진이라고… 그 엠티에서, 뭐야, 저기, 너랑 같이 밤새 술 마셨던…"

당황한 진이가 어렵사리 운을 뗐다. 예과 때 족보가 잔뜩 있으니 밥도 함께 먹을 겸 보자는 연락이었다. 어물쩍 말을 뭉개는 진이가 귀여워, 빙그레는 슬며시 웃었다. 청춘이 힘겨운 건 모르는 것들 때문이라고, 그 순간,

빙그레는 생각했다. 도무지 무엇으로 채워야 할지 모를 빈칸들이 눈앞에 수두룩한 시험기간 같다고나 할까. 돌아보면 그 빈칸들에 정답은 없었다. 하지만 왠지 누군가 정답지를 들고 채점할 것만 같은 공포, 그리고 남들과 다른 답을 쓰게 되면 어쩌나, 하는 두려움으로 지난 몇 해는 빙그레에게 있어서 늘 숨 막히는 시험 기간이었다. 한참을 멍하니 있다가, 빙그레는 부산에 있는 쓰레기에게 전화를 했다. 수화기 건너편, 맑은 소리를 내며 굴러가는 쓰레기의 웃음소리가 서서히 빙그레의 마음을 달구었다. 다가왔다 멀어지는 마음마다 따스함이 박혀 있었다. 춤을 추는 온기가 공연히 복잡한 바람에 빙그레는 쓰레기가 준 공책들을 물끄러미 바라보고만 있었다.

1997년. 빙그레는 이제 오래도록 비워두었던 빈칸의 답을 채워야만 했다.

〉〉1997년 7월, 부산광역시

부산병원 로비, 쓰레기를 기다리는 내내 나정은 발걸음을 재게 놀렸다. 오랜만에 볼 생각에 나정은 사정없이 애가 타는 기분을, 또 설렘을 숨길 수가 없었다. 저 멀리, 로비 끝에서 드디어 쓰레기의 모습이 보였다. 교통사고가 났다는 말은 들었지만, 오른팔에 기브스를 한 쓰레기의 모습을 보자마자 나정의 기분은 모조리 가라앉고 있었다. 더군다나 쓰레기의 옆에는 동기, 민정이 서 있었다. 자연스러운 둘의 스킨십을 보고 있자니, 애써 외면했던 윤진의 말이 나정의 기억 안에서 불쑥 고개를 내밀고 있었다.

"아웃 오브 사이트, 아웃 오브 마인드. 눈에서 멀어지면, 마음에선 끝이여. 좀 나버려야. 의사가 왜 의사끼리 결혼하는지 아냐? 피곤하고 힘드니까 서로 서로 챙겨주다가 눈 맞아버리는 거여. 원래 사랑은 전쟁터에서 불꽃이 튀는 법이니께."

다가올수록 쓰레기의 몰골은 험했다. 속상한 나정이 팔을 내미는 쓰레기를 밀쳐냈다.

"뭐꼬? 많이 안 다쳤다매! 이래 가지고 그동안 어찌 살았는데!"

"동기들이 많이 도와줬다. 민정이가 고생 많이 했지, 뭐…."

나정이 휙, 눈꼬리를 추켜올렸다. 다시 기억 안으로 구겨 넣으려던 윤진의 말이 두려움과 함께 엄습하고 있었다. 짜증나고 열 받지만, 나정은 화를 낼 수도 없어 답답해 미칠 지경이었다.

"정아! 오빠 집에서 밥 먹자. 니 생일 파티 해야지. 근데 니, 오늘 안 올라 갈 거제?"

"몰라!"

"가시나, 오랜만에 오빠 봤는데 안 좋나?"

"한 개도 안 좋다. 그리고 오빠 니, 내 생일선물은 샀나?"

"당연하지. 누구 생일인데. 벌써 다 사놨다."

나정이 샐쭉, 쓰레기에게 핀잔을 퍼부었다.

"뭐? 허리 좍좍 펴주는 거꾸리? 작년처럼 또 이상한 거면 오빠, 그땐 진짜 끝이다. 끝."

쓰레기가 웃으며 나정의 말을 툭, 가로막았다.

"가시나… 니는 헤어지자는 소리가 그리 쉽게 나오나?"

나정은 돌연히 쓰레기를 올려다보았다. 정면만 보며 걷던 쓰레기가 담백하게 말을 이었다.

"마, 오빠는 니가 하루만 전화 안 해도 얼마나 불안한데. 잘생긴 복돌이가 들이대면 어떡하나… 도서관에서 공부하는데, 옆에 앉은 놈이 말이라도 걸면 우짜노? 걱정이다, 걱정. 2년 차, 3년 차 되면 볼 시간 더 없어질 텐데… 이러다 우리 정이한테 차이면 어떡하지…."

그렇게 말하면서 쓰레기가 나정을 바라보았다. 쓰레기의 눈에는 금방이라도 흘러넘칠 듯 꾹 참고 있는 그리움이 고여 있었다. 시간이 시간끼리 부딪쳐 서걱서걱, 엉망으로 돌진하는 불안함이 새겨지고 있었다. 그 눈을 마주보면서, 나정은 어렵지 않게 알 수 있었다. 쓰레기 또한 자신과 똑같은 감정을 느끼고 있음을.

진수성찬을 차린 나정이 쓰레기와 마주 앉았다. 식탁 한가운데에는 쓰레기가 사다 놓은 케이크가 놓여 있었다. 나정이 한 손으로 낑낑, 반찬통을 열고 있는 쓰레기를 흘겼다.

"하여튼 곰이다… 곰. 참… 사람 맘 안 좋게 한다."

버럭, 화내다가, 나정의 목소리는 한결 누그러지고 있었다. 쓰레기를 타박하더라도 딱 그만큼, 나정의 마음만 고스란히 아프고 짠할 뿐이었다. 이런 나정을 가만가만 보다 말고,

"마, 말하면 뭐 하겠노. 니가 걱정밖에 더 하나? 이왕 다친 거고, 니 알면 또 밤에 잠도 못 자고 걱정할 긴데… 니라도 편하게 자라고."

쓰레기는 웃으며 나정을 다독였다. 나정은 쓰레기의 그런 행동들이 여백이 있는 어른스러운 말투, 농도 짙은 배려일 줄은 생각도 못하고 있었다. 나정이 한숨을 내뱉자, 쓰레기가 깁스한 팔들 들어보였다.

"그리고 진짜 얼마 안 다쳤다. 내일 깁스 푼다니깐. 얼른 촛불이나 끄자. 국 다 식겠다."

쓰레기의 호출기가 울렸다. 주머니에서 라이터를 꺼내던 쓰레기의 손길이 멈칫, 호출기로 향했다. 호출기를 확인하는 쓰레기의 표정이 일그러지

고 있었다.

"어딘데? 병원이가?"

그렇다는, 무언의 표시에 나정은 서둘러 말을 보탰다.

"얼른 가라. 나는 괜찮다."

나정은 그렇게 말했지만, 쓰레기는 불편한 기운을 떨칠 수가 없었다. 몸은 병원 이곳저곳을 정신없이 뛰어다녀도 정신만큼은 온통 집에 혼자 있을 나정에게로 쏠려 있었다. 불안함 또 불안함. 그리고 다시 불안함. 줄줄이 밀려드는 일이 오늘따라 더더욱 산통을 깨고 있었다. 허겁지겁, 가운을 벗던 쓰레기가 벽시계를 올려다보았다.

벌써 새벽 네시. 현관문을 열자마자 쓰레기는 집 안을 살폈다. 아무도 없었다. 쓰레기의 허탈한 표정이 부엌에 머물렀다. 깨끗이 정리된 식탁, 그 한가운데 케이크만 덩그러니 놓여 있었다. 촛불이 그대로 꽂혀 있는 케이크를 보다 말고, 쓰레기는 의자에 털썩 주저앉았다. 괴로웠다. 기쁠 때나 슬플 때나 소중한 사람과 소소한 순간을 나누는 기쁨. 쓰레기의 바람과는 완벽한 단절을 이루고 있는 현실이 매섭도록 살갗을 스치고 있었다.

나정에게선 별다른 연락이 없었다. 그날 오후, 의국으로 돌아와서도 쓰레기는 초조하게 휴대전화만 만지작거리고 있었다. 호출기가 울리는 소리. 이윽고 쓰레기는 절망 가득한 표정으로 음성을 확인해야만 했다. 엄마였다. 건강검진 때문에 오기로 한 날, 그것도 터미널에 마중 가기로 한 약속을 까맣게 잊고 있었던 것이다. 쓰레기는 어느새 자괴감에 빠져 있었다.

로비를 가로지른 쓰레기가 헐레벌떡 병원 입구에 섰다. 때마침 병원 입구에 멈춘 택시를 보던 쓰레기는 눈이 커지고 있었다. 택시에서 내린 엄마, 그 뒤로 엄마의 짐을 든 사람은 나정이었으니까. 쓰레기가 엄마를 따라 들어가려는 나정을 붙잡았다.

"서울 간 거 아이가? 오빠는 니 간 줄 알았다."

미안해, 쓰레기는 겨우 말을 꺼내고 있었다. 나정이 해맑게 쓰레기를 마주보았다.

"목욕 갔다 왔는데."

황당해하는 쓰레기를 뒤로 한 채 나정이 입을 삐죽 내밀었다. 좀처럼 진정이 안 돼 쓰레기는 멀어지는 나정의 뒷모습을 망연히 지켜보았다. 쓰레기는 이내 안도의 숨을 쉬고 있었다.

엄마가 건강검진을 받는 동안 한 시간 정도의 여유가 있었다. 딱 한 시간만 자자, 하고 쓰레기가 나정의 손을 잡아끈 곳은 병원 의국이었다. 어색하게 서 있는 나정 앞으로 쓰레기는 침대를 정리하고 있었다. 나정은 괜히 의식돼 침을 삼켰다.

"오빠… 내는 잠 안 오는데…."

"오빠는 억수로 오는데…."

나정이 웃고 있는 쓰레기를 건너보았다. 마음 어딘가, 뭉근히 끓고 있던 두근거림이 비치는 것만 같았다. 투명했다가, 새하얗다가, 세상 어디에도 없던 두근거림을 들킬 새라 나정은 괜스레 시선을 피했다. 나정이 침대 한 쪽 끝에 누웠다. 쓰레기가 그런 나정을, 책상에 앉아 응시하고 있었다. 눈시리도록 선명한 나정의 진심이 쓰레기에게 유유히 와 닿았다. 일상에 치여 잊고 있던 행복이었다. 튼튼한 사랑으로 물든 나정이, 그래서 더욱 소중했다. 그 진심이 쓰레기의 마음까지 비출 기세였다. 소중한 것을 잃고 싶지 않다는 무언의 결심이 쓰레기의 생각을 뚫고 있었다. 자리에서 일어난 쓰레기가 마침내 가운을 벗고, 나정의 곁에 누웠다. 나정의 머리를 보듬던 쓰레기가 눈을 감았다. 겨우 눈을 뜬 나정이 쓰레기를 올려다보았다. 떨리는 마음을 애써 가다듬은 나정이 쓰레기의 가슴에 폭 안겼다.

이후, 나정은 눈을 번쩍 떴다. 가운을 입은 쓰레기가 서서, 호출기를 보았다. 벌떡 일어난 나정이 누웠던 자세 그대로 앉았다. 저녁 일곱시, 밖은 어느새 어두워지고 있었다. 엄마를 배웅 나갔던 쓰레기가 나정 앞, 바닥에 쪼그려 앉았다.

"잘 잤나? 어제 오빠 때문에 한숨도 못 잤제… 오빠가 미안. 생일인데 옆에 있어 주지도 못하고, 집에도 못 들어가고."

다 이해한다는, 나정의 순순한 눈빛.

"근데, 정아. 오빠가 다음에 또 그럴 수도 있다. 오빠가 아무리 노력해도… 니 또 이렇게 힘들게 할 수 있다."

"안다. 내는 진짜 괜찮다."

"그래서, 정아…."

하더니, 쓰레기는 말끝을 흐렸다. 나정의 눈빛이 흔들렸다. 웃음을 거둔 나정이 쓰레기의 다음 말을 기다리고 있었다. 떨리는 정적. 그 끝에 쓰레기가 주머니에서 무언가를 꺼냈다.

"우리 정이, 오빠한테 시집올래."

한쪽 무릎을 꿇은 쓰레기가 나정을 향해 내민 것은,

"오빠랑 결혼해 주세요."

반지였다. 눈물이 글썽글썽, 나정의 눈가에 기어코 눈물이 고이고 있었다.

"오빠가 억수로 잘해줄게, 라는 말은 못해도…."

쓰레기의 눈시울이 붉어졌다. 울컥, 말끝을 가다듬은 것도 잠시,

"같이 살면, 지금처럼 이렇게, 오빠 불안하지는 않을 것 같다. 응?"

쓰레기는 끝내 울먹이고 있었다. 뚝뚝, 떨어지는 눈물이 나정의 볼을 타고 흘러내렸다.

"니 아직 대답 안 했다. 와? 오빠랑 결혼하기 싫나?"

고개를 흔들던 나정이 와락 쓰레기를 안았다. 진한 키스. 짙은 숨. 서로가 서로에게 물드는 시간이 숨소리를 따라 각별한 파문을 일으키고 있었다. 이윽고 입술을 뗀 둘은 그대로 멈췄다. 벅찬 환희, 선명한 행복, 그리고 함께할 미래를 모두 담아내겠다는 듯이.

하지만 모두에게나 행복한 밤은 아니었다. 입대 영장이 나온 삼천포에게는 특히나.

방문을 걸어 잠근 삼천포는 방바닥에 드러누웠다. 전혀 이상할 것 없는, 예정된 수순의 일이었지만 그래도 삼천포는 당황한 기색이 역력했다. 똑똑, 윤진이 방문을 두드렸다.

"김성균! 난 괜찮애! 고무신 절대 거꾸로 안 신을 거니께 언능 문 좀 열어봐! 남들 다 가는 군대인디… 뭘 그렇게 충격을 받아싸. 만날 면회 갈 거니께, 언능 이 문 열자. 응?"

다시는 동문회 얘기 따위 꺼내지도 말라며 화를 내던 모습. 카페에서 우연히 마주친 동문회 선배들을 홀연히 피해버리던 모습. 며칠 전, 윤진으로부터 비롯된 기억의 파편들이 공교롭게도 이제 와서야 선명해지고 있었다. 날카롭게 빛나면 빛날수록 묘하게 더 서운하기만 한 윤진의 태도가 삼천포는 마음에 걸렸다.

"근디 생각해보니께 웃기다. 시방 위로 받을 사람은 나인디, 어찌 니가 이렇게 어리광을 부리냐? 염병. 오냐오냐 해주니께 머리 위에 올라앉으려고 그러네, 진짜!"

드디어 욕이 튀어나오기 시작하는 윤진이 힘껏 방문을 찼다. 망연한 삼천포는 머릿속에서 끝도 없이 들락날락하는 생각들을 애써 지우고 있었다. 삼천포는 끝내 이불을 푹 뒤집어썼다.

다음 날 새벽, 윤진은 방을 나섰다. 사랑은 두려움을 먹고 자란다, 그래서 사랑이 짙어질수록 거리가 필요하다고, 윤진은 믿어왔었다. 그러나 사랑으로 인한 두려움을 이겨낼 수 있는 건 결국 다시 사랑이었다. 윤진이 그 거리에 대해 내린 결론은 단순하지만 명확했다. 이젠 윤진이 스스로 갇혀 있던 틀을 깰 순서였다. 살금살금, 세운 발끝. 좌우를 살피더니, 윤진은 삼천포의 방으로 몰래 들어가고 있었다. 윤진이 삼천포의 코를 톡, 건드렸다.

"언능 인나야…."

모로 누워 잠든 삼천포가 껌벅 눈을 떴다. 그런 삼천포에게 윤진은 바짝 다가가고 있었다.

"…정동진 가게."

삼천포가 후딱 일어났다. 잠옷 위에 바로 배낭을 멨다가, 벗었다가, 삼천포는 잠옷 바지 위로 청바지를 입고 있었다. 난리 난 삼천포를 보던 윤진은 그제야 함박 웃었다.

다시, 부산병원 의국. 나정과 통화 중이었던 전화기를 들고, 쓰레기는 텔레비전 화면만 뚫어져라 바라보았다. 작년에 18승, 한국인 최초로 일본 신인상을 받은 칠봉이, 그 안에, 있었다. 인터뷰 중이었던 아나운서가 칠봉에게 물었다.

"많은 분들이 궁금해 하는데, 혹시 여자친구 있나요?"

"없습니다."

"정말입니까? 안 믿어지는데요?"

"사실, 여자친구는 없는데, 좋아하는 여자는 있습니다."

칠봉이 꾸벅, 인사했다. 웃고는 있었지만, 텔레비전 속 칠봉의 표정은 어딘가 모르게 낡은 공을 건네주던 그날과 꼭 닮아 있었다. 잃을 게 없다면, 두려울 것도 없었다. 나정에 대한 사랑이 깊어질수록, 잃고 싶지 않은 마음이 커질수록, 두려움이 커져가는 건 어쩔 수 없었다. 끝까지 웃고 있는 칠봉을 보다 말고, 쓰레기는 질끈 두 눈을 감았다.

하나의 메시지. 하숙집 거실에 선 빙그레는 수화기를 들어 삐삐 음성을 확인했다.

"나야, 진이! 너 혹시 그때 나왔었어? 아니, 나도 일이 생겨서 못 갔거든. 계속 엇갈리네…."

짐짓 밝은 체하는 신이의 목소리가 들려오고 있었다. 한참 뜸들이던 진이가 헛웃음을 연발했다.

"야! 너, 1년 넘게 휴학했다면서? 제정신이니? 의대를 그렇게 오래 휴학하는 놈이 어디 있냐! 그래서 말이야… 내가 정말 너, 내 동생 같아서 하는 말인데, 너 내일 시간 되니? 내가 친구들이랑 같이 스터디 하는 게 있는데, 자리가 하나 비어서 너 껴줄려고."

매번 엉뚱한 진이가 귀여워, 빙그레는 어느새 살짝 웃고 있었다.

"특별히 기회 주는 거야! 그러니까 너, 내일은 빵꾸 내면 안 돼. 저번에 나 두 시간이나…."

하다, 진이는 말을 돌렸다. 내일 저녁 일곱시까지 정문 앞, 카페 '거품'으로 오라는 신신당부였다. 끄덕, 빙그레는 담담히 전화를 끊었다. 2층으로 가려다 말고, 빙그레는 쓰레기의 방 앞에서 발걸음을 멈췄다. 텅 빈 방 안을 눈으로 훑던 빙그레가 돌연 숨을 골랐다. 겹겹이 쌓였던 시간, 어쩌면 오랜 시간 외면하려 했던 진심이 무언가 달리 웅얼거리고 있었다. 속속 팽창한 바람으로, 다부진 발걸음을 새기고 있는 바람으로. 예상치 못한 순간을 초대한 바람. 귓등을 스친 그 바람이 아무도 모르게 빙그레의 마음을 움직이고 있었다. 빙그레는 이제 오래도록 비워두었던 빈칸을, 혼란스러웠던 사랑의 답을 채워보려 했다.

그날 밤, 병원 입구를 두리번거리던 쓰레기가 의아하다는 듯이 빙그레를 향해 걸어왔다. 놀라서 피식 웃고, 눈을 깜박, 쓰레기는 황당해져서 빙그레를 건너다보았다.

"강아지. 이 밤에 부산까지 뭔 일이고? 설마 내 보러 왔나?"

네, 하고 빙그레는 작게 웃었다.

"밥 사주세요, 선배님."

식당 한편, 쓰레기가 빙그레에게 국밥을 덜어주고 있었다.

"다음에는 꼭 미리 전화하고 내리 온나. 형이 부산에 좋은 횟집도 많이 안다. 다음에 오면, 형이 더 비싸고, 맛난 거 사줄게. 알았제?"

쓰레기가 다정한 눈빛으로 빙그레를 보았다. 그런 쓰레기를 한참 보더니,

"이제 저 밥 안 사주셔도 돼요. 선배님."

빙그레가 천천히, 담백하게 운을 뗐다.

"오늘 마지막으로 밥 얻어먹으러 온 거예요. 다음에는, 그냥 술 사주세요."

하고, 빙그레는 다시 국밥을 먹고 있었다.

"선배님이 있어서…."

시선을 내리깐 채 한참 동안 국밥만 먹다가, 빙그레는 중얼거렸다.

"선배님이 있어서 참 좋아요…."

빙그레가 고개를 들어 쓰레기와 눈을 맞췄다.

"…형."

잠시 멍해진 쓰레기는 서서히 웃고 있었다.

다음 날 밤. 빙그레는 윤진과 나란히 걸었다. 자박자박, 윤진이 내고 있는 발소리가 빙그레의 마음을, 밤공기를 울렸다. 지척에 있다고 느꼈던 그 발소리가 어느새 빙그레의 귓전까지 울리고 있었다. 다가갈 듯 말 듯, 가까워질 듯 말 듯, 알 듯 말 듯, 생경하게 스며들어 더욱 특별했다. 진이네 대문 앞에 선 빙그레가 불 켜진 집 안을 눈짓으로 가리켰다.

"얼른 들어가요, 선배."

어, 그렇게 대답은 했지만, 진이는 배시시 웃고만 있었다. 고개만 주억 거리던 진이가 발을 콩콩, 굴렀다. 숨을 고르려 애쓰는 기색이 선명했다. 자박자박, 또 그 느낌. 빙그레는 확인하고 싶었다. 지금의 이 두근거림이 처음으로 다가온 이성을 향한 호기심 때문인지, 자꾸만 신경 쓰이는 이 사람을 향한 마음이 흔히들 말하는 그 사랑이라는 것 때문인지.

성큼, 진이에게 다가간 빙그레가 키스를 했다. 몸이 기운 진이가 휘둥 그레진 눈을 감았다. 숨이 추는 왈츠. 깊은 호흡. 숨과 숨이 만난 낯선 박자가 빙그레의 마음을 지나, 진이에게, 또다시 빙그레에게로 옮겨졌다. 아까 전과는 또 다른 신선한 울림이었다. 이 '확인'이 빙그레에게 낯선 희열을 안겨주고 있었다. 수백 가지 혹은 수만 가지의 답이 있어도 써보기 전까지는 아무도 모른다는 것. 지금 막 찾아낸 하나의 빈칸을 감싸 안은 다음, 빙그레는 다른 모든 두려움을 지워버렸다. 키스는 오래도록 이어지고 있었다.

#17
다시 사랑한다
말할까

〉〉 1997년 11월, 서울특별시 서대문구 창천동

"오매오매, 오늘도 진수성찬이구만요. 엄니! 나가 참말로 제대를 하긴 했는갑소!"

부엌으로 들어오자마자 해태는 감탄사를 연발했다. 두부구이, 호박전, 콩나물 무침, 메추리알 조림이 탑처럼 쌓여 있는 식탁. 단연 해태의 눈에 띈 것은 뭐니 뭐니 해도, 그중 한가운데 놓여 있는 볼락구이였다. 엉덩이가 들썩, 요란한 해태가 냉큼 볼락구이를 집어 들었다.

"요것이 뭐대? 뽈라구 아녀 뽈라구! 요 귀한 것이 어디서 왔대요?"

"니 그래도 바닷가 살았다고 물고기 이름 좀 안다야."

국을 뜨던 일화가 힐끗 해태를 돌아보았다. 해태는 그제야 멈칫, 주위를 살폈다.

"아! 근디요. 아버지는 아직 안 일어나셨대요?"

하고, 고개를 돌리다, 해태는 깜짝 놀라 호들갑을 떨었다.

"아이고, 놀래라! 아부지 언제부터 거기 계셨대요?"

거기, 하고 해태가 바라본 곳은 부엌 입구. 벽에 콱 머리를 찧고 있던 동일이 금방이라도 쓰러질 것 같은 표정으로 비칠비칠 걸어오고 있었다. 턱까지 내려온 다크서클, 영혼이 다 빠져나간 얼굴, 망연자실해, 동일은 손에 든 휴대폰만 바라보았다.

"해태야… 니 시티폰이라고 들어봤냐? 이것이 참으로 혁신적인 물건이었…."

허, 기막히다는 듯 해태가 단번에 동일의 말을 잘랐다.

"알죠! 뭐 그거 모르는 사람도 있대요? 나 살다 살다 그렇게 불꽃같이 짧은 생을 살다간 물건은 또 처음 봤네요. 근디요. 세상에나 고것에 홀랑 속아가지고 돈을 허덜시리 투자해버린 등신들이 그리 널렸다네요. 참말로 세상은 넓고 등신은 많다니께요. 그죠, 아부지?"

뒤에서 쓰레기가 해태의 머리를 후려쳤다. 쉿, 하고 쓰레기는 동일의 기색을 살피고 있었다. 어느새 엎드려 울고 있는 동일이 끅끅, 어깨를 들썩였다. 도대체 이게 웬일?

"돈… 넣었다… 많이… 이 시티폰에… 더 말하면… 죽여버린다!"

의자에 앉던 쓰레기가 아연실색한 해태를 보며 눈짓, 손짓으로 설명했다.

"근디 형님은 내년까지 부산에 있는다고 하지 않았어요? 어찌 또다시 올라왔대요?"

"선배님 지도 교수님이 다시 서울로 오셨어. 새로 생긴 클리닉을 맡게 되셨거든."

쓰레기가 대신 대답하는 빙그레를 멍하니 건너다보았다.

"우리 강아지, 니 요새 만날 늦는 담서? 진이랑 연애한다꼬. 늦게 배운 도둑질이 밤새는 줄 모른다고… 마, 일찍 일찍 다녀라. 어른들 걱정하신다."

울적한 일화가 눈썹을 폭 꺾었다. 부엌으로 들어서던 나정이 그런 쓰레기를, 동일을, 일화를 차례차례 보다가 큰소리를 냈다.

"그러게 누가 시티폰에 일억이나 넣으라 카더나! 알고 봤더만 우리 아빠가 이 집을 담보로 은행 대출을 받아가 오천만 원이나 더 넣었더라. 이제 우리 집 망할지도 모른다."

금액에 한 번, 충격적인 사실에 또 한 번, 모두들 놀란 입을 다물지 못하고 있었다.

"그래도 아빠도 벌고, 내도 이제 취직해서 돈 벌면 은행 빚이야 금방 갚겠지. 맞제 오빠?"

맞다고, 쓰레기가 얼른 고개를 주억거렸다.

"야. 니 그래가꼬 결혼은 할 수 있겠나? 결혼식은 올릴 수 있어야?"

걱정 가득한 윤진을 보던 나정이 웃었다.

"아직은 안 망했다. 그리고 예식장비 아끼려고 일부러 1월 달에 날 잡았다 아이가."

"윤진아… 우리 결혼 걱정하지 말고, 니는 니 남자친구나 걱정해라. 하여튼 그 자식은 뭘 해도 오바를 떤다. 오바를 떨어."

쓰레기에 이어,

"참나, 뭔 놈의 대학원 시험공부를 사법고시 보는 놈처럼 유난을 떨어가

믄서 하는가 모르겄어. 아무튼 지랄용천을 떠는 데는 선수라니께."

해태가 불퉁하게 위층을 힐끔거렸다.

"냅둬! 지발로 내려오기 전까지는 절대로 방해하지 말라고 그랬으니께! 그리고 이번엔 대학원 들어가기가 얼마나 빡센디! 느그가 몰라서 그래야. 작년까지만 해도 미달이었던 것이 올해 경쟁률이 5대1이란다. 하숙집에서는 집중 안 된다고 절에 기어 들어간다는 것을 말려놨다니께. 우리 성균이가 한다면 또 해버리는 사내자네! 사내!"

그렇게 말하는 윤진이 아니꼬워, 해태는 어느새 입을 댓 발이나 내밀고 있었다.

"염병. 사내 좋아한다! 아야. 꼴랑 6개월 채우고 제대하는 사내가 어디 있냐!"

"염병. 꼬우면 니도 국가유공자 집안에 태어나든가? 지가 재수 없게 태어난 것을 괜히 엄한 우리 성균이한테 화풀이하고 지랄이네. 지랄이!"

"아야. 나가 어이가 없어서 그런다! 어이가! 세상 다 끝난 놈처럼 난리 부르스를 치고 들어 가드만 나보다 일찍 제대해버리는 게 말이 되냐? 어? 여름에 가서 가을에 나와야? 참나. 뉴코아 백화점 엄니들 문화센터도 그보다 길거든!"

쓰레기가 확 숟가락을 치켜들었다.

"마! 마! 마! 조용해 해라, 쫌! 이것들이 옥신각신 다투기나 하고. 죽고 싶나! 집에 오랜만에 오니까 밥상 질서가 개판이다, 개판! 아부지 식사하시는 거, 안 보이나?"

코를 훌쩍, 입을 씰룩, 쓰레기는 동일을 따라 울상을 짓고 있었다.

나정과 윤진이 심각하게 한곳을 바라보았다. 극심한 자금난에 시달리던 뉴코아 그룹이 최종 부도 처리되었다는 보도. 텔레비전에서 먼저 눈을 뗀 나정이 입사지원서를 쓰기 시작했다. 다다다, 2층에서 뛰어내려오는 해태의 발소리가 요란했다.

"아야! 니는 아직 복학도 안 한 놈이 뭐하려고 학교를 뻔질나게 드나든대?"

윤진이 쪼르르 앞을 지나가는 해태를 올려다보았다.

"딱 봐봐! 나가 올 크리스마스는 절대로 혼자서 안 보낼라니께! 무슨 수를 써서라도 여자친구를 만들고 말 것이여! 친구들은 잠자코 지켜나 보소."

휘파람을 불던 해태가 현관문을 나섰다. 고개를 내두르던 윤진이 문득 종알거렸다.

"나정아. 니 결혼식 때 애들 다 모이겄다. 군대 가고 휴학하면서 연락 끊긴 애들까지 싹."

"근데 부주도 얼마 안 들어오겄다. 남자들이 다 학생이라 밥값만 더 들 것 같은데."

텔레비전을 곁눈질하던 윤진이 슬쩍 나정의 눈을 피했다. 윤진은 다급히 리모컨을 찾고 있었다. 뭔가 싶어 텔레비전을 보던 나정이 멈칫, 그대로 동작을 멈췄다. 작년 신인상에 이어 올해도 20승. 그리고 메이저리그 진출을 눈앞에 두고 있다는 칠봉의 모습이 보였다.

"언제 적 일인데… 텔레비전에 만날 나와서 모르고 살 수가 없다. 내 많이 무뎌졌다."

나정이 쭈뼛쭈뼛, 눈치만 살피고 있는 윤진을 마주 보았다. 나정은 아무렇지도 않다는 듯 다시 입사지원서를 쓰고 있었다. 불현듯 현관문 열리는 소리에 이어 철퍼덕, 신발을 집어 던지는 소리가 들려왔다. 놀란 나정과 윤진이 퍼뜩 고개를 든 건 그 다음 일이었다.

"연대 전지현?"

나정과 윤진이 마주 앉은 해태를 향해 입을 모았다. 의기양양해진 해태가 삐딱하니 소파에 기대 앉았다. 아무리 생각해도 믿을 수가 없어서, 나정은 재차 묻고 있었다.

"진짜 니가 연대 전지현을 꼬셨다고?"

"하… 참나. 진짜라니께! 버스에서, 진짜로 딱 광고에서 나온 것처럼 그리 만났어."

나정이 풋, 하고 웃었다. 두 손을 걷어붙인 윤진이 해태를 흘겼다.

"아야. 우리가 등신인 줄 아냐? 지금 그 말을 믿으라고?"

"내가 마음에 들었는지 힐끔힐끔, 한참 처다봤어야. 저 이번에 내려요, 하고 내리는데 안 따라 내릴 수가 없었다니께. 나도 첨에는 개가 나 놀리려고 그러는 줄 알았거든? 근디….

하는데, 해태의 호출기가 울렸다. 호출기를 확인한 해태가 주책없이 자리에서 일어났다.

"나 먼저 가야겄다! 나가 이번에는 어떻게든 잡아가지고 연애할 테니까 딱 두고 봐라!"

"절대 정상적인 딸내미일 리가 없다. 저거 또 차이겄다."

나정이 눈썹 흩날리도록 뛰어나가는 해태를 한심하다는 듯 바라보고 있었다.

늦은 저녁. 나정의 예상은 빗나가지 않았다. 그럼 그렇지 싶어, 나정이 혀를 끌끌 찼다.

"내가 차인다고 그랬제? 딸내미 그거 발랑 까졌다고! 어떤 놈한테 뺏겼는데? 누구고?"

해태의 대답을 들은 나정이 경악했다.

"에이, 등신아! 뺏길 사람이 없어서, 97학번, 새내기한테 여자를 뺏기는 게 말이 되냐?"

"노래를 잘해야… 노래방에서 걔 친구들, 내 친구들 불러서 같이 놀았는데, 글쎄 못 생긴 동아리 후배한테 반해서 홀랑 따라 나갈 줄 누가 알았겠냐. 그 놈이 노래를 겁나 잘해…."

윤진이 버럭, 소리를 질렀다.

"염병. 그걸 그냥 쳐 보고만 앉아 있었대!"

어쩌겠느냐 하더니, 해태가 절박하게 나정을 쳐다보았다.

"나정아. 도저히 안 되겠다. 니 친구 소개시켜 준다 그런 거 있자네. 아직도 유효하냐?"

"하모. 내일 당장 만나라. 내 친구 억수로 섹시하게 생겼다. 연대 엄정화."

나정이 허벅지를 매끈히 훑는 시늉을 했다. 해태에게 돌연 생기가 돌았다. 이번만큼은 정말이지 조금은 다를지도 몰랐다. 기대에 찬 해태가 씽긋 웃었다.

하지만 해태의 기대는 어처구니없이 틀어졌다. 나정은 질색할 수밖에 없었다. 유부남, 심지어 애 딸린 유부남, 걔가 더 노래를 잘해, 그래서 엄정화가 따라 나갔다는, 어제와 다를 바 없는 이유 때문이었다. 불쌍하게 보다 말고, 윤진이 해태의 등짝을 퍽 때렸다.

"차여도 싸다, 싸! 이 상등신아! 니가 진짜 걔들이 좋아 죽었으면, 어떻게든 잡았겠지! 안 그냐? 가려는 가시내 손목이라도 확 잡아채든가, 가지 말라고 사정을 하든가."

윤진이 휙 소파에서 일어났다. 사랑에 온 열정을 쏟는 것 같지만, 해태는 누구보다 텅 비어 있었다. 그 이유가 무엇일까 생각하다가, 윤진의 고민 속에서 점점 선명해지는 이름 하나를 떠올렸다. 방으로 가려다 말고, 윤진이 넌지시 해태를 뒤돌아보았다.

"아, 근디… 이건 내가 진짜 궁금해서 물어보는 것인디… 애정이는 요새 뭐한대?"

해태는 굳어가고 있었다. 방금 전의 허탈함은 비교가 안 될 충격과 우울함으로.

"거봐라! 고것이 정답이다. 말이 안 나오고, 심장이 벌렁거리지? 어이, 해태 어린이! 새 여자친구 만들기 전에, 자네 첫사랑인 애정이부터 정리하소. 애먼 여자들 괴롭히지 말고."

기억과 추억 사이, 어딘가에 존재하던 작은 돌멩이가 데굴데굴 굴러오고 있었다. 누구든 자기답게 여무는 순간이 있다. 깨지고 비우고 부딪치고, 결국은 채우면서 단단해지는 순간들이. 해태는 한 없이 작기만 한, 그러나 불가피한 돌멩이로 인해 매번 비슷한 자리에서 넘어지는 걸 느껴야만 했다. 넘어진다, 넘어질까, 넘어갈 수 있을까. 웃다가도 선득해졌던 후회. 시간의 거슬렀던 그리움. 아무리 외면해도 지워지지 않았던, 애정, 이라는 첫사랑이 그 돌멩이에 응집되어 있었다. 그날 밤. 해태는 도무지 잠을 이룰 수 없었다.

〉〉 1997년 11월, 서울특별시 서대문구 창천동

이른 아침부터 나정은 전화기 앞에만 오매불망 앉아 있었다. 합격 발표 날짜는 오늘이었지만, 면접을 제일 잘 봤던 고려증권에선 아직 연락이 없었다. 초조함에 몸을 덜덜, 전화벨이 울리기 무섭게 나정은 냅다 수화기를 집어 들었다. 귀 기울이던 나정이 확 밝아졌다. 텔레비전을 보고 있던 동일과 빨래를 개키고 있던 일화도 어언간 숨을 죽였다. 감사합니다, 연신 머리를 조아리다가 나정은 울먹거리며 전화를 끊고 있었다.

"내 합격했단다! 최종 합격했다고, 다음 달부터 신입사원 연수 있으니까 준비하란다!"

"안 그래도 윤진이 입사 파티 하기로 한 거, 다들 모이기로 한 거, 오늘 밤에 진짜 큰 파티 한번 해야 되겠다! 당신, 나가서 샴페인 좀 사온나! 나는 잡채 좀 해야 되겠다!"

나정만큼이나 날아갈 듯 좋아, 일화가 동일을 붙잡고 방방 뛰었.

밤 아홉시 오십분, 신촌하숙은 축제가 벌어졌다. 모두의 환호 속에 동일이 샴페인을 흔들었다. 떠들썩한 소리와 함께 걱정의 마개가 벗겨지고 있었다. 까르륵 터져버린 웃음, 생동하는 기쁨, 사방에 비처럼 뿌려지는 샴페인과 축하로 물든 거품이 흩날렸다. 그러나 그 순간, 무심코 텔레비전 화면을 바라봤던 나정이 서서히 미소를 거두고 있었다. 생각의 배속이 느려지던 것도 잠시, 나정이 한껏 신난 동일을 조용히 불렀다.

"오냐오냐! 우리 딸내미부터 한 잔 따라줘야제!"

놀랐지만 차분하게,

"아빠…."

나정은 여전히 텔레비전을 보고 있었다. 나정을 따라 고개를 돌린 동일이 샴페인 잔을 휘청, 식구들의 눈이 충격으로 불현듯 커졌다. 믿을 수 없었다. 웃음이 지워진 자리를 'IMF 구제금융 요청' 속보가 대신 메우고 있었다.

1997년 11월 21일. 윤진의 첫 출근 날, 나정이 생애 최초로 채용 합격 통보를 받은 날, 거짓말처럼 나라가 망했다. 대한민국은 하루아침에 아시아의 용에서 지렁이가 되었을 뿐만 아니라 엑스세대는 저주받은 학번이 되었다. 동일의 월급은 반 토막이 났고, 윤진은 회사로부터 당분간 월급이 나오지 않는다는 얘기를 들었다. 그렇게 애태우던 나정의 직장에서도 소식이 왔다. 마당으로 달려 나간 나정이 등기 우편물을 뜯었다. 눈시울이 붉어진 채 나정은 맨발이 얼얼하도록 꾹 힘을 주고 있었다. 채용 취소 통보였다. 백통이 넘는 이력서를 낸 뒤 겨우 들어간 직장. 나정은 첫 출근도 못해 보고, 또다시 취업 준비생이 되었다.

자기 소개서 작성, 면접, 공부. 끝도 없이 반복되면서도 긴장되는 일상을 견뎌내던 어느 날, 나정에게도 드디어 놀라운 소식이 찾아왔다. 공사로부터의 합격!

"그리고 성나정 씨, 축하할 일이 하나 더 있네요. 해외파트로 발령 났어요. IMF 때문에 호주로 워킹홀리데이가 많이 몰려서, 인력 충원이 필요한데, 딱 그 케이스로 뽑히셨어요."

수화기 너머의 말을 듣고 있던 나정이 활짝 웃다가, 얼마 못 가 점점 어두워지고 있었다.

"출국 날이 1월 10일. 그리고 2년간 호주 근무라고."

쓰레기의 심각한 목소리가 병원로비를 울렸다. 그렇다고, 나정이 고개를 끄덕거렸다.

"정아… 우리 결혼식이 1월 25일이다."

"오빠… 우리 결혼… 2년만 미루면 안 되나?"

미안한 마음에 나정은 겨우 입을 떼고 있었다.

"공사 진짜 들어가기 힘든 데다. 오빠도 알잖아. 거기 나… 면접 본 곳 중에 유일하게 연락 온 데다. 이번 기회 아니면… 올해 취직 못할 수도 있다. 나한테는 마지막 기회다, 오빠."

나정이 진심을 다해 쓰레기를 바라보았다. 어이가 없고 당황스럽지만, 쓰레기는 별 내색 없이 반지만 만지작거리고 있었다. 어떤 상의는커녕 혼자 매듭지이비린 나정의 결성이었다. 청첩장이며, 계약한 집이며, 하물며 부모님께 어떻게 설명해야 할지조차 몰라 쓰레기는 눈앞이 깜깜해졌다. 이윽고 쓰레기가 그런 나정을 마주 보았다.

"안 된다."

"오빠… 나한테는 제일 중요한 일이다. 내 인생이 걸린 일이다. 내 한 번만 봐도…."

간절한 나정만큼이나 쓰레기는 단호했다.

"그냥 여기 있어라. 내가 벌면 된다."

나정의 표정이 굳었다. 그렇게밖에 말할 줄 모르는 쓰레기가 서운해서, 실망스러워서, 너무나 원망스러워서 나정은 끝내 눈물을 쏟았다. 의자에서 일어난 나정은 그대로 사라졌다. 멀어져가는 나정의 뒷모습을 바라보다가, 적지 않은 시간을 쓰레기는 병원 정원을 서성였다.

다음 날 아침. 신촌하숙 거실에 나란히 앉은 쓰레기와 나정은 한동안 말이 없었다.

"정아. 오빠가 어제… 반대로 한번 생각해 봤다. 정이 니가 돈 벌 테니까 같이 호주 가자고 하면, 나도 여기 일 다 버리고 갈 수 있을까… 생각해 봤거든."

창밖만 초점 없이 내다보던 쓰레기가 나정을 문득 바라보았.

"나도 못 갈 것 같다. 니 일인데… 오빠가 너무 쉽게 생각해서 미안."

나정이 왈칵 주체할 수 없는 눈물을 흘리고 있었다.

"뒷정리는 오빠가 할게. 기다릴 테니까 갔다 온나… 최선을 다해서… 2년간 버텨 보자."

"오빠 미안… 내가 진짜 미안….'

어떻게 해야 할지, 명백해 보이면서도 한편으론 모든 게 흐릿해지고 있었다. 쓰레기가 펑펑 우는 나정을 안았다. 그리고 눈을 꼭 감았다. 지금 이 마음을 잊지 않겠다는 듯이.

나정이 떠났다. 보고 싶어서 아무 것도 손에 안 잡힐 때면 오래도록 통화를 하던 날들. 내 사람이 여전히 그곳에 있다는 안도감, 익숙한 웃음, 살가운 위로가 물리적인 거리를 채웠다. 특별한 인연이라고, 나정은 생각했다. 20년을 오누이처럼 지냈고, 힘든 짝사랑의 시간도 견뎌냈으며, 결혼식을 한 달 앞두고 장거리 연애를 시작할 만큼, 우린 아주 특별한 인연이라고. 눈에서 멀어지면 마음에서도 멀어진다는 얘기는 그래서 그저 평범한 연인들에게나 쓰이는 말인 줄 알았다. 하지만 그 특별함도 시간 앞에서, 생활 앞에서, 지극히 평범해져가고 있었다. 하루하루 줄어가는 연락. 확연한 시차의 대가는 강렬했다. 그리움이 비어가는 자리는 넘치는 일이 대신 채워나갔다. 쓰레기와 나정은 누구나 그렇듯 소홀해졌고, 모두가 그렇듯 무뎌졌다. 그 소홀함과 무뎌짐에 익숙해져버렸다. 사랑이 얼마나 연약한지 깨닫는 데에는 오랜 시간이 걸리지 않았다. 그리움의 모양대로 그을린 마음이 결국 또 다른 사랑의 절기를 지나고 있었다. 그렇게 쓰레기와 나정은 헤어지지 않은 채 헤어졌다.

〉〉1999년 12월 31일, 서울특별시 서대문구 창천동

현관문으로 들어선 나정이 놀라 주위를 두리번거렸다. 갑자기 소란스러웠다.

"야! 니네 오늘 밀레니엄 전날….."

니정이 밀하거나 발거나, 종로에 간다는 윤진과 삼천포에 이어 진이와 데이트하기로 한 빙그레도 분주하게 집을 빠져나가고 있었다. 동일과 함께 디너쇼를 보러 나서는 길.

"우리 딸, 온 지 일주일이 넘었는데도 볼 때마다 좋네! 떡국 많이 끓였다. 챙기 무라."

일화가 나정의 엉덩이를 두드리다가, 고개를 갸우뚱거리며 작게 혼잣말을 했다.

"근데 어제부터 해태가 안 보이노? 집에 내려갔나?"

모두 나가 조용한 거실. 외투를 벗은 나정은 2층을 올려다보았다. 나정이 조용히 삼천포의 방문을 열었을 때 해태는 축 처진 채 컴퓨터 앞에 앉아 있었다. 컴퓨터 창으로 잃어버린 선생님도 친구도 찾아준다는, 아이러브스쿨 화면이 보였다. 친구 찾기 위에서 깜박이는 커서,

"…애정이 찾아본 기가? 쪽지 한번 보내보지?"

나정은 단박에 해태의 마음이 어디로 향하는지, 알 수 있었다.

"벌써 보냈어. 어제 두 통이나. 근디 답이 없다. 아따, 쪽팔린 거! 사실 오늘 우리 초등학교 동창회가 있거든. 쪽지에 답이라도 주면, 나가서 맘 편히 얼굴이라도 볼까 했드만."

나정을 보더니, 해태가 힘없이 웃었다. 답답이도 이런 답답이가 있나, 나정은 찰싹찰싹, 손바닥으로 귀엽게 해태의 뺨을 때리고 있었다.

"정신 차려, 친구야. 달랑 쪽지 두 통 보내 놓고, 쪽팔리기는 무슨. 니 한 6년 만에 연락한 거 아이가? 후회하지 말고, 만날 수 있을 때 만나라. 내가 보기엔 이번이 마지막 기회다."

어안이 벙벙한 해태가 나정을 바라보았다.

"니가 아직도 애정이를 좋아하는지 아닌지… 확인할 수 있는 마지막 기회."

나정이 콕, 맥락을 짚었다. 나정의 그 말이 후드득, 해태의 마음 깊숙이 내려앉고 있었다.

그날, 해태는 용기 내어 동창회에 나갔다. 오랜만에 보는 얼굴들이 반가우면서도, 해태는 내심 한 사람만 기다렸다. 전화해봐, 하고 동창이 애정의 번호를 건네준 순간, 해태는 술집 입구로 나와 숨부터 골라야만 했다. 남자친구는 있을지, 이제 와서 돌이킬 수 없을 만큼 너무 먼 시간을 흘려보낸 건 아닌지, 애정의 마음은 어디쯤 있는지, 모든 것이 불투명했다. 불안했지만, 무엇보다 두려웠지만, 끌렸다. 해태가 핸드폰을 들어 꾹꾹, 애정의 전화번호를 눌렀다. 통화연결음이 이어졌다. 긴장한 해태는 안절부절 못하고 있었다. 갑자기 뒤에서 들려오는 전화벨소리. 해태가 천천히 몸을 돌렸을 때.

"오랜만이다. 호준아. 하나도 안 변했네… 똑같다…."

그곳에 애정이 수줍게 서 있었다. 차마 다가가지 못하고, 말도 꺼내지 못해, 해태는 그대로 애정을 바라보았다. 해태가 들어가려는 애정의 팔을 붙잡았다. 머뭇머뭇, 말을 고르려는데, 술집 야외 스피커에서 푸른 하늘의 〈꿈에서 본 거리〉가 흘러나오고 있었다.

"저기… 이 노래, 5집 맞제?"

"4집."

애정이 웃었다. 그런 애정을 보다 말고, 툭, 해태가 빠르게 말했다.

"보고 싶었다. 겁나… 보고 싶었어."

단 한 번도 부친 적 없던 마음속 진심. 삐뚤빼뚤 써내려간 진심이 시간의 그늘을 묻고, 고스란히 남아 있었다. 보고 또 들여다보던 마음이 이따금 애달팠다. 성큼, 발걸음을 뗀 해태가 애정을 안았다. 사랑을 깨달은 시간이 더뎠다. 소인도 없이, 우표도 없이, 오랜 시간 정처 없이 떠돌던 마음이 애정을 만나 비로소 꿈이 되었다. 머지않아 그 꿈은 현실이 되고 있었다. 가만히 안겨 있던 애정이 해태를 푹 껴안았다. 어느새 환하도록 눈이 내리고 있었다.

그러고 보니 12월 31일은 몰래 오는 법이 없었다. 설원을 담은 풍경, 나정이 2층 거실에 앉아 창밖을 우두커니 바라보았다. 뜯지도 않은 맥주, 소주, 양주, 막걸리가 바닥에 놓여 있었다. 1996년 1월의 어느 날, 이 자리에서 지구 종말이 오는지 안 오는지 모두 모여 확인하자던 약속 시간이 마침내 가까워지고 있었다. 쾅, 하고 대문 닫히는 소리가 들려왔다. 나정이 베란다에 서서 마당을 내려다보는데, 건장한 한 남자가 모자를 쓴 채 마당을 가로질렀다. 초조함, 기대감, 불안감이 난데없이 뒤섞인 표정으로 나정은 얼음이 되어 있었다.

현관문이 열리는 소리, 거실을 걸어오는 소리, 꼼짝도 못하고 선 나정이 점점 가까워지는 소리를 들었다. 계단을 올라오는 남자의 모습이 조금씩 가까워지고 있었다. 모자를 건너, 이마를 건너, 차츰 고개를 든 사람은 칠봉이었다. 주춤주춤, 소파에 앉은 뒤에도 어색한 분위기는 좀처럼 풀릴 줄을 몰랐다. 놀란 나정이 칠봉을 바라보았다.

"어떻게… 안 까먹었네… 딴 아이들은 다 잊어버렸던데… 언제 왔노?"
"좀 전에… 지금 공항에서 오는 길이야."
"맞나? 근데 니….'"
하고, 나정이 뜸을 들였다. 바짝 긴장한 칠봉이 나정을 마주 보고 있었다.
"배 안 고프나? 라면 끓여 먹을까?"
뜬금없어 칠봉이 피식 웃었다. 잠시 후 칠봉이가 라면 냄비를 들고, 2층으로 올라왔다.
"근데 지금 몇 시고? 새해 아직 안 됐나?"
"어? 다 됐어. 10초 남았어."

칠봉이 거실 벽시계를 올려다보았다. 시계 타이트가 12시 정각까지, 정확히 10초 남아 있었다. 후루룩, 라면을 먹던 나정이 칠봉을 언뜻 살폈다. 잊을 수 없는 '시간'이 다가오고 있었다. 스무 살, 삼천포에서의 마지막 밤. 그 장소를 찾아가는 기억 때문에 나정은 문득 긴장하고 있었다. 칠봉이 작게 카운트다운을 셌다. 12시 정각. 나정의 눈을 보던 칠봉이 해피 뉴

이어, 하고 소곤거렸다. 첫 키스. 울퉁불퉁했던 그때의 열기. 나정에겐 지금 이 순간이 기억의 장소였다. 나정은 자기도 모르게 손으로 입을 막고 있었다.

#18
운명을 믿으세요?

》 2000년 1월, 서울특별시 서대문구 창천동

　1999년 12월 31일. 지구의 종말은 오지 않았다. 눈물의 대학원. 면접도 아닌, 서류에서 탈락. 이후 일 년의 취업 재수. 그 고통의 시간을 지나 작년, 삼천포는 당당히 대기업에 입사했다. 대기업 화이트칼라로서 삼천포가 직장에서 맡고 있는 업무는 세상 가장 가치 있고, 힘든 일. 무려 복사하기와 팩스 보내기였다. 이렇듯 삼천포가 직장에서 '바보놀이'를 하고 있을 때 윤진은 월급조차 나오지 않던 여행사를 끝끝내 버텨낸 후 어느덧 입사 3년차가 되었다. 의대가 싫어 2년을 방황하던 빙그레는 벌써 본과 3학년이 되었고, 호주로 떠났던 나정은 불같은 성질 그대로 돌아왔다. IMF의 여파로 프로야구 구단들이 코칭스태프 숫자를 줄이는 바람에 동일은 지난 2년 동안 친구의 사업을 도왔다. 그리고 올해, 동일은 다시 서울쌍둥이 코치로 복귀했다. 연봉이 자그마치 50퍼센트나 깎인 채.

늦은 밤, 신촌하숙.

일화가 대형 냄비를 식탁에 올려놓았다. 모락모락 피어오르는 연기, 고소한 냄새, 열린 뚜껑 너머 한가득 삶은 게를 보자마자 하숙생들의 입에서 일장 탄성이 튀어 올랐다.

"그나저나 우리 딸, 호주서 겁나 굶었는갑네. 아귀새끼마냥 먹을 것에 환장을 하는 것 보믄."

동일의 얼빠진 눈길이 돌연 나정에게 가닿았다. 눈 뒤집혀, 소매 걷어 부치고, 나정은 이미 게를 뜯고 있었다. 마침 초인종 소리가 들려왔다. 해태가 성큼 자리에서 일어났다.

"제가 나가 보겠습니다. 근디 이 밤에 누구대?"

머지않아 돌아온 해태는 오락가락, 부엌 입구에 선 채 흥분한 목소리를 높였다.

"나가 지금부터 딱 10초 줄라니께 방에 가서 언능 카메라 들고 와! 언능!"

모두들 벙하니 눈만 깜빡깜빡,

"대한민국이 낳고, 이 신촌하숙이 배출한 최고의 빅스타. 어디 댕기기만 하믄 구름 같은 소녀 팬들이 몰려와불고…."

하는데, 좀 비켜봐, 하고 칠봉이 해태를 밀었다. 예상치 못한 칠봉의 등장에 부엌은 금세 소란스러워졌다. 칠봉은 나정 바로 옆자리에 앉고 있었다. 삼천포가 칠봉에게 물었다.

"근데, 니 언제 다시 미국 가는데? 이번에는 좀 오래 있나?"

"보름 정도. 1월 말에 가."

칠봉의 대답을 듣던 삼천포가 번쩍, 눈을 키웠다.

"맞다! 그라모 니도 이번에 면허나 따라."

'응?'

나정과 칠봉이 똑같은 표정으로 삼천포를 바라보았다.

"시간 난 김에 한국에서 면허나 따서 가라고. 어차피 미국에선 면허 따기 힘들다 아이가."

"그러네. 나정아. 니 무슨 2박 3일 만에 속성으로 면허 따는데 찾았다 글지 않았냐?"

삼천포의 의견에 동의하는 해태를 따라, 어느덧 윤진도 장단을 맞추고 있었다.

"그래. 나정이 니 혼자 댕길라믄 심심할 텐데, 애 데리고 다니면 되겠네. 전주라 안했냐?"

나정이 칠봉을, 칠봉이 나정을, 힐끗 어색하게 건너다보았다.

다음날 밤, 2층 거실에 모인 빙그레, 해태, 삼천포, 윤진은 박장대소를 터뜨리고 있었다. 전주 운전면허 연습장으로 떠났던 첫날. 나정은 당연히 칠봉 또한 필기시험을 통과했을 줄 알았다. 아무리 생각해도 나정은 기가 막혔다. 한참을 웃던 해태가 칠봉을 타박했다.

"야! 대충 찍어도 반은 맞추겠다! 43점이 뭐냐! 43점이! 우리 할머니도 50점은 나오겠다!"

휴대폰이 울리는 소리. 전화를 받으면서, 빙그레가 자리에서 일어났다.

"여자친구 일 끝나간대. 가서 잠깐 얼굴만 보고 올게."

해태가 빙그레를 슬며시 흘겼다.

"하여튼 유난은… 열부 났다! 열부 났어! 왜? 간식도 사다 바치지 그러냐?"

다시 휴대폰이 울리는 소리. 전화를 받는 동시에 해태의 얼굴은 확 밝아지고 있었다.

"애정이냐? 지금 끝났대? 회사에 쫌만 있어이? 금방 갈 거니께. 뭐 사갈까? 떡볶이?"

친구들이 어이없어 해태를 바라보았다. 윤진이 헐레벌떡 사라지는 해태를 눈으로 좇았다.

"좋을 때다…."

또 휴대폰이 울리는 소리. 고개를 갸우뚱,

"자기야? 어딘데? 내가 데리러 가까? 우리 자기, 뭐 먹고 싶은 거 없나? 소주? 맥주?"

휴대폰을 든 윤진이 서서히 고개를 돌렸다. 윤진을 향해 휴대폰을 흔들어보이던 삼천포가 찡긋, 윙크를 날렸다. 재미 들린 삼천포는 가까스로 씰룩씰룩 웃음을 참고 있었다.

"재롱도 가지가지다. 가지가지. 전화비가 썩어 문드러지냐? 어? 돈 번다고 이제 돈 아까운 줄 모르냐? 코앞서 뭔 전화질이대? 전화질은! 닌 오늘 나한테 죽었어!"

윤진이 냅다 삼천포의 귀를 잡아끌었다. 웃던 나정과 칠봉이 문득 주위를 둘러보았다. 모두 가고, 어느새 둘만 남아 있었다. 멋쩍은 기운을 쫓으려 나정이 휘휘 일어섰다.

"니 내일 진짜 시험 보러 갈 거가? 또 떨어지면 우짤라꼬?"

"오늘 밤엔 공부할 거야. 나, 오늘 동준이 방에서 자도 되지? 새벽에 출발해야 되니까."

"오이야. 잘 자라. 내일 보자."

가는 나정을 보며, 칠봉은 혼자 씩 웃고 있었다.

윤진과 삼천포, 나정과 칠봉이 집을 나섰다. 다녀오겠다는, 넷의 인사가 거실을 울렸다.

부엌에서 나온 일화가 대접에 담긴 커피 넉 잔을 테이블 위로 내려놓고 있었다.

"나정이 없을 때는 절 같더만, 인자 사람 사는 집 같다. 이럴 때 우리 쓰레기만 있으면 딱 좋겠구만."

얼음. 해태와 빙그레가 순간 동일의 눈치를 살폈다. 동일이 호로록 한숨을 내쉬었다.

"염병할 것들… 나가 그것들 땜에 그 친한 용식이랑 1년을 통화도 못했다니께. 안 그래도 요번에 용식이 심장 검사 받으러 병원 온다니까 오랜만에 병문안이나 갈라네."

"근데 성균이랑 윤진이는 결혼 안 한다나?"

"그러니께! 쟤들도 연애할 만큼 하고, 둘 다 취직도 했으니께 식 올려야 할 건디."

"결혼할 인연은 따로 있다. 둘이 진짜 인연이면 결혼 안 하겠나?"

"그러니께. 사람 일을 어찌 안당가…."

대화 끝에 정적. 동일과 일화는 먼 창밖을 내다볼 뿐이었다.

윤진도 말없이 삼천포를 바라보고만 있었다. 캠퍼스 커플, 3년 동안의 연애, 레스토랑을 통째로 빌려서 했다는 프러포즈, 소소한 사연이 녹아 있는 찬규 선배의 결혼식. 그보다,

"우린 아직 결혼할 생각이 없는데."

삼천포의 그 한마디가 윤진의 마음을 먹먹히 뚫고 지나가는 중이었다. 결혼 언제 할 거냐고 물은 기태가, 또 동기들이, 도리어 당황해서 윤진의 기색을 살피고 있었다. 물론 틀린 말은 아니었다. 정해진 건 아무 것도 없었으니까. 하지만 그 불확실성을 너무도 쉽게 인정해버린, 삼천포 혼자만의 생각이 윤진을 철저히 소외시키고 있었.

"결혼은 인륜지대사 아닌가? 신중하게 결정해야지."

그렇게 말하고, 삼천포가 피로연 음식을 먹기 시작했다. 당황했던 윤진이 헛기침을 했다. 애써 아무렇지도 않다는 듯 윤진은 다음 말을 내뱉고 있었다.

"아야! 결혼은 무슨… 누구 인생 망칠 일 있냐? 글고 야가 나보다 두 살 어리자네… 그러니께 더 커야지. 이런 핏덩이랑 어찌 결혼을 한대."

삼천포가 눈치 없이 해맑게 웃었다. 확신이 없다면, 지금의 이 관계도 언젠가 힘을 잃어버릴 터였다. 미래, 약속, 결혼, 영원. 그러고 보니 삼천포는 그런 단어들을 단 한 번도 먼저 꺼낸 적이 없었다. 이 사랑, 아니, 어쩌면 자기 자신조차 언젠가 힘을 잃고 삼천포에게서 멀어질지도 모른다는 사실이 윤진을 매섭게 할퀴고 있었다. 오래지 않아 윤진은 결국 자리를 떴다.

몇 시간이 지나고 다시 신촌하숙. 화났지만 태연한 척, 화장대에 앉은 윤진이 삼천포를 돌아보고 있었다.

운명을 믿으세요?

"왜? 뭔 일 있냐?"

쭈뼛쭈뼛, 윤진의 방으로 들어선 삼천포는 계속해서 윤진의 곁을 맴돌고 있었다.

"아니. 뭐. 딴 기 아이고… 내일 영화 보러 갈 거제? 해태가 예매했단다. 오랜만에 하숙집 식구들끼리 영화 보자고. 박하사탕! 우리 저번에 볼라캤다가 못 봤다 아니가."

"내일 퇴근 빨리하든…아야 피곤해. 가."

윤진이 삼천포를 슥 지나쳤다. 평소와 다른 윤진이 신경 쓰여서 삼천포는 주춤주춤, 걸음을 뗐다. 윤진의 휴대폰이 울렸다. 수화기 너머로 귀 기울이던 윤진의 목소리가 몰라보게 밝아지고 있었다. 휙 뒤돌아선 삼천포가 통화를 마친 윤진을 쏘아붙였다.

"누군데? 또 조 대리? 지금 시간이 몇 신데? 이 시간에 와 니한테 전화하는데?"

"소개팅 들어왔는디, 해도 되냐고… 나랑 선배랑 친하게 지낸 게 어디 하루 이틀이냐? 새삼스럽게 시비대. 아야. 우리 선배가 술 먹고 댕기는 느 그 선배들이랑 같은 줄 아냐?"

"그니까 그걸 니한테 와 물어보냐고! 조 대리 그놈아 니한테 마음 있는 거다! 가시나 니 행동 똑바로 해라!"

화가 치민 윤진이 확 언성을 높였다.

"염병! 나가 뭔 잘못을 했다고! 그냥 회사 선배자네! 닌 신경 꺼야!"

삼천포가 지지 않고 맞받아쳤다.

"어떻게 신경이 안 쓰이는데! 내 요새 니 때문에 일이 손에 안 잡힌다!"

"아야. 신경 쓰고 일이나 열심히 해라. 어차피 니랑 나, 결혼할 사이도 아닌디 뭐하려고 그리 신경을 쓰고 그래 쌌냐? 안 그냐?"

열 받은 윤진이 방을 뛰쳐나갔다. 당황한 삼천포는 그대로 멈춰 있었다.

"얼른 가서 미안하다 캐라!"

나정이 식탁 건너편에 앉은 삼천포를 나무랐다. 멍했던 삼천포가 퍼뜩 정신을 차렸다.

"내가 와? 내는 잘못한 거 없는데."

"니 그라모 윤진이랑 헤어질 거가?"

"아니. 내 윤진이랑 결혼할 건데."

"그럼, 윤진이한테 우리 결혼할 거니깐 기다리라고 가서 말해라."

왔다갔다, 시계추처럼 오가던 대화가 뚝 끊겼다. 삼천포는 이해할 수 없었다. 때가 되면 어련히 알아서 실현될 말이었다. 엄연히 미래형인 일들을 무턱대고 현재로 불러들일 수는 없었다. 삼천포에겐 시간이, 노력이, 무엇보다 차곡차곡 쌓이는 계획이 필요했다. 사랑한다는 이유 하나만으로 지금 당장 빈말을 할 수는 없었다. 삼천포는 끝내 뜻을 굽히지 않았다.

"아! 진짜! 그냥! 대충 지금 결혼하자 그러라고! 이 답답아!"

열불 천불 속 터지던 나정이 삼천포를 퍽퍽 때리고 있었다.

전주에서 서울로 올라오는 버스 안, 나정은 또 한 명의 답답이를 마주하고 있었다. 칠봉은 애꿎은 얼굴만 긁적긁적, 아까부터 나정의 시선을 피하고 있었다.

"이번엔 진짜 딱 한 문제 차이. 딱 한 문제 때문에 떨어졌어. 간발의 차…."

자그마치 세 번의 탈락. 그것도 필기시험에서.

"야. 나정아, 축하해. 드디어 합격. 서울 도착하면 내가 한턱 쏠게. 뭐 먹을래?"

엄지를 치켜드는 칠봉이 어처구니가 없어, 나정은 꽉 칠봉의 다리를 꼬집었다.

"모질아! 니 모질이! 맞제? 그런 머리로 야구는 어떻게 하는데?"

"야구하는 머리랑 같냐? 야구는 잘해, 인마."

훗훗한 다리를 문지르다 말고, 칠봉이 배시시 웃었다. 나정이 시계를 들여다보았다.

"뭐꼬? 벌써 시간이 이래 됐나? 우리 밥 먹을 시간 없겠는데. 영화 시간 다 됐다."

나정의 계산은 정확했다. 서울에 도착해, 칠봉과 나정은 부리나케 영화관으로 향했다. 어두운 극장 안. 영화가 시작되고, 칠봉이 나정의 팝콘과 콜라를 함께 먹고 있을 때, 옆에 앉은 누군가가 칠봉의 팔을 툭, 쳤다.

"저기… 주간스포츠 윤형식입니다. 전에 특집기사로 인터뷰 했었는데, 기억하시죠?"

기억은 났지만, 난감했다. 기자는 슬쩍 나정을 건너다보고 있었다. 행여나 나정에게 피해라도 갈까, 영화가 끝난 뒤 칠봉은 서둘러 영화관을 빠져나와야만 했다. 극장 로비 한편, 사람 없는 곳에서 칠봉은 기자와 거듭 마주 섰다.

"기사 쓰지 마세요. 부탁합니다."

"여자친구는 맞죠?"

칠봉이 담백하게 묻는 기자를 마주보았다.

"아직은 아니에요. 아직은 저 혼자 좋아하는 거예요. 나중에 정식으로 사귀면, 그때 기자님한테 가장 먼저 알려드릴게요. 오늘은, 부탁드립니다."

칠봉의 부드럽고도 솔직한 대답에 기자는 호감을 느끼고 있었다. 칠봉이 꾸벅, 고개를 숙였다. 알겠다는 몸짓. 이해한다는 눈빛. 그 끝에 기자가 칠봉을 따라 눈웃음을 보냈다.

동일이 용식을 눈으로 훑었다. 끄떡없다는 심장검사 결과만큼 용식은 그 어느 때보다 건강해보였다. 내심 안심한 동일이 그제야 병실 보조 침대에 기대앉았다. 용식이 웃었다.

"나정이는 잘 있제?"

"잘 있지… 그렇게 난리를 피고 들어간 회사인디… 잘 댕기제. 니 아들은 어찌 산대?"

"잘 사는 거 같더라. 그 놈이 연락을 잘 하나? 내도 입원할 때 얼굴 딱 한 번 봤다."

용식이 일어나 신발을 신었다.

"가자. 니 가는 길에 내도 우리 아들 얼굴이나 보지, 뭐. 아까 일 끝났다고 전화 왔더라."

잠시 생각하던 동일이 용식을 불러 세웠다.

"아야. 니는 좀 있어봐. 그 아들, 나가 좀 먼저 볼라니께."

병원 로비는 고요했다. 밤이라, 사람 없이 어두운 실내, 차마 다가서지 못하고, 쓰레기는 동일을 발견한 그 자리에 얼어붙어 있었다. 동일이 쓰레기 쪽으로 고개를 돌렸다. 부쩍 야윈 몸. 십리는 꺼진 눈매. 푸석푸석한 얼굴이 한눈에 들어왔다. 동일이 바닥만 내려다보는 쓰레기를 향해 툭툭, 의자를 두드렸다. 쓰레기가 겨우 동일 옆에 앉았다.

"밥은 묵었냐?"

"예. 아부지. 죄송합니다. 인사도 못 드리고…."

"죄송하기는… 뭣이 죄송하대… 이렇게 정신없이 바쁜데 전화하는 놈이 미친놈이지."

쓰레기는 어쩔 줄 몰라 하고 있었다. 고르지 못한 상처들 때문에 자기 안으로 숨기 바빴던 시간. 어른들의 기대를 저버렸다는 두려움. 감당하기 어려웠던, 그러나 견뎌야만 했던 자괴감. 무엇보다 다시 그 이름을 부를 수 없다는 상실감. 그렇게 너덜너덜해진 마음 붙잡고 속으로 울음을 삼켜야만 했던 쓰레기였다.

"아들아. 나가 안 있냐… 니 나정이랑 연애한다고 했을 때 왜 처음부터 반대한 줄 아나?"

쓰레기가 그제야 동일을 바라보았다. 한참 동안 이어진 침묵.

"니는 어떤지 몰라도… 니는 나한테 아들이다. 훈이 가고, 가슴이 내려앉는데…."

동일이 숨을 멈췄다, 뱉었다가, 힘겹게 몰아쉬었다.

"그래도 니가 우리 집에 와 가꼬 아부지 아부지 하면서 별 쓰레기 같은 짓을 하는디, 그것을 보니께… 좀 살 것 같더라… 근데 그런 니가 나정이랑 연애한다고 하니까 처음엔 좀 서운하더라. 불안허기도 하고… 이렇게 아들 하나를 잃는구나 싶기도 허고… 나이도 스물 이짝 저짝인 저것들이 나중에 어찌 헐런가 싶기도 하고… 나가 맘이 안 좋았어야."

숨 죽여 울던 쓰레기가 중간 중간 어깨를 들썩였다.

"느그 헤어진다고 했을 때는, 내 이것들을 콱 죽여 버릴까도 생각했다. 근데… 시간이 지나고 보니깐… 다 소용없더라. 이미 벌어진 일을 어쩌겠냐… 세상일이 다 어디 내 맘대로 되냐? 더군다나 자식 일인디… 딴 건 몰라도… 나한테 니가 어떤 놈인디…."

가족, 친구, 믿음, 이해, 그 모든 것들의 교집합을 버린 채 사랑이 우선이었던 선택이었다. 지킬 수 있을 줄 알았다. 사랑이 힘없이 무너질 수 있을 거라고는, 그땐 미처 알지 못했다. 아무래도 고통스러웠다. 모두를 힘들게 만들었다는 생각에 쓰레기는 무너져 내리고 있었다.

"어떻게 니를, 이라고 얼굴 안 보고 살 수가 있대… 내가 너를 평생 안 보고 살 자신 있겠냐. 난 인자 괜찮으니께… 집에 한 번씩만 전화 넣어주라."

동일의 목소리만 감도는 적막. 마음 꽉 찬 슬픔. 쓰레기의 눈물이 후드득, 바닥으로 떨어졌다. 그 눈물의 의미를 동일은 그 누구보다 잘 알고 있었다.

"…그래도 오랜만에 아들놈한테 내가 하고 싶은 얘기 다 하니까 기분 좋구먼."

동일이 쓰레기의 손을 꾹 힘주어 잡고 있었다.

나정은 죽은 듯이 자동차 핸들만 마주 잡았다. 비장하게 운전석에 앉았지만, 아무리 그래도 시내에 나가는 건 처음. 닿을 듯 말 듯, 박을 듯 말 듯, 중앙선을 피해 거의 보도에 붙어 있던 나정이 급히 엑셀을 밟았다. 칠봉을 집까지 데려다주겠다는 호기로움은 온데간데없이, 나정은 초긴장 상태였다. 물도 안 먹어, 라디오도 안 켜, 전화도 안 돼! 옆으로 고개조차 못 돌리는 나정이 겨우 시속 40킬로미터를 유지했다. 조수석에 앉아 지켜보는 칠봉도 긴장하긴 마찬가지였다. 대낮에 신촌하숙을 나섰던 차창 위로 어언간 해가 떨어지고 있었다.

 술에 취한 상사들 비위를 맞추랴, 탬버린을 흔들랴, 회식은 좀처럼 끝날 줄을 몰랐다. 윤진이랑 레스토랑에 가려고 했는데, 오늘만큼은 윤진의 기분을 풀어주려고 했는데, 집으로 달려가는 마음과 달리 삼천포의 몸은 여전히 이곳에 붙잡혀 있었다. 박 과장이 삼천포의 손에 들려 있는 휴대폰을 홱 뺏어 보았다. '자기야'라고 저장되어 있는 이름, 동료들의 함성, 여자친구를 부르라며 분위기를 모는 박 대리. 당황한 삼천포 뒤로 김 부장까지 가세했다.
 "그래! 여자친구 불러! 제수씨도 오라고 해! 우리 올 때까지 안 갈 거다!"
 난감한 삼천포가 통화 버튼을 눌렀다. 윤진이 전화를 받았다. 숨을 들이켜던 삼천포가 겨우겨우 자초지종을 설명했다. 아니나 다를까, 윤진의 거센 육두문자가 날아왔다. 짜증 폭발한 윤진이 뚝 전화를 끊었다. 삼천포는 노래방에서 내내 상사들 눈치만 살피고 있었다. 15분, 5분, 줄어드는 시간을 따라 안도하다 말고, 삼천포는 팍 인상을 썼다. 어떻게 된 것이 좀체 줄어들지 않는 시간. 기계 속 타이머는 다시 65분이 되어 있었다. 노래방을 빠져나온 삼천포는 절망한 얼굴이었다. 급기야 윤진의 전화는 꺼져 있었다. 딸랑, 하는 소리와 함께 노래방 출입물이 열렸다. 고개를 든 삼천포는 깜짝 놀랄 수밖에 없었다. 예쁘게 차려입은 윤진이 들어오고 있었다.
 "전화 좀 그만해야. 배터리 닳겠다. 니 오늘 딱 한 번이다."
 사랑한다, 는 말로는 가닿을 수 없는 영역. 삼천포가 가장 믿고, 아름답다고 생각하는 부분은 말과 언어로 가닿는 부분이 아니라, 말로 하기를 그만 두고, 또 언어로 표현하지 않아도 전해지길 바라는 마음이었다. 사랑하는 사람이 그저 알아주길 바랐던 이유도 그 때문이었다. 하지만 삼천포는 이제야 알 것 같았다. 표현하지 않으면 모른다는 것. 지극히 개인적이었던 자신 때문에 윤진이 외롭거나 상처받을 수밖에 없었다는 것을. 감동받은 삼천포가 앞에 선 윤진을 바라보았다. 듀엣 곡을 부르는 동안 삼천포는 전에 없던 결심을 하고 있었다.

그날 밤, 윤진의 방. 나란히 앉은 삼천포가 윤진의 눈을 감겼다.
"손 내밀어봐라. 원래는 조금 있다가 주려고 했는데… 오늘 고마 줘야 되겠다."
긴장한 윤진이 반지 낄 준비 자세로 손을 내밀었다. 윤진이 재차 눈을 떴을 땐 기대와 달리 황당한 광경이 펼쳐졌다. 윤진의 손가락 사이사이에 통장 세 개가 끼워져 있었다.
"이게 뭐대? 니 시방 나한테 준다는 것이 요것이냐?"
그렇다고, 삼천포가 뿌듯한 표정을 지었다.
"윤진아, 내가 니 억수로 좋아하는 거 아나? 내도 찬규 선배처럼 니한테 멋지게 프러포즈 하고 싶은데, 나는 계획이 필요하다. 내도 이런 내가 싫은데 우짜겠노? 니가 이해 좀 해도. 니가 이해 안 해주면 누가 해주겠노…."
윤진이 점점 황당한 내색을 지우고 있었다. 삼천포가 통장을 하나하나 가리켰다.
"주택 청약 통장, 적금 통장, 나머지 한 개는 결혼식 통장이다. 아직 결혼식 통장이 다 안 됐다. 이 통장이 만기 되면, 그때… 니한테 프러포즈 할게. 그때까지만 좀 참아도. 알긋제."

고개를 끄덕끄덕, 윤진의 눈시울이 붉어졌다. 삼천포가 윤진을 꼭 끌어안았다.

"그라고, 그 선배 한 번만 더 니한테 전화하면, 대가리 쥐 뜯어버린다 해라. 알았제?"

또다시 고개를 끄덕끄덕, 삼천포의 품에 안긴 윤진이 픽, 웃었다.

어느덧 자정이 지난 시간. 은마 아파트 주차장에 차를 세우자마자, 나정은 일화의 전화를 받고 있었다. 동일이 술 먹고 세차장 구덩이에 빠졌다는, 그래서 당장 수술이 필요하다는 연락이었다. 나정의 마음이 단박에 급해졌다. 아무리 손을 흔들어도, 택시는 도통 서질 않았다. 어떡하지, 안절부절 어쩔 줄 모르던 칠봉이 마침내 나정에게 손을 내밀었다.

"나정아! 키 줘봐. 얼른."

운전석에 앉은 칠봉을 보던 나정은 더더욱 흐리멍덩해졌다. 칠봉이 이리저리 차선을 바꾼 채 속도 높여 달리고 있었다. 초보 운전자의 솜씨가 아니었다. 병원 주차장. 벨트를 풀던 나정이 칠봉을 노려보았다. 달려 나가는 나정을 칠봉이 뒤따랐다. 동일의 수술이 무사히 끝난 뒤 이번엔 나정이 칠봉에게 손을 내밀었다. 손가락을 까딱까딱, 지갑을 내놓으라는 뜻이었다. 눈치를 보던 칠봉이 머뭇머뭇, 지갑을 꺼내주었다. 나정의 눈길이 지갑 맨 위로 보이는 칠봉의 면허증에 머물고 있었다. 열 받은 나정이 칠봉을 잔뜩 째려보고 있었다.

"미안. 진짜 말하려고 그랬어! 근데 분위기를 그쪽으로 몰아가니깐… 타이밍을 놓쳤어."

"뻥칠 게 따로 있다! 사람을 와 바보로 만드는데!"

"야, 그럼, 어떡하냐… 보름 뒤면 다시 미국 가야 되고… 시간은 없는데…."

계속 째려보는 나정을 의식한 칠봉이 결국 나지막이 운을 뗐다.

"그래. 일부러 그랬다. 작년 12월 31일. 그날 너 다시 보고… 이번에 놓치면… 정말 끝이라고 생각했거든. 너. 혹시 기억나? 나 일본 가기 전에, 마지막으로 너한테 했던 말."

칠봉이 기억 속 그날을 펼쳤다. 주르륵 넘어가는 시간이 그리고 지금이, 어쩐 일인지 종이 한 장 차이처럼 느껴졌다. 적지 않은 일들을 있었다. 때때로 버겁고, 외롭고, 힘겨웠지만, 칠봉이 선택한 언어는 결국 나정이었다.

"만약… 언제가 될지는 몰라도…몇 년 뒤에… 다시 만난다면, 그리고 그때 네 옆에 아무도 없다면… 우리 연애하자고 했던 말…기억해?"

시리도록 새겼던 그 언어가 아직까지도, 여전히, 환하도록 눈부시게 빛나고 있었다.

"나정아. 나 네가 너무 좋아. 처음 봤을 때도 좋았고, 아직도, 지금도, 좋아."

칠봉이 수술실 앞, 의자에 앉아 있는 나정을 물끄러미 바라보았다. 그 순간, 나정은 생각했다. 설령 신이 없다고 해도, 운명 정도는 있어야 지금의 이 상황이 된다고. 절묘한 우연, 기막힌 타이밍, 정교한 반전. 어쩌면 지금, 나정의 운명은 장난을 치고 있는지도 몰랐다. 그렇게 둘은 한동안 서로를 바라보기만 할 뿐이었다. 칠봉이 여기까지 오는데 겪었던 노곤함은, 정적이 극을 이루는 오늘 밤, 완전히 잊히고 있었다.

쓰레기가 비틀비틀 병원 의국으로 들어왔다. 눈을 감은 그대로 쓰레기는 털썩 침대에 눕고 있었다. 2층 침대에 누워 있던 동기 마이콜이 쓰레기를 향해 몸을 일으켰다.

"또 수술 들어갔나? 교수님 심하다. 별 큰 수술도 아닌데…. 맞다, 아까 성동일 코치님 사고 나서 들어오셨다. 내 안 그래도 니한테 전화했는데, 못 받았겠네. 보호자가 없어서 수술 좀 늦게 들어가셨다. 그래도 나정 씨가 와서, 사인하고, 수술할 때 옆에 있었단다."

쓰레기가 휴대폰을 확인했다. 마이콜이 불에 덴 듯 일어나 나가려는 쓰레기를 말렸다.

"마! 지금 가도 소용없다. 내 두 시간 전에 전화했다. 벌써 병실 올라가서 주무실 기다."

망연자실한 쓰레기가 벽시계를 올려다보았다. 벌써 새벽 두시가 훨씬 지나 있었다.

동일의 병실에서 나온 칠봉이 기울인 몸을 톡, 나정에게 맞댔다.

"내일 아침에 또 올게. 미국 가려면 아직 며칠 남았으니깐 더 힘을 내야지."

엘리베이터 앞에 선 나정이 웃었다. 칠봉이 덩달아 웃었다. 문이 열리고, 엘리베이터를 타려는데, 우뚝, 칠봉이 발걸음을 세웠다. 순식간에 얼어붙은 나정이 엘리베이터 안, 쓰레기를 보았다. 나정과 칠봉을 보던 쓰레기도 이내 굳어가고 있었다. 운명이 지독하고 힘이 센 또 다른 이유는 바로 예측할 수 없는 타이밍. 이렇게 운명은 잔인했다. 쓰레기의 아픈 눈길이 나정에게 가닿았다. 엘리베이터 문이 서서히 닫혔다. 쓰레기가 칠봉을 물끄러미 바라보았다. 칠봉이 피하지 않고 쓰레기를 마주보았다. 마침내 둘의 시선이 나정을 향해 엇갈렸다. 운명은 벼랑 끝으로 내몰아 옴짝달싹 못하게 만들고, 결국 나정에게 공을 넘기고 있었다. 나정이 질끈 눈을 감았다. 운명은 결국 선택해야 하는 것. 이젠 나정이 선택해야만 했다.

#19
끝의 시작

>>**2000년 1월, 서울특별시**

　선득한 바람이 쓰레기의 얼굴을 스쳤다. 땅을 울리는 분명한 진동, 어떤 긴장, 타닥타닥 달려오는 나정의 눈길을 마주한 순간, 엘리베이터 문은 닫히고 있었다. 고통은 뜻밖에 찾아왔다. 갑작스런 나정의 등장, 더군다나 칠봉과 함께 서 있는 나정의 모습에 쓰레기는 황망한 표정으로 멍하니 서 있었다. 가슴이 무너지는 듯한, 불쑥 가파른 숨이 쓰레기를 파고들었다. 쓰레기가 뒤를 향해 등을 기댔다. 그리고 천천히 눈을 감았다.

　오늘처럼 낯설게 읽히는 밤은 정말이지 오랜만이었다. 나정은 불 꺼진 병원 복도를 오랫동안 서성였다. 긴 이별의 터널. 몸에 새겼던 시간. 지금은 덤덤한, 그러나 한때는 아리도록 힘들었던 기억이 조금씩 선명해지고 있었다. 나정이 코트 주머니 깊숙이 넣었던 왼손을 뺐다. 무표정한 얼굴로 나정은 물끄러미 손등을 내려다보았다. 이제는 흐릿해진 약속의 표식이, 불특정 곳곳에 산재했던 아픔이 조용조용 나정을 따라나서고 있었다.

횡한 거실, 소파 아래 앉은 칠봉은 스냅 구만 만지작거렸다. 숭덩숭덩, 칠봉의 머릿속을 빠져나온 복잡함은 아까 전, 마주친 쓰레기의 눈빛과 맞닿아 있었다. 예고된 기시감이었다. 빠르지도, 그렇다고 느리지도 않게 지나가던 정적이 이제와 칠봉의 이성을 대책 없이 휘저었다. 좀처럼 떨쳐낼 수 없는 생각에 잠겼다면 그건 신경이 쓰인다는 증거. 어두운 창밖 풍경이 불현듯 흔들리기 시작했다. 창가로 다가선 칠봉이 서서히 야구공을 꽉 쥐었다.

신촌하숙, 2층 거실. 맥주를 꿀꺽, 한 모금 삼킨 해태가 비장하게 칠봉을 보았다.

"아야. 〈김혜수의 플러스 유〉까지 나가는디 임팩트가 없자네. 닌 시방 대한민국 모든 애기들의 꿈과 희망이여. 야구를 시작하게 된 이유가 초등학교 때 체육선생님이 권유하셔서가 아니라, 뭔가 극적이고 감동적인 히스토리가 있어야 된다니께."

나정, 삼천포, 빙그레, 윤진이 해태를 따라 고개를 끄덕였다. 친구들을 빙 둘러보던 칠봉이 어깨를 으쓱 들어보였다. '그럼 뭐라 그래?' 칠봉의 의중을 파악한 해태가 기다렸다는 듯이 칠봉을 툭툭, 쳤다. 이렇게 하라고, 해태는 코끝을 잡은 채 목소리 잔뜩 울음을 섞었다.

"어렸을 때부터 함께 운동하며 자란 죽마고우가 있었습니다. 근디 그 친구가 갑자기 불치병에 걸려서 더 이상 운동을 할 수 없게 되었습니다. 그 친구가 떠나기 마지막 밤, 눈을 감기 전에 제 손을 꽉 잡고는 이렇게 말했습니다. 사랑하는 내 친구야… 나를 위해서, 세상에서 제일 빠른 공을 던지는 투수가 되어줘. 내 마지막 소원이야…."

이게 웬 황당무계한 이야기인가 싶어, 칠봉은 기가 찰 따름이었다. 피식, 웃던 친구들이 해태에게 맥주 캔을 던지고 있었다. 분위기를 가다듬은 빙그레가 다음 예상 질문을 던졌다.

"김칠봉 선수, 미국에서 생활하시면서 가장 힘들었던 순간은 언제였나요?"

"음… 영어? 언어 잘 안 통하는 게 제일 힘들었지…."

하는데, 해태가 손사래를 쳤다. 이거 보라고, 해태는 또다시 묵직한 연기를 하고 있었다.

"경기를 마치고 혼자 집 안으로 들어섰을 때 갑자기 훅 밀려드는, 알 수 없는 공허함…."

"한국음식 생각날 때가 제일 힘들었어요. 이건 어떻노? 솔직하게 말해라. 그게 젤 낫다."

해태의 말허리를 자른 나정이,

"야. 그래도 방송에 나갔는데, 우리 이름 한 번만 불러주면 안 돼?"

손으로 만든 마이크를 풀던 빙그레가,

"아야. 니, 김혜수랑 사귀면 안 되냐? 폼 나자네! 할 수 있어야. 니는 메이자리거니께."

진지하게 묻는 윤진이 차례차례 칠봉을 건너다보았다. 이건 또 무슨 소리? 칠봉이 어이없어 뱅그르르 웃었다. 그런 칠봉을 보던 친구들이 결국 풋, 웃음을 터뜨리고 있었다.

운전석에 앉아, 쓰레기는 정면만 바라보고 있었다. 어쩌다 묘한 감정들이 쓰레기를 덮쳤다. 나정을 마주친 후 오랜 시간 일에만 쏟던 동력도 단숨에 풀어졌다. 모든 것이 엉망이었다. 꼼짝 마, 손들어, 이별 후 시종일관 잠복해왔던 감정들이 이제야 굴복하라고 쓰레기를 보채고 있었다. 끝까지 지키고 싶었던 것. 누구에게도 말할 수 없었던 것. 어떠한 이유로든 헤집고 싶지 않았던 그때 그 시간을 더 이상 외면할 수는 없었다. 생각이 그쯤 미쳤을 때 쓰레기는 핸드폰을 꺼냈다. 단축번호 1번, 나정을 만나야만 했다.

쓰레기가 카페 주차장을 빠져나왔다. 카페 창 너머로 먼저 도착한 나정이 보였다. 가만가만 먼 곳을 응시하는 나정을 보다 말고, 쓰레기는 불현듯 걸음을 멈췄다. 반가움과 애틋함, 알 수 없는 벅찬 감정에 쓰레기의 표정은 점점 상기되고 있었다. 이윽고 카페에 마주 앉은 쓰레기와 나정은 커피 잔만 매만졌다. 어색한 두 사람. 쓰레기가 먼저 운을 뗐다.

"잘 있었나? 대리 됐다며, 회사는 잘 다니나?"

"응. 오빠도 인자 4년 차 됐겠네. 전보다 낫겠다."

"응. 훨씬 낫다."

하고, 쓰레기가 코를 훌쩍거렸다. 쓰레기는 어느새 소매를 들어 기침을 막고 있었다. 코끝이 쨍, 붉어진 쓰레기를 나정은 가만히 쳐다보았다.

"아버지 건강은? 수술하고 나서는 괜찮으시나?"

"어. 많이 좋아지셨다. 걱정 안 해도 된다."

"어무이 안 계셔서 적적하시겠다. 아버지한테 오빠야가 잘 해드리라."

"응. 미안하다. 니 걱정 많이 했제?"

나정이 대답 대신 작게 고개를 떨어뜨렸다. 이번만큼은, 무엇보다 그 말만큼은, 하고 바랐던 나정의 억장이 우르르 무너지고 있었다. 원망의 눈빛으로 쓰레기를 보며,

"뭐가 미안한데? 그기 오빠 탓이가? 오빠는 나한테 미안하다는 말밖에 할 줄 모르나? 나한테 왜 오빠가 미안한데…."

나정은 묵묵히 말했다. 나정의 눈에 고였던 눈물이 금세 뚝뚝 흘러내렸다.

"내는 오빠한테 그냥 동생이다. 좋은 것, 예쁜 것, 행복한 것만 보여주고 싶은 동생. 가족이라고."

놀란 쓰레기가 잠자코 나정을 마주보았다.

"오빠. 내는 우리가 왜 헤어졌는지 잘 몰랐다. 그냥, 다른 커플들처럼 서로 지치고 힘들어서, 그래서 헤어진 줄 알았다. 근데… 이제 알겠다. 우리가 왜 헤어졌는지…."

서러움 가득 숨찬 나정이 겨우 말을 이었다. 나정의 기억은 흐르는 시간을 거슬러 2년 전으로 돌아가고 있었다. 괜찮다, 는 말속에 갇혀버렸던 그때로.

첫 수술을 집도하던 날, 쓰레기는 말했다.

"괜찮아. 만날 하는 건데, 뭐. 그렇게 큰 수술은 아니라서 진짜 괜찮다."

연락이 나날이 어긋나던 날, 나정은 주저했다.

"미안. 전화 못 받았네. 내가 나중에 다시 전화할게."

아버지의 심장 수술이 있던 날, 쓰레기는 울먹거렸다.

"정아. 오빠 괜찮다. 신경 안 써도 된다."

갑삭스런 사고로 어머니가 돌아가셨던 날, 쓰레기는 울었다.

"괜찮다. 정아, 오지 마라. 오빠, 진짜 괜찮다."

사소한 일들이 쌓여가면서 미안함은 더 단단해졌다. 20년을 오누이처럼 지낸 각별함에 쓰레기는 늘 오빠여야만 했고, 나정은 늘 동생이어야 했다. 힘겨운 짝사랑을 견뎌낸 절실함에 쓰레기와 나정에겐 늘 애틋함이 앞섰다. 한 달 앞둔 결혼을 미룬 미안함과 고마움과 불안감에 서로가 서로에게 항상 미안하고, 고마웠고, 조심스러웠다. 서로에 대한 배려만 남은 것부터, 되돌아가면, 정작 자신들의 상처는 기댈 곳 없이 곪아가고 있었다. 더 되돌아가면, 사랑한다, 그 흔한 말 한 번 해보지 못한 채 쓰레기와 나정은 헤어져버렸던 것이다.

"오빠. 그때… 힘들면 힘들다고 하고, 아프면 아프다고 할 걸 그랬다. 우리 왜 그랬을까…."

쓰레기와 나정은 그저 눈물만 흘리고 있었다. 괜찮다, 는 말속에 살면 살수록 괜찮지 않다는 걸 알아챘어야만 했다. 미안하다고, 다음을 기약하지 말았어야 했다. 해가 뜨고 달이 지는 사이에 차츰 벌어졌던 틈, 그 사이로 지금의 눈물이 속절없이 차올랐다. 손등을 들어 눈물을 훔치던 나정이 그대로 카페를 빠져나가고 있었다.

칠봉이 우두커니 나정의 방문 앞에 섰다. 잦아드는가 싶더니, 나정은 다시 흐느끼고 있었다. 애타는 마음을 가눌 길 없이 칠봉은 한참 동안 거실을 맴돌았다. 오랜 고민 끝에 칠봉은 마침내 나정의 방문을 두드렸다. 칠봉은 어느새 감싸 안았다가, 다독였다가, 쌔근쌔근 잠든 나정을 내려다보았다. 하지만 어디까지나 칠봉의 상상 속에서만 가능한 일이었다. 감았던 눈을 떴을 때 칠봉은 여전히 나정의 방문고리만 잡고 있었다.

다음 날 아침, 헐레벌떡 뛰어나가는 윤진, 칠봉, 삼천포 사이에서 나정은 모자를 푹 눌러쓴 모습으로 출근했다. 칠봉은 단번에 표정을 사르륵 지워버린 나정을 알아챘다. 좀처럼 감정을 드러내지 않는, 그러나 숨겨지지 않는, 나정의 첫 번째 옆모습이었다. 처음으로 엿본 나정의 '속'을 칠봉은 어떻게든 위로해주고 싶었다. 나정의 회사 앞, 차를 세우고, 호흡을 가다듬은 뒤에야 칠봉은 나정에게 전화를 걸었다.

"나정아, 잠깐만 나와. 회사 앞이야. 바쁜 거 아니까, 10초면 돼."

그렇게 말하고, 칠봉은 조수석에 놓인 케이크 상자를 바라보았다. 특별한 순간을 특별하지 않게 나누는 것. 나정에게 하는 말이었지만, 사실은 생일을 맞이한 자기 자신에게 하는 말이라고, 칠봉은 생각했다. 머지않아 나정이 칠봉을 향해 다가왔다. 퉁퉁 불어터진 나정의 마음을 잠재울 수만 있다면, 그리고 잠깐이라도 나정이 웃는 모습을 볼 수 있다면, 칠봉은 무엇이든 할 준비가 되어 있었다. 뜬금없어 하던 것도 잠시, 케이크 상자를 건네받은 나정이 희미하게 웃었다. 다행히도, 오늘은, 성공적이었다.

하지만 그 성공도 얼마 가지 못했다. 당황한 나정과 칠봉이 재회한 곳은 VIP 병동에서였다. 난데없는 교통사고였다. 어깨에 붕대를 감고 있는 칠봉 옆으로 가운을 입은 빙그레가 서 있었다. 깜짝 놀라기도 하고 걱정되기도 해서, 나정은 저절로 언성을 높였다.

"야! 니 다음 주 출국 아이가? 그 전까지 낫겠나?"

"어떻게 낫냐? 오른쪽 어깨가 아예 안 올라가. 붕대는 풀더라도, 계속 아플 텐네… 그러게 어닐 그렇게 싸돌아다녀! 에이전트 형은 알아?"

빙그레가 칠봉을 나무랐다. 눈을 깜빡, 칠봉을 바라보던 나정의 얼굴엔 미안함이 번져 있었다. 아프다고, 빙그레가 올린 팔을 낑낑거리던 칠봉이 넌지시 둘러댔다.

"아니, 형 휴가 갔어. 괜찮아. 병원에서 좀 쉬지, 뭐."

당장 치명상을 입었어도, 칠봉은 행복한 기색을 감출 수가 없었다. 나정이 떠나지 않고 병실에 남아 있었기 때문이었다. 칠봉이 소파에 앉아 일하고 있는 나정을 간절히 바라보았다.

"오늘 안 갈 거지…? 내일 아침에 가. 알았지? 응?"

나정이 칠봉을 멀거니 마주보았다. 칠봉이 사고가 난 데에는 엄연히 자신의 탓도 있다고, 나정은 받아들이고 있었다. 설령 그게 아니라고 해도, 아픈 칠봉을 혼자 두고 갈 수는 없었다. 고개를 끄덕끄덕, 나정이 웃었다. 칠봉이 그런 나정을 보며 해맑게 웃었다.

햇살이 멈추고, 생각이 멈추고, 모든 게 멈춘 이 시간. 창가에 기대앉은 칠봉이 창밖을 내다보았다. 칠봉의 시간은 감속하고 있었다. 느려지는 시간이 일상의 중심에 섰던 칠봉을 자꾸자꾸 변두리로 밀어냈다. 하나같이 그대로였지만, 동시에 달리 보였다. 이전과는 색다른 풍경 속에서 칠봉은 일상을 가장했던 모든 움직임을 관조하고 있었다.

하늘. 누구는 맑게 갠 하늘을, 누구는 소스라치게 화가 난 하늘을 기억할 것이다. 칠봉에게 있어서 하늘은 힘이 들 때마다 겹겹이 쌓인 구름을 올려다보던, 위로의 장이었다. 언제 어느 때고 곁에 있어주었던, 무언의 친구였다. 멍하니 하늘을 올려다보던 칠봉이 감정의 옷을 벗었다. 한 겹, 두 겹, 익숙했던 감정의 철갑을 벗겨낼수록 칠봉의 눈엔 비로소 다시 보이는 사람이 있었다. 나정이었다.

그날 저녁. 병원으로 귀가한 나정이 똑똑, 병실 문을 두드렸다. 부산하게 냉장고를 확인하다가, 칠봉의 식단표를 꼼꼼히 체크하다가, 나정은 침대 옆, 아무렇게나 놓여 있는 칠봉의 물건들을 정리했다. 나정을 졸졸 따라다니던 칠봉의 눈빛이 흠뻑 웃음을 머금었다. 나정이 만들어낸 소란스러움에 칠봉은 행복을 느끼고 있었다. 잠시 후 나정이 테이블 위로 떡볶이, 순대를 올려놓았다. 칠봉이 마주 앉은 나정을 향해 중얼거렸다.

"교수님이 낫는 데 좀 걸릴 것 같대. 당분간은 니가 고생 좀 해야 될 수도 있어…."

고생은 무슨, 하고 나정이 대수롭지 않게 웅얼거렸다. 끝날 때까지는 끝난 게 아니다. 그 순간, 칠봉은 언젠가 감정의 마천루에 올랐던 순간을 떠올렸다. 이번이 어쩌면 나정에게 진심을 다할 수 있는, 마지막 기회일지도 몰랐다. 칠봉은 깨달았다. 더 늦기 전에 나정의 마음을 확인해야 한다는 것을. 그러려면 위에서 아래를 내려다보던 시선으로부터 물러나, 나정의 눈높이부터 새로이 맞춰야 했다. 변화구가 아닌, 직구. 마침내 정면승부가 필요한 시점이었다. 나정을 끌어당길 게 아니라, 칠봉이 기꺼이 나정의 삶으로 걸어 들어가야 했다.

"오늘 집에 가야… 돼? 나 이따 밤에 물리치료실에도 가야 되는데… 혼자 가기 그런데…."

칠봉이 곤란해 하는 나정의 기색을 살폈다. 칠봉을 한참 보더니, 나정은 결국 웃었다.

"아니다. 오늘노 여기서 잘 거다. 이따 밤에 잠깐 집에 가 옷만 갈아입고 올게."

좋아서, 칠봉은 속으로 쾌재를 불렀다. 때마침 병실 문이 열렸다. 삼천포, 윤진, 해태, 빙그레가 쪼르르 칠봉의 곁을 둘러싸고 있었다. 해태가 요란스레 칠봉 앞을 허우적거렸다.

"오매오매! 우째야 쓰까. 이것이 얼마짜리 어깨인디… 니는 시방 걱정도 안 되냐?"

"괜찮아. 한 달 정도 재활하면 돼. 그리고 어깨는 원래부터 안 좋았어."

넉살 좋게 웃는 칠봉을 보다 말고, 빙그레가 픽, 미간을 찡그렸다.

"안 좋았으니깐 더 걱정이지. 아직 팔도 못 움직이면서, 사태의 심각성을 몰라요."

병실을 요리조리 둘러보던 삼천포가 씽긋 웃었다.

"그래도 혼자 있었으면 맘이 안 좋았을 긴데… 나정이 있어가 맘이 좀 낫다."

"그러니께. 근디 니 부모님한테는 연락 안했냐? 느그 엄마는 서울에 있을 거 아니냐? 아부지라도 오시라 해. 꽤 입원해야 되는데… 옆에 그래도 가족이 있어야 안 되겠냐?"

윤진이 삼천포의 말을 거들었다. 듣고 있던 칠봉은 그저 담담히 웃었다.

"됐다! 니들이 자주 놀러 오면 된다 아이가… 얼른 가자. 내 시간 없다."

보채던 나정이 먼저 자리를 털고 일어났다. 칠봉과 인사를 나눈 친구들이 뒤이어 병실을 빠져나갔다. 그 끝에 철컥, 문이 닫혔다. 시끌벅적했던 공간이 금방 조용했다. 덩그러니 혼자 남은 칠봉이 불현듯 병실을 휘휘 둘러보았다. 방금 전의 붕 뜬 대기는 온데간데없이, 활력을 전복시킨 침묵만이 더더욱 무겁게 가라앉고 있었다.

병실을 나선 칠봉이 조용히 주위를 살폈다. 시계를 한 번, 복도를 한 번,

거듭 반복해서 들여다보던 칠봉은 나정을 기다리고 있었다. 문득 발소리가 들린 건 칠봉의 뒤에서였다. 칠봉은 나정에게 성큼 다가가지 못하고, 그 자리에 붙박여 있었다. 당연히 엘리베이터를 따라 복도 끝으로 나타날 줄 알았다. 하지만 나정이 모습을 드러낸 곳은 영 딴판이었다. 비상구 출입문 팻말을 올려다보던 칠봉은 직감적으로 알 수 있었다. 나정이 쓰레기와 마주치지 않기 위해 계단을 이용한다는 것을. 두 번째 옆모습. 고개를 숙인 채 나정은 성큼성큼, 걸어오고 있었다. 굳은 얼굴로 서 있다, 칠봉은 순식간에 웃으며 나정에게 손을 흔들었다.

"칠봉아. 니 이래 나와도 되나?"

"응. 이미 다들 아는 분위기야. 이 층 의사 선생님이랑 간호사 분들도 다 아시는 것 같아."

하고, 칠봉이 나정을 지그시 불렀다. 올려다보는 나정을 보다가,

"오늘도 옆에 있을 거지? 응? 안 갈 거지?"

칠봉은 아이처럼, 그러나 절실하게 나정을 마주보았다. 당황한 나정이 곧 차분히 대답했다.

"응. 안 간다. 오늘도 있을 거다."

나정의 나긋한 눈길에 칠봉은 어쩔 수 없이 안도하고 있었다.

"다 나을 때까지, 나랑 있어야 돼… 참. 다음 주에 퇴원하고, 너, 나랑 영화 봐야 돼. 나 아직 〈러브레터〉 못 봤어. 전에 내가 꽂게 집 얘기했잖아. 거기서 저녁 먹자!"

고개를 끄덕, 나정이 이내 웃었다. 복도 끝에서 비죽이 고개를 내민 빙그레가 칠봉을 불렀다. 뒤돌아서 빙그레를 향해 웃던 나정은 서서히 얼어붙고 있었다. 나정을 따라, 얼굴을 숨기려, 칠봉도 얼른 몸을 돌렸다. 빙그

레 뒤로 쓰레기의 동기, 마이콜과 민정이 걸어오고 있었다. 마이콜의 큰 목소리가 복도를 울렸다.

"어? 동준이 니가 여기는 웬일이고? 강의실은 지하 아이가?"

"아, 친척이 입원을 해서요. 병문안…."

"마! 니 지금 친척 병문안 할 때가 아니다. 김 쌤 지금 죽게 생겼다!"

화들짝 놀란 빙그레가 나정과 칠봉의 뒷모습을 힐끔거렸다. 온갖 감정이 한데 섞여, 나정은 충격으로 내려앉고 있었다. 무표정한 칠봉이 사색이 되어버린 나정을 응시했다.

"열이 40도까지 올라가 어제 오늘 출근도 못했다. 마, 그거, 병원 들어오고 나서 첨이다. 하기야 감기가 첨이니깐. 코, 편도, 목감기, 입 안까지 다 헐어가 말도 제대로 못하대. 내 안 그래도 집에 가보니깐, 마, 약도 안 사 묵고 이불 한 개 돌돌 말고 자더라. 내 같으면, 고마 집에 내리가겠다… 아니모, 친구라도 부르던가…."

나정은 심각하게 마이콜의 이야기를 듣고 있었다. 흔들리는 나정의 눈빛. 애써 아무렇지도 않은 척, 나정은 가방을 꽉 쥐었다. 그런 나정을, 칠봉은 말없이 쳐다볼 뿐이었다.

칠봉은 작게 신음했다. 어깨가 아파, 아무래도 깊은 잠을 이룰 수가 없었다. 잠잠한 병실. 칠봉이 고개를 돌렸을 때 나정은 보이질 않았다. 예상했다는 듯 칠봉은 망연자실해져서 어둠 속에 앉아 있었다. 이윽고 병실에서 나온 칠봉이 눈으로 나정을 찾았다. 복도 끝, 의자에 앉아 있는 나정의 모습이 한눈에 걸렸다. 휴대폰만 만지작만지작, 나정은 아득하니 허공만 바라보고 있었다. 세 번째 옆모습. 다가서지도 멀어 서지도 못하고, 칠봉은 그렇게 나정의 곁을 지켰다. 나정의 한숨이 칠봉의 마음을 날카롭게 잡아채는 밤이었다.

　먼 곳을 보면, 다 괜찮아질 것 같다고, 칠봉은 생각했다. 꿈꿨던 순간들은 어김없이 이루어졌으니까. 하지만 사랑은 예외였다. 노력과는 별개였다. 오래전부터 꿈꿨던 순간이 왔지만, 정작 지금 달라진 것은 아무것도 없었다. 칠봉이 창밖 너머, 환한 하늘을 우두커니 올려다보았다. 그때였던 것 같다. 칠봉의 맘속에 느닷없이 불안감이 밀려든 것은. 나정은 언제나 옆에 있었다. 하지만 '진짜' 나정은 없었고, 칠봉은 혼자였다. 느슨해진 일상은 때때로 깊숙이 숨어 있었던 비밀과 교차했다. 이상하도록 슬픈 어떤 것.
　다음 날 밤, 칠봉의 두려움은 현실로 다가왔다. 테이블에 놓인 나정의 가방에서 삐죽 튀어나온 흰색 종이를 발견했을 때였다. 봉지였다. 그것도 지은 지 며칠 되어 보이는, 감기 몸살이라고 적힌, 꼬깃꼬깃한 약봉지. 냉랭한 바람이 칠봉의 품속을 휘저었다. 아빠가 없어도, 엄마가 없어도, 칠봉은 야구만으로도 충분히 바쁘고 뜨거웠다. 그래서 외로움 따윈 치열하지 못한 삶에나 찾아드는, 한가로운 감정인 줄로만 알았다. 그러던 스무 살 어느 날, 나정을 위한 자리를 비워두기 시작한 그날부터, 칠봉은 가슴 한편이 시려오기 시작했다. 그게 외로움이라는 걸 그리고 자신이 참 많이 외로운 사람이었다는 걸, 칠봉은 그제야 알게 되었다. 외로워서 그리웠고, 그리워서 더 외로웠다. 일부러 외면했던 나정의 옆모습들이 한줄기 섬광처럼 번쩍 가르고 지나갔다. 생각에 잠긴 칠봉이 침대에 기대앉았다. 깊은 고민. 그 끝에 칠봉은 급한 서류를 가지러 집에 갔다 온다던 나정을 기다리고 있었다.

딩동, 하고 메시지 도착음이 들렸다. 문자를 확인한 나정이 훅, 숨을 몰아쉬었다.

'오빤데. 지금 와줄 수 있어? 오빠… 좀 아프다.'

몸은 어떨까, 나아졌을까, 혼자 있을까, 하루 종일 붙어 다녔던 생각들이 생각지 못한 모습으로 돌아오고 있었다. 나정의 눈에 고인 눈물이 하염없이 흘렀다. 꺽꺽, 숨을 쉴 수가 없었다. 오랫동안 바랐던, 하지만 체념하기 십상이었던 일이었다. 쓰레기가 처음으로 표현한 진심이었다. 먹먹해지도록 아린, 말의 이면이었다. 괜찮지 않다, 고 말한 쓰레기가 묘하게 맘이 아파서, 나정은 펑펑 울었다. 어쩐지 현실보다 더 꿈같은 밤. 쓰레기가 보낸 글자 하나하나를 따라 나정의 마음이 시린 밤의 끝에 섰다. 택시는 낯선 밤을 싣고 달렸다.

이건 뭐지 싶어, 나정은 울음기가 가신 얼굴로 칠봉을 바라보았다. 칠봉은 어깨에 감았던 붕대를 풀고 있었다. 말끔히 웃던 칠봉이 귀엽게 나정의 눈치를 살폈다.

"미안. 나은 지 좀 됐어. 그러니깐 너 내일부터 안 나와도 돼. 나, 멀쩡해."

눈만 멀뚱멀뚱, 황당한 나정이 칠봉을 살폈다.

"진짜로? 니 진짜 다 나았나?"

"야. 내가 누구냐? 운전면허 때 봤지? 그때도 너 몰랐잖아."

어깨를 돌리던 칠봉이 주춤, 동작을 멈췄다.

"미안. 때릴래?"

얼굴이 점점 붉어지더니, 나정은 급기야 칠봉의 다리를 확 꼬집었다. 아프다고, 칠봉은 난리를 치고 있었다. 기분 풀린 나정이 그제야 슬며시 웃었다. 끝날 때까진 아직 끝난 게 아니다. 하지만 끝이 없는 게임이라면 칠봉은 스스로 끝을 결정내야만 했다. 1만 시간의 가슴앓이에도 안 되는 일이 있다면 나정을 위해서라도 가슴을 내려놓아야 했다. 칠봉이 웃는 나정을 마주보았다. 나정이 눈치채지 못하도록, 칠봉은 일부러 더 눈부시도록 웃었다. 칠봉은 이제 끝을 시작해야만 했다.

#20
90년대에게

》2013년, 서울특별시 마포구 상암동

칠봉, 해태, 삼천포, 빙그레, 쓰레기가 텔레비전 화면 속으로 빨려 들어갈 듯 어깨를 부대낀다. 지루했던 주례사 그리고 기념 촬영에 이어 나정의 결혼식은 어느덧 끝을 향해 가고 있었다. 2002년 6월 22일. 그날의 초조함이 떠올랐는지, 삼천포는 불쑥 몸을 떨었다. 동에 번쩍, 서에 번쩍, 내내 진땀 빼던 삼천포가 화면 속에서 툭툭, 마이크를 두드리고 있었다.

"이제 결혼식의 마지막 순서로 행진이 있겠습니다. 새로운 출발을 하는 이들의 첫걸음을 축복해주시면 감사하겠습니다. 신랑, 신부, 행진!"

결혼 행진곡이 울려 퍼졌다. 더불어 허공 너머 축포가 쏟아졌다. 박수치는 하객들 앞으로 나정과 신랑은 씩씩하게 걸어가고 있었다. 고개를 살포시 숙였던 나정이 이내 함빡 웃었다. 순진무구한 행복, 부풀어 오른 기쁨,

어제를 새로이 잇는, 오늘의 약속. 시간과 함께 쪼개어진 조각들이 나정의 웃음 속에서 반짝거렸다. 나정이 신랑을 올려다보았다. 하나가 둘이 되어 걷는 발걸음이 연달아 화면 가득 들이차고 있었다. 나정이 금세 지지직거리는 화면을 끄고, 테이프를 꺼냈다. 시계 보더니, 놀란 해태가 우왕좌왕 무릎을 털었다.

"벌써 11시야? 남의 집에 너무 오래 있었다. 가자! 얼른들 일어나! 애정이 기다린다!"

"아야. 다 늙어서 신혼생활 할라니께 몸도 마음도 빡세제? 그러게 진작 하지 그랬냐."

뒤따라 일어나던 윤진이 해태의 어깨를 두드렸다. 나정이 현관문으로 향하는 윤진, 해태, 빙그레, 삼천포를 배웅했다. 주위를 속속들이 살피던 윤진이 삼천포에게 기대고 있었다.

"여보, 근데 이 집 진짜 좋다. 난 언제 이런 집에서 살아본대."

나정이 픽, 웃는다. 얼른 가라고, 나정 옆에 서 있던 남편이 손을 흔든다.

"캬. 둘이 딱 그렇게 서 있으니, 옛날 생각난다. 첫사랑이 이렇게 이뤄질 수도 있구나…."

남편과 나정을 번갈아보다가, 해태는 아련해져서 운을 뗐다. 남편이 다정히 나정의 어깨를 감싸고 있었다. 남편을 마주보던 나정에게 씽씽, 오래된 바람이 몰려왔다. 마냥 기뻐할 수 없었던, 아니, 도리어 한없이 쓰리고 아렸던 그때로 기억을 거스르겠다는 듯이.

〉〉 2000년 1월, 서울특별시

나정은 정처 없이 걸었다. 오래도록 찾아 헤맸던 정답을 손에 쥔 것처럼 나정은 쓰레기에게 온 문자를 보고 또 보고 있었다. 가슴 깊은 곳에서 번져 오는 쓰레기의 진심이 나정을 맥없이 흔들었다. 떠나보낸 계절이었다. 소리 없던 방황이었다. 왜 헤어졌는지 굳이 따지자면 이유가 없었지만, 동시에 모든 게 이유가 되던 과거였다. 가장 아름다웠어야 할 시기를 괴로움으로, 고통으로, 오해로, 또 어긋남으로 전락시켜버린 이별이었다. 불현듯 걸음을 멈춘 나정이 숨을 골랐다. 뚝뚝, 떨어지는 눈물이 도무지 멈출 줄을 몰랐다. 가슴이 미어져서, 죽도록 쓰레기가 원망스러워서, 나정은 정신없이 달리기 시작했다. 그러다 어느 순간, 나정은 쓰레기의 집 앞에 서 있는 자신을 발견하고 있었다.

달칵, 열린 문틈으로 쓰레기가 비틀거렸다. 금방이라도 쓰러질 것 같은 쓰레기를 밀치고, 나정은 집 안으로 들어갔다. 들어가려는 나정을 쓰레기가 확 붙잡았다. 붙잡혔다가, 밀었다가, 때렸다가, 와락, 나정이 쓰레기의 품에 안겼다. 연신 흘러내리는 눈물을 닦을 수도 없이 털썩, 쓰레기는 그대로 주저앉았다. 몇 날 며칠 시달렸던 고열보다, 처음 앓은 감기보다, 지금 이 순간, 나정의 눈물만이 쓰레기의 가슴을 찢고 있었다. 추억은 쉽게 말해 시간을 보듬는 일이었다. 좋았던 기억을 고르고, 부드럽고도 팽팽하게 다듬는 일. 추억이 된다는 것은 단지 시간의 일만은 아니라는 것을, 쓰레기는 처음으로 여실히 깨닫고 있었다. 다시 잃을까 봐, 쓰레기가 나정을 꽉 끌어안았다. 그저 서로의 상처가 애틋해, 두 사람은 아무 말도 할 수가 없었다. 탁한 울림도 울림이었고, 안 좋은 기억도 기억이었다. 힘을 빼고 나서야 쓰레기의 본심은 전에 없이 증폭하고 있었다. 쓰레기가 손을 들어 나정의 두 볼을 감쌌다.

"정아… 사랑한다."

온 마음을 쏟은 쓰레기의 고백. 한 번도 직접 들어본 적 없던 쓰레기의 그 말 앞에서 나정은 완전히 녹아내렸다. 만성이 되어버린, 나정의 마음속 물집 하나가 팍, 터지고 있었다. 얼얼했지만 별안간 숨통이 트였다. 울던 나정이 양팔을 올려 쓰레기의 목을 꼭 끌어안았다. 더 이상 말하지 않아도 알 수 있었다. 시간의 간극을 메운 자리에 더욱 더 깊은 사랑을 품었다는 것을. 이윽고 쓰레기의 입술이 나정의 입술 위로 포개졌다. 쓰레기와 나정은 추억으로 남길 수 없었던 과거를, 다시, 현재를 중첩된 숨으로 불러들이고 있었다.

다음 날 저녁, 나정은 사무실에서 윤진, 삼천포, 해태의 전화를 잇달아 받았다. 오늘 신촌하숙의 저녁 메뉴가 주물럭이라는, 참, 귀가 하는 길에 소주 꼭 사오라는 신신당부였다.

"알았다. 빙그레랑, 칠봉이한테도 말했나? 빙그레가 주물럭 억수로 좋아하는데."

"둘 다 병원에 있는디."

나정이 가만가만 휴대폰을 고쳐 잡았다.

"칠봉이는 진짜 미련하다니께. 아니, 다 낫지도 않았는데 퇴원을 해가꼬. 참말로 기자들이 무섭긴 겁나 무서운갑써. 집에서 댕기기로 했다드라고. 시방 병원에서 물리치료 받는대."

해태의 말이 나정의 귓등을 스쳤다. 다 나았다고, 천연덕스럽게 거짓말하던 칠봉의 얼굴이 얼얼하도록 스쳐갔다. 한참을 멍하니 서 있다 말고, 나정이 전화기를 들었다. 지금 야구장이야, 칠봉의 목소리를 듣자마자, 나정은 회사를 빠져나오고 있었다.

더그아웃으로 들어선 나정이 눈으로 칠봉을 찾았다. 한 점의 빛. 나정의 곁을 맴돌며, 언제나 미미하게 불을 밝혔던 칠봉이 깜빡깜빡, 운동장을 가로질렀다. 나정을 발견한 칠봉이 손을 흔들고 있었다. 한걸음, 한걸음, 나정은 천천히 칠봉에게 다가갔다.

"어. 거기까지."

다섯 걸음 정도 앞에서, 칠봉이 나정을 향해 손바닥을 내보였다. 칠봉의 목소리는 조용했지만, 그 어느 때보다 단호했다. 놀란 나정이 멈칫, 칠봉을 마주보았다.

"나정아. 나 소원이 하나 있는데. 저기, 저거 맞히면, 소원 하나만 들어줘."

저기, 하고 칠봉이 가리킨 곳은 멀찍이 떨어진, 노란 박스였다. 수북이 쌓인 배트 위로 글러브가 올려져 있었다. 해줄 거지, 칠봉은 그렇게 눈짓하고, 나정을 건너다보았다. 나정이 고개를 끄덕거렸다. 어깨를 풀던 칠봉이 움찔, 얼굴을 살짝 찌푸리고 있었다. 전력투구가 아닌 가벼운 몸놀림이었는데도 칠봉은 가볍게 글러브를 맞혔다. 나정이 그런 칠봉을 다정하게 바라보았다. 오늘따라 칠봉의 움직임이 슬프도록 아름답다고, 나정은 생각했다. 돌이켜 보면, 부식되어가던 나정의 시간조차 기꺼이 받들어주었던 칠봉이었다. 힘들지 말라고, 외롭지 말라고, 아프지 말라고, 칠봉이 선사했던 그 웃음이 이제와 나정의 마음을 훤히 지나갔다. 글러브를 벗던 칠봉이 어렵사리 말을 꺼냈다.

"나정아…"

하는데, 성큼성큼 걸어가, 나정이 칠봉을 안았다. 당황했던 칠봉이 이내 작게 웃었다.

"앞으로 연락은 못할 것 같다. 나는, 시간이 좀 걸릴 것 같아. 미안."

칠봉으로부터 떨어진 나정이 뜬금없이, 또박또박, 귀엽게, 그러나 진지하게 말을 이었다.

"준아. 니는 내가 아는 사람 중에서, 제일로 잘 생겼다. 키도 억수로 크고, 성격도 좋고. 니는 내가 이때까지 본 사람들 중에서, 최고로 멋지다. 근데, 그런 니가, 나를 좋아해줘서, 내가 얼마나 고마웠는지 아나? 니 때문에 내가… 꽤 괜찮은 사람이라는 거… 알게 됐다."

칠봉의 눈빛이 순간 흔들렸다.

"대한민국에서 가장 유명한 사람이 나를 좋아한다는 거는, 내가 그래도 쫌 근사한 여자라는 거잖아. 준아, 내는 만약에… 나중에… 애 낳으면, 자랑할 거다. 저기 텔레비전에 나오는, 유명한 스타가 엄마 좋아했었다고. 내 억수로 자랑할 거다. 준아. 내 좋아해줘서… 고맙다. 니 때문에, 내 스무 살이 예쁘게 기억될 것 같다."

진심이었다. 미안하고 고마운 마음 다해, 나정은 웃었다. 먼저 소원을 알아채준, 나정의 마지막 선물이 칠봉을 따스하게 물들이고 있었다. '나도' 칠봉이 나정을 따라 웃었다.

그날 밤. 더그아웃에 혼자 앉아 있던 칠봉은 결국 눈물을 쏟았다. 사랑, 현실적인 선택, 켜켜이 쌓였던 서러움이 왈칵 솟구쳤다. 지워버리고 잃어버려야 할 첫, 설렘이었다. 칠봉은 각별한 것들로 가득 찬 세계가 이 세상 어딘가에 있었으면, 하고 바랐다. 분명히 존재했던, 기민하고, 절절하고, 슬프면서도 기쁜 것들이 모여 있는. 야구 모자를 푹 눌러쓴 채 칠봉은 오랫동안 울었다. 전에 없던, 그 세계를 이젠 칠봉이 스스로 만들 차례였다.

다음 날, 아침. 정형외과 진료실. 김교수가 진지한 표정으로 칠봉의 어깨를 돌렸다.

"진짜 안 좋아졌어. 계속 안 좋아지는 걸로 봐서, 언젠가 한 번은 칼 대야 될 것 같은데…."

칠봉이 잠자코 면 티를 입었다. 사실, 어느 정도 예상했던 일이었다. 칠봉의 허리 MRI 사진을 들여다보던 김교수의 표정은 더더욱 심각해지고 있었다. 칠봉이 덩달아 어두워졌다.

"많이 안 좋아요?"

"언뜻 봐도 좋아보이진 않는다. 그리고 이건 내 전공이 아니라… 신경외과와 컨서트 했으니깐, 거기서 설명해주는 게 더 나을 거다."

때마침, 문을 여는 소리. 고개를 돌린 김교수 뒤로 쓰레기와 함께 신경외과 후배들이 들어오고 있었다. 놀란 칠봉과 달리 쓰레기는 담담했다. 꾸벅, 김교수에게 인사한 쓰레기가 차트를 확인했다. 쓰레기의 소견도 김교수와 다를 바 없었다.

진료실에서 나온 쓰레기와 칠봉은 말없이 복도 의자에 앉았다. 어색한 분위기. 살살 턱을 쓰다듬는 쓰레기의 손에서 커플링이 빛나고 있었다. 놓치지 않고 보던 칠봉이 툭,

"선배님, 좀 전에 너무 어렵게 말씀하시던데요. 제 허리 많이 안 좋은 거죠?"

"1번, 4번, 5번 디스크. 곧 재발할 것 같은데. 수술 받고 빨리 재활하는 거 추천한다."

생각에 잠긴 칠봉을 보다 말고, 쓰레기가 자리에서 일어났다.

"니 오늘 미국으로 다시 출국하는 날 맞제? 바쁠 건데, 얼른 가봐라. 몸 관리 잘하고."

"네. 선배님도요."

가려다, 문득 뒤돌아선 쓰레기가 칠봉 앞으로 슥 마주 섰다.

"…근데, 니는 왜 형이라 안 부르노? 딴 아들은 다 형이라 그러는데, 니는 왜 선밴데?"

뜬금없어 눈만 멀뚱멀뚱, 멍한 칠봉이 쓰레기를 바라보았다.

"선배님이라면, 형이라고 부를 수 있겠어요?"

농담반 진담반으로 칠봉이 쓰레기에게 반문했다. 오히려 약 올리는 듯이 칠봉은 해맑게 웃고 있었다. 그 웃음이야말로 칠봉의 가장 큰 무기라고, 쓰레기는 기억했다. 언제나 칠봉이 두려웠던 이유는 보는 사람의 감정을 풀어헤치도록 만드는, 바로 그 웃음 때문이었다고. 칠봉에겐 압도적인 존재감이 있었다. 평온함, 소박함, 정직함, 솔직함. 놀랄만한 노력. 나정에 대한 감정을 털어놓을 때에도, 정면 승부를 피하지 않았을 때에도, 그리고 다시 마주한 지금 이 순간에도, 칠봉은 여과 없이 자신을 드러내고 있었다.

"다음에요. 다음에요, 선배님."

그런 칠봉을 한참 동안 보다가,

"마, 진짜 니 마음에 안 든다. 거슬려… 나랑 완전 안 맞아… 하…."

쓰레기는 괜스레 구시렁거렸다. 언제나 간과할 수 없었던 칠봉의 투명함이 이제야 쓰레기에게 남다른 의미로 다가오고 있었다. 알 듯 말 듯 쓰레기가 건넨 장난은, 그래서 칠봉에게도 의미가 있었다. 멀어지는 쓰레기를 보던 칠봉이 어느새 희미하게 웃었다.

쓰레기는 의국으로 향하고 있었다. 휴대폰에 귀 기울이던 쓰레기가 다다다, 말을 보챘다.

"나정아. 마이콜이랑 민정이 오프니까, 걱정하지 말고 의국에 있어라. 오빠가 일주일 동안 당직 서주기로 했다. 오빠 바로 앞이다. 라면 사발에 물 부어 놔라! 5초 전! 4! 3! 2! 1!"

철컥, 쓰레기가 의국 문을 열었다. 컵라면, 만두, 순대, 김밥, 떡볶이. 분식집을 차려도 될 만한 메뉴들을 테이블 한가득 차려놓고, 나정은 환하게 웃으며 앉아 있었다. 쓰레기가 부리나케 의자 옆으로 섰다. 가운을 벗으려는데, 부르르, 호출기가 울렸다.

"오빠."

나정이 작게 쓰레기를 불렀다.

못 들은 쓰레기가 멀거니 호출기만 내려다보았다.

"오빠."

나정이 크게 쓰레기를 불렀다.

여전히 못 들은 쓰레기가 호출기 메시지를 살폈다.

"재준 오빠!"

나정이 더 크게 쓰레기를 불렀다.

쓰레기는 그제야 고개를 돌려 나정을 바라보았다.

"손! 손 씻고 온나, 오빠!"

끄덕끄덕, 순순히 웃던 쓰레기가 병원 의국을 빠져나가고 있었다.

》 2013년, 서울특별시 마포구 상암동

첫사랑. 언제나 마음 한구석에서 숨을 쉬는, 숨을 쉬되, 매번 다른 생경함을 안겨주는 그 단어가 나정을 단숨에 사로잡고 있었다. 나정이 웃고 있는 쓰레기를 올려다보았다. 오빠, 여보, 산이 아빠. '김재준'을 따라다니는 수많은 수식어 중에 나정을 변치 않고 떨리게 하는 건 또다시, '첫사랑'이었다. 삼천포가 느닷없이 윤진의 팔을 잡았다. 삼천포의 시선이 구두끈을 묶고 일어나는 칠봉에게 향해 있었다.

"근데, 여보. 나정이 아니라, 부러워하려면 집 주인인 칠봉이를 부러워해야지. 칠봉이가 이번에 코치수업 때문에 미국 다시 안 들어갔으면, 나정이도 이런 데서 전세 못 살지."

"아야. 성나정. 너 양심도 없이 시세보다 5천이나 싸게 들어왔다며?"

나정을 보던 해태가 툭툭, 칠봉을 쳤다.

"왜 그랬어? 첫사랑 특별할인?"

나정이 해태를 확 발로 찼다. 칠봉이 풋, 웃었다.

"안 그래도 와이프한테 한 소리 들었어. 내년까지는 버티겠는데… 그 뒤로는 모르겠다."

"좀 봐주라. 우린 애가 셋이잖아. 인생이 마이너스다. 야! 너 절대로 전세값 올리면 안 돼!"

칠봉이 마주선 쓰레기와 나정을 바라보았다. 첫사랑. 시간을 따라 나이를 따라, 시시각각 변하고 있는, 그 오묘한 감정을 칠봉은 오롯이 느끼고 있었다. 지나고 보니 이루어졌던 이루어지지 않았던, 명백한 사실 자체가 중요한 것은 아니었다. 아픔과 결의로 응집될 수밖에 없었던, 빛바랜 날들. 그 빛바램이 흐르는 시간 속에선 역설적으로 이 세계 너머, 자신만의 세계를 견고하게 만들었음을, 칠봉은 부인할 수 없었다. 그렇게 아파하지 않았다면 어땠을까. 칠봉은 되물을 수밖에 없었다. 스스로에게, 그리고 쓰리도록 달아올랐던 90년대에게.

〉〉 2002년 1월, 서울특별시

텔레비전에선 메이저리거 김선준 선수의 입국이 연일 화제로 다뤄졌다. 풀지도 않은 캐리어를 거실 바닥에 둔 채 칠봉은 먼 창밖만 바라보고 있었다. 일생일대의 결정이었다. 어떻게 할지 자신을 재촉해 봐도, 이번만큼은 쉽사리 답이 나오질 않았다. 일련의 생각들이 유리처럼 칠봉을 비추고 있었다. 수술해도 괜찮을지, 재활은 잘해낼 수 있을지, 혼자서 잘 버틸 수 있을지, 생각하면 할수록 공허했다. 칠봉이 텅 빈 냉장고를 들여다보고 있을 때 초인종 소리가 들려왔다. 찾아올 사람이 없는데, 칠봉의 표정이 이내 벙벙해지고 있었다.

정장 차림의 삼천포, 윤진, 해태, 나정이 우르르 들어왔다. 혼자 오려던 빙그레를 따라 일부러 칠봉을 찾아온 친구들이 금세 소란스러움을 만들고 있었다. 바리바리 사온 음식들을 먹던 삼천포, 윤진, 해태, 나정이 언성을 높였다. 칠봉이 수술을 하네 마네, 동시다발적으로 터져 나오는 목소리가 쩌렁쩌렁 거실을 울렸다. 그 끝에 삼천포가 진지하게 칠봉을 불렀다.

"맞다. 칠봉아. 까먹을 뻔 했는데… 내 냄비에 물 올리 났다. 끓겠다. 라면 넣어라."

넋 나간 칠봉이 대형 냄비 가득 라면을 끓였다. 부엌으로 들어와, 빙그레는 냉장고에서 소주를 꺼내고 있었다. 힐끔 뒤를 돌아보던 빙그레가 웃었다.

"야! 쟤들 오늘 밤샐 것 같은데."

"아니. 호준이 내일 구청장님이랑 아침에 등산 간다고 했으니깐 일찍 갈 거야. 성균이랑 윤진이는 둘이서 새벽마다 영어 학원 다니니깐 쟤들도 일찍 갈 거고. 나정이는 주말마다 선배님 부대 간다고 했으니깐 쟤도 늦게까지 안 마실 거야."

당황한 빙그레가 칠봉을 바라보았다.

"넌 나보다 어떻게 잘 아냐? 어제 미국에서 들어온 놈이?"

어느 날은 하늘을 보았고, 또 어느 날은 친구들의 메일만 보았다. 돌이켜 보면 혼자라고 여겼던 순간조차 저 먼, 하늘의 경계선을 넘어 함께해준 친구들이었다. 타지 생활을 지탱하게 해주었던, 묘한 안정감이었다. 외로움이 가득 찬 신발을 신고 걷는 게 익숙해질 무렵, 칠봉은 잊지 않고 찾아주는 친구들로 인해 조금씩 웃을 수 있었다.

"애들이랑 이메일 진짜 많이 했거든. 너야 진이 씨랑 올 봄에 결혼하는 거 일찍감치 알고 있었고. 해태는 매일 코치님한테 타박 받나봐. 보증금이 아직 덜 모여서 혼자 신촌하숙에 남아 있으니까, 이 집에서 환갑까지 살 거냐고. 결혼하고 원래 일 년은 깨가 쏟아져야 하는데, 내가 어제 성균이랑 윤진이 한 바탕 한 것까지 알고 있다니까."

지금 칠봉이 웃을 수 있도록 만들어준, 바로 그 친구들이었다. 고마운 맘에 칠봉은 더더욱 환하게 웃었다. 거실을 건너다보던 칠봉이 울컥, 울렁거리는 마음을 가다듬고 있었다.

벌렁거리는 마음을 드러내고야만 또 한 사람. 동일이 나정의 방을 후다닥 빠져나가는 쓰레기에게 달려들고 있었다. 눈을 희번덕거리던 동일이 �

레기를 향해 휙 손을 치켜들었다.

"지랄염병! 생 쇼를 하고 자빠졌다! 느그 시방 내 앞에서 결혼하겠다는 소리가 나오냐? 다 이 집에서 나가! 난 결혼식 안 갈라니까! 느그들끼리 해, 느그들끼리!"

그런 동일을 뜯어말리다가, 일화는 퍼뜩 맞받아쳤다.

"아니다, 아니다! 내는 간다! 엄마는 갈 기니까 둘이 결혼해라!"

"야이, 자식아! 느그 아부지 용식이 가슴에 대못을 박고!"

소파에 앉아 휙 고개를 치켜든 동일이 쓰레기에게,

"너도, 이것아! 내 가슴에 대못 박아놓고… 이제 와서 결혼하겠다는 소리가 나와!"

아울러 나정에게 씩씩거리고 있었다. 먹먹함, 그보다 애끓는 상처가 묻어나는 화였다. 돌연 숙연해진 쓰레기와 나정이 차마 동일을 보지 못하고, 시선을 떨어뜨렸다. 동일 앞으로 무릎을 꿇은 쓰레기가 나정의 손을 잡았다. 나정이 나란히 앉은 뒤에야, 울먹울먹,

"아부지. 죄송합니다. 저희 진짜… 잘 살겠습니다…."

쓰레기는 겨우 말문을 열었다. 나정의 눈에 고였던 눈물이 후드득, 바닥을 적시고 있었다. 좋은데 안 좋은 척, 기쁜데 안 기쁜 척, 동일이 그런 둘을 말없이 바라볼 뿐이었다.

늦은 밤, 2층 베란다. 나정은 일화와 마주 앉았다. 한바탕 벌어졌던 난리법석은 일단락된 후였다. 뜨거운 커피를 건네주다 말고, 나정이 문득 일화를 불렀다.

"전에 오빠랑 결혼한다 할 때에도 아빠는… 말은 안 해도… 반대 많이 했잖아. 근데 엄마는 암말도 안하고, 오빠 편 들어줬잖아. 엄마는 오빠가

그리 좋나?"

머리가 뜯겨 부스스한 채로 일화는 멀거니 나정을 바라보았다.

"나정아, 니는 잘 모를 끼다. 재준이가 니랑 결혼하고 싶다고 찾아온 날… 니 아부지는 뭐가 그리 섭섭하고 서운한지… 고마 일어서서 나가대. 근데 내는 재준이가 너무 고맙고 예뻐서, 그날 밤에 얼마나 울었는지 모른다."

동일을 천부당만부당 이해한다는 쓰레기의 눈빛. 둘만 남은 방안을 휘감던 오묘한 정적을 뚫고, 일화는 쓰레기의 손을 잡았었다. 네 편, 그러니 힘내라는, 무언의 응원이었다.

"근데 니 과는 정했나? 인자 어느 과로 갈지 정해야 안 되나?"

"예. 정했습니다. 신경외과 갑니다."

"…훈이 때문에 니 신경외과 가는 기제? 맞제?"

일화가 말끝을 흐렸다. 느닷없이 쏟아지는 회환에 일화는 푹 고개를 숙였다.

"엄마가 모를 줄 아나… 훈이 뇌종양 수술하고 나서, 니 맨날 훈이 옆에 붙어 댕깄다 아이가… 훈이 때문에 니… 신경외과 가는 거… 엄마가 와 모르겠노…."

아니라고 대답하는, 쓰레기의 눈시울이 금세 붉어지고 있었다.

"준아. 신경외과 억수로 힘들단다. 남들 맹키로 편한 데 가라. 엄마는 개안타."

"아입니다. 어무이. 훈이 때문이 아닙니다. …제가 가고 싶어서 그랍니다."

그날, 일화는 오랫동안 울었다. 달래주는 쓰레기가 어떤 기쁨을 찾아주었던 탓이었다. 언젠가 어떤 날에, 그리고 아주 사소한 순간에, 단 한 번쯤은 맘 놓고 웃어도 된다는.

"나정아. 엄마는 재준이가 아들이다. 글마 그기… 생긴 거는 머시마 맹키로 무뚝뚝하고 거칠어 보여도… 속은… 영감이 앉아 있다. 어른이다, 어른…."

한없이 깊었던 쓰레기의 위로가 떠올랐는지, 나정을 마주 본 일화가 조금씩 웃고 있었다.

〉〉 2002년 6월 18일, 서울특별시 서대문구 창천동

김재준과 성나정의 결혼식 4일 전, 대한민국 VS 이탈리아 경기시작 10분 전.

쓰레기가 거실에 둘러앉은 신촌하숙 식구들을 비장하게 둘러보았다. 저마다 한 손에 만 원씩 들고, 내기가 시작되길 기다리고 있었다. 이탈리아 승, 대한민국 승, 두 칸으로 나뉘어져 있는 내기 판을 쓰레기가 척, 추켜세웠다. 동일을 뺀 모두가 대한민국 몰표였다. 응원 열기가 달궈지는 가운데 초인종 소리가 들렸다.

"아~ 선준이요. 지가 통닭 사오라고 시켰거든요."

동일이 발을 들어 퍽, 해태의 등짝을 때렸다.

"이 문디 놈아! 인자 수술 끝나가꼬, 다 아물지도 안한 아한테 뭐할라고 심부름을 시키싸!"

"아닙니다. 아부지. 선준이 다 나았습니다. 다음 달에 바로 미국 들어간다 카던대요."

삼천포가 말을 보탰다. 통닭 6박스를 든 칠봉이 쪼르르 거실을 가로지르고 있었다. 눈인사를 주고받자마자, 쓰레기가 칠봉을 향해 내기 판을 들어보였다.

"야! 니만 걸면 된다. 니는 어디고?"

"저는… 이탈리아요. 스포츠는 냉정하거든요. 감정에 들떠서 승부를 예측하면 안 되죠."

칠봉을 슬쩍 째려보던 쓰레기가 동일 밑으로 선준, 을 적었다. 경기가 시작되고 있었다. 대망의 16강전이었다. 잔뜩 기대하는, 숨 멈춘, 조용한 식구들의 입에서 봇물 터지듯 탄성이 흘러나왔다. 아슬아슬한 패스, 간담 서늘한 수비, 이탈리아 골대에 가닿을 듯 말 듯 춤추는 공, 경기는 이제 후반전을 거쳐 연장전까지 도달하고 있었다.

"아싸! 연장전! 자! 여기서 바꾸기 찬스~ 짜라잔 짠자잔!"

쓰레기가 내기 판을 흔들어보였다.

"연장전 시작하기 전에 5천 원을 더 내면, 팀 바꿀 수 있는 기회를 드리도록 하겠습니다."

무조건 한국, 이라고 외친 해태를 따라 일동 고개를 주억거렸다. 일화가 동일을 나무랐다.

"뭐 하노, 당신! 퍼뜩 한국으로 안 넘어 오고! 오늘은 한국이 이긴다니깐!"

"아부지~ 퍼뜩 넘어 오이소! 오늘 진짜 한국이 이긴다니깐요! 예사 분위기가 아닙니다!"

쓰레기가 일화의 말을 거들었다. 동일 대신 칠봉이 번쩍, 손을 들었다.

"나! 나도 한국! 난 한국으로 바꿀래!"

"안 돼. 시간 지났다. 땡땡땡!"

정색하는 쓰레기를, 칠봉은 어처구니가 없어서 바라보고 있었다.

"에이, 선배!"

칠봉이 버럭, 동시에 눈을 깜박, 쓰레기도 칠봉에게 지지 않았다.

"뭐! 뭐! 안 돼! 너는 절대 안 돼! 그리고 낼라 카모 너는 만 원 내라!"

쓰레기가 떨떠름한 표정으로 칠봉이 건넨 만 원을 받았다. 연장전이 시작됐다. 이탈리아 선수들을 수비하고, 밀고, 밀치던 끝에 안정환이 헤딩골을 성공시켰다. 대한민국을 외치던 식구들이 서로를 얼싸안았다. 환호하다 못해 난리가 난 거실. 울다시피 감격한 동일이 장식장에서 17년산, 21년산 양주를 꺼내오고 있었다. 일화가 엉덩이를 들썩거렸다. 양주를 까는 김에 겸사겸사 기쁜 소식! 일화는 드디어 해태가 방을 구해 나간다는 소식을 전하고 있었다. 친구들의 축하를 받는 해태를 보다가, 동일은 혀를 내둘렀다.

"아따~ 대한민국 8강보다 더 경사시러운 일이 여기 있었구마잉! 아야~ 니 참말로 징하게 버텼다. 니만 아니였으믄 우리 진즉에 이 집 팔아불고 아파트로 들어갔을 것인디!"

"인자 하숙 안 할라고요, 아부지?"

삼천포가 멈칫, 동일을 건너다보았다.

"어디 요새 애들이 이런 데 좋아라 한대? 요즘은 안 있냐, 기다란 복도에다가 각 방에 열쇠 채워갖꼬 산단다. 이리 됐으니께 느그 다 보내고, 나는 인자 편하게 살라고!"

"니들 오늘 다 자고 가라! 내일 아침에 임마가 바시막으로 맛난 거 해주께!"

일화가 웃었다. 좋아서 끄덕끄덕, 식구들이 저마다 먹고 싶은 음식을 외쳤다. 서로의 온기가 만개한 밤. 서로가 서로의 코바늘이 되어 잊지 못할 이야기를 뜨개질하는 밤이 저물어가고 있었다.

신촌하숙의 마지막 아침. 어제의 활기는 온데간데없이, 부엌에 둘러앉은 모두 다 조용했다. 대형 잡채, 동그랑땡, 부침개, 콩나물무침, 볼락 구이가 차려진 식탁. 애써 웃던 해태가 꾸역꾸역 밥을 먹었다. 눈물이 그렁그렁한 윤진이, 아련해진 삼천포가 겨우 수저를 들었다. 사랑에도 '결정'이 있었다. 시간이 만든 순백색의 얼음. 그 속에 켜켜이 쌓였던, 화기애애한 모양. 눈에 보이진 않지만, 저마다 다른 빛깔로 물든 '결정'이 있었다. 그 날, 일화가 차린 마지막 식사는 지금껏 보았던 가장 환하고 아름다운 모양으로 빚어진 '결정'이었다.

삼천포, 칠봉, 해태, 빙그레, 윤진이 현관문 앞에 섰다. 아차, 해태가 갑자기 박수를 쳤다.

"참! 맞다! 다들 요것을 구경들이나 해봤을까요?"

하고, 해태는 코트 주머니에서 디지털 카메라를 꺼내 보였다.

"사진을 딱 찍고 난 다음에 어찌 나왔는가 곧바로 확인할 수가 있고. 보고 맘에 안 들자네? 글믄 그 자리서 딱 지울 수도 있어야. 컴퓨터로 막 사진까지 뽑아버린다니께!"

이것들도 별 수 없네, 연신 신기해하는 친구들을 보다가, 해태는 동일을 바라보았다.

"아부지! 오늘 우리 신촌하숙 집도 마지막날인디, 기념으로다가 디카로 사진 한방 찍어봅시다요! 얼굴에 있는 잡티, 여드름도 싹 다 나와 버리고, 무려 200만 화소라니께요!"

2002년 6월 19일. 촌놈들의 청춘을 북적대고 시끄럽게, 그리하여 기어코 각별하게 만들어준 그곳. 신촌하숙이 문을 닫았다. 그렇게 나정의 친구들은 신촌하숙의 처음이자 마지막 하숙생이 되었다. 마당 현관 가까이 해태는 삼각대를 설치하고 있었다. 삼천포가 옹기종이 모여 있는 신촌하숙 식구들을 둘러보았다. 특별할 것도 없던 스무 살에 천 만이 넘는 서울특별시에서 기적같이 만난, 특별한 인연. 옷매무새를 다듬던 빙그레가 신촌하숙 식구들을 둘러보았다. 울고, 웃고, 만나고, 헤어지고, 가슴 아프고, 저마다 조금씩 다른 추억과 다른 만남과 다른 사랑을 했지만, 기적처럼 같은 공간을 함께 한 인연들이었다. 삼천포를 폭 끌어안던 윤진이 신촌하숙 식구들을 둘러보았다. 이래 뵈도 우린 대한민국 최초의 신인류, 엑스세대. 인류 역사상 유일하게 아날로그와 디지털, 그 모두를 경험한 축복받은 세대. 한때는 오빠들에게 목숨 걸었던 피 끓는 청춘이었다. 동일의 손을 잡은 쓰레기가 신촌하숙 식구들을 둘러보았다. 참 멋진 시절을 살아냈음을 쓰레기는 깨달았다. 빛나는 청춘에 반짝였음을. 미련한 사랑에 치열했음을. 타이머를 맞춘 해태가 급히 달려왔다. 깜박이던 빨간색 타이머 불빛이 점점 빨라지고 있었다. 칠봉과 어깨동무를 한 나정이 신촌하숙 식구들을 둘러보았다. 나정은 이제야 알 것만 같았다. 봄이면 봄, 여름이면 여름, 가을이면 가을, 겨울이면 겨울이라고 함께였던 그 시간들이 찬란한 선물이 되었다는 것을. 찰칵, 영원토록 잠긴 찰나의 기록 안에서 나정은 작별을 고했다. 안녕, 나의 스무 살.

뜨겁고 순수했던, 그래서 시리도록 그리운 90년대에게.

KI신서 5357

응답하라 1994

1판 1쇄 발행 2014년 1월 13일
1판 3쇄 발행 2014년 1월 29일

극본 이우정 **소설** 오승희
사진제공 tvN
펴낸이 김영곤 **펴낸곳** (주)북이십일 21세기북스
부사장 임병주
미디어콘텐츠기획실장 윤군석 **인문기획팀장** 정지은
책임편집 배상현 **디자인 표지** 정란 **본문** 정란 윤인아
마케팅영업본부장 안형태
마케팅 송효진 최혜령 김홍선 강서영 **영업** 이경희 정경원 정병철
출판등록 2000년 5월 6일 제10-1965호
주소 (우413-120) 경기도 파주시 회동길 201(문발동)
대표전화 031-955-2100 **팩스** 031-955-2151 **이메일** book21@book21.co.kr
홈페이지 www.book21.com **블로그** b.book21.com
트위터 @21cbook **페이스북** facebook.com/21cbook

ISBN 978-89-509-5299-0 03810
책값은 뒤표지에 있습니다.

이 책 내용의 일부 또는 전부를 재사용하려면 반드시 (주)북이십일의 동의를 얻어야 합니다.
잘못 만들어진 책은 구입하신 서점에서 교환해 드립니다.